W0383518

Sophie Cousens a travaillé pour la télé à Londres pendant plus de douze ans, en tant que productrice de *The Graham Norton Show*, *Big Brother* et *Ant and Dec*. Elle vit maintenant à Jersey et partage son temps entre sa carrière d'écrivain, son travail pour une œuvre caritative artistique et l'éducation de ses deux jeunes enfants. *Même jour même heure* est son premier roman.

Ce livre est également disponible
au format numérique

www.editions-hauteville.fr

Sophie Cousens

MÊME JOUR
MÊME HEURE

Traduit de l'anglais (Grande-Bretagne) par Nathalie Guillaume

Hauteville

Hauteville est un label des éditions Bragelonne

Titre original : *This Time Next Year*

Originellement publié en 2020 par Arrow, un label de Cornerstone.
Cornerstone appartient au groupe Penguin Random House.

ISBN : 978-2-38122-411-4

Bragelonne – Hauteville
60-62, rue d'Hauteville – 75010 Paris

E-mail : info@editions-hauteville.fr
Site Internet : www.editions-hauteville.fr

À ma chère tante Em, qui aurait adoré lire ceci.

Nouvel An 2019

Le *Night Jam* était bondé. Le martèlement de la musique pulsait dans le club et les murs étaient poisseux de sueur, d'alcool, et probablement pire. Minnie tenait fermement la main de Greg tandis qu'ils jouaient des coudes pour traverser la foule près de la porte.

— Nous n'atteindrons jamais le bar, lui cria Greg par-dessus son épaule.

— Quoi ? hurla Minnie, ses oreilles tardant à s'adapter aux lourds sons de basse.

— Nous ne pourrons pas avoir un verre avant minuit. Je ne sais même pas où se déroule la fête de Lucy, dit Greg.

Il pointa le doigt en l'air, pour indiquer qu'ils devraient essayer de se frayer un chemin jusqu'à la terrasse de la mezzanine. Minnie consulta sa montre – minuit moins dix. Jusqu'ici, toute cette soirée ne faisait que valider sa haine du Nouvel An. Pourquoi n'était-elle pas restée chez elle pour se coucher tôt ? Puis elle se rappela que son chauffage avait été coupé – elle était sortie pour être au chaud. Et Greg souhaitait résolument se rendre à la fête de sa collègue et amie ; elle aurait eu l'impression d'être une copine lamentable en l'obligeant à y aller seul.

Minnie se laissa entraîner parmi la foule de corps palpitants. Enfin, ils émergèrent de la cohue, pour sortir dans l'air frais de la nuit, où la basse lancinante du club s'assagissait à un niveau de décibels plus raisonnable.

— Attention ! lança Greg en poussant un type ivre de son chemin.

Greg lui adressa un regard noir, en essayant de lui faire remarquer qu'il avait renversé sa bière sur quelqu'un, mais l'homme était bien trop beurré pour s'en soucier.

— Je t'avais prévenu de ce qu'était le Nouvel An avec moi, dit Minnie.

— Est-ce que tu vas arrêter avec cette histoire de malédiction ? dit Greg en secouant la tête.

— Honnêtement, c'est une réalité ; il m'arrive toujours des tuiles au Nouvel An. Je ne serais pas surprise que cet immeuble entier parte en fumée avant la fin de la soirée. Ou peut-être qu'un très petit astéroïde atterrisse juste à l'endroit où je me tiens.

— Je ne pense pas que nous passions une horrible soirée parce que tu es maudite ; je pense que nous passons une horrible soirée parce que tu nous as traînés à dîner chez cet étrange Alan à l'autre bout de la galaxie. Maintenant nous débarquons dans une soirée à minuit moins deux secondes, où tout le monde est shooté au *moon juice* et… Oui, Star

Command ? (Greg leva un doigt à son oreille, marquant une pause pour écouter une transmission imaginaire.) Le centre de contrôle dit que nous ne sommes même pas à la bonne fête.

— Permission d'abandonner la mission ? demanda Minnie d'un ton plein d'espoir.

— Refusée, dit Greg.

Minnie et Greg sortaient ensemble depuis cinq mois. Ils s'étaient rencontrés à une manifestation devant la mairie, pour protester contre le niveau des loyers à Londres. Greg, journaliste, couvrait le sujet et Minnie était là pour soutenir Mrs Melvin, une dame à qui elle livrait à manger depuis le début de son activité. Minnie et son amie Leila avaient fabriqué une pancarte « *STOP AUX SOUCIS DE LOGEMENT* », mais la peinture avait coulé sur le *C*, ce qui le faisait un peu ressembler à un *R*. Pendant la marche, Minnie, Leila et Mrs Melvin s'étaient retrouvés à défiler aux côtés d'un groupe de gens habillés en gros chats affublés de monocles et hauts-de-forme. L'un d'eux portait un T-shirt qui disait « *NON AUX GROS CHATS !* ». Greg avait couru prendre une photo de la pancarte de Minnie avec les gros chats au premier plan. Il l'avait mitraillée en secouant la tête, hilare.

— Pourquoi est-ce que vous riez ? s'était emportée Minnie.

— C'est peut-être à cause de toutes ces souris que les chats sont si gros ? avait dit Greg en désignant sa pancarte.

Leila avait relu l'inscription avant de s'esclaffer. Minnie avait levé les yeux au ciel.

— Ça ne dit pas *souris*, avait-elle rétorqué, la main fermement posée sur la hanche.

— On dirait que ça dit *souris*, Minnie, avait concédé Leila.

— Minnie Mouse, cette photo fera une première page idéale, avait commenté Greg avec un sourire espiègle.

— Vous n'avez pas intérêt, avait dit Minnie, essayant de ne pas rire tandis qu'elle le pourchassait dans la rue en lui donnant gentiment des petits coups avec sa pancarte.

Minnie aimait les hommes capables de la faire rire. Elle avait immédiatement été attirée par le sarcasme et les traits anguleux de Greg. Il avait une barbe brune soigneusement taillée et des lunettes singulières à monture foncée. Une fois qu'ils avaient commencé à se fréquenter, Minnie avait découvert que ce n'était pas uniquement pour le travail que Greg aimait inventer des gros titres – il s'amusait à légender tout ce qu'elle faisait. Quand Minnie trébuchait sur une marche, il disait : « Un canon trébuche dans l'escalier – l'escalier consulte un avocat ; il a de grandes chances de se faire descendre ! » Ou lorsqu'elle prenait la dernière banane dans la corbeille de fruits, il lançait dans un accent américain traînant : « L'homicide de la corbeille de fruits encore non élucidé – la victime s'était-elle trop pressé le citron ? Avait-elle soufflé sur les fraises ? Ou simplement pris le melon ? » Les jeux de mots étaient son truc. Greg ne blaguait pas du tout ce soir-là.

— Écoute, tu restes ici, soupira-t-il en scrutant le balcon, je retourne dans la mêlée pour essayer de trouver cette salle privée.

— OK, eh bien, si un astéroïde atterrit en ton absence, je dirai juste au revoir, je te l'avais dit, et bonne année, répondit Minnie en s'efforçant de prendre un ton enjoué.

Tandis que Greg s'éloignait, Minnie se tourna pour regarder la ligne d'horizon de Londres, et frissonna. La ville respirait une sérénité qui contrastait vivement avec l'atmosphère du club. Les bâtiments étaient baignés d'un clair de lune argenté et le ciel nocturne était paisible et sans nuage. Minnie regrettait de ne pouvoir se transporter sur le sommet d'un autre immeuble vide juste pour s'allonger sur le toit plat et contempler les étoiles, sans être entravée par la moindre compagnie.

— Dix, neuf, huit…

Les gens commençaient à compter.

— Sept, six, cinq…

Minnie observa tous les couples qui se réunissaient en attendant le baiser de minuit. Elle était contente que Greg ne soit pas là pour l'embrasser. Elle n'avait jamais compris pourquoi la fin de l'année devait être marquée par cette convention ridicule imposant que tout le monde joigne les lèvres à l'unisson. Des moutons suivant bêtement le troupeau.

— Quatre, trois, deux, un, BONNE ANNÉE !

Une explosion de feux d'artifice jaillit dans le ciel, illuminant la ville d'une pluie multicolore. Des salves d'énergie enflammèrent le ciel dans l'obscurité, des univers miniatures prenant vie dans un embrasement pour s'évanouir seulement quelques instants plus tard. Minnie s'étonna de tous ces efforts pour un déploiement de splendeur aussi éphémère. Les bâtiments de la ville étaient tranquilles et majestueux, aucunement perturbés par l'effervescence au-dessus d'eux. Sur le balcon du club, les feux d'artifice projetaient d'affreuses ombres sur les visages abrutis des gens ivres, tandis qu'ils vacillaient et titubaient dans la foule. La lumière brillait dans des coins crasseux, jonchés de mégots de cigarettes et de verres en plastique abandonnés. Un groupe de filles chancelantes sur leurs talons hauts percutèrent Minnie, qui dut s'agripper à la balustrade pour rester debout.

— Joyeux anniversaire, moi, se dit-elle doucement.

Puis elle sentit une chaleur humide lorsque l'une des filles lui vomit dans le dos.

Le temps que Greg revienne, la terrasse s'était clairsemée ; il trouva Minnie qui l'attendait, assise par terre devant les balustrades.

— Qu'est-ce que tu portes ? Où est ton haut ? s'enquit-il.

Minnie avait plié sa chemise trempée dans son sac et n'était désormais vêtue que d'un débardeur gris avec des bretelles spaghetti effilochées.

— Quelqu'un a été malade sur mon haut, dit-elle en serrant ses bras autour d'elle.

— Oh mon Dieu. Eh bien, c'est un peu classé X comme ça.

Greg mit une main en boule devant sa bouche pour esquisser la forme d'un micro :

— Flash météo – une tempête se profile dans un bonnet D.

— Eh bien, c'est ça ou un haut Lagerbfeld, dit Minnie en remontant son débardeur, gênée.

Elle n'aurait jamais imaginé porter une tenue aussi décolletée en public. Elle se sentait très exposée.

— Tu as trouvé la fête ou pas ?

Greg acquiesça. Il lui fit retraverser le club, monter un autre escalier, puis passer des doubles portes couvertes de velours rouge, encadrées par deux agents de sécurité chauves.

— J'étais là il y a une minute – nous venons pour la fête d'anniversaire, expliqua Greg.

L'agent leur fit signe d'entrer, en jetant un coup d'œil à la poitrine de Minnie au passage. Celle-ci croisa les bras sur son torse.

La fête de l'autre côté de la porte à velours rouge était tout ce que la pièce dont ils arrivaient n'était pas : la musique était à un volume normal, les convives étaient élégamment vêtus et sophistiqués, des serveurs complétaient les coupes de champagne et personne ne vomissait sur qui que ce soit. Le mur extérieur incurvé de la salle était en verre du sol au plafond, offrant une incroyable vue à cent quatre-vingts degrés sur la ville de Londres. Minnie se sentit aussitôt intimidée. C'était la soirée d'une personne riche, une soirée habillée qui plus est – elle n'aurait pu paraître moins à sa place. Minnie avait préparé les repas de suffisamment de riches pour savoir comment ils réagissaient vis-à-vis de gens comme elle ; ils la traitaient avec condescendance, ou pire, ne la voyaient pas. Elle aurait pu réussir une imitation décente de quelqu'un de parfaitement détaché si elle avait porté la bonne armure, ce que son débardeur trop révélateur n'était pas.

— Greg ! Tu ne m'avais pas dit que c'était une soirée costume-cravate ? siffla-t-elle.

— Le costume-cravate est un concept bourgeois, Minnie. Je ne le porterais pas à mon propre enterrement.

Greg scruta la salle puis salua de la main une grande blonde moulée dans une robe rouge.

— Lucy !

La fille se retourna, lui adressa un sourire amical, puis commença à se frayer un chemin dans la foule vers eux.

— Mieux vaut tard que jamais, hein, dit Greg en lui touchant le bras. Voici Minnie. Quelqu'un a vomi sur son haut juste avant que nous entrions.

— Salut, dit Lucy.

Ses lèvres pulpeuses se fermèrent sur des dents parfaitement droites pour afficher un sourire compatissant.

— Désolée pour cette mésaventure. C'est ridicule qu'on vous fasse patauger parmi la populace pour monter au carré VIP.

Minnie secoua la tête, pour balayer l'incident.

— Sacrée soirée, dit-elle en regardant autour d'elle l'alcool qui coulait gratuitement à flots et en se demandant combien coûtait une fête pareille.

— C'est l'anniversaire de mon petit ami le 1er janvier. Nous avons pensé que nous nous en servirions d'excuse pour organiser un Nouvel An monstre, dit Lucy avec un mouvement de main.

Puis elle se tourna vers Minnie avec un sourire rayonnant :

— Hé, Greg n'a-t-il pas dit que vous étiez aussi un bébé du 1er janvier, Minnie ?

— Oh, joyeux anniversaire, se hâta de dire Greg.

Lucy se tourna pour le regarder, les yeux écarquillés.

— Greg, tu ne lui as même pas encore souhaité ? Larguez-le, Minnie !

Lucy s'esclaffa en donnant un petit coup de coude à Greg dans les côtes. Il s'empourpra en regardant ses chaussures.

— Je ne suis pas très branchée anniversaires, dit Minnie avec un faible sourire.

Ils restèrent silencieux un instant.

— Alors, hum, Lucy est la chroniqueuse culinaire au journal, dit Greg. Je rêve d'une planque pareille. J'ai vu que tu étais allée à *La Petite Assiette rouge* la semaine dernière. Trop jaloux, Luce.

— Ça n'a pas que des avantages, chéri. Je grossis à vue d'œil avec la quantité de dîners étoilés au Michelin que je suis obligée d'enchaîner. J'ai l'impression d'être une oie à foie gras qu'on gave jusqu'à l'explosion.

Minnie baissa les yeux sur la silhouette svelte, tonifiée par la gym, et moulée dans sa robe regardez-comme-je-suis-mince.

— Oh ma pauvre, quelle épreuve, railla Greg en lui envoyant gentiment son coude dans le sien. Une fille belle et intelligente nourrie de force à la cuisine gastronomique – les militants des droits de l'homme sont vent debout !

Lucy jeta la tête en arrière et émit un rire mi-silencieux, mi-renâclant, puis agrippa le bras de Greg, comme si elle allait tomber.

— Vous devez bien rigoler avec celui-là, Minnie.

Minnie acquiesça, en se demandant toutefois si les hilarants gros titres de journaux de Greg ne commençaient pas à devenir agaçants.

— Mins est aussi dans le monde de la cuisine, dit Greg en se redressant un peu. Elle a sa propre affaire de traiteur dans le secteur caritatif.

— Ç'a l'air intéressant, dit Lucy en regardant par-dessus l'épaule de Minnie pour faire signe à quelqu'un derrière elle.

— Je ne pense pas que faire des tourtes pour le troisième âge soit considéré comme partie intégrante du « monde de la cuisine », mais merci de m'encenser, chéri, dit Minnie en frottant le dos de Greg.

— Est-ce que vous faites traiteur pour des événements ? Peut-être que je vous ai croisée ? demanda Lucy en reportant son attention vers Minnie.

— Non, nous faisons juste des tourtes pour les personnes âgées. La société s'appelle *Pas de mauvaises farces*, c'est un peu le même principe que *Popote roulante*.

Lucy cligna les yeux plusieurs fois.

— *Pas de mauvaises blagues ?* dit-elle.

— Non, dit Minnie, *Pas de mauvaises « farces »*, comme la farce à tourte. C'est, hum, censé être drôle.

— Oh, je vois. Ha ha, dit Lucy, plissant le nez dans un autre rire silencieux. Alors vos journées doivent sûrement être bien… remplies.

Greg gloussa bruyamment.

— Elle est bonne, Luce, dit-il en tapant son coude contre celui de Lucy. Le truc, tu vois, c'est que la société de Minnie marcherait beaucoup mieux si elle arrêtait de distribuer de la nourriture gracieusement et d'employer une bande de lambins sans aucune conscience professionnelle.

— Je ne fais pas ça, et c'est faux, dit Minnie en inclinant la tête.

— Eh bien, ça m'a l'air rudement gratifiant, dit Lucy. Je trouve les personnes âgées tellement adorables, pas vous ?

— Certaines le sont, d'autres sont de vraies plaies, tout comme nous autres, dit Minnie.

Greg toussa bruyamment, et Minnie lui tapa fermement le dos.

— Mais tu as l'intention d'élargir tes activités, Min, non ? dit Greg en retrouvant son calme. Ça c'est sa clientèle de base, mais elle pourrait facilement se développer ; faire les mariages, les grandes entreprises, les événements haut de gamme, par exemple. Peut-être que Lucy pourrait te mettre en relation avec certains contacts ?

— Bien sûr, bien sûr, je serais ravie d'aider, dit Lucy en saluant quelqu'un à l'autre bout de la pièce avant de commencer à s'éloigner. Écoutez, je dois aller parler aux gens.

Faites comme chez vous ; buvez notre champagne – nous en avons bien trop commandé. Et ne vous inquiétez pas d'être arrivés tard, la fête a à peine démarré.

Lucy pencha la tête sur le côté et leur adressa un sourire d'hôtesse bien répété, puis dans un bruissement de longs cheveux soyeux, elle se tourna pour partir. Minnie regarda les yeux de Greg la suivre tandis qu'elle traversait la pièce.

Les voyant plantés là les mains vides, un serveur vint leur offrir du champagne. Ils en prirent chacun un verre et entreprirent de trinquer, mais se manquèrent, la flûte de Greg cognant dans le poignet de Minnie. Il retira vite sa main et but une grande gorgée.

— Bonne année, dit Minnie.

— Bonne année, répondit Greg. (Une pause.) Et joyeux, hum, anniversaire. J'ai, hum, un cadeau pour toi à mon appart. Désolé, je n'ai pas eu le temps de l'emballer.

— Ne t'inquiète pas. Je t'ai dit de ne rien m'acheter.

Greg décala son poids d'un pied à l'autre, promenant son regard sur la pièce.

— C'est une personne qu'il est utile de connaître, Lucy Donohue, je t'avais dit que ça vaudrait la peine de venir ce soir. Elle connaît tous ceux qui ont un nom dans ton secteur. Tu ne devrais jamais sous-estimer où te mèneront les bons contacts dans la vie, Minnie.

— Je doute qu'elle connaisse tous ceux qui ont un nom dans le secteur de la tourte, dit Minnie en affectant alors une voix snob, à moins que ce soient des chefs pâtissiers qui font des mini-tourtes au *foie gras à la petite rue de la frenchy french**.

Elle tira la langue puis s'esclaffa.

— Je ne sais pas pourquoi tu fais toujours ça, dit Greg. J'essaie de t'aider.

— Tu as raison, je suis désolée, souffla Minnie avec l'impression d'être réprimandée.

Elle n'avait pas besoin que Greg le souligne. Elle s'entendait toujours parler comme une garce quand manquait de confiance et, en fin de compte, elle se sentait encore pire. Elle se mordit la lèvre et tripota le pendentif de son collier. Greg boudait, un muscle tressautant sur sa mâchoire.

— Eh bien, tu sembles avoir tenu jusqu'à minuit sans te transformer en citrouille, ou quelle que ce soit l'inquiétude que tu pouvais avoir.

— La malédiction ne s'arrête pas à minuit, c'est toute la soirée du réveillon et le Jour de l'An. Et je ne m'inquiète pas de me transformer en citrouille – ce sont les petites choses du genre me faire vomir dessus ou perdre mon manteau dans le bus en venant ici. J'ai juste la poisse autour du Nouvel An.

— Eh bien, quelqu'un a renversé de la bière sur mes chaussures, et j'ai manqué une grande partie de la soirée de mon amie parce que j'étais coincé chez ton pote excentrique. Peut-être que je suis maudit, moi aussi ?

Greg termina la phrase avec un sourire excessivement animé, un sourire qui disait « Je plaisante donc tu ne

---

* En français dans le texte.

peux pas te vexer ». Il baissa les yeux sur la poitrine de Minnie.

— Mon débardeur est indécent à ce point ? demanda-t-elle en grimaçant.

— Bah, tu sais que j'adore cette vue, Min, mais peut-être que le reste de la salle préférerait regarder autre chose, acquiesça Greg.

— Bon, je vais aller aux toilettes et tenter de sauver ma chemise.

Sur le chemin, Minnie consulta son téléphone. Elle avait un texto de Leila.

> Je prends juste des news. Quels sont les dégâts ? Dois-je te secourir d'un kidnapping/nid-de-poule/pire ?

Minnie sourit et tapa une réponse :

> Pas trop mal jusque-là. Juste perdu mon manteau et me suis fait gerber dessus ;)'

Leila était la meilleure amie et associée de Minnie. Elles avaient monté ensemble *Pas de mauvaises farces* quatre ans plus tôt et y avaient investi tout leur temps, leur argent et leur énergie depuis. Sans Leila, Minnie pensait qu'elle n'aurait sans doute pas pu maintenir l'activité aussi longtemps. Elles avaient franchi tant d'obstacles sur leur route, il aurait été si facile de simplement renoncer et retourner travailler pour quelqu'un d'autre, chez qui vous saviez qu'un chèque vous attendait à la fin de chaque mois, plutôt qu'équilibrer le budget tant bien que mal pour vous verser un semblant de salaire.

Alors surprise – j'ai passé le réveillon à préparer des tourtes pour nous éviter de travailler demain. Je t'emmène quelque part pour ton anniversaire. Il faut que tu portes une robe.

Minnie sourit. Elle envoya des émojis robe et visage nauséeux.

Leila répondit par un écran rempli d'émojis tourtes, puis un autre de visages nauséeux. Minnie éclata de rire et envoya alors :

Tu es la meilleure. Merci Tronche de tourte. Pour toi, et rien que pour toi, je porterai une robe xxx

Minnie releva les yeux de son téléphone et marcha tout droit dans un serveur qui portait un plateau de canapés. Elle reçut une pluie de tartelettes au fromage de chèvre.

— Oh Seigneur, je suis tellement désolée, dit-elle en se jetant à quatre pattes pour l'aider à ramasser.

— Ce n'est pas ma soirée, déclara-t-il d'un ton piteux.

Il n'avait pas plus de dix-sept ans. Minnie vit que ses lunettes étaient tartinées de fromage. Elle les lui ôta gentiment du nez et les essuya sur son débardeur avant de les lui rendre.

— Je connais ce sentiment, dit-elle.

Une fois qu'elle eut aidé le serveur à nettoyer du mieux possible, Minnie contourna le bar et trouva les toilettes dans un couloir faiblement éclairé. Elle passa la tête à la porte des toilettes des dames. Un petit groupe de femmes discutaient devant les miroirs en retouchant leur maquillage. Elle ne voulait pas laver sa chemise au vomi sous leur nez. En continuant un peu plus loin dans le couloir, elle trouva des toilettes mixtes pour handicapés avec leur propre lavabo et sèche-mains – parfait. Elle sortit la chemise en soie noire de son sac et commença à en rincer le plus gros. Par chance, c'était globalement plus collant que grumeleux, mais l'odeur du cocktail bile-vodka-Coca incita Minnie à se pincer les narines. Elle ne parvenait à imaginer Lucy Donohue se retrouver un jour dans cette situation.

Elle se regarda dans le miroir, en repoussant instinctivement ses boucles derrière ses oreilles. Ses cheveux, indociles, s'en échappèrent au moment même où elle les relâcha. Elle venait de les faire couper et le coiffeur avait enlevé presque trois centimètres de plus que ce qu'elle avait demandé. À présent, elle ne pouvait plus les attacher ni les empêcher de lui retomber dans les yeux. Elle passa le dos d'un doigt sous chaque œil pour retirer des bavures d'eye-liner, puis remit du rouge à lèvres prune que Leila lui avait offert en avance pour son anniversaire. Elle n'aurait jamais choisi quelque chose d'aussi osé pour elle-même, mais il s'accordait à son teint, et elle s'émerveillait que parfois Leila sache mieux qu'elle ce qui lui convenait.

Minnie sécha sa chemise sous le sèche-mains du mieux qu'elle le put, puis l'enfila. Elle resta plantée un instant, les yeux rivés sur son reflet vêtu du haut humide, froissé et déformé. C'était le plus beau de tous les vêtements qu'elle possédait ; un chemisier en soie noire cintré avec des manchettes festonnées blanches. C'était une marque coûteuse qu'elle avait dénichée dans une friperie. Elle avait été tellement ravie de la trouver. Désormais, c'était comme si le chemisier savait lui aussi qu'elle était une usurpatrice et se plissait en signe de protestation.

— Allez, dit-elle fermement, pour se motiver à rejoindre la soirée.

Minnie expira lentement. Elle devait arrêter d'être une rabat-joie. Greg avait envie d'être ici et elle avait envie d'être avec Greg. Peut-être qu'il en était fini de sa malchance, pour ce Nouvel An en tout cas.

Elle alla ouvrir la porte, mais lorsqu'elle appuya sur la poignée, celle-ci lui resta dans la main. Elle réessaya – la porte refusait de s'ouvrir. Elle tenta de remettre la poignée en place, en vain.

Elle tambourina des deux mains sur la porte.

— Hé ! Quelqu'un peut m'aider ? Je n'arrive pas à ouvrir la porte !

À ce moment-là, la musique à l'extérieur monta d'un cran. Manifestement, un groupe avait commencé à jouer et les convives poussaient des cris et des acclamations.

Personne n'allait l'entendre à présent. Elle devrait juste attendre que Greg vienne la chercher.

Minnie s'affaissa par terre et leva les yeux au plafond. La pièce entière était décorée de papier peint bleu foncé, sur lequel étaient imprimées de minuscules constellations argentées. Eh bien, son vœu avait été exaucé ; elle était maintenant seule, à contempler les étoiles. Elle sortit son téléphone pour envoyer un texto à Greg – l'écran était éteint.

— Évidemment, dit-elle en secouant la tête avec un petit rire.

Si elle pouvait dire quelque chose de cette malédiction du Nouvel An, c'est qu'elle n'était clairement pas dénuée du sens de l'humour.

Jour de l'An 2020

MINNIE SE RÉVEILLA DÉSORIENTÉE, LA GORGE douloureusement sèche. Elle se rappelait avoir cogné à la porte pendant des heures, mais ensuite elle avait dû s'endormir. Elle n'avait aucune idée de l'heure qu'il était. Le calme régnait à l'extérieur, il n'y avait plus de musique. Elle se releva en frottant son torticolis.

— Ohé, ohé ! Quelqu'un peut me faire sortir ? cria-t-elle.

Et si tous les autres étaient rentrés chez eux et que l'endroit était fermé pour la nuit ? Elle avait lu des histoires de ce genre ; des gens coincés aux toilettes pendant des jours avant d'être secourus, des gens qui buvaient dans la chasse d'eau pour survivre et se tissaient des couvertures en papier toilette pour se réchauffer. Combien de temps resterait-elle piégée avant de se résoudre à manger le savon ? Elle cogna de nouveau à la porte, avec plus d'urgence cette fois.

— À l'aide ! Aidez-moi !

— Il y a quelqu'un ? lança une voix d'homme.

— Oui, bonjour ! Oh, Dieu merci. La poignée est cassée, je ne peux pas sortir, cria-t-elle à travers la porte.

— Depuis combien de temps êtes-vous là-dedans ? demanda la voix en secouant la poignée de l'autre côté avec fracas.

— Bien assez.

— OK, ne bougez pas, je vais trouver quelqu'un, dit la voix.

Elle entendit des pas s'éloigner. Elle avait du mal à croire que Greg ne soit pas venu la chercher. Était-il rentré sans elle ? Trois ou quatre minutes plus tard, la voix revint.

— OK, je suis là. J'ai Luis avec moi. Il a un millier de clés dans la main.

— Je ne sais pas comment c'est arrivé, dit une autre voix, un homme plus âgé.

Minnie entendit qu'on agitait des clés dans la serrure.

— Attendez, laissez-moi essayer, proposa la première voix. (Au bout de quelques cliquetis, la porte s'ouvrit.) Regardez-moi ça, la première clé, et j'ai réussi. Quelle était la probabilité ?

Minnie plissa les yeux dans la lumière du couloir. La voix appartenait à un homme blond-roux, grand et large d'épaules, avec des sourcils singuliers d'une nuance plus foncée que ses cheveux. Il adressa à Minnie un sourire candide et chaleureux. Il portait un pantalon habillé noir et une chemise d'un blanc impeccable. Un nœud papillon noir défait pendait de son col ouvert, révélant un aperçu de peau bronzée. À côté de lui se tenait un homme courtaud, rond et chauve à l'expression vide.

— Quelle heure est-il ? demanda Minnie en regardant les deux hommes à tour de rôle.

— 7 h 45, dit celui en tenue de soirée.

— Du *matin* ? demanda-t-elle, effarée.

— Je vais y aller maintenant, dit le plus petit en reprenant l'énorme tas de clés pour repartir d'un pas lourd dans le couloir en marmonnant.

— Un homme peu loquace, dit celui au nœud papillon.

Minnie le suivit dans le couloir pour regagner la salle principale. Les lieux étaient déserts. Des vrilles de serpentins pendaient des luminaires, et une armée de flûtes à champagne à moitié vides étaient au garde-à-vous sur le bar.

— Suis-je la seule qui reste ? Je n'arrive pas à croire que j'aie dormi aussi longtemps.

— Désolé, je ne pense pas que nous nous soyons rencontrés, dit-il en lui tendant la main pour serrer la sienne.

— Oh, c'est vrai, je m'appelle Minnie.

L'homme lui sourit, mais semblait en attendre davantage.

— La petite amie de Greg, ajouta-t-elle. Il travaille avec Lucy. Elle nous a invités.

— Oh, bien sûr, tout le monde est le bienvenu. Je crois avoir entendu Lucy évoquer un Greg. Greg le Marrant, c'est ça ?

— Greg le Marrant.

Minnie haussa un sourcil, amusée que Greg soit surnommé ainsi. L'homme tendit les bras au-dessus de sa tête et son étirement se transforma en énorme bâillement.

— Désolé, ça commence à me rattraper. Quelle soirée géniale, en revanche.

— Pas pour moi, dit Minnie avec ironie.

— Non, pas pour vous.

L'homme esquissa une grimace exagérée d'avoir eu des propos maladroits, et Minnie ne put s'empêcher de sourire.

— Alors, j'en déduis que c'était donc votre fête, le petit ami de Lucy, c'est ça ? Merci de m'avoir reçue, j'imagine, dit Minnie en joignant les mains derrière son dos.

— Oh mais de rien. En théorie c'était ma fête, Lucy a invité tout le monde.

Alors qu'il parlait, son téléphone se mit à sonner dans sa poche. Il sourcilla brièvement en le sortant pour consulter l'écran.

— Vous voulez bien m'excuser une minute, je suis navré, je dois répondre, Minnie.

— Bien sûr, pas de problème, dit-elle en haussant les épaules.

Il lui tourna le dos et s'éloigna de quelques pas.

— Salut, dit-il. Ça va ? Non, je suis encore dehors… Je passerai plus tard… J'ai vérifié toutes les serrures hier soir avant de partir… Non… OK.

Minnie pouvait voir son profil. Il avait fermé les yeux pendant qu'il parlait.

— Très bien, poursuivit-il, je viendrai vérifier, laisse-moi juste quelques heures, *s'il te plaît*.

Minnie le regarda mettre fin à l'appel. Il s'aperçut qu'elle l'observait et lui adressa un sourire crispé.

— Tout va bien ? demanda-t-elle.

— Oui, désolé pour ça, répondit-il en secouant la tête.

Il traversa le restant de la salle en direction des immenses baies vitrées.

— Alors, comment se fait-il que vous soyez le seul encore ici ? s'enquit Minnie.

Il se tourna pour la regarder un instant, en l'examinant. Puis il répondit :

— Ça paraît probablement ringard, mais j'essaie toujours de voir le premier lever de soleil de l'année. Je me disais qu'en partant avec les autres, je me retrouverais dans un taxi quelque part et je le manquerais. (Il tendit le bras vers les vitres.) Y a-t-il un endroit d'où vous préféreriez capturer le premier lever de soleil de l'année ?

— Une foule d'endroits. Le désert, un beau sommet de montagne, sur un écran de télé depuis le confort de mon lit. Idéalement préenregistré pour que je n'aie pas à me lever tôt.

L'homme inclina la tête d'un côté, les yeux plissés d'amusement, son air stressé disparu.

— Eh bien, vous êtes réveillée à présent, pas de pré-enregistrement requis. Allez, venez par ici.

Minnie le rejoignit à la fenêtre et posa une main sur la vitre. La lumière commençait à gravir lentement l'horizon.

Une couche de nuages haut perchée luisait d'un rose rouille foncé, créant une aura de chaleur qui surplombait une ville autrement grise et froide. Les silhouettes des tours se découpaient sur le ciel, leurs lignes droites et nettes en contraste saisissant avec la douceur des nuages au-dessus.

— Assez impressionnant, déclara Minnie. Je ne me rappelle pas la dernière fois où j'étais réveillée pour un lever de soleil.

— C'est mon jour préféré de l'année. Une occasion de tout recommencer à zéro, vous ne trouvez pas ?

— C'est drôle, c'est le jour que j'aime le moins de l'année, dit Minnie. Je le déteste.

— Vous ne pouvez pas le détester, c'est mon anniversaire. Je ne vous laisserai pas le détester, dit-il, ses yeux bleu-gris et fatigués temporairement ravivés et dansant d'énergie.

Minnie se tourna vers lui.

— C'est mon anniversaire aussi, dit-elle.

— Ce n'est pas vrai.

— Je ne plaisante pas. Je vous promets que c'est vrai.

Il la regarda en plissant les yeux, avec le menton rentré dans le cou, l'air sceptique. Il se retourna vers la fenêtre juste au moment où le ciel entier commençait à s'enflammer de rouge.

— Vous voulez bien contempler ça ? C'est splendide.

Minnie lui jeta un coup d'œil en coin tandis qu'il regardait le ciel matinal. Elle ne pouvait identifier chez lui un trait qui se démarque, mais il y avait une sorte de synergie dans son visage ; tout allait ensemble pour simplement fonctionner. Il semblait si bien dans sa peau, une chose que Minnie avait rarement vécue. Il se tourna vers elle et vit qu'elle le fixait du regard, et elle reporta en vitesse son attention vers l'autre vue.

— Vous savez, je ne pense pas avoir déjà rencontré quelqu'un né le même jour que moi, dit-il.

— C'est un club très élitiste. Je vous ferai une carte de membre. (Elle marqua une pause, nerveuse pour une raison indéfinie.) Écoutez, je suis désolée, je sais que je devrais connaître votre nom puisque je suis à votre fête, mais je suis venue avec Greg et il ne me l'a pas dit. Je suppose que j'aurai besoin de le savoir si je dois vous faire une carte de membre.

— Désolé, je m'appelle Quinn, répondit-il.

— Quinn ? répéta Minnie, bouche bée. Quinn Hamilton ?

— Oui, Quinn Hamilton.

— Quinn Hamilton, né au Hampstead Hospital en 1990 ?

— Oui, dit-il, le front plissé de confusion.

— Vous, dit Minnie en serrant les dents. Vous avez volé mon prénom.

Nouvel An 1989

Connie Cooper était allongée dans son lit d'hôpital et regardait la femme dans le lit d'à côté. Plus spécifiquement, elle regardait les jambes de cette femme, longues, luisantes et aussi lisses que celles d'une poupée Barbie. Comment était-ce même possible à ce stade ? Connie baissa les yeux sur ses propres jambes, courtaudes et couvertes d'un bon centimètre de poils noirs. Elle aurait probablement dû se les raser avant son admission – enfin, au moins les parties qu'elle pouvait encore atteindre.

Connie observa l'autre femme tandis qu'elle se tapotait le front avec un mouchoir de dentelle couleur crème. Les cheveux et la blouse d'hôpital de Connie étaient trempés de sueur ; utiliser un mouchoir reviendrait à essayer de sécher les ponts du *Titanic* avec de l'essuie-tout. Les cheveux blonds et soyeux de l'autre femme étaient attachés avec un délicat ruban jaune – un ruban ! Qui possédait même des rubans ? La tignasse brune et rêche de Connie était tirée en arrière avec l'un des élastiques dont Bill se servait pour rafistoler ses outils. Il y avait un trait que Connie avait bien en commun avec la femme dans le lit à côté d'elle – elles avaient toutes les deux d'énormes ventres ronds qui saillaient sous leur blouse.

— On se croirait dans une espèce de parking de délestage ici ; tout le nord de Londres doit accoucher ce soir, déclara Connie.

L'autre femme ne répondit pas. Elle avait l'air tendue et épuisée.

— Alors, vous croisez les jambes jusqu'à minuit ?

— Non, répondit la femme d'un ton las. Je veux que ce bébé sorte, le travail a commencé il y a deux jours mais les contractions ne font que s'arrêter et reprendre.

— Je pensais que vous le reteniez peut-être pour la récompense. Moi c'est Connie, au fait.

— Tara, dit la blonde.

Mais elle prononça « Ta… raaa… » tandis qu'une autre contraction prenait le dessus. Elle se mit à pousser de courts petits souffles plaintifs.

Connie s'apprêtait à dire autre chose, mais dut alors marquer une pause pour se concentrer sur l'une de ses propres contractions. Elle se leva et traversa la salle en blouse, pour se pencher au-dessus d'un des lits vides en face, jusqu'à ce que la douleur ait disparu. Puis elle se retourna vers Tara et dit :

— Vous faites tout l'inverse de ce qu'il faut. Votre respiration est trop superficielle, on dirait un petit mouton.

— Un mouton ?

Tara parut mortifiée.

— Ouais, votre respiration doit venir de vos tripes, vous devez produire le son d'une vache, ou encore mieux, d'un hippopotame. Essayez de faire un bruit d'hippopotame.

— Je ne vais pas faire l'hippopotame. (Tara secoua vigoureusement la tête.) Ridicule.

Connie haussa les épaules. Elle entama des mouvements d'avant en arrière sur sa jambe avancée, tout en se tenant au pied du lit d'hôpital.

— Vous n'avez vraiment jamais entendu parler de la récompense pour ce bébé des années quatre-vingt-dix, alors ? Vous devez être la seule.

— Oh, oui, ça, acquiesça Tara. Je crois que quelqu'un en a parlé à l'un de mes rendez-vous prénataux. Je ne savais pas que ça impliquait une récompense.

— Ce pourrait être l'une de nous, grogna Connie. (Puis elle poussa un gémissement grave et guttural.) Vous allez devoir vous mettre debout, par contre ; les bébés ne viennent pas si vous êtes allongée sur le dos.

— C'est juste que je suis tellement fatiguée. Je ne peux plus marcher, dit doucement Tara.

— Impossible d'y échapper, dit Connie. Il faut vous lever, marcher, laisser la gravité faire son boulot.

Tara se redressa à contrecœur et jeta les jambes sur le côté du lit. Chaque mouvement semblait être un effort monumental.

— Oh, pas encore, je ne… je ne peux…

Tara s'avachit par terre, le corps dévoré par une force invisible et insoutenable.

— Essayez de vous relever, dit Connie en lui prenant la main. Croyez-moi, c'est mieux.

Connie hissa Tara debout, en l'encourageant à appuyer sur ses avant-bras pour se soutenir. Tara bascula d'avant en arrière, soufflant et geignant tout le long avec les yeux fermés.

— OK, il y a encore du travail pour votre respiration, mais au moins vous tenez debout.

Les doubles portes de la salle s'ouvrirent et une sage-femme en combinaison bleu ciel entra d'un pas décidé.

— Comment allons-nous, mesdames ? Je suis désolée que nous ayons dû vous mettre ensemble, mais je n'avais encore jamais vu autant de bébés vouloir sortir en une seule soirée. Heureusement que je n'avais rien prévu pour le réveillon, hein ? gloussa-t-elle.

— Elles en ont toutes après la prime, dit Connie. Celle-ci affirme qu'elle ne le savait même pas.

La douleur de Tara était passée, elle avait les yeux vitreux et rivés vers la fenêtre. Connie l'observa ; elle connaissait cette sensation – elle avait mis quatre jours à accoucher la dernière fois.

— Oh, vous n'êtes pas au courant ? demanda la sage-femme. *The London News* offre un chèque au premier bébé des années quatre-vingt-dix né dans la ville. Nous souhaitons tous désespérément que ce soit quelqu'un du Hampstead Hospital. Quoique le journal ait sûrement de l'argent à ne savoir qu'en faire, si vous voulez mon avis.

— Cinquante mille livres, dit Connie.

Qu'est-ce que Connie ne pourrait pas faire avec cinquante mille livres. Elle pourrait rembourser l'argent que les parents de Bill leur avaient prêté. Ils pourraient louer un logement plus grand. Elle pourrait même acheter au bébé ses propres habits – des habits qui n'auraient pas été déjà portés par un frère et trois cousins. Elle ne devait pas trop se bercer d'illusions. Il y avait des milliers d'autres femmes dans tout Londres qui pensaient probablement la même chose.

— C'est sponsorisé par une marque de couches. Je crois que vous avez des couches gratuites à vie aussi, précisa la sage-femme.

— Elle va clairement croiser les jambes jusqu'à minuit maintenant, s'esclaffa Connie.

Mais son rire muta en halètement tandis qu'une nouvelle vague de douleur déferlait dans son ventre.

— Bien, on saute sur son lit, Mrs Hamilton, dit la sage-femme à Tara. J'ai besoin de voir à combien vous êtes.

Elle tira un rideau de box autour du lit et enfila des gants en caoutchouc. Quelques minutes plus tard, elle s'écarta du lit et secoua la tête.

— Vous n'aurez pas le bébé ce soir à ce rythme-là, vous n'êtes encore qu'à six centimètres. Il faut que vous bougiez, faites des allers-retours en marchant.

— C'est ce que je lui ai dit, cria Connie à travers la séparation.

— Mais encore combien de temps ? geignit Tara. Je suis tellement fatiguée, j'ai juste besoin de dormir.

Une alarme retentit dans le couloir. La sage-femme s'empressa de retirer ses gants et de se laver les mains au lavabo.

— Je reviens d'ici peu vérifier votre dilatation, Mrs Cooper.

Elle quitta la pièce aussi prestement qu'elle était arrivée, les doubles portes battant bruyamment dans son sillage. De l'autre côté de la séparation en plastique, Connie entendit un lent sanglot tel celui d'un enfant. Elle se hissa hors du lit et repoussa le rideau pour de nouveau voir Tara.

— Non, non. Pas le temps pour les larmes. Nous avons du travail, dit Connie.

— Je n'y arrive plus, je n'ai pas dormi depuis deux jours.

— Où est votre homme ?

— Je l'ai renvoyé à la maison. Il n'a pas dormi non plus, je me suis dit que l'un de nous deux devrait se reposer.

Puis la douleur survint et Tara se roula instinctivement en boule. Connie sentit la sienne se déclencher. Elle prit Tara par le poignet et releva gentiment son visage vers le sien. Tara se mit à miauler, de petits miaulements affligés comme ceux d'un chat qu'on étranglait.

— Ça c'est un chat, qu'est-ce que j'ai dit ? Est-ce que j'ai dit chat, mouton, ou hippo ? Vous devez descendre plus bas, allez, imitez-moi.

Connie se lança dans une série de gros meuglements montant du fond de son diaphragme et soulevant sa poitrine.

Tara s'empourpra de tout le visage, en jetant des coups d'œil vers la porte.

— Ne soyez pas gênée. Personne d'autre que nous ici, allez.

Tara poussa un « mrr » hésitant. Elle grimaça de concentration.

— Plus bas, plus gros, bien plus gros, MAAHOOOOOOOU…, gronda Connie.

Tara la dévisagea avec perplexité. Elle recommença, en imitant Connie. Celle-ci l'encouragea silencieusement en hochant la tête. Au début, Tara était gênée de sa respiration, se raccrochant toujours à quelque besoin irrépressible de rester féminine, mais progressivement, elle se laissa aller et se mit à imiter les gémissements haletants de Connie.

— Ça aide, non ? Maintenant, baissez-vous comme ceci.

Connie se laissa tomber à quatre pattes et balança sa masse d'avant en arrière sur le tapis. Tara fit de même sans discuter. Les contractions de Connie devenaient à présent plus intenses. Elle avait envie de crier, mais voulait garder le contrôle pour Tara, lui montrer comment maîtriser la respiration et surmonter la crise. Les femmes se balancèrent d'avant en arrière ensemble sans un mot.

— Vous vous êtes fait faire une manucure pré-accouchement ? demanda Connie en regardant les ongles parfaitement vernis de Tara.

— Oui, répondit-elle en déployant sa paume. Pourquoi ?

— Et le maillot à la cire et tout ça ? demanda Connie avec un large sourire.

— C'est une question un peu personnelle, dit Tara en fronçant les sourcils.

Elle se balançait toujours lentement d'avant en arrière quand un gros bruit de trompette involontaire détona de son postérieur. Elle prit un instant pour assimiler ce qui venait de se produire avant de se plaquer une main sur la bouche. Connie poussa un gloussement, long et franc.

— Il va sortir bien pire là-dessous, alors vous feriez mieux de vous détendre pour un petit vent, mademoiselle Bégueule.

Tara se couvrit le visage avec les mains puis se mit elle-même à rire. Elle avait un rire aigu, musical.

— Oh bon sang, c'est comme ça que vous riez ? Même votre rire paraît coincé.

Les deux femmes se faisaient mutuellement mourir de rire ; elles ne pouvaient plus s'arrêter.

— Oui, c'est mon rire, quel est le problème ? renifla Tara, les yeux ruisselants.

— Oh, ne me faites pas rire, ne me faites pas rire, c'est encore plus douloureux, dit Connie en s'agrippant le ventre d'une main et s'éventant le visage de l'autre.

Au cours des quelques heures qui suivirent, Connie apprit à Tara à se relaxer, à se laisser aller. Elle lui montra comment bouger son corps de la manière dont il avait besoin pour faire sortir le bébé. Elle lui apprit à respirer, meugler, grogner et hurler sans se soucier de son apparence ni du bruit. Les contractions devinrent plus régulières, puis plus fréquentes. Les choses se produisaient enfin.

— Alors, vous savez ce que ce sera ? s'enquit Connie alors qu'elles finissaient de traverser une contraction en respirant ensemble.

— Un garçon.

— Vous avez choisi un prénom ?

— C'est trop, ça commence à être trop, Connie… Je ne peux pas, se mit à geindre Tara.

— Ne perdez pas d'énergie à pleurer. Allez, restez avec moi, faites ce que je fais, nous allons y arriver. Comment allez-vous l'appeler, alors ?

— Mon mari aime bien John, comme lui. Je ne sais pas, peut-être Roger ?

Elle essuya de la sueur de son front avec le dos de la main. Connie plissa le nez. Tara s'esclaffa.

— Pas Roger, donc.

— Désolée, dit Connie en riant aussi.

Une autre contraction ; les corps des deux femmes étaient à présent étrangement synchronisés. Elles se tenaient la main, en se serrant, et respirant à l'unisson.

— Où sont les sages-femmes ? gémit Tara. Elles doivent appeler John.

— Croyez-moi, je n'ai fait ça qu'une fois avant, mais les hommes ne font qu'encombrer, déclara Connie en haletant sur les dernières crampes.

Lorsqu'elle releva la tête, elle vit que Tara avait rampé jusqu'au lit et se cognait la tête contre le repose-pied.

Connie la rejoignit en se dandinant et lui caressa le dos.

— Hé, demain, ce ne sera plus qu'un mauvais souvenir. Regardez-moi, vous voulez savoir quel prénom j'ai prévu pour le mien ? (Elle éloigna Tara du cadre de lit.) Je l'ai choisi alors que j'étais encore gamine. (Tara se tourna pour la regarder.) Quinn. C'est un prénom qui remonte loin dans ma famille. Ma grand-mère était une Quinn ; elle disait que ce prénom portait la chance des Irlandais, qu'elle n'avait jamais connu un ou une Quinn qui n'ait pas mené une vie de rêve.

Tara continuait de se balancer. Connie n'aurait su dire si elle écoutait.

— J'ai d'abord eu un garçon, Bill a insisté pour que ce soit William, comme lui. J'ai dit que quoi qu'on ait après, garçon ou fille, il faudrait que ce soit Quinn.

À son retour, la sage-femme trouva les deux futures mères à genoux par terre, se tenant la main.

— Vous allez avoir ces bébés au même moment, il semblerait, annonça-t-elle en reconduisant Connie à son lit. Allez, voyons où vous en êtes maintenant, Mrs Cooper.

Connie et Tara furent en travail ensemble pendant quatre heures.

Le mari de Tara, John, revint à l'hôpital, mais Tara dit qu'il pouvait attendre dehors jusqu'à ce qu'elle soit plus avancée.

— J'ai juste besoin de Connie, dit-elle à la sage-femme.

Des chambres individuelles se libérèrent, mais Tara ne voulait pas bouger. Lorsque Bill arriva enfin à l'hôpital,

Connie dit qu'il devrait lui aussi attendre à la réception jusqu'à ce qu'on l'appelle.

— Alors que je comprenne bien, dit la sage-femme, vous voulez toutes les deux que vos maris attendent à la réception parce que vous êtes chacune la partenaire d'accouchement de l'autre ?

Connie et Tara acquiescèrent.

À 23 h 30, elles étaient toutes les deux prêtes à pousser.

— Bon, il est temps de vous amener en salle d'accouchement, ordonnèrent les sages-femmes, soutenant enfin que l'heure était venue pour elles de se séparer.

Connie et Tara furent installées sur des lits à roulettes et emmenées hors de la salle. Elles se prirent la main une dernière fois.

— Bonne chance, dit Connie, la voix éraillée.

— Merci, articula silencieusement Tara.

— Eh bien, j'ai parié sur la possibilité que l'une de vous ait ce bébé des années quatre-vingt-dix, dit la sage-femme qui poussait le lit de Connie.

— Personne d'autre dans cet hôpital n'en est même proche, dit la sage-femme qui poussait Tara.

Tandis qu'on l'amenait dans la salle d'accouchement, Connie vit Bill l'attendre assis sur une chaise. Il se leva et plia le journal qu'il lisait.

— Vous avez pris votre temps, madame, j'ai attendu des siècles, dit-il.

— Je ne fais pas ça selon ta convenance, Bill, grogna Connie. Ça viendra quand je serai fin prête.

Bill se rassit, lèvres closes.

Connie poussa une demi-heure. Il lui fallut jusqu'à la dernière miette d'énergie qui lui restait, et elle avait dépassé le stade de parler. À un moment Bill se leva, consulta sa montre, grimaça et dit :

— Si tu pouvais juste tenir encore quelques instants, mon amour, nous ne sommes qu'à deux minutes de minuit.

Connie lâcha un cri guttural et strident, comme un ptérodactyle défendant son petit d'un prédateur. Les deux sages-femmes sursautèrent et Bill s'empressa de retourner à sa chaise, où il s'assit les épaules voûtées, les doigts croisés et les pouces qui moulinaient rapidement l'un autour de l'autre.

— Je vois la tête, dit l'une des sages-femmes.

La pression devint insupportable. Au moment même où Connie pensait qu'elle allait peut-être bien craquer à toutes les coutures, libération.

— Le voici, dit la sage-femme. Oh, une adorable petite fille.

Tout le monde dans la pièce était silencieux, en attendant que le nouveau-né émette un bruit, prenne sa première respiration. Un cri, un vagissement furieux, voilà, puis à travers les fines cloisons de l'hôpital, le son d'un autre bébé vagissant à l'unisson.

— Est-ce qu'elle va bien ? s'enquit Connie en examinant les visages des sages-femmes pour être rassurée.

— Elle est parfaite, dit l'une d'elles en emmaillotant le bébé dans une serviette pour la poser délicatement sur la poitrine de Connie.

— On était les premiers, déclara fermement Bill. C'est clairement le nôtre qu'on a entendu en premier. Tu as réussi à dépasser minuit mon amour, tu es un soldat d'élite, Connie Cooper.

Mais Connie n'écoutait pas ; elle était trop occupée à contempler la merveilleuse petite créature qui roucoulait dans ses bras.

Nouvel An 1990

Le lendemain matin, Connie chantait doucement pour le bébé lorsque Bill revint à l'hôpital avec William.

— Regarde qui est là ! dit-il en posant William par terre.

Le garçon se dirigea aussitôt vers le lit d'un pas encore chancelant en disant « Maman », les bras tendus vers Connie.

— Veux-tu faire la connaissance de ta sœur, William ? proposa Connie en tapotant à côté d'elle sur le lit.

L'enfant grimpa, elle en avait donc un dans chaque bras.

— Voici bébé Quinn.

Elle tint la main de William afin qu'il puisse gentiment caresser sa nouvelle sœur.

— Tu ne peux plus l'appeler Quinn, annonça Bill.

— Pourquoi ça ? s'étonna Connie en levant brusquement les yeux vers lui.

— Parce que c'est comme ça que cette autre femme a appelé le sien, celle qui a gagné l'argent.

— Quoi ? dit Connie dans un chuchotement.

Elle reposa le bébé avec précaution dans le berceau à côté de son lit.

— Qu'est-ce que tu racontes, Bill ?

— C'est partout à la radio. Ce bébé qui a gagné tout l'argent juste pour être né une minute avant le nôtre, il se prénomme Quinn. Je persiste à dire que nous étions les premiers. J'imagine que ces sages-femmes se sont mises d'accord sur les heures qu'elles ont enregistrées, en se basant sur qui serait le plus beau dans le journal, dit-il d'une voix bourrue en frottant ses deux larges paumes sur son crâne chauve.

— Quinn ? Elle a appelé son bébé Quinn ?

Connie n'arrivait pas à y croire.

— Ouais, alors on ne peut pas appeler aussi le nôtre comme ça, on aurait l'air idiots. Leur Quinn est partout aux infos, il est célèbre, en plus tout le monde pense que c'est un prénom de gars maintenant.

Connie resta silencieuse, sidérée.

— J'ai toujours aimé Minnie pour une fille, poursuivit Bill. Qu'en penses-tu, Will ? Bébé Minnie. Elle n'est peut-être pas riche, mais elle est belle, c'est certain.

Il se pencha pour embrasser son épouse sur le front, en caressant la joue du bébé avec ses mains calleuses de plâtrier.

Connie était trop fatiguée pour réfléchir. Elle avait besoin de dormir. Elle avait besoin de nourrir le bébé. Et elle devait trouver le moyen de s'occuper d'un enfant en bas âge et d'un nouveau-né en même temps. Elle pourrait se disputer avec Bill sur le prénom du bébé plus tard.

Mais une fois qu'ils furent rentrés chez eux et que Connie eut pu dormir un peu, Quinn Hamilton, le premier bébé des années quatre-vingt-dix, était partout aux actualités nationales. « Le Bébé le plus chanceux du pays », disait un gros titre. « Une prime pour Quinn ! » lança le journaliste de l'émission matinale. Pour Connie, le prénom était gâché désormais, les journaux la narguant avec l'argent qu'elle aurait pu gagner. Par ailleurs, Bill avait déjà commencé à appeler le bébé Minnie. Connie était assise sur le canapé à allaiter son enfant, en regardant Tara se faire interviewer par le présentateur télé.

— Quelqu'un m'a dit que Quinn était un prénom porte-bonheur, et il a clairement eu de la chance jusqu'ici, dit-elle en souriant.

Ses cheveux blonds semblaient avoir eu droit à un brushing pour l'occasion, son visage était frais et radieux. Elle n'avait pas l'air d'une personne ayant récemment accouché. Connie regarda sa fille.

— Je n'arrive pas à croire qu'elle t'ait piqué ton prénom, murmura-t-elle.

Elle sentit un mur chaud de larmes se former derrière ses yeux. Elle avait une montée de lait, ce qui la rendait émotive ; si elle laissait les larmes arriver, elles ne s'arrêteraient peut-être jamais. Elle ferma les yeux pour réprimer cette marée montante et chuchota au bébé :

— Juste une minute trop tard, hein.

Nouvel An 2020

— DONC, ATTENDEZ, L'INTERROMPIT QUINN EN LEVANT un doigt. Vous vous appelez Minnie Cooper ?

Minnie et Quinn étaient assis par terre, le soleil ruisselant par la fenêtre à présent. Elle s'appuya en arrière sur les mains et étira son cou d'un côté à l'autre.

— Me croirez-vous si je vous dis qu'aucun de mes parents n'a fait le rapprochement pendant deux bonnes semaines ? J'ai eu droit à un paquet de « vroum vroum » durant toute ma scolarité.

— Eh bien, je suis désolé qu'on vous ait donné un nom de voiture, sourit Quinn, mais je ne pense pas que ma mère raconterait l'histoire de cette façon.

— Je suis sûre que non. Elle ne va pas admettre avoir volé le prénom de quelqu'un d'autre.

Quinn fit pivoter son corps pour être face à elle.

— Vous rendez-vous compte que nous sommes nés dans le même hôpital le même jour, à quelques minutes d'écart ? dit Quinn, le visage animé. Quelles sont les probabilités ?

Et ensuite se rencontrer ainsi, le jour de notre anniversaire, qui plus est. Vous ne trouvez pas ça bizarre ?

Minnie reporta son attention vers lui, en soutenant son regard. Elle avait beaucoup pensé à cet homme au cours de sa vie. Elle savait que c'était étrange d'en vouloir à quelqu'un qu'elle n'avait jamais rencontré, quelqu'un dont elle ne savait rien, mais c'était le cas. À la manière dont sa mère relatait l'histoire, il s'agissait là du garçon qui lui avait volé son prénom, et sa bonne fortune dans la foulée. Quand il arrivait des malheurs à Minnie, sa mère disait : « Tu es née malchanceuse, ma fille. » C'était le refrain de son enfance. Des souvenirs de faux pas lui surgirent à l'esprit.

Le jour de son septième anniversaire, Minnie était tombée dans une bouche d'égout découverte dans la rue et s'était cassé le pied.

— L'ouvrier jure qu'il n'a tourné le dos que quelques secondes, avait déclaré le secouriste tandis qu'il essayait d'extirper Minnie.

— Née malchanceuse, celle-ci, avait dit Connie en se penchant dans la bouche d'égout. Ça n'arriverait jamais à une Quinn Cooper !

La veille de son treizième anniversaire, les parents de Minnie l'avaient laissée organiser une soirée de Nouvel An pour quelques amis. Minnie avait convié douze personnes de sa classe, y compris le garçon qu'elle aimait bien – Callum Peterson. Dix de ses invités avaient attrapé la grippe cette semaine-là, alors les seules personnes qui avaient débarqué étaient Callum et Mary Stephens. Minnie avait passé toute la soirée à regarder Callum et Mary se peloter sur son canapé. Le gamellethon ne faisait une pause oxygène que lorsque la mère de Minnie venait de la cuisine pour leur proposer des collations qui sortaient du four. Tandis que Connie se penchait pour récupérer un plateau de vol-au-vent intacts sur la table basse, elle avait chuchoté à sa fille avec un clin d'œil :

— Ceci n'arriverait jamais à une…

— Je sais, je sais, avait rétorqué Minnie, à une Quinn Cooper.

L'histoire du prénom volé de Minnie était devenue une légende dans la famille Cooper. Sa mère régalait les gens avec l'injustice de toute cette histoire dès qu'elle en avait l'occasion.

— Non pas qu'elle soit amère, glissait le père de Minnie avec un sourire en coin.

— Oh, la ferme. Cette coincée n'aurait pas eu son bébé avant des heures si je n'avais pas été là, ripostait Connie.

Bill et William se moquaient de Connie dès que le sujet était abordé, mais Minnie remarquait que si sa mère feignait de prendre ça à la légère, ses yeux arboraient toutefois cette expression peinée. Il y avait un dossier gris rempli de coupures de presse et de souvenirs d'enfance, que sa mère sortait parfois aux anniversaires ou à Noël. Il contenait tous les vieux calendriers de compétition de natation de Minnie, les diplômes de Mathlète de Will, et puis, il y avait la coupure du *London News* du jour de sa naissance, avec le gros titre sur Quinn placardé en première page. Dès que sa mère arrivait à cette page, son visage affichait une révérence solennelle.

Minnie n'avait jamais imaginé rencontrer un jour cet homme. Parfois elle se demandait même si la fable était vraie. Lorsqu'elle était adolescente, elle l'avait cherché une fois sur Internet. Elle n'avait trouvé aucun Quinn Hamilton de son âge sur les réseaux sociaux. Et pourtant il était là, de tout son mètre quatre-vingts et quelque, assis à côté d'elle par terre, son beau visage chaleureux lui souriant comme s'ils étaient de vieux amis.

— Si ça peut vous consoler, je ne sais pas à quel point ce prénom m'a porté chance, dit Quinn.

— Ça a l'air d'aller plutôt bien pour vous, lança Minnie. Cette soirée hier a probablement coûté plus que ce que je gagne en un an.

— L'argent ne fait pas tout, dit Quinn en haussant les épaules.

Minnie grimaça. « L'argent ne fait pas tout » était une phrase prononcée uniquement par ceux qui en avaient plein les poches.

— Écoutez, ça vous dirait un petit déjeuner ? Je veux tout savoir sur ma jumelle d'anniversaire. Je vous invite, c'est le moins que je puisse faire après vous avoir volé votre prénom.

Il se mit debout et tendit une main pour aider Minnie à se lever.

Elle hésita. Elle était tentée, mais quelque chose dans son attitude débordante d'assurance lui donnait envie de refuser. De plus, c'était le Jour de l'An. D'après son expérience, ce n'était jamais une bonne idée de dire oui à quoi que ce soit le jour de son anniversaire.

— Désolée, je ne peux pas, répondit-elle sèchement. Je dois rentrer chez moi pour prendre une douche, et découvrir ce qui est arrivé à mon petit ami. Il va s'inquiéter pour moi.

— Bien sûr, dit Quinn, baissant les yeux par terre et ébouriffant ses épais cheveux d'une main. Peut-être une autre fois ?

— Peut-être, dit Minnie en ramassant son sac pour partir.

— Vous n'êtes pas sérieusement contrariée pour cette affaire de prénom, si ? Ce n'est qu'un prénom.

— Peut-être pour vous, dit Minnie en secouant ses cheveux afin qu'ils couvrent davantage sa figure.

Ils marchèrent jusqu'à l'entrée principale du club et Quinn lui ouvrit la porte donnant sur la rue.

— Écoutez, si vous n'êtes pas dispo pour le petit déjeuner, puis-je au moins prendre votre numéro de téléphone ? demanda-t-il. À défaut d'autre chose, j'ai besoin que vous me donniez cette carte de membre.

— Carte de membre ?

— Le club des 1er janvier.

— C'est vrai. Eh bien, vous pouvez me trouver assez facilement. Il y a peu de Minnie Cooper sur Facebook qui n'ont pas de voiture en photo de profil.

Minnie leva les yeux vers lui. Il était juste à côté d'elle dans l'embrasure, tenant la porte ouverte pour qu'elle la passe. Elle sentit ses bras se hérisser de chair de poule, et les resserra contre sa poitrine.

— Vous n'avez pas de manteau ? s'étonna-t-il.

— Je l'ai perdu en venant ici.

— Laissez-moi vous prêter le mien, vous allez être gelée.

— Non, ça ira.

Minnie inclina la tête d'un côté ; il n'avait pas bougé de l'embrasure. Elle était étrangement troublée par sa proximité physique. Elle se trouvait si près de lui qu'elle pouvait sentir la chaleur irradier de son torse. Elle se surprit à le humer, une odeur de peau chaude et de coton repassé. Elle s'humecta inconsciemment les lèvres. C'était un geste passager, mais il le remarqua et sourit. Minnie sourcilla puis plongea vite la tête sous le bras de Quinn pour filer dans la rue. Cet homme avait clairement l'habitude que les femmes défaillent sous son regard. Elle doutait qu'on lui ait un jour refusé quoi que ce soit, encore moins un petit déjeuner.

— Eh bien, joyeux anniversaire, Voleur de prénom, dit-elle en se tournant pour partir.

— Vous aussi, Jumelle d'anniversaire, dit Quinn en s'appuyant contre l'encadrement de la porte, la joue creusée d'une fossette d'amusement.

Minnie traversa la chaussée et s'engagea sur le trottoir en s'éloignant du club comme une flèche. Elle lutta contre l'envie pressante de se retourner, pour voir s'il la regardait toujours. Alors qu'elle allait emprunter la rue principale, le ciel jusque-là dégagé se couvrit subitement et d'énormes gouttes de pluie se mirent à tomber.

1er janvier 2020

MINNIE DESCENDIT DU BUS 56 À MI-HAUTEUR d'Essex Road, juste devant *Sainsbury's*. Quelques âmes à l'air égaré attendaient l'ouverture à la porte. Des verres en plastique jonchaient le trottoir devant le pub en face, et la pluie n'avait pas encore balayé les mégots et plats à emporter entamés qui recouvraient la chaussée à côté de poubelles débordantes. Il pleuvait toujours à verse alors qu'elle courait dans la rue latérale menant à son appartement, les bras serrés sur sa tête pour se protéger. À sa porte, elle fouilla dans son sac, à la recherche de ses clés – elles n'y étaient pas. Elle resta plantée là, trempée et frissonnante, puis vida son sac sur le perron, se raccrochant à l'espoir qu'elles se cachaient peut-être parmi les vieux reçus et le maquillage en vrac. Elle regarda la pile de bazar mouillé, puis ferma les yeux et expira lentement ; ses clés étaient dans la poche de son manteau, celui qu'elle avait perdu la veille au soir. Évidemment. C'était son anniversaire – rien ne se passerait bien aujourd'hui.

Minnie releva la tête vers la fenêtre de son appartement. Elle voyait la petite frimousse grise de son chat appuyée contre la vitre.

— Oh, Lucky… Pauvre Lucky ! cria-t-elle. Il faut que je te nourrisse, mon chou.

Minnie refourra tout dans son sac et sonna aux interphones des deux autres appartements de l'immeuble. Quelqu'un aurait peut-être pitié d'elle. Elle pourrait au moins recharger son téléphone, se sécher et appeler son propriétaire pour qu'il la fasse entrer. Personne ne répondit.

— Tu es en avance, dit Leila en ouvrant sa porte à Minnie une demi-heure plus tard. Je croyais que je t'emmenais déjeuner ?

Leila vivait à Stoke Newington dans le nord-est de Londres, à une demi-heure de chez Minnie en bus. Elle habitait avec son petit ami au dernier étage d'une ancienne HLM. Leur immeuble était une masse de béton quelconque aux couloirs couverts de graffitis, mais à l'intérieur, l'endroit était lumineux et douillet. Leila se tenait à la porte, vêtue d'une robe de chambre rose à licornes. « Prends-moi par licorne » était imprimé sur l'avant en lettres rose pailletées. Ses cheveux à mèches arc-en-ciel étaient relevés au sommet de son crâne dans un chignon flou ; les rayures de couleur audacieuse avaient poussé pour révéler plusieurs centimètres de racines châtain clair en dessous. Pour décrire Leila, Minnie disait souvent que c'était une star des années cinquante à la crinière folle ; elle avait des formes généreuses et ces yeux profonds aux paupières tombantes qui lui conféraient toujours une certaine sensualité. Son ensemble à licornes de ce matin ne mettait pas forcément en valeur ses qualités de vedette de cinéma.

— J'ai perdu les clés de chez moi et je suis restée enfermée dans les toilettes d'une boîte toute la nuit, expliqua Minnie.

Elle franchit le seuil et écarta Leila d'un geste de la main tandis que celle-ci essayait de l'étreindre.

— Ne fais pas ça, tu vas être trempée.

— Les toilettes d'une boîte ? dit Leila en plongeant la tête dans ses mains. Mon pauvre petit chat noir. (Elle tendit la main pour lui tapoter la tête et lui caresser la joue comme si elle était un animal domestique.) Joyeux anniversaire, Min.

— Merci, dit Minnie en se pinçant la racine du nez avant de prendre une bruyante inspiration.

— Regarde-toi, tu es trempée – entre, entre. Je suis impressionnée que tu aies eu le cran d'aller en boîte, tu dois vraiment bien aimer Greg.

Minnie suivit son amie dans le couloir étroit jusqu'à la salle de bains. Leila tira une serviette rose grisâtre du portant et la lui tendit. Elle était rigide tel du carton, comme si on l'avait lavée à un million de degrés cinq cents fois de trop.

— Prends une douche chaude et emprunte-moi des fringues sèches, suggéra Leila.

— Joyeux anniversaire, Minnie, lança la voix d'Ian depuis l'autre pièce.

Minnie passa la tête par la porte du salon. Ian jouait à la Xbox, assis en caleçon sur le canapé beige, les pieds posés sur le cageot d'oranges retourné qui leur servait de petite table. Ses cheveux rasés étaient cachés sous une casquette de base-ball rouge et il avait un nouveau tatouage en cours de cicatrisation sur le bras qui disait « Joueur 1 ».

— Merci, Ian. Nouveau tatouage ?

— Cadeau de Noël de Leils, dit-il.

— Je ne l'ai pas emballé, cria Leila depuis la salle de bains, et je ne l'ai pas choisi, ni approuvé.

— Tu veux jouer à deux ? Tu peux m'aider à sortir de ma mauvaise passe, dit Ian.

— Peut-être quand j'aurai retrouvé des sensations au bout des doigts, répondit Minnie.

Leila revint de la salle de bains et fourra un petit flacon blanc dans les mains de Minnie. Il y avait des noix de coco et des fleurs roses sur l'étiquette.

— Tu peux utiliser mon bon gel douche, dit-elle en chuchotant. Je le cache à Ian, sinon ses couilles sentent la noix de coco pendant des semaines.

Minnie entra dans la douche et laissa l'eau chaude couler sur sa figure. Elle se frictionna la peau, pour essayer d'enlever son maquillage d'une journée et l'odeur du club incrustés dans ses pores. Elle avait encore le cou raide d'avoir dormi sur le sol des toilettes, et elle le frotta d'un côté à l'autre entre ses paumes. Leila passa la main par la porte de la salle de bains.

— Je te laisse juste des vêtements pour quand tu seras prête.

Minnie regarda vers la porte où Leila avait suspendu une robe à pois rouge et blanc. Le style vestimentaire de Leila n'était pas conventionnel ; la plupart de ses tenues étaient encore plus colorées que ses cheveux kaléidoscopiques. Elle était comme l'enfant qui insistait pour utiliser chaque couleur de sa boîte de Crayola.

Vingt minutes plus tard, Minnie se présenta dans le salon.

— Je ne peux pas porter ça, dit-elle.

Ian éclata de rire.

— C'est Minnie Mouse !

— Ne sois pas grossier. Tu es ravissante, dit Leila en décochant un regard noir à Ian.

— Tu ne m'emmènes pas à Disneyland, si ? demanda Minnie, les mains sur les hanches.

— Rien d'aussi excitant, répondit Leila. Je t'emmène déjeuner. J'en ai marre de t'entendre dire que tu ne veux jamais rien faire pour ton anniversaire. Ce sont tes trente ans, c'est un gros truc – nous devons marquer le coup d'une façon ou d'une autre.

— Oh la vache, tu es vieille, dit Ian en détachant les yeux de l'écran pour adresser une moue à Minnie.

Il fit trembler sa lèvre inférieure et écarquilla les yeux dans une horreur feinte.

— Ha-ha, dit Minnie en pointant du doigt l'écran de télé où « PARTIE TERMINÉE » clignotait en capitales agressives.

Ian poussa un « ‘taaaaaain » en jetant la manette sur le canapé à côté de lui. Il retira sa casquette et se passa brusquement les mains d'avant en arrière sur la tête.

— Je ne suis pas certain que nous devrions laisser Minnie rester à l'appart si elle a cette malédiction qui plane au-dessus d'elle. Je n'ai pas besoin que le plafond s'écroule quand je suis en train de chiller en calbut.

Minnie roula les yeux avec exagération. Ian était le petit ami de Leila depuis trois ans, et Minnie et lui étaient vite tombés dans les rôles des frère et sœur qui se chamaillaient. Ils aimaient se disputer l'attention de Leila pour rire.

— Si le plafond commençait à s'écrouler, bougerais-tu de ce canapé ? demanda Leila en agitant un doigt vers la scène qu'elle avait devant elle. Je parie que Greg ne passe pas ses journées à jouer à la console en caleçon, si, Minnie ?

— Respecte ce caleçon, dit Ian. Ce caleçon et moi avons vécu de bons moments. Ce caleçon et toi avez vécu de bons moments.

Ian haussa les sourcils. Leila tenta de réprimer un sourire.

— Merde, je dois appeler Greg. Est-ce que je peux brancher mon téléphone ?

Minnie poussa un étalage de vernis à ongles multicolores de la coiffeuse de Leila et brancha son portable dans le chargeur de chevet. Elle s'assit sur le lit pendant que Leila parcourait sa penderie en cherchant quelque chose à mettre.

— Alors, tu ne devineras jamais qui j'ai rencontré hier soir, dit Minnie en tapant des orteils par terre.

— Le pape ?

— Non.

— Jon Bon Jovi ?

— Non.

— Le prêtre canon de *Fleabag*.

— Tu lances juste des noms au hasard ?

— Oui.

— OK, je vais te le dire.

Minnie attendit d'avoir toute l'attention de Leila :

— Quinn Hamilton.

Leila marqua une pause.

— Qui ?

— Quinn, Quinn Hamilton. (Minnie regarda son amie d'un air incrédule.) Quinn le Voleur de prénom.

— Quinn ! *Le* Quinn ?

Leila fit aussitôt un pas vers Minnie, les yeux écarquillés, une main serrant un cintre contre sa poitrine.

— Quinn l'ennemi juré de ton enfance ?

— Oui, ce Quinn, répondit Minnie en acquiesçant lentement.

Leila abandonna sa quête vestimentaire pour faire rebondir son postérieur sur le lit à côté de Minnie.

— Quoi, comment, qu… ?

Elle secoua la tête, interloquée.

— Comment as-tu su que c'était lui ?

— C'était sa soirée d'anniversaire. L'amie de Greg au journal, Lucy Donohue, elle sort avec lui. Les présentations n'ont été faites que lorsqu'il m'a ouvert les toilettes à 7 heures du matin. J'ai tout de suite su qui il était. Combien de Quinn nés le 1er janvier peut-il y avoir ?

— Pourquoi dis-tu *Lucy Donohue* comme ça ? demanda Leila en plissant les yeux vers Minnie.

— Comme quoi ?

— D'une drôle de voix nasillarde avec ton nez tout froncé ?

— Ah bon ? Je ne sais pas trop… Je l'ai trouvée agaçante. Bref, revenons-en à Quinn. Quinn ! Tu peux le croire ?

L'écran de son portable s'alluma en retentissant. Le nom de Greg y apparut tandis qu'un flot de messages arrivaient. Minnie grogna.

— Tout va bien ? s'enquit Leila.

— Greg m'a abandonnée au club hier soir et maintenant il m'envoie des SMS agressifs parce qu'il pense que *je* suis partie sans *lui*.

— Jamais, jamais je ne partirais sans toi, déclara solennellement Leila.

— Je sais bien que non. Je ne partirais jamais sans toi non plus. (Minnie tendit la main pour serrer celle de son amie.) Il a l'air assez en rogne, par contre. Je devrais probablement l'appeler.

— Raconte-moi toute l'histoire d'abord, le Lâcheur des toilettes peut attendre.

— OK, laisse-moi une minute, je vais juste envoyer un texto à mon propriétaire pour voir s'il peut venir m'ouvrir l'appart aujourd'hui. Il faut que j'y entre d'une façon ou d'une autre pour nourrir mon pauvre Lucky.

Minnie tapa longuement sur son téléphone et Leila fit un tic-tac avec sa langue, en hochant la tête d'un côté puis de l'autre comme un métronome.

— Alors, as-tu dit à Quinn qu'il t'avait piqué ton prénom ? demanda Leila une fois que Minnie eut terminé son message. Comment est-il ? Sexy ? Quinn Hamilton, pour moi c'est sexy.

— Oui, je lui ai dit qu'il m'avait piqué mon prénom – il a ri comme si c'était une blague. Et j'ignore où tu as chopé cette idée qu'il existait des noms sexy et d'autres pas sexy, dit Minnie avec irritation.

Elle commença à tripoter la robe qu'elle portait, en faisant froufrouter la jupe d'avant en arrière sur ses cuisses. Elle n'avait tellement pas l'habitude d'en porter qu'elle avait l'impression de regarder le corps de quelqu'un d'autre.

— Tu ne vas sérieusement pas me faire sortir en public comme ça, si ?

— Alors, il est canon ? demanda Leila en plissant plus encore les yeux.

— J'imagine, mais seulement de cette manière typique qu'ont les mecs riches et arrogants. Il est probablement né avec une cuillère en argent dans tous les orifices, déclara Minnie en grimaçant.

— Ne t'arrête pas à ça. Il me faut les moindres détails. Je dois vivre mes kiffs de vie amoureuse à travers toi maintenant que je suis si foutrement normale. Et oui, tu as besoin de porter la robe, ça va être marrant, je te promets.

Leila retourna à sa penderie et brandit une petite robe années cinquante jaune vif.

— Ça, c'est trop ?

— Ce style te va bien, pas à moi, dit Minnie en secouant la tête.

Leila fit tomber son bas de pyjama par terre et se glissa dans la jupe jaune.

— Attends une minute, qu'est-ce que tu entends par « vie amoureuse » ? Ça n'a rien à voir avec ma vie amoureuse, il s'agit juste de moi qui rencontre l'homme auquel ma mère m'a comparée toute ma vie. Bon, je vais appeler Greg maintenant.

Minnie composa le numéro. Greg n'aimait pas parler au téléphone, il préférait les textos, mais ce n'était pas adapté pour cette conversation-là. Elle tomba directement sur répondeur.

— Salut Greg, c'est Minnie. J'appelais juste pour te dire que je ne suis pas rentrée sans toi hier soir, c'est toi qui es rentré sans moi, et bref… Attends, il y a quelqu'un d'autre qui m'appelle… C'est peut-être toi, ah non, numéro inconnu. Attends, je te rappellerai, j'appelais juste pour dire que j'étais en vie… Salut.

Minnie s'empressa de changer de correspondant pour prendre l'appel entrant. C'était son propriétaire, Mr Buchanan, disant qu'il pouvait la retrouver à l'appartement pour lui donner un double de la clé.

— Tu y vas maintenant ? demanda Leila une fois que Minnie eut reposé le téléphone. Et le déjeuner ?

— Je dois aller nourrir Lucky. J'y vais tout de suite et ensuite je te rejoindrai dehors.

Minnie se leva et attira son amie dans ses bras.

— Merci de m'avoir secourue, ajouta-t-elle.

Les lèvres de Leila tressautèrent tandis qu'elle regardait Minnie partir.

— Mieux vaudrait que ce ne soit pas une ruse pour changer de tenue, lança-t-elle dans son dos.

Mr Buchanan attendait Minnie dans la rue. Il s'affairait à inspecter sa poubelle lorsqu'elle arriva. Il avait la soixantaine, des cheveux d'un blanc vif et parlait en zézayant. Quand il vit Minnie dans sa robe à pois, il marqua un temps d'arrêt.

— Merci infiniment d'être venu, dit Minnie à bout de souffle, remontant la rue en courant pour le rejoindre. Je ne pouvais pas me permettre de payer l'intervention d'un serrurier, surtout le Jour de l'An.

Mr Buchanan commença à examiner une partie de la peinture qui s'écaillait sur l'encadrement de la porte d'entrée, la grattant avec un ongle pour voir avec quelle facilité elle partait.

— Oui, au sujet de vos finances, Miss Cooper, dit-il en dilatant ses énormes narines poilues vers elle. J'ai vu que vous étiez encore en retard pour vos factures d'eau et d'électricité.

— Je sais, problème de trésorerie, mais je suis dessus, ne vous inquiétez pas, assura Minnie en esquissant deux gestes fermes des poings pour marteler combien elle était dessus.

— Je suis prévenu quand un locataire est mauvais payeur, vous savez, dit-il en se retournant face à elle, les yeux plissés. Et nous en avons déjà parlé, je crois ?

— Oh, oui, je sais, mais…

Minnie regarda en l'air et vit Lucky donner des coups de patte sur la vitre vers elle. Elle lui adressa un petit signe de main.

— Pourquoi ce geste ? demanda Mr Buchanan.

— Mon chat… mon châle.

Minnie se rappela soudain que les termes de son bail ne lui autorisaient pas d'animaux domestiques.

— Le châle que j'ai commandé a dû arriver. Je suis juste excitée… Ça ne vous fait jamais ça, un nouveau pull ? Quand il fait ce temps, youpi, je vais mettre mon nouveau pull…

Mr Buchanan se tourna pour lever les yeux vers la fenêtre. Elle ne savait pas s'il avait vu le mouvement furtif de la queue grise avant que Lucky s'esquive hors de vue.

— Je vois, dit Mr Buchanan en la coupant. Vous ne me semblez pas en position de faire du shopping, Miss Cooper. (Il cligna ses petits yeux vers elle.) Vous êtes censée renouveler votre bail le premier, et c'est aujourd'hui. (Pause.) Je n'ai pas l'impression…

Minnie voyait où tout cela menait et elle leva un doigt en l'air pour l'interrompre.

— *Attendez !* Mr Buchanan, s'il vous plaît, attendez, quoi que vous soyez sur le point de dire, pourrions-nous ne pas avoir cette conversation maintenant, je vous prie ?

Je sais que ça paraît dingue, mais il m'arrive des malheurs le 1er janvier, alors si des décisions importantes doivent être prises sur la reconduction de ma location ici, je me demande si je ne pourrais pas vous appeler demain quand on ne sera plus le premier, et, hum, bon, juste, ne vous décidez pas aujourd'hui. Je sais que j'ai été une locataire un peu pourrie, mais accordez-moi juste un jour de plus.

La tête de Mr Buchanan faisait des mouvements ténus d'un côté à l'autre. Ses lèvres bougeaient comme si Minnie était un livre qu'il essayait de lire et qu'elle faisait défiler les pages trop vite pour lui.

— Vous voulez que je vous demande de déménager demain ? demanda-t-il en la dévisageant avec perplexité.

— Non non, je ne veux pas que vous me demandiez de partir du tout. La nuit porte conseil, Mr Buchanan, décidez-vous demain. Je n'aurai peut-être pas l'air d'une si mauvaise locataire demain.

Minnie lui adressa le sourire le plus charmant qu'elle pouvait composer.

— Vous avez un préavis d'un mois, Miss Cooper, dit-il en lui tendant le double de clé. Mais puisque vous l'avez demandé gentiment, j'attendrai jusqu'à demain pour l'officialiser par écrit.

Dans son appartement, Minnie lâcha son sac par terre et prit Lucky dans ses bras.

— Oh, Lucky, il fait si froid ici.

Lucky se débattit et sauta de ses bras pour filer jusqu'à la cuisine.

— OK, très bien, je vais te chercher à manger.

Elle sortit une demi-boîte de pâtée de la porte du frigo et la transvasa dans une soucoupe. Lucky dévora presque tout, et bondit sur le comptoir puis en haut du frigo.

— Oh, tu as trouvé le seul coin chaud de l'appart, hein ? Tu ne viendras pas me réchauffer à côté ?

Lucky rentra la tête – un « non » ferme et définitif.

Minnie alla dans l'autre pièce et s'allongea sur son lit. Le seul bruit était le « plip-plip » du robinet qui gouttait dans la salle de bains et le doux bourdonnement de la circulation sur la route voisine. Elle frissonna, sauta du lit, ôta la robe idiote de Leila et parcourut sa commode en quête de quelque chose de plus chaud. Elle enfila un bas de survêtement, deux hauts thermiques, son pull le plus épais et des chaussettes de lit, puis elle retourna sous les draps.

Elle regarda son téléphone ; elle devrait essayer de rappeler Greg. Elle devrait aussi appeler Leila pour annuler leur déjeuner – elle ne pouvait affronter la perspective de ressortir aujourd'hui. Une vague de fatigue la submergea. Maintenant qu'elle était allongée, l'adrénaline qui s'était renouvelée durant les dernières vingt-quatre heures s'épuisait enfin. En plus d'être fracassée, elle craignait également toute interaction avec qui que ce soit d'autre aujourd'hui. Avec la chance qu'elle avait, si elle parlait à Greg, ils se disputeraient. Si elle sortait avec Leila, qui sait – elles étaient proches, mais aucune amitié n'était inattaquable.

Elle envoya à Greg, Leila et ses deux parents un texto pour dire qu'elle allait bien, de ne pas s'inquiéter pour elle, mais qu'elle avait une affreuse migraine et devait garder le lit pour le restant de la journée. Puis elle éteignit son téléphone. Minnie n'était pas une migraineuse, ne l'avait jamais été, mais personne ne remettait en question une migraine, personne n'attendait de vous que vous résistiez ; les gens se contentaient de l'accepter et vous laissaient guérir tranquille. Elle n'avait pas souvent ces migraines, juste une ou deux fois par an, mais elles avaient tendance à apparaître avec une remarquable régularité autour de son anniversaire.

Minnie fourra la main dans le tiroir de sa table de chevet pour en sortir un flacon marron. Il était presque vide, il ne restait que trois petits cachets blancs. Il s'agissait de puissants somnifères qu'on lui avait prescrits durant une période d'insomnie l'année dernière. Elle les avait mis de côté. Elle dormait globalement mieux à présent, mais c'était rassurant de les savoir là. Autrement, le réveil de 3 heures du matin l'angoissait, son esprit brassait sans qu'aucun interrupteur ne puisse l'éteindre. Elle goba l'un des cachets restants et l'avala à sec. Il n'était que 11 heures du matin, mais s'il y avait bien un jour qu'elle voulait passer à dormir, c'était celui de son trentième anniversaire.

Nouvel An 2015

Le hamac de Minnie était presque parfait. Il était exactement au bon angle, suspendu entre deux palmiers avec le côté tête un peu plus élevé que les pieds. Elle pouvait s'allonger et regarder vers la mer tout en sirotant sa noix de coco à la paille. Ses cheveux bruns bouclés étaient humides et rêches de sa baignade matinale ; son visage, légèrement bronzé et parsemé de taches de rousseur après deux semaines au soleil, l'illustration du bonheur. Et pourtant, il y avait quelque chose dans le coton rugueux sur sa peau qui l'irritait et l'empêchait d'apprécier pleinement ce moment au paradis.

— Je ne veux pas reprendre l'avion cet après-midi, dit-elle avec mélancolie à Leila qui était allongée dans le hamac à côté d'elle.

— C'est le seul vol qui nous ramène à Delhi à temps pour prendre notre correspondance jusqu'à chez nous. En plus c'était moins cher parce que, devine quoi, tu n'es pas la seule à ne pas aimer voyager le jour du Nouvel An, dit Leila.

Minnie lâcha un soupir las.

— Ne pouvons-nous pas simplement rester ici, vivre dans des hamacs et boire des noix de coco pour l'éternité ?

— Je ne pense pas que le conseil d'Islington me laisserait travailler à distance. Je doute que les membres vulnérables de la communauté dont je m'occupe apprécieraient de bavarder avec leur assistante sociale *via* Skype, depuis une plage. Ça n'envoie pas le bon message.

Minnie s'esclaffa en torsadant une mèche rigide de cheveux entre l'index et le pouce.

— On ne sait jamais. C'est juste que j'ai ce réel sentiment de dimanche soir veille de rentrée des classes, pas toi ? Dans soixante-douze heures nous serons toutes les deux de retour au boulot, toi avec Elaine la Plaie de l'Administration, et moi avec Pete le Pervers et ses pieds qui puent.

— Non mais sérieusement, dit Leila, comment ces gens en sont-ils arrivés à avoir des responsabilités ? J'en vois tellement qui voudraient à tout prix travailler et qui n'ont aucun répit, mais nous vivons dans un monde où Pete le Pervers et Elaine la Plaie de l'Admin sont les gardiens.

— Eh bien, quand tu mèneras la barque, je m'attendrai à y voir un magnifique éventail de personnel à base d'orphelins et de vagabonds – une utopie bordélique et chaotique.

Leila éclata de rire.

— C'est le programme avec lequel je ferai campagne.

Minnie regarda vers la mer. Trois locaux dans un bateau de pêche bleu flottaient sur les vagues turquoise. L'un d'eux tira le starter et, avec un vrombissement malsain, le moteur s'anima dans des crachotements, émettant un nuage de fumée noire tandis que le bateau s'éloignait en haletant vers l'horizon.

Aller en Inde pour Noël était une idée de Leila. Elle avait convaincu Minnie qu'il n'y avait rien de tel que des vacances pour aider à se remettre d'une sale rupture. Minnie n'avait quitté le Royaume-Uni qu'une seule fois auparavant, pour aller à Alicante en voyage organisé ; la seule année où ses parents avaient eu le sentiment de pouvoir se payer des vacances en famille. L'Inde était un autre monde comparé à l'Espagne, et clairement, comparé à l'hiver froid et gris de chez elle. Descendre de l'avion fut un éveil sensoriel, comme voir le monde en Technicolor pour la première fois.

Être dans un pays étranger avec votre meilleure amie avait quelque chose de magique. Leila et elle avaient découvert leur nouvelle nourriture préférée ensemble (samoussas épicés), ri jusqu'à avoir le souffle coupé alors qu'elles passaient les angles de rue à toute vitesse en tuk-tuk, et lézardé sur la plage allongées côte à côte, racontant leurs rêves aux étoiles en décortiquant des noix de coco.

Même si ces dix jours avaient été inoubliables, c'était la première fois que l'une comme l'autre étaient loin de leur famille pour Noël, et elles avaient toutes deux trouvé étrange de ne pas avoir de dinde ni de sapin. Elles avaient emporté quelques marqueurs familiers des fêtes de fin d'année. Elles avaient mis dans leurs bagages des chaussettes miniatures pour les garnir et se les offrir sur la plage le matin de Noël, les pieds nus enfouis dans le sable. Elles portèrent des chapeaux de Noël bon marché et mangèrent des Terry's Chocolate Orange fondus pour le petit déjeuner. Leila offrit à Minnie de jolies boucles d'oreilles en émeraude et une toque de chef avec « Les Tourtes de Minnie » brodé à l'avant.

— Pour quand tu auras ta propre entreprise de tourtes, dit-elle en gratifiant Minnie d'un léger coup de coude.

Une boule se forma dans la gorge de Minnie. Tenir sa propre affaire de traiteur était une chose dont elle avait souvent rêvassé. Elle n'avait évoqué l'idée qu'une seule fois auprès de Leila, ivre – elle était stupéfaite que Leila se rappelle même cette conversation.

Minnie se gratta la jambe avec irritation. De petites pustules rouges avaient fait irruption partout sur sa peau.

— Je crois que je suis allergique à cette crème solaire que tu m'as prêtée, Leils.

La tête de Leila surgit sur le côté du hamac de Minnie ; ses cheveux vert vif s'étaient déchaînés avec l'humidité, et le faux bronzage de son visage avait un rendu un peu trop orange – elle ressemblait à un Oompa Loompa détraqué. Minnie sursauta de surprise, se renversant de l'eau de coco sur tout le devant.

— Ne t'approche pas de moi comme ça sans bruit ! cria-t-elle en frottant l'eau de son cafetan.

— Ton petit pote est de retour, dit Leila, levant les yeux au ciel tout en pointant un doigt accusateur vers le chien qui se tenait à côté d'elle dans le sable.

— Sac à puces ! s'exclama Minnie en bondissant du hamac pour aller le saluer.

Le chien se jeta sur Minnie et commença à lui lécher la figure. Sac à puces était un chien errant gris et blanc à l'air galeux, avec une queue courte et un boitement. Il avait suivi les filles toute la semaine. Minnie s'était attachée à sa petite gueule sympa et lui avait donné quelques restes de poisson lors de leur première soirée dans la paillote. Résultat de sa gentillesse, il les avait suivies comme une petite ombre en forme de chien.

— Ne le laisse pas te lécher, dit Leila en grimaçant.

— Le pauvre, dit Minnie en lui grattant affectueusement la tête. C'est comme s'il savait que nous partions et qu'il était venu dire au revoir.

— Tu vas juste lui rendre la vie plus dure à notre départ. Où est-ce qu'il va trouver de la nourriture maintenant ? dit Leila.

— Ça va aller pour lui, regarde-le – qui pourrait résister à cette frimousse ? dit Minnie en frottant son nez contre la truffe du chien.

— Minnie, je ne pense pas que ces rougeurs soient une allergie à la crème solaire, je pense que ce sont des piqûres de puces, dit Leila en levant les deux mains de dégoût.

— Tu crois ?

— Eh bien, si tu tiens vraiment à vivre un amour de vacances avec Sac à puces le chien.

— Ce n'est qu'un surnom idiot – tu ne penses pas vraiment qu'il ait des puces, si ? demanda Minnie d'un ton alarmé.

— Si. Je pense que vous en avez tous les deux. Les sacs ne restent pas à côté de toi dans l'avion.

À l'aéroport, Minnie se mit à transpirer dès qu'elles sortirent du taxi. Elle ne cessa de vérifier à de multiples reprises qu'elle avait son passeport, son portefeuille et ses bagages, convaincue que l'un d'eux ou la totalité lui serait volé à tout moment.

— Relax, Miss Parano. Tu ne vas faire qu'attirer l'attention vers l'endroit où se trouve ton portefeuille si tu n'arrêtes pas de vérifier comme ça, dit Leila.

L'air dans l'aérogare était frais comparé à la moiteur extérieure. Dans le hall tentaculaire et moderne, on faisait la queue partout ; pour enregistrer les bagages, pour qu'on vous les emballe dans de la cellophane, il y avait même des queues autour du bâtiment n'allant – apparemment – nulle part.

— Oooh, il y a un *Cafechino* ! Veux-tu un café ou l'un de ces délicieux samoussas épicés ? demanda Leila en hochant la tête vers un café près de l'entrée.

— Je ne mange rien avant d'être rentrée à la maison, je ne vais pas tenter le diable, dit Minnie en secouant la tête et pinçant fermement les lèvres.

Au contrôle des bagages, Minnie transpirait toujours et se grattait frénétiquement les bras.

Leila lui tendit un mouchoir.

— N'aie pas l'air aussi coupable, Minnie, ou ils vont t'emmener pour une fouille au corps intégrale, siffla-t-elle.

Tandis que le sac de Minnie passait le scanner de sécurité, l'homme assis derrière l'écran observa Minnie avec suspicion. Il avait une moustache brune soignée et des cheveux noirs peignés avec la raie sur le côté, droite comme une flèche. Son uniforme bleu était frais et amidonné ; ses yeux ricochaient entre Minnie et l'écran devant lui. Il fit un geste vers un collègue, désigna l'écran, puis Minnie.

— Miss, est-ce que c'est votre sac ? demanda un homme grand et plus mince avec des lunettes démodées et un uniforme plus froissé.

Il fit signe à Minnie de traverser pour venir de l'autre côté du tapis roulant.

— Oui, dit Minnie avec un petit hochement de tête résigné.

Évidemment que quelqu'un avait caché de la drogue dans son sac, et maintenant elle allait moisir en prison pour les vingt prochaines années. Tout cela était trop prévisible.

— S'il vous plaît venez, Miss, dit le plus grand en lui faisant signe.

Elle le suivit vers une pièce plus petite, tandis que le premier homme portait sa valise noire derrière eux. Minnie chercha des yeux Leila qui secouait la tête et levait les mains dans un haussement d'épaules exagéré.

— Puis-je fouiller le sac ? demanda poliment le plus petit des deux hommes.

— Bien sûr, dit Minnie, je vous en prie.

Le plus grand dit quelque chose en konkani. Le plus petit fit une pile impeccable de tous les vêtements de Minnie sur le banc, puis sortit une boîte rectangulaire.

C'était le cadeau d'anniversaire de Leila pour Minnie, soigneusement emballé pour le lendemain. Leila l'avait jeté dans le sac de Minnie à la dernière minute parce que le sien était bourré à craquer de pantalons de pêcheur aux couleurs pastel, de hauts en crochet et de toutes les babioles en bois parfumé qu'elle n'avait cessé d'acheter aux vendeurs de plage.

— Qu'est-ce qu'il y a là-dedans ? demanda le plus petit en poussant le sac brusquement vers elle.

Le plus grand sourcilla et prit un porte-bloc. Il commença à parcourir des feuilles de papier.

— Je ne sais pas. C'est un cadeau pour mon anniversaire.

Minnie sentit son estomac s'affaisser. Leila lui aurait-elle acheté de la drogue ? Certainement pas.

Les deux hommes échangèrent un regard. Le plus grand dit quelque chose en konkani et tapa sur son porte-bloc.

— Puis-je l'ouvrir ? dit le plus petit.

— Bien sûr, dit Minnie en secouant la tête.

Peut-être était-ce une espèce de bombe de bain qui déclenchait les capteurs parce que ça ressemblait à des explosifs ?

Le plus petit commença à déballer avec précaution le paquet pour révéler une longue boîte en plastique violette avec « Lapin galopant » écrit sur le côté en lettres fougueuses. Une grosse baguette phallique rose était visible par la fenêtre en plastique. Minnie s'empourpra jusqu'au violet foncé ; maudite Leila – c'était horriblement gênant.

— Qu'est-ce que c'est ? demanda le plus petit homme, la tête penchée d'un côté.

— Oh, heu, c'est une blague, un cadeau de mon amie.

Ils la regardèrent tous les deux d'un œil vide. Minnie serra les poings pour s'empêcher de se gratter. Le plus grand désigna un post-it collé sur la boîte. Le plus petit se mit à lire : « Hey poulette, passe un jouisseux anniversaire et un pénissieux Nouvel An. Qui a besoin des hommes, hein ? »

Il prononça « jou-hiss-eux ».

— C'est quoi, « péni-cieux » ? demanda le plus grand.

— Oh, eh bien, c'est difficile à expliquer, fit Minnie en plaquant ses mains chaudes et moites sur le visage.

Elle commençait à regretter que ce ne soit pas de la drogue dans son sac. Oh Seigneur, pourquoi n'aurait-ce pu être de la moins embarrassante, charmante et simple drogue ?

— C'est un objet de corruption morale, décréta le plus petit avec sévérité. Vous vendez ça dans notre pays ?

— Oh, non non, je ne le vends pas. Pourquoi voudrais-je le vendre ?

— Ce n'est pas permis de vendre des objets obscènes en Inde, dit le plus grand en secouant la tête et tapant son porte-bloc.

— Vraiment ? s'étonna sincèrement Minnie. Je ne le savais pas, et comme je disais, c'est un cadeau. Je ne savais même pas qu'il était là-dedans.

— Vous allez devoir attendre ici. Remplissez ce formulaire, dit le plus petit.

— Un très long formulaire, dit son collègue, hochant gravement la tête en lui montrant un porte-bloc chargé d'une épaisse liasse.

— Mais mon vol, je vais rater mon vol ! cria Minnie.

Les deux hommes discutèrent tandis que Minnie se grattait furieusement les bras. Ils finirent par se retourner vers elle et ses mains se figèrent en pleine frénésie.

— Si vous payez une amende à la place du formulaire, vous allez peut-être pouvoir prendre votre avion.

Minnie chercha à tâtons son portefeuille. Elle en sortit ses cinquante dernières roupies.

— À combien s'élève l'amende ?

Les hommes regardèrent sa pitoyable poignée de liquide.

— Cher, dit le plus petit. Vous avez plus ?

Minnie secoua tristement la tête. Le plus petit lui tendit le porte-bloc et tapa le formulaire avec son doigt.

— Pas votre jour de chance, Miss.

Les filles passèrent la nuit sur le sol de l'aéroport. Minnie était un quart furieuse contre Leila de lui avoir fait transporter un sex-toy illégal, et trois quarts reconnaissante de ne pas avoir pris l'avion pour Delhi seule afin de l'attendre. Leila rit si fort en découvrant la raison pour laquelle Minnie avait été retenue qu'elle en mouilla très légèrement sa culotte et dut aller se changer pour mettre son dernier pantalon propre. Minnie expliqua qu'il lui faudrait peut-être un peu plus longtemps pour considérer l'aspect comique de la situation.

Elles eurent du mal à se mettre à l'aise par terre, calées contre leurs sacs à dos sous l'éclairage au néon d'un aéroport qui ne dort jamais. À 3 heures du matin, Leila poussa Minnie du pied.

— Hé, Min, tu es réveillée ?

— Oui, soupira Minnie.

— Je ne t'ai pas demandé hier soir… Où voudrais-tu être à cette heure-ci dans un an ?

Cette question était le rituel de Leila au Nouvel An d'aussi loin que Minnie s'en souvienne.

— Je voudrais ne pas camper dans un aéroport couverte de piqûres de puces ?

— Je suis sérieuse. Où serais-tu ? Qu'as-tu à accomplir d'ici ton vingt-septième anniversaire ?

Minnie soupira, et se plia au rituel de son amie.

— Ne plus être triste que Tarek m'ait larguée, je suppose.

— Oh, Minnie, ne gâche pas ton « même heure dans un an » avec ce déchet de Tarek. Quoi d'autre ?

— J'imagine que j'aurais un boulot qui me plaise vaguement. J'aimerais bien acheter la gamme de luxe chez Tesco de temps en temps, pas juste les premiers prix – tu me connais, je suis une vraie mégalomane.

— Minnie, j'ai eu la meilleure des idées, annonça Leila en se glissant sur les fesses jusqu'à son amie. Toi et moi, on devrait monter une société ensemble.

— Pour faire quoi ? De la contrebande de sex-toys en Inde ?

— Non, nous devrions créer une société qui fait des tourtes pour les gens dans le besoin. (Minnie regarda vers elle pour voir si elle était sérieuse.) Tes tourtes sont carrément fabuleuses, dans mon esprit, tu es la Reine des Tourtes, tu as juste besoin de quelqu'un avec qui faire équipe pour te donner la confiance de te lancer !

— La Reine des Tourtes, on dirait une personne vraiment grosse, dit Minnie, avec le cœur qui commençait toutefois à s'emballer.

— Tu les prépares et nous nous servons de mes contacts dans les services d'aide à domicile pour les livrer aux gens dans le besoin – comme *Popote roulante* ou ce genre de connerie. Je suis sûre qu'on pourrait obtenir un financement, il y a cette nouvelle initiative pour soutenir les petites œuvres caritatives. Oh, oh… (Leila secoua ses poings en l'air, se laissant emporter.) Et nous pouvons employer tous ceux qui attendent que quelqu'un leur donne enfin un peu de répit – l'utopie de toutes mes espérances !

— Tu veux qu'on fasse du *Popote roulante* ? dit Minnie en regardant son amie comme si elle avait suggéré qu'elles montent une entreprise de vente de sous-vêtements à logo de putois dans les brocantes.

— Réfléchis, ce n'est pas si dingue comme idée. Je pense qu'à la longue, tu as perdu ta passion de la cuisine à force de faire traiteur pour les riches et ingrats. Imagine-toi cuisiner la nourriture que tu adores, pour des gens qui l'apprécieraient réellement ? Et à quel point ce serait drôle de travailler ensemble tous les jours ? Nous ferons juste une chose vraiment bien, et l'apporterons à ceux qui ne peuvent pas se rendre en magasin, ou aux gens qui ne peuvent plus cuisiner. « À tourte vitesse » ou « À tourte à l'heure », peut-être « En avant tourte » ?

Minnie marqua une pause.

— OK.

— OK ? demanda Leila.

Elle paraissait surprise que Minnie ait accepté.

— Oui, faisons ça, mais sans aucun de ces noms, dit Minnie, j'ai déjà trouvé le nom parfait.

2 janvier 2020

La cuisine de *Pas de mauvaises farces* se situait dans une petite rue quelconque à Dalston dans l'est de Londres. Elle était dans une partie de la ville que la gentrification n'avait pas encore atteinte, en sandwich entre une entreprise de pompes funèbres et un ancien disquaire à l'abandon. Il y avait une enseigne sur la devanture qui disait *Tandoori Palace*, barrée à la peinture verte en bombe. L'immeuble abritait un restaurant indien auparavant, et Minnie et Leila n'avaient pas encore les fonds pour changer convenablement le panneau. Les filles estimaient providentiel, quelque part, de revenir d'Inde avec le projet pour ensuite trouver un restaurant indien en faillite qui leur offrait l'occasion de reprendre son bail.

« J'espère que vous aurez plus de chance que nous avec cet endroit, les filles, avait dit d'un ton sinistre Mrs Mohan tandis qu'elle aidait à vider les tiroirs et placards. Mieux vaut que ce soit vous qu'un autre *KFC* ou un *Piri-Piri Chicken.* »

Quatre ans plus tard, il y avait toujours une photo de la famille Mohan affichée sur la porte du frigo en inox. Les filles l'avaient trouvée après le déménagement et n'avaient pas eu le cœur d'enlever le dernier vestige du labeur acharné de la famille.

En partant travailler, Minnie acheta des cafés frais pour toute l'équipe. Elle ne pouvait guère se le permettre, mais pensait que tout le monde pourrait avoir besoin d'un petit coup de boost. Elle s'était réveillée à 2 heures du matin groggy et confuse, puis avait fêté la fin de son anniversaire en préparant une énorme omelette espagnole à partir d'un assortiment suspect d'ingrédients trouvés dans son réfrigérateur. Les petites heures du matin avaient été passées à écouter de la musique et ranger, pendant que Lucky l'observait avec circonspection depuis son chaleureux perchoir en haut du frigo.

On était à présent le 2 janvier – son jour préféré de l'année ; le plus loin de son anniversaire. Alors, malgré tout ce qui s'était produit la veille, elle ne pouvait s'empêcher d'aller au travail d'un pas léger. Greg avait déjà essayé de l'appeler ce matin. Elle n'avait pas répondu ; elle était dans le bus et n'avait pu se résoudre à laisser une dispute gâcher son humeur enjouée. Greg pouvait se montrer assez taciturne quand ça lui plaisait. S'il était en pleine rédaction d'un article, elle pouvait ne pas avoir de ses nouvelles pendant des jours. Peut-être que ça lui ferait du bien de goûter un peu à la version indisponible de Minnie.

— J'ai pris des cafés, lança-t-elle en passant la porte et faisant ainsi tinter le carillon vintage.

— Oh, quel ange, dit Alan en lui en prenant un des mains.

— Alan, merci de nous avoir reçus pour le réveillon, nous avons tous les deux passé une délicieuse soirée.

— Mais c'était un délice pour moi aussi, dit-il avec une révérence.

Alan était leur chauffeur-livreur. C'était un homme grand, maigre, dans la cinquantaine, et dont la bouche tressautait en permanence. Il avait la peau pâle et cireuse, et de grands yeux félins aux paupières tombantes. Il évoquait à Minnie un poète du dix-huitième siècle en lutte avec une âme torturée. Il était capitaine de bateau auparavant, mais un accident avec une ancre l'avait transformé en « marin d'eau douce » autoproclamé. Personne ne savait ce qu'avait causé l'accident, ni ce qu'il s'était blessé exactement – il n'aimait pas en parler.

— Tu en as pris sans produits laitiers ? demanda Fleur en tournant brusquement la tête.

— Non, désolée, seulement des cappuccinos de vache, grimaça Minnie.

Fleur soupira, mais tendit néanmoins une main. Fleur gérait le téléphone. Elle avait vingt-deux ans et une tendance à suivre les modes alimentaires. Aujourd'hui, on était le deux janviégan. Fleur avait un long cou élégant et des cheveux blond blanc. Comme un beau cygne hautain, vous aviez la sensation qu'elle pourrait vous siffler à la figure si vous vous approchiez trop.

Fleur était venue travailler pour elles deux ans plus tôt. Il n'y avait que Minnie et Leila à l'époque, et lorsque l'activité avait commencé à décoller, elles avaient eu besoin d'aide pour prendre les commandes. Fleur était venue à l'entretien avec une proposition. Elle avait expliqué qu'elle apprenait à coder mais ne pouvait pas le faire chez elle parce que sa mère croyait qu'Internet donnait de l'asthme aux gens – elle interdisait le Wi-Fi dans la maison. Elle leur dit qu'elle travaillerait quatre jours par semaine, mais qu'elles n'auraient besoin de la payer que trois jours, tant qu'elle pouvait faire ses leçons de codage pendant les temps morts.

Elles lui accordèrent le poste puisque l'arrangement paraissait bon. Rétrospectivement, Minnie se demanda s'il y avait eu quoi que ce soit de vrai sur la mère de Fleur ou ses leçons de codage. Fleur ne parlait jamais de ses parents, n'avait jamais l'air de rentrer chez eux, et semblait toujours suivre ces six mois de cours de codage au bout de deux ans. Leila avait une théorie selon laquelle Fleur était en fait la clocharde la plus glamour de Londres, qui voulait simplement un endroit chaud où s'installer pour traîner sur les réseaux sociaux.

— Est-ce que Leila est déjà là ? demanda Minnie.

— Non, dit Fleur tandis qu'elle retirait le couvercle de son gobelet et regardait son cappuccino comme si elle espérait s'apercevoir qu'il s'agissait finalement de lait de soja. Oh, et il y a eu une caca-strophe.

— Quoi ? dit Minnie en se tournant brusquement face à elle. Quelle catastrophe ?

— Beverley a brûlé les tourtes.

Fleur esquissa un lent haussement d'épaules de cygne.

— Mais non !

Minnie contourna précipitamment la réception pour aller dans la cuisine. Beverley se tenait, écarlate dans sa veste blanche de chef, penchée au-dessus d'un comptoir recouvert de tourtes. Elles étaient alignées dans un spectre chromatique allant du légèrement grillé au profondément carbonisé. La mâchoire décrochée, Minnie posa lourdement le plateau en carton de cafés sur le plan de travail et contempla la scène de dévastation devant elle.

— Qu'est-ce qui s'est passé ? demanda-t-elle doucement.

— Je pense que celles-là sont récupérables, dit Beverley en désignant le côté gauche du comptoir.

Beverley avait cinquante-neuf ans mais faisait plus, avec sa peau rougeaude et ses joues flasques et molles.

— Comment… comment en as-tu brûlé autant ? demanda Minnie en secouant la tête d'incrédulité.

Au moins trente des quarante tourtes devant elle s'avéraient trop brûlées pour être vendues.

— Je suis venue tôt pour activer les choses, dit Beverley, les yeux écarquillés de remords.

Ses cheveux noirs et rêches s'échappaient en touffes de leur filet, ce qui lui conférait un côté savant fou.

— Le four et moi ne sommes pas copains.

— Est-ce que ce sont les tourtes que Leila a passé la soirée du réveillon à préparer ? demanda Minnie en tirant le tabouret métallique jusqu'au grand plan de travail en inox.

Elle tira sur l'une des croûtes brûlées et la pâte noire s'effrita à son contact.

— Qu'est-il arrivé au minuteur que nous t'avons acheté ? Les tourtes nécessitent toujours exactement quarante-deux minutes.

— Le minuteur et moi ne sommes pas copains, soupira Beverley en écartant quelques cheveux indisciplinés de ses yeux.

Minnie s'assit, la tête dans les mains. Ce n'était pas ainsi qu'était censé se dérouler le 2 janvier.

— Je suis désolée, Minnie, dit Beverley d'un air triste. Je ne sais pas ce que j'ai ces temps-ci. Une minute je suis ici à travailler, la suivante, mon esprit est ailleurs, et vingt minutes ont filé comme des secondes.

— Elle a une crise existentielle, dit Alan en sautillant d'un pied sur l'autre avec nervosité. Quel est le but de tout ça ? Pourquoi suis-je ici ? La pâtisserie est-elle le sens de la vie ? Oh oups, la cuisine est en feu.

Beverley claqua Alan avec un torchon.

— Quelqu'un a appelé pour toi, Minnie, dit Fleur en étirant son long cou à l'angle depuis la réception. Une histoire de livraison ?

— Était-ce un changement dans les commandes d'aujourd'hui ? demanda Minnie.

— Je ne me souviens pas des détails précis.

— Fleur, nous avons déjà parlé de ça, tu dois prendre les messages par écrit – sinon, il n'y a vraiment aucun intérêt à ce que tu sois là.

Fleur roula les yeux et se remit à faire défiler son écran de téléphone en sirotant son cappuccino bovin contraire à ses principes.

— Je vais recommencer, dit Beverley en reniflant. Tu peux déduire les ingrédients de ma paie. Je suis tellement désolée, Minnie.

Minnie consulta sa montre. Elles devaient préparer quarante-cinq tourtes, les emballer et les livrer aux quatre coins de Londres avant la fin de l'après-midi. Ce serait tendu.

— Non, ne sois pas idiote, Bev. Allons, inutile de pleurer pour ça maintenant, dit Minnie en tapotant le dos d'une Beverley désemparée. Mettons-nous au boulot.

Minnie se retroussa les manches, mit son tablier et son filet à cheveux, et s'attela au travail. Elle adorait faire de la pâtisserie ; c'était là qu'elle se sentait le plus calme. Les gens parlaient d'« être dans le flow », et pour elle, préparer une tourte était le type de flow parfait. Cela requérait juste assez de concentration pour focaliser son esprit, mais accordait à son cerveau une pause du tollé habituel d'inquiétudes et d'angoisses qui se disputaient son attention. Beverley ne trouvait clairement pas son flow en cuisinant en ce moment. Minnie se demanda si elle devrait l'encourager à aller voir quelqu'un au sujet de cette distraction. Elle avait commencé quelques semaines plus tôt et ils l'avaient tous remarquée. Ce n'était pas tant que Beverley était étourdie, mais plutôt que son esprit avait des blancs et que sa concentration quittait la pièce.

Leila arriva alors que Minnie et Beverley rassemblaient des ingrédients dans un saladier géant sur le plan de travail central en inox.

— Qu'est-ce qui se passe ? Pourquoi cuisinez-vous ? s'étonna Leila en tournant vigoureusement la tête entre Alan, Beverley et Minnie.

— Beverley a brûlé les tourtes, annonça Alan en sautillant sur un pied.

— Mais putain, Beverley ! dit Leila en claquant sa paume sur le comptoir.

Alan sursauta avec effroi. Beverley lâcha un sanglot chevrotant et ferma les yeux.

— Hé, hé, ça va, elle passe une mauvaise journée, dit Minnie en frottant le dos de Beverley d'une main farineuse. Nous en préparons d'autres, rien de grave, dit Minnie en dévisageant Leila les yeux écarquillés.

— *Si* c'est grave, soupira Leila, j'ai passé tout mon réveillon à préparer ces tourtes. Et toi, poursuivit-elle en dardant un doigt vers Minnie, qu'est-ce qui t'est arrivé hier ? J'ai sonné à ton appart pendant des siècles, Little Miss Migraine Bidon.

— Je n'aime pas Leila quand elle est fâchée, dit Alan en voûtant les épaules et arborant une expression renfrognée d'enfant.

— Madame Bonheur s'est levée du pied gauche aujourd'hui, dit Fleur en apparaissant à la porte de la cuisine.

— Qu'est-ce qui s'est passé hier ? demanda Alan.

— Joyeux anniversaire, au fait, Minnie, dit Beverley en reniflant ses larmes. Tu as pu faire un truc sympa ?

— Elle n'a rien fait de sympa, dit Leila en s'appuyant des deux mains sur le comptoir. Elle s'est cachée dans son appart en feignant d'avoir une migraine, pour poser un lapin à sa meilleure amie.

— Je ne faisais pas semblant, dit Minnie en donnant un coup de son autre poing dans la pâte avec un bruit sourd et satisfaisant.

— Oooh, j'adore quand mes mamans de boulot se disputent ! chanta Fleur depuis la porte en agitant les deux mains en l'air comme une pom-pom girl.

— Ce n'est pas très mature, si, Minnie ? dit Leila en ignorant Fleur. Cette peur du 1er janvier devient ridicule.

— Ce n'est pas ridicule, OK ? rétorqua Minnie en empoignant le monceau de pâte pour le flanquer sur le plan de travail.

Personne ne prit la parole. Le claquement de la pâte sur l'inox résonna dans toute la pièce.

— Entracte ! Je vais mettre de la musique, dit Fleur en retournant à la réception dans un mouvement de cheveux blancs.

Leila enfila un tablier et contempla d'un air endeuillé la rangée de tourtes brûlées, que Beverley avait déplacées sur les buffets à l'autre bout de la cuisine.

— J'imagine que nous ne pouvons même pas sauver les garnitures ? soupira-t-elle. Alors viens, Bev, aide-moi à abréger les souffrances de ces choses.

Dix minutes plus tard, avec les tourtes ruinées en route pour la poubelle et l'odeur de pâte brûlée imprégnant toujours l'air, tout le monde était d'une humeur plus détendue. Ils avaient une bonne chaîne de production en marche, avec Alan et Minnie qui façonnaient la pâte dans de nouveaux moules, pendant que Beverley et Leila décapitaient celles brûlées et se débarrassaient de leurs restes carbonisés. Fleur avait compilé une playlist stimulante et tous, à l'exception d'Alan, chantaient *Lady Marmalade* en travaillant. Si Fleur était douée pour quelque chose, c'était trouver la bonne bande sonore pour améliorer l'humeur collective.

— Alors, est-ce que Voleur de prénom t'a déjà contactée ? demanda Leila en croisant Minnie à l'évier.

Leila se radoucissait, mais Minnie savait qu'elle n'était pas encore pardonnée de lui avoir posé un lapin.

— Qui est Voleur de prénom ? demanda Bev.

— Le soir du réveillon, Minnie a rencontré ce type né dans le même hôpital qu'elle exactement au même moment, expliqua Leila. N'est-ce pas flippant ?

— Enfin, une minute avant moi, si nous voulons être précis, dit Minnie.

— La mère de Minnie voulait l'appeler Quinn, mais la mère de ce mec lui a volé son idée, alors Minnie a fini en Minnie à la place, expliqua Leila.

— Quinn Cooper, prononça Fleur à voix haute, super nom ; Minnie Cooper, c'est affreux. Sans vouloir te vexer.

Minnie était à court d'ingrédients à tabasser, elle commença donc à étaler la pâte d'un rouleau vengeur à la place. Fleur baissa la musique et fourra une dernière épingle dans ses cheveux. Pendant que les autres travaillaient, Fleur s'était fait une coiffure élaborée avec de soigneuses tresses en épi qui s'enroulaient de chaque côté de la tête. Elle ressemblait à un personnage de *Game of Thrones*.

— C'est très romantique, dit Leila, Minnie et son ennemi de prénom, réunis après trente ans – des jumeaux amoureux séparés à la naissance, destinés à se retrouver contre toute attente.

Elle agrippa le tablier sur son cœur pour l'effet dramatique. Tout le monde rit, sauf Minnie.

— Qu'est-ce que c'est, un jumeau amoureux ? Ça n'existe pas, dit-elle en secouant la tête.

Derrière son air renfrogné, elle était ravie ; si Leila la taquinait, ça signifiait qu'elle était pardonnée.

— Ça pourrait tellement exister, comme deux gémeaux qui s'unissent, dit Fleur. Est-ce que tu lui as donné ton numéro ?

Les rencards étaient l'un des sujets de conversation préférés de Fleur. C'était une experte de toutes les applis de rencontre sur le marché. Elle disait qu'elle apprenait à coder afin de créer sa propre appli de rencontre basée sur l'horoscope.

— Je lui ai dit qu'il pouvait me trouver sur Internet s'il voulait, lâcha Minnie avec une ambivalence travaillée. Je suis sûre qu'il ne le fera pas, pourquoi le ferait-il, il a une petite amie… (Pause.) Et j'ai un petit ami. Qu'est-ce que tu fais avec mon téléphone ?

Minnie regarda vers Leila qui parcourait son portable.

— Tu as changé ta photo de profil Facebook, dit Leila en adressant à Minnie un sourire espiègle. Pourquoi faire ça ? Tu ne vas même jamais sur Facebook.

— Eh bien, nouvelle année, nouvelle photo. J'ai le droit de changer de photo si je veux.

Minnie rougit et tourna le dos à la salle, cachant son visage dans le frigo en affectant de chercher quelque chose.

— Cette photo n'est pas nouvelle, elle a quatre ans. Elle l'a changée pour en mettre une d'elle en Inde, bronzée et sexy, déclara Leila en montrant le téléphone à Fleur.

— Donne-moi ça, dit Minnie.

Elle se retourna pour traverser la pièce d'un pas résolu en tendant la main.

— C'est vrai que tu es bien sur cette photo, dit Fleur avec un hochement de tête approbateur. Si tu veux que je te crée un profil de site de rencontre, tu devrais utiliser celle-ci. Tu fais jeune, mince et un peu stupide – les mecs aiment bien ça.

— Merci Fleur, mais je suis très heureuse avec Greg, dit Minnie d'un ton vexé.

Elle saisit le téléphone, en prenant soin de ne pas consulter ses messages, et le remit fermement dans la poche de son tablier. Puis elle retourna s'affairer à tapisser les moules. Les autres étaient tous plantés à la regarder.

— Allez, arrêtez tous de glander, nous avons de sérieuses contraintes de temps, si personne n'avait remarqué. Nous avons quarante commandes à préparer, cuire et livrer aujourd'hui, et si nous ne les fournissons pas, nous ne sommes pas payés, et si nous ne sommes pas payés, aucun de nous n'aura de boulot demain, OK, alors est-ce qu'on pourrait juste…

Tout le monde était silencieux. Beverley laissa tomber un moule qui tournoya dans un fracas métallique sur la céramique dure du carrelage crème. Le téléphone de Minnie émit un « ping » sonore dans sa poche. Elle croisa le regard de Leila et tourna le dos à la salle pour le consulter. Elle avait une notification de Quinn Hamilton sur Messenger. Elle cliqua dessus pour l'ouvrir.

> Minnie, j'espère que c'est bien vous – la fille du 1er janvier. Pouvez-vous m'appeler ? Il y a quelque chose dont j'aimerais discuter. Quinn.

Il avait ensuite ajouté son numéro en lien.

Minnie sentit ses joues s'enflammer ; il l'avait recherchée. Elle était soulagée, comme si la bulle d'attente croissante concernant l'éventualité qu'il la contacte avait fini par être percée.

— C'est de qui, ce message ? demanda Leila en rivant les yeux sur Minnie comme des missiles à tête chercheuse, entraînés à identifier les lueurs suspectes de malaise.

— Personne, dit Minnie en refourrant son téléphone dans sa poche de tablier. Allez, enfournons cette série.

Minnie tapa dans ses mains, créant un nuage de farine dans les airs et coupant court à l'interrogation de Leila.

Leila enfourna le premier plateau de tourtes, Beverley se donna des sueurs froides avec le minuteur, et Alan alla garer le van devant pour se préparer à charger les livraisons du jour. Fleur regarda son téléphone et prit des selfies de sa nouvelle coiffure avec divers filtres.

— Hey, Minnie, j'ai oublié de te dire, j'ai besoin de mon mardi prochain, dit-elle sans cesser de prendre des photos. Mon cousin est pote avec Tarantino et il est à Londres pour des recherches sur les histoires de fantômes dans le métro, c'est pour une nouvelle idée de film. J'ai fait mon mémoire là-dessus, alors j'ai dit que je l'aiderais, et que je lui montrerais les sites les plus flippants. Mégachiant, je sais.

Fleur leva les yeux au ciel.

— OK, marmonna Minnie.

Elle n'avait pas le temps de creuser l'une des fantaisies de Fleur aujourd'hui. Celle-ci avait l'habitude de raconter les fables les plus ridicules pour justifier ses jours de congé. Ce n'était jamais simplement : « J'ai un rendez-vous chez le dentiste. »

Quelques minutes plus tard, Alan revint dans la cuisine en se tordant les mains.

— Nous avons un autre problème, dit-il en ouvrant et fermant la bouche comme un poisson rouge.

— Qu'est-ce qu'il y a encore ? cria Leila.

— On a un sabot sur le van, annonça-t-il en se dandinant.

— Tu plaisantes ? dit Minnie d'un ton las. Où l'as-tu garé ?

— Sur la ligne jaune, répondit-il en sourcillant, mais les lignes jaunes ne comptent pas les jours fériés, c'est une amnistie de stationnement.

— A : elles comptent. Et B : ce n'est pas un jour férié aujourd'hui, dit Minnie en fermant les yeux de désespoir.

— Oh, dit Alan, sa bouche s'étirant dans une longue et lente grimace.

Comment tout cela pouvait-il se produire un 2 janvier ? Peut-être que la malédiction savait qu'elle avait tenté de la duper en dormant toute sa journée d'anniversaire ? Minnie réfléchit une minute. Elle ne connaissait qu'une personne avec une voiture qu'ils pourraient emprunter dans des délais aussi brefs. Elle sortit dans la rue pour avoir un peu d'intimité et passa l'appel.

— Greg ? dit-elle alors qu'il décrochait.

— Enfin. (Sa voix était calme.) Comment va cette migraine si effroyable que tu ne peux pas répondre à tes appels ?

— Beaucoup mieux, merci. (Une pause.) Comment était la soirée que j'ai manquée parce que j'étais coincée aux toilettes et que personne n'est venu me chercher ?

— Comment étais-je censé savoir que tu étais coincée quelque part ? Un serveur a dit qu'il t'avait vue partir. J'ai arpenté la rue pour te chercher pendant au moins une demi-heure ; ça m'a complètement pourri ma soirée.

— Pourquoi serais-je partie sans te le dire ?

— Une espèce de paranoïa en rapport avec le mauvais œil, je ne comprends pas la moitié de ce que tu fais, Minnie. (Il marqua une pause.) Je veux dire, si seulement tu gardais ton téléphone chargé…

— Eh bien je ne suis pas partie, j'étais coincée aux toilettes, toute la nuit.

Elle prit une profonde inspiration, en tempérant son irritation et se remémorant qu'elle appelait Greg pour un service.

— Écoute, je suis désolée que la soirée ait été un tel désastre. Est-ce que tu es chez toi ? Je vis un cauchemar au boulot. S'il te plaît, est-ce que je peux emprunter ta voiture ?

— Non, Minnie, tu ne peux pas emprunter ma voiture…

Greg paraissait contrarié. Le téléphone fit un bruit de vis dans un mixeur, puis la ligne fut coupée. Lui avait-il raccroché au nez, ou avait-elle juste perdu la connexion ? Minnie tapota le clavier, essayant de le rappeler. Greg avait un problème avec les gens qui lui raccrochaient au nez. Peut-être avait-il tenté de la chercher – quelle que soit la vérité, à cet instant elle se devait de ravaler sa fierté et remettre Greg dans sa poche pour le bien des tourtes du jour. L'écran de son téléphone semblait se réinitialiser d'un bug passager. Minnie commença à transpirer tandis qu'elle tapait désespérément des pouces sur le clavier, et finalement, il se mit à sonner.

— Allô ? dit-il.

— Écoute, désolée si tu es fâché pour l'autre soir, lâcha Minnie, mais je ne me suis pas volontairement enfermée aux toilettes, tu sais ? J'ai essayé de t'appeler dès que j'ai pu, et je me sentais vraiment très mal hier. Maintenant j'ai quarante tourtes à livrer dans tous les coins de Londres et Alan a fait immobiliser notre van et si nous ne les livrons pas aujourd'hui, nous aurons de sérieux soucis, et tu es la seule personne que je connaisse avec une voiture, alors s'il te plaît, s'il te plaît, est-ce que je peux l'emprunter et je me ferai pardonner tout ça plus tard ? (Elle marqua une pause, évaluant l'étendue du terrain qu'elle devait couvrir.) Peut-être même que je me rhabillerai en assistante dentaire, je sais à quel point tu as aimé. Je pourrais passer prendre de nouvelles brosses à dents et des cartes de rendez-vous en rentrant ?

Minnie ferma les yeux en priant mentalement Greg de se radoucir.

— Minnie ? dit-il.

Mais il n'avait plus la voix de Greg.

Minnie baissa les yeux sur son écran. L'identification de l'appelant affichait un numéro qu'elle ne reconnaissait pas.

— Greg ?

— Non, c'est Quinn. Quinn Hamilton.

Minnie se figea, sans trop savoir si elle devait raccrocher ou lancer le téléphone à travers la rue comme un morceau de charbon ardent qui lui aurait brûlé la main. Nom d'un dentiste, comment s'était-elle débrouillée pour appeler Quinn Hamilton ?

— Oh, Seigneur, dit-elle en serrant le portable contre son oreille les yeux fermés. Je ne sais pas comment je me suis débrouillée pour vous appeler, j'essayais de joindre quelqu'un d'autre.

Elle avait dû de quelque manière cliquer sur le message Facebook quand l'appel avait coupé.

— À l'évidence, dit Quinn d'une voix amusée. Vous avez reçu mon message, donc ?

— Hm-hm, dit-elle, les yeux toujours fermés.

Elle pouvait s'asseoir sur son plan de jouer le détachement et de laisser reposer quelques jours avant de répondre.

— Et vous avez besoin d'une voiture ?

— Non, dit Minnie en secouant la tête. Enfin, si. Désolée, honnêtement je ne sais pas comment j'ai fini par vous appeler, mon téléphone doit avoir sa propre conscience.

— J'ai une voiture à vous prêter, dit Quinn.

— Non, franchement, je n'ai pas besoin de votre voiture, je peux emprunter celle de mon copain… (Pause.) Mais merci, c'est gentil à vous de proposer.

— Eh bien si vous empruntez la voiture de Greg, vous devrez aller acheter de nouvelles brosses à dents et on dirait… (Sa voix grave se cassa légèrement.) … que c'est un sacré boulot.

Minnie crispa les doigts de son autre main, gênée de tout son être.

— Sincèrement, Minnie, je serais ravi de vous aider. Dites-moi où vous êtes et je viendrai vous déposer la voiture.

Estimez que c'est une compensation pour avoir volé votre prénom.

Minnie retourna dans la cuisine, l'air hébétée.

— Est-ce que Greg apporte sa voiture ? demanda Leila tandis qu'elle pliait des cartons conditionnés à plat pour en faire des boîtes à tourtes.

— Non, dit Minnie, le regard dans le vide, encore sous le choc. Quinn Hamilton apporte la sienne.

Nouvel An 2015

Quinn avait réservé un dîner privé sur la plage. Il avait mûrement réfléchi entre le pack « Romantisme au soleil couchant » de l'hôtel, et le pack « Anniversaire ». Les prestations optionnelles incluaient un violoniste qui jouait la sérénade, votre majordome personnel, ou un surclassement sur le belvédère en front de mer accompagné d'une animation au bord de l'eau, quoi que cela implique. Depuis quand manger de la nourriture était devenu aussi compliqué ? Il avait opté pour le basique « Romantisme au soleil couchant » sans aucun des extras – mieux valait rester simple.

Tout l'après-midi, le personnel de l'hôtel avait fait des allers-retours sur la plage devant leur villa pour tout installer. Jaya avait passé la journée au spa et à son retour, Quinn ferma les volets de la villa pendant qu'elle se changeait, pour que leur dîner soit une surprise. Alors qu'il la conduisait dehors, il vit combien d'efforts le personnel avait fournis. Une rangée de lanternes en papier traçait un chemin sur la plage jusqu'à une table solitaire couverte d'une nappe blanche. Des torches tiki étaient positionnées en cercle autour, démarquant une île dans le sable, et des guirlandes de somptueuses fleurs blanches étaient suspendues entre les torches en flammes.

Jaya poussa un petit cri :

— Oh, Quinn, comme c'est romantique !

— C'est l'hôtel qui a tout installé, dit Quinn, désireux de ne pas tirer trop de mérite de cet étalage ostentatoire.

Ils passèrent les portes moustiquaires pour aller sur le sable et Jaya s'arrêta, se penchant pour retirer ses hauts talons. Quinn portait un costume en lin bleu foncé, et Jaya sa robe de soirée en soie verte que Quinn lui avait achetée au cours de leur escale à Munich. Elle était belle ; la robe épousait son corps à tous les bons endroits et elle avait passé des heures au salon de beauté de l'hôtel, pour se faire faire un brushing et divers autres soins dont le récit avait bientôt perdu l'intérêt de Quinn.

Il plaça une main sur le bas du dos de Jaya, pour la guider ; de l'autre, il tira une chaise recouverte de coton blanc. Il remarqua qu'il y avait un ruban rose noué à l'arrière du dossier. Il paraissait légèrement effiloché sur un côté, et Quinn se demanda de combien de packs « Romantisme au soleil couchant » ce ruban avait été témoin.

C'était l'idée de Jaya de venir en Inde pour les vacances. Elle voulait voir sa famille à Bombay et l'avait convaincu de l'accompagner en lui promettant une semaine à Goa sur la plage à la fin de leur voyage. D'un certain point de vue, ce périple était un succès ; la famille entière de Jaya avait accueilli Quinn comme une star, faisant défiler cousins et tantes pour rencontrer « l'homme de l'université de Cambridge ». À présent, ils étaient à l'hôtel le plus luxueux dans lequel Quinn eût jamais séjourné, ou déboursé une telle somme. Jaya s'était révélée être une compagne obligeante, et insatiable comme jamais. Il ne l'avouerait jamais à personne, mais la veille au soir, il s'était demandé si, juste une fois, ils n'auraient pas pu simplement regarder un DVD au lieu de faire l'amour quatre fois.

Le côté positif, c'était que Jaya avait été si occupée à utiliser les services de l'hôtel que Quinn avait eu beaucoup de temps pour lui. C'était un tel soulagement d'être loin de la maison, que personne n'ait besoin de lui à tout moment, de ne pas être appelé en pleine nuit. C'était seulement en s'absentant qu'il réalisait combien le fait d'être constamment en mode veille l'épuisait.

Il se sentait mal de partir aussi longtemps, surtout à Noël. Sa mère lui avait assuré que ça irait pour elle. Elle avait sa sœur, tante Patricia, qui lui rendait visite d'Amérique– l'une des quelques chanceux dignes de sa confiance.

— Oh, regarde comme c'est adorable, dit Jaya en fronçant le nez dans un sourire, ils ont plié les serviettes en forme de cœur, n'est-ce pas mignon ?

— Cool, dit Quinn en secouant son cœur pour le déplier d'un coup sec du poignet.

— Le décor parfait pour une soirée spéciale, dit Jaya en se penchant pour lui toucher le bras, ses yeux d'un profond marron rivés dans les siens.

En la regardant depuis l'autre côté de la table, il s'aperçut qu'elle avait les sourcils dessinés en une symétrie parfaite.

Un jour de novembre froid et neigeux à Cambridge, quand Jaya avait suggéré des digestifs sur la plage pour le Nouvel An, Quinn n'avait pas été difficile à convaincre. Surtout en sachant que sa tante débarquait, et que ce serait l'une de ses uniques occasions de s'enfuir. Mais à mesure que le voyage se déroulait, et que Quinn ne cessait d'être présenté à des proches de Jaya, il commença à s'inquiéter du fait que « rencontrer la famille » ait peut-être plus de signification pour Jaya qu'il ne l'imaginait. Jaya et lui ne sortaient ensemble que depuis quelques mois – il ne n'aurait pas voulu qu'elle se méprenne.

Jaya lui sourit. Il voyait qu'elle portait le maquillage qu'elle réservait aux « grandes soirées » ; la poudre dorée qui donnait de l'éclat à ses pommettes. Elle en portait aussi sur son décolleté, et une partie du maquillage avait laissé une trace sur la robe près de son sein. Quinn eut l'envie soudaine de la prendre en la soulevant comme un pompier pour courir avec elle dans l'eau, en plongeant leurs têtes sous les vagues. Jaya n'aimait pas se mouiller les cheveux. Rien que de penser combien ça la mettrait en colère, il sourit.

— Peux-tu ? demanda Jaya en sortant son smartphone pour le tendre à Quinn.

Il s'exécuta, en prenant quatre photos d'elle dans un angle flatteur. Quatre était le minimum pour la satisfaire.

— Merci, chéri, je demanderai au type d'en prendre une de nous deux quand il reviendra, dit-elle en posant son portable face contre table à côté de sa fourchette.

Jaya avait de nombreux followers sur les réseaux sociaux, qu'elle abreuvait régulièrement de nouvelles fraîches sur sa vie. Quinn remarquait qu'elle publiait beaucoup plus les jours où elle avait pris le temps de rajouter de la poudre d'or sur son visage. Il n'avait pas de compte sur les réseaux sociaux avant d'aller à Cambridge pour faire sa maîtrise. C'est Jaya qui l'avait persuadé qu'il lui en fallait un. Elle aimait le tagger dans les photos d'eux avec des commentaires comme « Je veux faire savoir à mon chéri qu'il représente tout pour moi ! » Jaya s'inquiétait beaucoup qu'il puisse manquer ces messages si elle ne pouvait pas le tagger, il avait donc créé un compte pour lui faire plaisir.

— Ces vacances sont tellement magiques, Quinny, dit-elle en regardant vers la mer où le soleil avait commencé à sombrer en dessous des nuages. Est-ce que ce serait égoïste si je disais que ç'a été merveilleux de t'avoir pour moi toute seule aussi longtemps ?

— Ça m'a plu aussi, dit Quinn en prenant le menu. Hé, ils ont ces palourdes au curry que tu aimes, on en commande une tonne ?

— Parce que parfois à Cambridge, eh bien, ne te vexe pas, mais tu peux paraître un peu distrait, dit Jaya en prenant son couteau pour vérifier son reflet dans la lame.

Quinn répondit par un « hm-hm » indéfinissable en regardant vers la mer.

Il avait envie de voir le jour se lever le lendemain, et il essayait de déterminer quel endroit serait mieux pour le contempler. Il se réveillerait tôt et dirait qu'il partait courir. Il aimait être seul pour le premier lever de soleil de l'année.

Un serveur s'approcha ; il était petit et vêtu d'une chemise blanche impeccable, d'un pantalon noir et d'un gilet violet avec l'insigne de l'hôtel imprimé. Il posa sur la table un panier de naans enveloppés dans un linge et un délicat pot de sauce au yaourt, puis présenta la carte des vins à Quinn. Jaya demanda à l'homme s'il voulait bien les photographier ensemble. Il acquiesça poliment en lui prenant le téléphone de la main. Il prit une photo et s'apprêta à lui rendre l'appareil. Quinn secoua rapidement la tête, essayant de l'avertir, mais l'homme se contenta de lui sourire et, bientôt, Jaya le gratifiait d'une conférence sur la composition et les réglages de lumière. Elle refusa de le laisser partir avant d'avoir vérifié les images, et lui ordonna ensuite de recommencer à un angle plus haut et plus flatteur.

— Trop petit, chuchota-t-elle à Quinn une fois qu'elle eut enfin congédié le pauvre employé. La photo n'est jamais bonne quand tu demandes à un petit. Peut-être que le sommelier sera plus grand ?

Quinn s'interrogea sur le nombre d'heures qu'il devrait passer dans sa vie à poser pour des photos si Jaya et lui restaient ensemble.

— Alors, pourrai-je enfin rencontrer ta mère quand nous serons rentrés en Angleterre ? demanda Jaya en se caressant une main de l'autre pour attirer l'attention sur sa nouvelle manucure. Les mères m'adorent, tu sais, je suis géniale avec les mères.

— Oh, je ne sais pas, je doute qu'on ait le temps, surtout si tu veux aller faire du shopping sur Oxford Street – ce seront les soldes, souviens-toi, dit Quinn.

Jaya marqua une pause, les yeux dérivant dans le vide. Il l'avait désarçonnée en évoquant les soldes, mais elle secoua sèchement la tête pour exorciser cette tentative de distraction.

— N'est-elle pas curieuse à mon sujet ? demanda-t-elle, penchant la tête en se passant une main dans les cheveux. Moi j'aurais envie de rencontrer la fille qui monopolise le temps et l'attention de mon fils.

Comme Quinn ne réagissait pas, Jaya lança d'un air boudeur :

— Tu ne veux pas que je la rencontre ? Toutes ces fois où tu remontes précipitamment à Londres, et tu ne m'emmènes jamais.

Quinn n'avait pas parlé de Jaya à sa mère. Il lui avait raconté qu'il allait en Inde avec un groupe d'amis. Il enfouit la tête dans la carte des vins et le sommelier apparut juste au bon moment.

— Oh, bien mieux, dit Jaya en haussant les sourcils vers Quinn et observant le serveur de haut en bas pour exprimer combien elle approuvait sa taille.

Elle se pencha en touchant le poignet de Quinn.

— Tu le lui feras largement savoir, hein ? (Il leva les yeux pour voir qu'elle le dévisageait intensément.) S'il y avait un instant particulier que nous souhaiterions qu'il revienne capturer. Le décor est juste trop parfait pour ne pas en garder une trace.

Elle plissa les yeux comme si elle essayait de lui transmettre une espèce de message codé. Quinn fronça ses ténébreux sourcils avec confusion, puis commanda une bouteille de meursault chère à pleurer. Les prix à l'importation étaient criminels ici, mais c'était leur dernier repas à l'extérieur. Alors que Quinn fermait la carte des vins, il baissa furtivement les yeux et vit Jaya caresser ses mains parfumées à l'orange et clou de girofle, et il percuta.

Non.

Pourquoi penserait-elle ça ? Elle ne pouvait quand même pas penser ça ? Leur relation se comptait en mois, *mais pourquoi irait-elle s'imaginer ça ?* Peut-être qu'il se trompait. Il devait se tromper. Bien sûr qu'il se trompait. En plongeant de nouveau son regard dans ses yeux souriants, il sut – il ne se trompait pas. Elle croyait qu'il allait lui demander sa main.

Le sommelier acquiesça avant de se retirer. Quinn commença à avoir chaud et tira sur son col, mal à l'aise. Il aurait dû mettre fin plus tôt à cette histoire ; elle n'avait jamais été censée durer. Comment l'avait-il laissée atteindre ce stade ? Son cap habituel en relations était de six mois ; personne ne souffrait si vous restiez en dessous de six mois.

Maintenant, il devait subir une soirée de romantisme sirupeux et convenu, avec un ruban rose en polyester attaché à sa chaise, en sachant que Jaya attendait une petite boîte qui n'était clairement pas au menu.

Il darda les yeux vers la plage et vit un chien rachitique qui trottait sur la côte dans leur direction. C'était un bâtard miteux blanc et gris, avec une queue courte et un léger boitement dans la patte arrière.

— Oh regarde ce chien comme il est mignon, dit-il d'une voix plus aiguë qu'il ne l'avait encore jamais entendue.

Jaya se tourna pour regarder.

— Quinn, non ! C'est un chien errant crasseux. Ignore-le ou il ne nous lâchera pas la grappe, dit-elle d'un air renfrogné.

— Le pauvre, il paraît affamé, dit Quinn en claquant des doigts pour attirer l'attention du chien.

— Quinn, dit Jaya en lui donnant un coup de pied dans le tibia sous la table. Ne fais pas ça !

Quinn tendit un naan au chien. Celui-ci bondit vers eux, prenant délicatement le pain, avant de lécher la paume de Quinn avec gratitude.

— Pauvre petit gars, dit Quinn en le caressant gentiment derrière l'oreille. À quand remonte ton dernier repas, mon pote ?

— L'hôtel ne pourra plus s'en débarrasser maintenant, dit Jaya d'un ton cassant. Tu ne l'aides pas sur le long terme.

Éperonné par la colère de Jaya et reconnaissant envers le chien d'être apparu, Quinn lui donna un autre morceau de pain. Même si le chien était miteux et famélique, il avait une gueule sympa et fourrait affectueusement sa truffe sous le bras de Quinn.

— Il doit appartenir à quelqu'un – il est tellement apprivoisé, dit Quinn.

— Il reconnaît juste un pigeon quand il en voit un. Honnêtement, Quinn, je suis sérieuse, je ne veux pas de ce chien à proximité de notre dîner ou de moi. Appelle le serveur pour nous en débarrasser, bouda Jaya en croisant les bras devant son décolleté poudré d'or.

— OK, je vais le ramener d'où il est venu, dit-il en se levant d'un bond et jetant sa serviette sur la chaise. Il vit probablement près de ces paillotes derrière les palmiers. Toi tu te détends, tu profites de la vue, je reviens bientôt.

Avant que Jaya pût répondre, Quinn prit le chien dans ses bras et s'éloigna d'un pas résolu sur la plage. Il prit une profonde bouffée d'air marin – l'odeur de la liberté. Une pointe de culpabilité lui murmura que le chien ne lui accordait qu'un sursis. Il devrait y retourner, mettre le disque de la rupture en place et affronter la musique, quelle qu'elle soit, qui lui arriverait dans la figure. Mais pas maintenant, pas à cette minute. Une fois qu'il se fut assez éloigné, il enfouit son nez dans le pelage du chien et chuchota :

— Je t'en dois une, mon vieux. Viens, allons te chercher un repas convenable.

2 janvier 2020

Quinn avait dit qu'il serait à Dalston dans trente minutes. Il n'avait pas laissé le temps à Minnie de protester, et avant qu'elle s'en rende compte, elle essayait désespérément de veiller à ce que toutes les tourtes soient finies, tout en se débarrassant subrepticement de son allure de cantinière mal fagotée en charlotte.

— Tu n'aurais pas une trousse à maquillage ici, par hasard ? demanda-t-elle à Fleur sur le ton le plus désinvolte possible.

— Toujours, répondit celle-ci avec un clin d'œil en sortant un gros sac fourre-tout de sous le comptoir de la réception.

Minnie se justifia en se disant qu'elle ne faisait pas d'efforts particuliers ; elle voulait juste avoir l'air normale. Elle aurait mis une touche de mascara si elle avait prévu de voir qui que ce soit d'autre que ses collègues aujourd'hui. Elle ne voulait pas que Leila la voie se maquiller, en revanche ; Leila y décrypterait quelque chose. Malheureusement, toute cette histoire d'emprunt et d'application de maquillage en secret suscita une distraction telle qu'une autre fournée de tourtes sortit trop cuite.

— Tu vois, c'est vite arrivé, déclara Bev d'un air triomphant, tandis que Minnie sortait du four une grille chargée de tourtes brun foncé.

— Ça va, je les aime bien comme ça, dit Minnie, même si elle savait que ces tourtes ne passeraient pas la rigueur habituelle de son contrôle qualité.

Alan avait déjà emporté une boîte de livraisons sur le vélo à remorque, et Quinn serait bientôt là. Ils n'avaient pas la main-d'œuvre ni le temps d'être pointilleux aujourd'hui.

Leila revint du garde-manger avec d'autres boîtes en carton à plat et une pile de barquettes à tourtes.

— Regarde tous ces emballages, soupira Bev. Combien sont recyclés, à ton avis ?

— Bev, arrête un peu, nous nourrissons les personnes âgées et isolées, on ne peut pas non plus attendre de nous qu'on sauve la planète, dit Leila en lâchant tous les emballages sur le comptoir central.

— Tu sais, ma petite-fille Betty, elle a quatre ans, la semaine dernière elle m'a dit : « Mamie, qu'est-ce que tu fais contre le déchaussement de la planète ? »

Minnie et Leila s'esclaffèrent.

— Je ne trouvais pas de réponse, n'est-ce pas affreux ?

Bev se mordit la lèvre inférieure en transférant avec précaution les tourtes de la grille de refroidissement dans des barquettes.

— Bev, je pense que tu as assez de soucis avec ton étourderie, je serais toi je ne m'inquiéterais pas en plus du réchauffement climatique, dit Leila.

— Elle souffre d'éco-anxiété, ça fait fureur en ce moment, toutes les célébrités ont ça, dit Fleur en passant la tête par l'embrasure de la porte depuis la réception. Ma pote était tellement atteinte qu'elle a arrêté de se doucher et de faire des courses pendant genre un mois, et a vécu juste dans le noir sans télé ; enfin, elle avait les chaînes de base, mais pas Netflix ni Amazon. Et puis elle a inventé ce nouvel emballage biodégradable fait à partir d'algues, ou de champignons ou de chanvre ou je ne sais quoi, et aujourd'hui elle est millionnaire, elle a un jet privé, mais elle est presque totalement neutre en carbone, donc ça va.

— Est-ce la même amie qui a inventé les brassards ? demanda Minnie, sceptique.

— Non, dit Fleur de manière appuyée, les brassards ont été inventés il y a des siècles, Minnie.

Elle souffla et repassa d'un mouvement théâtral du côté réception.

— Je n'arrive plus à suivre avec tous ses célèbres amis réalisateurs de cinéma et inventeurs, chuchota Minnie, provoquant le rire Leila.

— Il est là ! lança Fleur d'une voix chantante depuis l'accueil.

Minnie tendit la boîte qu'elle pliait à Bev, retira son tablier et son filet à cheveux tachés de graisse, et se hâta de sortir à sa rencontre. Planté dans leur réception exiguë,

Quinn paraissait encore plus grand que dans ses souvenirs. Il portait un jean et un pull d'un léger ton camel, et une veste Barbour bleue jetée sur une épaule. Il se tenait avec son poids en arrière, une jambe pliée, examinant son environnement comme un roi contemple un pays fraîchement conquis. Minnie voyait que Fleur tentait désespérément de croiser son regard, elle s'appliqua donc à se détourner d'elle.

— Salut, dit Minnie.

— Salut, dit Quinn avec un lent sourire.

— Vous n'aviez vraiment pas besoin de faire ça. Je n'attends pas des gens que je connais à peine de me prêter leur voiture au pied levé juste parce que je les appelle par accident, dit Minnie en regonflant ses cheveux aplatis derrière les oreilles.

— Mais était-ce un accident, cependant ? demanda Quinn en se penchant lentement en avant, un sourcil haussé.

Minnie ouvrit la bouche, mais aucun mot ne lui vint.

— Je plaisante, poursuivit-il. Par ailleurs, je ne faisais rien. (Silence.) Ma voiture non plus.

Fleur émit un petit gloussement idiot d'écolière. Quinn lui adressa un sourire indulgent, les yeux brillants d'approbation. Tellement prévisible – elle était sans doute exactement son genre.

— Voici Fleur, au fait.

Elle esquissa un geste sans enthousiasme dans sa direction. Fleur s'assit d'un bond sur la banque d'accueil, en balançant les jambes comme une enfant devant elle.

— Est-ce qu'on vous a déjà lu votre aura, Quinn ? Vous savez que vous avez une énergie vraiment puissante autour de vous, déclara Fleur.

— Non jamais, dit-il.

— Peut-être que je devrais venir voir où vous êtes garé ? suggéra Minnie avant que Fleur puisse monopoliser l'homme avec son bluff exubérant.

— Alors, comment s'est passée la suite de votre anniversaire ? demanda Quinn tandis qu'ils s'éloignaient dans la rue.

— Oh, hum, super, dit Minnie en lui adressant un sourire crispé.

Il la regardait avec un amusement détaché, comme si, de quelque manière, il savait quelle journée déprimante et pathétique elle avait passée la veille. Elle était assez certaine que Quinn Hamilton n'aurait pas passé son anniversaire à se gaver de somnifères pour tenter d'occulter le grand 3-0. Il l'avait probablement passé à faire l'amour avec Lucy Donohue sur un hors-bord, ou à se payer une luxueuse journée de spa en duo, où vous aviez des peignoirs assortis et un gommage corporel aux sels, suivi d'une salade à base de noix dans une véranda panoramique.

— Et vous ?

— J'ai surtout dormi en fin de compte, dit-il. C'était une grosse soirée mardi.

Il lui lança un regard conspirateur. Minnie se racla la gorge et déglutit – la provoquait-il, ou était-il télépathe ?

Alors qu'ils tournaient à l'angle du bloc, Minnie aperçut une énorme Bentley noire qui prenait presque toute la rue latérale derrière leur immeuble. Elle émit deux bips distingués quand Quinn la déverrouilla avec une clé électronique.

— C'est votre voiture ? demanda Minnie. Vous plaisantez, je ne peux pas conduire ça.

— Pourquoi pas ?

Il lui jeta les clés. Elle les rattrapa d'une main, savourant sa prise peu probable avec un high-five intérieur.

— Elle fait la taille d'un tank. Un tank très cher.

Qui roulait en Bentley, et dans ce secteur de Londres ? Minnie resta les yeux rivés sur la voiture, sans trop savoir quoi faire ni dire.

— Elle est assurée tout conducteur. Je passerai la récupérer demain.

Il fit un salut saccadé de la main, puis se retourna en commençant à s'éloigner.

— Hé, attendez, vous n'êtes pas sérieux ? dit Minnie, la voix aiguë de panique. Je ne peux sincèrement pas conduire ça. Je ne roule pas beaucoup à Londres, et le cas échéant, c'est seulement avec la Mini de Greg.

— Votre copain conduit une Mini ?

Quinn pivota face à elle, les yeux animés d'amusement.

— Ne vous lancez pas dans les blagues de Mini Cooper, dit-elle en plissant les yeux.

Quinn se dirigea vers elle à grands pas. Minnie se raidit, légèrement intimidée par l'assurance de sa démarche.

Il tendit une main, lui prit les clés en lui effleurant la paume du bout des doigts.

— Je vous conduirai, alors.

— Quoi ?

— Vous ne voulez pas conduire la voiture, je n'ai rien de prévu, je vous amènerai là où vous aurez besoin.

Minnie ébaucha des mouvements de bouche pour s'y opposer, mais ne trouvait rien à dire. Elle manquait aussi d'alternatives pour assurer toutes ses livraisons aujourd'hui.

Quinn la suivit dans la cuisine pour l'aider à rassembler les tourtes à livrer. Leila et Bev avaient à peine fini de les mettre en barquettes, et Quinn se retroussa gaiement les manches pour aider aux derniers étiquetages et emballages.

— Elles sentent divinement bon, dit-il en prenant une longue et lente inspiration alors qu'il tenait l'une des boîtes dans ses mains. Qu'est-ce qu'il y a là-dedans ?

— Ça c'est steak et Guinness, dit Leila en lui tendant une étiquette, et celles-là c'est poulet et légumes, nos deux garnitures les plus populaires.

— Je croyais qu'on les appelait Steak Gyllenhaal et Poule McCartney ? dit Minnie.

— Non, rétorqua Leila en secouant la tête. Aucun de nos clients n'aimait ces noms.

Quinn éclata de rire en portant une boîte à son nez.

— Je crois que je n'ai jamais senti une tourte avec une si bonne odeur.

— N'aspirez pas tout le parfum, c'est la meilleure partie, dit Leila en lui prenant la boîte des mains.

— C'est la pâte au beurre qui donne cette odeur, expliqua Bev, la recette secrète de Minnie.

— Ce n'est pas un secret, Bev, c'est juste du beurre, s'esclaffa Minnie. Le beurre rend tout délicieux.

— Ouais, tout, dit Fleur en baissant doucement sa lèvre inférieure avec le bout charnu de son majeur.

Minnie la dévisagea d'un œil noir. Leila la dégagea du passage avec une main sur chaque épaule, puis commença à escorter Quinn et Minnie à la porte.

— Bref, vous devriez vous mettre en route tous les deux. Je suis sûre que vous avez des tas de choses à vous raconter, vous savez, des trucs de 1er janvier.

Leila et Bev les suivirent à la voiture pour les aider à charger les dernières boîtes dans le coffre.

— Mon Dieu, les gens vont penser qu'ils nous paient trop cher, dit Bev.

— Ou que ce sont là des tourtes de classe mondiale, dit Leila en ouvrant la portière passager pour Minnie.

En la refermant, elle se pencha et articula silencieusement « jumeaux amoureux » par la vitre, et esquissa la forme d'un petit cœur avec ses doigts.

Quinn entra la première adresse de livraison dans son GPS. Minnie s'assit avec gêne sur ses mains, en essayant de ne pas toucher le beau cuir crème.

— Alors, comment se fait-il que vous conduisiez une Bentley ? demanda-t-elle. Vous compensez quelque chose ?

Quinn explosa de rire. Minnie se sentit rougir.

— Désolée, je ne sais pas pourquoi j'ai dit ça.

Minnie releva furtivement la tête vers Quinn tandis qu'il démarrait pour s'éloigner du trottoir. Lorsqu'il souriait, un éventail de rides irradiait du coin de ses yeux. Lorsqu'il cessait de sourire, certaines plus obstinées demeuraient, comme si elles savaient qu'elles seraient de nouveau bientôt sollicitées, alors aucun intérêt à se dissiper. Il y avait quelque chose de si chaleureux et familier dans son visage, même si elle n'aurait su expliquer quoi.

— Elle appartenait à ma mère. Ce n'est pas quelque chose que j'aurais choisi, mais elle n'aime plus conduire, alors elle me l'a donnée, dit-il.

Il inclina la tête d'un côté et se gratta brusquement le cou.

— Ma mère m'a offert un thermomètre à viande pour mon anniversaire, dit Minnie.

— Mon père m'a envoyé une carte qui disait « Joyeux trente-trois ans ».

— Je prendrais la voiture et la carte avec le mauvais âge sans hésiter.

Minnie bondissait doucement sur ses mains ; elle se sentait crépitante d'une énergie inexplicable, comme si elle avait bu huit cafés.

— Alors qu'est-ce que vous faites quand vous ne conduisez pas Miss Daisy ? demanda-t-elle.

— M'dame, dit-il en soulevant une casquette imaginaire, rien d'aussi intéressant que diriger ma propre société de tourtes.

— Vous êtes sûr de ne pas être dealer ? On dirait une voiture de dealer.

Quinn rit.

— Un peu voyante pour un dealer. Non, je suis conseiller en gestion.

— J'ai l'impression que c'est ce qu'un dealer dirait.

Elle lui adressa un lent clin d'œil. Il lâcha une espèce de profond rire rocailleux qui se coinça dans sa gorge. Le genre de rire qui berçait les gens dans l'illusion d'une familiarité imméritée. L'entendre donnait à Minnie la sensation d'être en train de boire du vin chaud devant un feu de bois enveloppée dans des fourrures nordiques. Non qu'elle ait un jour fait cela, mais elle imaginait que ce serait très agréable.

Leur première livraison était dans un centre social pour personnes âgées près de London Fields. Minnie dit qu'elle irait en coup de vent, que Quinn pouvait rester dans la voiture, mais il souhaita venir aussi. Mrs Mentis, l'une des bénévoles régulières au centre, leur ouvrit la porte. C'était une dame charmante à la fin de sa soixantaine. Elle portait des verres progressifs violets et un gilet vert à grosses mailles garni de larges boutons en forme de hérisson.

— Oh, bonjour Minnie, on ne vous avait pas vue depuis un moment, dit-elle dans un doux accent du Yorkshire. En général c'est votre Alan qui vient. Il n'est pas souffrant, j'espère ?

Mrs Mentis leva les yeux vers Quinn, puis baissa ses lunettes pour l'inspecter de plus près. Elle sortit un mouchoir gris de sa poche pour s'essuyer le nez.

— Oh, il va bien, dit Minnie, juste un micmac avec son van. Voici Quinn, il m'aide aujourd'hui.

Minnie hocha la tête vers lui, puis afficha un visage disant « Ces tourtes sont assez lourdes, pouvons-nous juste aller à la cuisine s'il vous plaît ». Mrs Mentis saisit le message et se poussa sur le côté.

— Juste un peu plus loin sur votre gauche, Quint, dit-elle en lui montrant le chemin d'un bras tremblant.

Minnie et Quinn passèrent devant elle et Mrs Mentis clopina derrière eux. Elle était atteinte de problèmes d'oignons ; Minnie en avait entendu parler en long et en large durant ces dernières années. Elle avait prénommé ses oignons Billy et Boo, et parlait d'eux comme s'il s'agissait de ses petits-enfants.

— Comment vont vos pieds, Mrs Mentis ? demanda Minnie.

— Oh Billy n'est pas trop méchant, Minnie, mais Boo, elle n'arrête pas de faire des siennes, celle-ci – elle n'aime pas ce temps.

La cuisine était petite et beige. Elle sentait le détergent et la confiture. Il y avait quelques vieilles tasses de café et un jeu d'échecs abandonné sur la table en formica beige.

— Tout le monde adore le jour de la tourte, déclara Mrs Mentis en ouvrant l'un des couvercles pour voir à l'intérieur. J'espère que la steak et Guinness est au menu ?

— Toujours, dit Minnie. Y a-t-il quelqu'un pour vous aider à les réchauffer ? Elles sont fraîches de ce matin, mais supporteraient un passage de trente minutes au four.

— Oui, tout le monde aime être bénévole le jour de la tourte, dit Mrs Mentis en s'humectant les lèvres.

Puis elle reporta son attention vers Quinn, qui empilait des boîtes directement dans le frigo.

— Oh, n'est-il pas serviable ? Est-ce le petit ami dont Alan parlait ?

Mrs Mentis agita un doigt vers Quinn.

— Je crains que non, je suis juste le chauffeur, expliqua Quinn.

— Vous n'avez pas pris le travail d'Alan, j'espère ? demanda Mrs Mentis en fronçant les sourcils. Les dames à l'étage seraient extrêmement chagrinées. Elles aiment bien prendre une tasse de thé avec Alan, vraiment – un beau gosse, qu'elles disent. Non que Quint ici présent ne le soit pas, mais les plus de soixante ans n'en raffolent peut-être pas autant.

— Ne me recalez pas trop vite, Mrs Mentis, vous ne m'avez pas vu jouer au bridge.

Mrs Mentis lâcha un lent gloussement guttural.

— Je vois pourquoi il est votre genre, ma chère – c'est toujours agréable de pouvoir s'en payer une bonne paire, n'est-ce pas ?

Minnie écarquilla les yeux ; Mrs Mentis avait tendance à légèrement confondre les mots. Minnie se doutait qu'elle avait voulu dire « tranche ».

— Non, il n'est pas mon genre, Mrs Mentis, Quinn est juste un ami qui est venu me dépanner aujourd'hui.

Quinn articula silencieusement : « Pas votre genre ? » à l'intention de Minnie, puis afficha une expression faussement blessée, ses sourcils bruns froncés dans une consternation exagérée. Minnie ne put s'empêcher de sourire.

— Vous n'êtes pas ce drôle de journaliste, alors ? demanda Mrs Mentis en comptant les tourtes sur ses doigts.

Minnie commençait à voir pourquoi Alan était si long à effectuer les livraisons.

— Ça c'est Greg, il toujours *tellement* drôle, dit Quinn en se penchant d'un air conspirateur vers Mrs Mentis. Pas aussi équipé que moi en matière de paire, par contre.

Un bruit aigu échappa à Minnie. Elle se plaqua une main sur la bouche, transformant le son en espèce d'éternuement étranglé.

— À vos souhaits, ma chère, dit Mrs Mentis en reportant son attention vers Quinn. Dans le temps, j'étais souple et belle de visage comme Minnie, vous savez. J'avais l'embarras du choix dans ma jeunesse, pour sûr.

— Je veux bien le croire, Mrs Mentis, dit Quinn.

— Maintenant Quint, pendant que nous vous tenons, ça ne vous dérangerait pas de jeter un coup d'œil à la bouche d'aération dans la salle d'animation, si ? Elle grince sans arrêt les nuits de vent, et nous sommes bien en peine de l'atteindre. Quelqu'un de votre taille n'aura aucun souci pour la bricoler un peu.

Les douze livraisons suivantes s'avérèrent aussi chronophages. Quinn se retrouva à réparer une antenne douteuse à l'appartement de Mrs McKenzie, se porter volontaire pour tenir la laine de Mrs Terry avec ses « bonnes grosses bobines de mains », puis batailler pour remettre un collier antipuce cassé à l'un des chats de Mr Marchbanks.

Quinn fut obligeant et charmant avec tous ses clients et Minnie sentait qu'elle se radoucissait vis-à-vis de lui – c'était impossible de ne pas l'apprécier. Et pourtant sous la surface, il demeurait une méfiance enracinée, un conditionnement pavlovien qui la hérissait à l'évocation du nom de Quinn Hamilton et tout ce qu'il représentait. Lorsqu'elle le voyait si gentil et drôle avec ses clients, sa détermination à le mépriser fondait. Puis ils retournaient à sa Bentley, et elle se souvenait – c'est facile d'être charmant quand vous avez vécu une vie charmante.

— Vous savez vous y prendre avec les petits vieux, dit Minnie en le regardant de l'autre côté du capot alors qu'ils étaient devant la maison de Mr Marchbanks.

— Je ne sais clairement pas m'y prendre avec les chats, dit Quinn en brandissant son avant-bras griffé.

Minnie ouvrit la portière passager en riant.

— Mon pauvre, est-ce que le petit chatounet vous a égratigné avec ses minuscules griffes ?

— Je ne vous ai pas vue vous porter volontaire.

La joue de Quinn se contracta dans une fossette.

— Votre tête quand il vous a dit que vous aviez le mauvais chat, dit Minnie avec un petit grognement amusé.

— Cet homme était incapable de distinguer un chat de l'autre, dit Quinn en secouant la tête. J'aurais pu mettre un collier au chien du voisin, pour ce qu'il en savait.

— Le fait qu'il soit aveugle ne signifie pas qu'il n'est pas fichu de différencier ses chats, Quinn. Il dit qu'ils ont tous des odeurs très distinctes, dit-elle d'un ton pincé.

— Son appart a clairement une odeur très distincte.

— Ne soyez pas méchant, il a eu une vie difficile, cet homme.

Quinn marqua une pause, son expression blagueuse quittant son visage.

— Je sais. C'est formidable ce que vous faites pour ces gens, Minnie.

— Oh ouais, de la pâtisserie pour les retraités – de quoi rafler un prix Nobel.

Minnie ouvrit la portière et grimpa. Quinn monta à côté d'elle en regardant devant lui par le pare-brise, l'air toujours sérieux.

— À l'évidence, vous êtes une planche de salut pour ces gens. C'est tellement plus que de la livraison de nourriture, c'est… (Il s'interrompit en se retournant vers le pare-brise.) Les gens ont besoin de ce lien dans leur journée, quelqu'un qui passe juste pour voir s'ils vont bien.

Minnie observa un petit muscle dans sa mâchoire qui commençait à palpiter. Il la regarda de nouveau et se força à sourire.

— Bien qu'il soit inutile que je vous le dise, c'est votre remarquable entreprise.

— Pas si remarquable, soupira Minnie. Pas financièrement, en tout cas.

— Eh bien, vous devez commencer à facturer la pose de colliers sur les chats, dit Quinn, levant une fois de plus l'avant-bras et pointant les griffures.

— Oh, vous voulez que je vous fasse un bisou magique ?

C'était le genre de sarcasme qu'elle aurait pu employer avec Ian ou son frère, mais Quinn y réagit avec ce regard perçant. On aurait dit que quelqu'un avait appuyé sur « pause » entre eux, et Minnie prit alors conscience qu'elle retenait son souffle. Il se détourna et quelqu'un appuya sur « lecture ».

— Peut-être qu'on gardera le bisou pour la prochaine fois.

Minnie savait qu'il plaisantait, mais qu'il le dise lui envoya une bourrasque de sensations dans le ventre. Comme si tout un nid de bébés chouettes en sommeil dans son estomac s'était réveillé en même temps et mis à battre des ailes, attendant avec voracité d'être nourri. Elle serra les dents, contrariée d'être aussi prévisible, de devenir toute Florale quand quelqu'un comme Quinn prononçait quoi que ce soit de vaguement aguicheur.

— Ha-ha, fit-elle en secouant lentement la tête d'un côté à l'autre en essayant de réprimer ce tumulte dans son ventre. Bien, assez de bavardage, chauffeur, nous avons beaucoup d'autres petits vieux à nourrir, dit-elle en tapant dans ses mains.

Lorsqu'ils arrivèrent à la fin de leur tournée de livraison, il était 17 heures. Quinn se gara à un arrêt de bus puisqu'il n'y avait nulle part où stationner. Minnie lui tendit la dernière boîte de tourte depuis la banquette arrière.

— Et celle-ci est pour vous. C'est plutôt mal payé pour une journée à conduire, mais si l'on tient compte du fait que vous m'ayez piqué mon prénom et une vie entière de chance qui m'était destinée, je dirais que nous sommes presque quittes.

Elle aurait dû bondir de là, le laisser partir avant qu'un bus n'arrive, mais Minnie ne bougea pas. Elle resta juste assise à le regarder, la bouche s'étirant dans un sourire inconscient. Il le lui rendit, puis se passa une paume sur la bouche.

— Écoutez…, dit Quinn. (Le mot s'attarda entre eux.) Si vous avez le temps, peut-être…

Il baissa les yeux sur sa main, plia les doigts puis serra vigoureusement le poing.

— Oui, dit-elle en l'encourageant d'un hochement de tête.

— Eh bien, je… je connais quelqu'un d'autre qui adorerait cette tourte.

— Qui donc ?

— Ma, hum, ma mère.

Quinn expliqua qu'il avait parlé de l'histoire de son prénom à sa mère et qu'elle voulait rencontrer Minnie. Elle eut la désagréable impression qu'on lui avait tendu un piège. Cette proposition de faire le chauffeur avait-elle été entièrement planifiée pour qu'elle se sente obligée d'aller rencontrer la femme que sa mère honnissait ? Quinn lui avait sauvé la mise et elle était assise dans la voiture de cette femme. Elle pouvait difficilement dire non.

2 janvier 2020

Tara Hamilton vivait à Primrose Hill, dans le nord de Londres. Tandis que Quinn roulait sur Camden Road, Minnie regarda par la vitre toutes les plaques de rue qui lui étaient si familières. Elle avait grandi près d'ici. De voir ces rues par la vitre d'une Bentley, elle se sentit telle Alice de l'autre côté du miroir, regardant une version alternative de la réalité. Après être née à l'hôpital de Hampstead, Minnie avait vécu avec ses parents et son frère dans un ex-logement social de deux pièces à Chalk Farm, qui se situait juste de l'autre côté du pont ferroviaire depuis Primrose Hill. Ils étaient restés là jusqu'aux quinze ans de Minnie, quand ses parents avaient déménagé plus au nord pour prendre une maison. Chaque souvenir de son enfance était attaché à ce mile carré de la ville.

Au moment où Quinn tourna sur Regent's Park Road, la ville changea. Les rues sales et animées de Camden cédèrent la place au raffinement verdoyant de Primrose Hill. De belles maisons bourgeoises aux jardins bien entretenus et aux volets parfaitement peints donnaient sur le parc. Des joggeuses passaient en bondissant dans des tenues lycra de créateur, la queue-de-cheval bruissante. Il y avait des nantis promenant des chiens nantis et des messieurs à l'air distingué dans de longs manteaux camel qui marchaient d'un pas résolu sur le trottoir avec des journaux calés sous le bras.

— Ce n'est qu'à peu près à un mile d'où j'ai grandi, mais ça me semble à un monde de là, dit Minnie en observant les gens et les maisons qui défilaient. Je ne suis pas revenue ici depuis des années. N'est-ce pas étrange qu'un endroit puisse raviver des souvenirs si précis de votre enfance ? Il y avait une maison des jeunes où nous allions à Kentish Town – si vous ne descendiez pas du bus de nuit au bon arrêt, vous finissiez sur le pont, juste là, expliqua Minnie en pointant du doigt vers la rue.

Minnie se disait que si vous vivez assez longtemps dans une ville, les rues et lieux où la vie se déroule se plient comme une bande de papier, pour laisser la place à de nouveaux souvenirs. Toutefois, rendre visite à de vieux repaires et un chemin depuis longtemps oubliés était comme déplier l'accordéon – les souvenirs en jaillissaient, aussi frais que le jour où vous les aviez comprimés.

— *Bambers*, marmonna Minnie pour elle-même.

Quinn s'esclaffa.

— Je me rappelle *Bambers*.

— Je crois que *Bambers* a l'honneur d'être le premier endroit où j'ai vomi après avoir été présentée à Mr Gnôle, dit Minnie en grimaçant.

Quinn se tourna pour la regarder ; un étrange éclat traversa son visage. Il plissa les yeux, avec un tressautement de confusion. À sa réaction, Minnie eut la sensation qu'elle avait dû dire quelque chose qu'il ne fallait pas. Elle se tourna pour regarder par la vitre. Aucun doute que dans le monde de Quinn, les filles n'évoquaient pas les fois où elles avaient vomi leur ivresse.

Quand elle avait dix ou onze ans, Minnie et sa meilleure amie Lacey marchaient quelquefois jusqu'à Primrose Hill en rentrant de l'école. Elles inventaient des histoires sur les gens qui habitaient dans ces maisons colorées et ce qu'ils avaient accompli pour faire fortune.

— Inventeur des râpes à fromage, disait Lacey en désignant un manoir jaune aux fenêtres dépolies.

— Des châteaux gonflables, pouffait Minnie en montrant la maison couleur crème à l'angle.

Chaque fois qu'elles allaient au parc, les histoires devenaient plus élaborées. Lacey concoctait une toile de fond pour l'histoire de la famille Râpafromage – apparemment, il y avait eu un clivage familial sur la taille optimale des trous de râpe.

Quand Quinn se gara à côté de la plus grande maison individuelle de la rue, la mâchoire de Minnie se décrocha d'incrédulité ; il s'agissait de l'une des demeures sur lesquelles Lacey et elle affabulaient. Un manoir de cinq étages bleu clair qui ressemblait à une maison de poupée géante, du genre qu'un enfant pourrait dessiner s'il voulait représenter le domicile londonien parfait. Il y avait des buis impeccablement élagués de chaque côté de la porte d'entrée, et la façade bleue semblait fraîchement peinte. Des balustrades noires bordaient la propriété, avec une haie qui poussait juste derrière elles, occultant la vue sur rez-de-chaussée. C'était une oasis d'un calme virginal au centre d'une ville effervescente.

Elle se situait dans une rangée d'autres maisons individuelles, toutes peintes de couleurs différentes. Minnie et Lacey les appelaient les Maisons Crème glacée. Elle avait envie de dire à Quinn qu'il vivait dans la Maison Glace aux myrtilles, mais pensa ensuite qu'il risquait de la prendre pour une espèce de tordue qui espionnait chez les gens, alors elle s'en abstint.

— C'est ici que vit votre mère ?

Quinn acquiesça.

— J'ai grandi ici. Maintenant j'ai un appartement en haut de la rue, mais Maman est toujours là, seule dans cette grande maison.

Il sortit du siège conducteur et fit le tour de la voiture pour ouvrir sa portière. Minnie prit la tourte et suivit Quinn pour monter les marches jusqu'à l'énorme porte d'entrée. Le jour commençait à décliner et elle n'avait pas de manteau. Elle frémit légèrement. Quinn passa la main autour d'elle, en lui frottant le haut du bras. C'était un geste instinctif, familier, comme s'il oubliait un instant qu'il se tenait sur le seuil avec une étrangère, et non sa petite amie. À son contact, la peau de Minnie picota. Il baissa le bras aussi vite qu'il l'avait offert, fourrant les mains dans ses poches pour chercher ses clés dans la demi-pénombre.

— Maman, lança-t-il tandis qu'ils passaient le seuil. J'ai une amie qui est là pour te voir.

Dans le salon, ils trouvèrent la mère de Quinn, assise dans un fauteuil, en pleine lecture. Elle devait être au début de sa soixantaine, mais paraissait plutôt à la fin de la quarantaine. Elle avait des cheveux blonds soigneusement peignés et remontés en chignon et sa peau était fraîche et sans défaut. Elle portait une robe de chambre ample couleur lilas nouée à la ceinture, et avait replié les pieds sous elle dans le fauteuil comme une enfant. Pour Minnie, elle ressemblait à une star de cinéma.

— Quinn, dit-elle en refermant son livre pour le poser avec précaution sur la table basse, je ne t'attendais pas.

Elle cligna les yeux à plusieurs reprises en voyant Minnie, comme pour vérifier qu'il y avait vraiment une deuxième personne présente. Puis elle se mit debout, en passant le plat des paumes sur ses cheveux et sa robe de chambre.

— Regardez dans quel état je suis. Je ne suis pas habillée pour recevoir des invités.

Elle plissa légèrement le front, mais sourit à Minnie tandis qu'elle levait les bras pour embrasser son fils sur la joue. Elle avait la voix calme et douce. Minnie éprouva une pointe de jalousie pour une telle mère, une mère qui vous accueillait avec un baiser et s'exprimait d'un ton suave et feutré.

— Voici Minnie, dit Quinn, je t'ai parlé d'elle ; la fille qui se serait appelée Quinn.

Il prit les mains de sa mère dans les siennes et les remua gentiment de haut en bas, comme pour lui faire passer physiquement les informations.

— Minnie, je vous présente ma mère, Tara.

Tara se tourna pour la regarder, en dégageant une main de son fils pour toucher Minnie, comme si elle voulait tester sa réalité physique. Elle la contempla en écarquillant les yeux, et Minnie se tortilla sous son regard, gênée d'une attention aussi polarisée.

— Bonjour, dit-elle avec un bref geste de la main. Je vous ai apporté une tourte.

Elle tendit brusquement la boîte vers Tara.

— Minnie ? Minnie…

Tara la dévisageait toujours.

Elle n'avait pas l'air décidée à prendre la boîte de tourte, Minnie la posa donc sur une table basse.

— Je ne sais pas si vous aimez les tourtes, Quinn m'a dit que ça vous plairait.

— Minnie, Seigneur, n'êtes-vous pas ravissante ? J'ai toujours regretté de ne pas avoir les cheveux bouclés, dit Tara. (Minnie étira timidement l'une de ses boucles.) Je suis tellement contente que vous soyez venue. Quand Quinn m'a appris qu'il vous avait rencontrée, ce que vous aviez dit sur votre naissance… J'y songe sans arrêt. J'ai pensé si souvent à votre mère. J'ai essayé de la retrouver quand nous avons quitté l'hôpital, elle m'a tellement aidée.

— Je sais, elle me l'a dit. Elle a également dit que vous lui aviez volé son idée de prénom.

Minnie rit jaune en haussant légèrement les épaules. Elle ne voulait pas que Tara la croie fâchée pour ça. Qui pouvait être fâché contre une telle femme ? Ce serait comme être fâché contre un chaton.

— Non, non, protesta Tara, le visage défait, ce n'est pas ce qui s'est passé. Quinn, ne lui as-tu pas raconté comment c'était ?

Tara parut en proie à une soudaine détresse. Elle chercha à tâtons l'accoudoir du canapé derrière elle, et s'y affaissa. Quinn s'assit à côté d'elle et lui tint les mains entre ses paumes.

— Ne t'énerve pas, Maman, dit-il doucement. Oui, j'ai expliqué, mais je me disais que tu pourrais lui raconter toi-même.

Quinn alla préparer une théière d'earl grey, et Minnie prit place sur le canapé auprès de Tara. Elle avait l'air si frêle et petite devant les gigantesques coussins blancs, comme si elle risquait de sombrer dans les plis du canapé sans jamais pouvoir en réémerger. Minnie resta assise en silence, pour laisser Tara parler.

Les fois où Minnie avait imaginé sa rencontre avec cette femme, cette sorcière de son enfance, cette personne qui avait bouleversé sa propre mère à ce point, elle avait imaginé tout ce qu'elle lui dirait. Maintenant qu'elle était là, elle n'avait rien envie de dire, elle voulait juste écouter.

Tara expliqua combien l'aide de Connie avait compté pour elle, combien elle s'était sentie seule durant le travail, combien elle avait frôlé le point de rupture.

— Connie m'a raconté l'histoire du prénom Quinn, et c'était comme si cette lumière était apparue dans les ténèbres. Mon corps était séparé en deux et ce prénom, le visage de Connie – c'était la seule part de réalité à laquelle je pouvais me raccrocher. (Elle regarda au plafond, momentanément perdue dans ses pensées.) Quand le bébé est né, je ne voyais aucun autre prénom qui pourrait convenir. Je voulais moi aussi un Quinn – un hommage à votre mère et à l'aide qu'elle m'a apportée. Je ne pensais même pas à la stupide compétition du journal ; ça ne m'a pas traversé l'esprit qu'elle ne vous appellerait pas également Quinn.

À présent, Tara la regardait, dans l'attente d'une réponse.

— Vous étiez partout dans les journaux. Quinn n'est pas un prénom courant. Mon père s'est dit qu'ils auraient l'air crétins s'ils choisissaient le même prénom que le bébé des infos.

— J'ai tenté de retrouver Connie par la suite, je n'arrivais pas à me souvenir de son nom de famille. J'ai même regardé la rubrique des naissances pour y repérer un autre Quinn. L'hôpital refusait de me fournir ses coordonnées. Je me suis dit que, peut-être, elle me contacterait.

Quinn revint dans la pièce et posa un plateau garni de quoi servir le thé sur la grande table basse de style ottoman.

— Ne t'énerve pas trop, dit-il en appuyant gentiment sur l'épaule de sa mère.

Elle y porta la main pour serrer la sienne, et Minnie éprouva un nouveau tiraillement devant cette proximité entre eux. Elle n'avait pas ce genre de relation avec sa mère.

— Et après tout ce temps, j'apprends aujourd'hui qu'elle me méprise, que j'ai volé votre prénom et que vous bouillonnez de rancœur depuis toutes ces années. Je ne peux pas le supporter.

Elle lâcha un reniflement et pressa le dos de sa main sur son nez, au bord des larmes.

— Eh bien, je ne dirais pas exactement *bouillonner*.

Minnie sentit ses joues rosir. Elle se mit à mordiller l'ongle de son pouce gauche, puis le retira brusquement de sa bouche et s'assit sur ses mains.

— J'adorerais revoir Connie, lui dire combien je suis désolée. Quand j'imagine ce qu'elle a dû penser de moi.

— Ce n'est rien qu'un prénom, je ne m'inquiéterais pas pour ça, dit Minnie en tendant la main pour tapoter celle de Tara.

Par-dessus l'épaule de cette dernière, elle vit Quinn articuler silencieusement « Rien qu'un prénom ? » vers elle. Minnie le regarda en plissant les yeux ; il savourait tout ceci.

— Et ensuite, être appelée Minnie Cooper à la place, dit Tara en secouant la tête, les lèvres pincées de dégoût. Ma pauvre petite.

— Ce n'est pas si terrible, dit Minnie en retirant sa main.

— Non, ç'aurait pu être pire, Ford Fiesta ou Opel Corsa, dit Quinn.

Minnie éprouva l'envie urgente de lui jeter la théière à la figure.

Elle prit le numéro de Tara en lui disant qu'elle demanderait à sa mère de la contacter. Elle l'avertit que Connie pouvait être un peu susceptible, mais qu'elle était certaine qu'elle l'écouterait. Tara prit dans ses mains frêles celles de Minnie et les serra gentiment. Puis elle prit congé pour aller aux toilettes.

— Merci, dit Quinn doucement depuis l'autre bout de la pièce.

— Pourquoi ?

— Pour votre gentillesse envers elle.

Lorsque Tara revint, elle insista pour que Minnie reste dîner. Elle dit qu'elle n'avait jamais de visite et souhaitait tout savoir sur la vie de Minnie. Minnie eut l'impression de vivre une espèce de moment *Pile et Face*. Elle était Gwyneth Paltrow avec les cheveux blonds et courts, vivant dans une réalité alternative où l'ennemie jurée de sa mère l'invitait à dîner dans la Maison Glace aux myrtilles. Peut-être qu'une autre version de Minnie finissait actuellement les livraisons avec Alan dans le van. Minnie nota mentalement de suggérer *Pile et Face* pour sa prochaine soirée film avec Leila.

Tandis qu'ils passaient à la cuisine, Quinn raconta tout sur *Pas de mauvaises farces*, sur les gens qu'il avait rencontrés ce jour-là et combien les tourtes de Minnie étaient fabuleuses.

— Vous n'en avez pas encore mangé, souligna Minnie.

Elle était un peu exaltée de l'entendre parler de son entreprise dans des termes aussi élogieux.

— Enfin, j'ai l'occasion d'en goûter une, dit Quinn en allumant le four. Je n'ai eu qu'à renoncer à ma journée, vous servir de chauffeur aux quatre coins de Londres, me faire mutiler par un chat, réparer une antenne louche, et tenter de redresser des torts qui remontent à des décennies.

Minnie sourit, en fronçant le nez vers lui. Il lui rendit son sourire, leurs yeux se connectèrent un instant, et Minnie sentit la pièce se refermer autour d'elle. Tara les regarda tour à tour, comme si elle observait quelque chose pour la première fois. Le téléphone de Minnie se mit à sonner, et il lui fallut quelques secondes pour s'apercevoir que c'était le sien.

— Je, hum, je ferais mieux de répondre, dit-elle en voyant à l'écran que c'était Leila.

Elle se retira dans le salon, laissant Quinn et sa mère discuter dans la cuisine.

— Comment ça s'est passé ? s'enquit Leila. Est-ce que vous avez réussi à tout faire ?

Le ton de Leila était plus détaché que Minnie ne s'y attendait ; elle pensait que Leila appellerait pour avoir les dernières nouvelles de sa journée à l'extérieur avec son jumeau amoureux.

— Oui, tourtes toutes livrées, clients satisfaits. Je suis juste chez la mère de Quinn, Leils, elle voulait tout me raconter sur…

Mais Leila l'interrompit.

— Écoute, on a eu un sacré choc de notre côté. Je viens de raccrocher avec la banque, elle nous refuse l'extension de prêt.

— Je croyais qu'on avait jusqu'au mois prochain pour payer ? dit Minnie.

— Moi aussi, soupira Leila. Je pensais que si nous pouvions juste obtenir les subventions du Conseil et donner un coup de collier à nos livraisons ce mois-ci, nous pourrions nous en sortir, mais nous n'en saurons pas plus sur les subventions avant février et nous n'avons simplement pas assez de commandes ce mois-ci pour couvrir ce que nous devons. Tout le monde est fauché après Noël. Je ne vois aucune échappatoire, Minnie.

Minnie s'assit sur le somptueux canapé blanc et plongea la tête entre ses mains. Leila et elle avaient consacré quatre années de leur vie à cette affaire. Elles avaient travaillé dur, fait des semaines de soixante-dix heures, elles y avaient injecté toutes leurs économies, et maintenant, quoi ? Elles allaient juste plier boutique, laisser tomber leurs employés, céder le bail de la cuisine à la prochaine idiote jeune et naïve qui avait envie de regarder ses rêves lentement flétrir ?

— On ne peut rien faire pour les faire attendre ? demanda Minnie en fermant vigoureusement les yeux.

Allait-elle réellement perdre son appartement et son entreprise la même semaine ?

— Minnie, je ne vois vraiment pas d'issue, dit calmement Leila. Chaque mois ressemble à la course de taureaux de Pampelune, à foncer comme des tarés pour rester en vie sans se faire encorner par un taureau bancaire enragé. J'ai essayé de ne pas te stresser sur le plan du financement, mais je ne peux plus faire barrage.

Minnie percevait l'angoisse dans la voix de son amie. Leila endossait la majorité des responsabilités financières de la société. Minnie détestait que ce soit son rêve d'entreprise de pâtisserie qui déprime autant sa meilleure amie.

— Écoute, retrouvons-nous au bureau lundi, nous passerons en revue nos options pour gérer ça. Je ne peux rien faire de plus cette semaine, j'ai le mariage de la sœur d'Ian demain.

— Est-ce que je devrais appeler les autres ? demanda Minnie.

Elles n'employaient Bev, Alan et Fleur qu'à mi-temps, donc personne ne serait là avant lundi maintenant.

— Non, je préférerais qu'on leur annonce la mauvaise nouvelle ensemble, une fois que nous saurons ce qui se passe. Nous avons des commandes prépayées à livrer, nous avons donc besoin qu'ils viennent.

Une fois que Minnie eut reposé son téléphone, elle parcourut des yeux l'énorme salon dans lequel elle était assise ; le tapis crème d'une épaisseur luxueuse, les somptueux coussins tendus de lin aux tons bleu givré parfaitement coordonnés, la gigantesque table basse ottomane avec une étagère en dessous regorgeant de beaux livres reliés. Elle entendit Tara rire dans la cuisine.

— Tout va bien ? lança Quinn depuis la porte qui menait au salon.

— Il faut que je rentre chez moi, hélas, dit Minnie en prenant une lente inspiration par le nez.

— Vraiment ? Je viens juste d'enfourner la tourte, dit Quinn, décomposé.

— Je dois partir, dit-elle. Je peux prendre le métro.

Minnie avait soudain besoin de se retrouver loin de Quinn. Que faisait-elle même là ? Elle savait que ce n'était pas sa faute, que c'était ridicule de comparer sa vie à celle de cet homme, mais quelque chose dans le fait qu'ils aient entamé leurs vies le même jour, au même endroit, rendait juste sa situation actuelle d'autant plus pathétique.

— Je vais vous conduire, dit-il.

Elle secoua la tête, consciente que le rouge lui montait lentement le long du cou, le signe révélateur qu'elle était sur le point de pleurer.

— Est-ce qu'il est arrivé quelque chose ? Puis-je faire quoi que ce soit ?

— Eh bien, mon activité a capoté, et maintenant je dois aller au travail lundi pour décider de la manière dont la fermer, alors non, il n'y a rien que vous puissiez faire.

Minnie riva ses yeux au sol ; elle ne pouvait pas le regarder. Pourquoi lui avait-elle raconté ça ? Elle sentit qu'il faisait un pas vers elle, qu'il s'apprêtait peut-être bien à la prendre dans ses bras. L'espace d'un instant, son corps picota d'impatience, espérant qu'il mette ses bras autour d'elle. Puis son corps se crispa, lui reprochant d'éprouver cette envie primale d'être étreinte. De plus, Quinn n'était même pas son petit ami ; si elle voulait s'effondrer dans les bras de quelqu'un (ce qui n'était pas le cas, il n'y aurait aucun effondrement pathétique), ce devrait être dans ceux de Greg. Merde, il fallait vraiment qu'elle appelle Greg.

— Mais vos tourtes sont géniales ? Les gens les adorent, il y a forcément un moyen de…

Quinn avait pris la parole mais Minnie l'interrompit.

— Ouais, mais dans le vrai monde, nous devons faire des emprunts, des emprunts à des taux énormes, et si nous avons une baisse des commandes d'un mois à l'autre, ou que nous devons acheter une nouvelle porte pour le four, eh bien nous n'avons pas beaucoup de marge d'erreur, dit Minnie entre des dents serrées. Ce n'est pas comme dans votre monde, où vous trouvez simplement l'argent auprès de votre famille pour monter n'importe quelle entreprise qui vous chante, et où vous n'avez même probablement jamais affaire à une banque. Je veux dire, regardez cette maison !

Minnie lança le bras pour illustrer son propos. Ce faisant, elle heurta l'une des lampes sur pied en porcelaine, qui s'envola de la table basse pour aller exploser par terre. La pièce se tut. Minnie riva les yeux sur les éclats. L'ampoule clignota, émit un doux grésillement, puis s'éteignit.

— Oh merde, marmonna Minnie pour elle-même.

Elle releva les yeux pour s'apercevoir que Quinn était devenu blanc comme un linge. Tara arriva dans la pièce en courant. Lorsqu'elle vit la lampe, elle commença à faire de l'hyperventilation.

— N'y touche pas, n'y touche pas, tu vas te couper !

Elle se mit à agiter les mains, les yeux exorbités de panique.

— Quinn, poursuivit-elle, il y a de la porcelaine cassée partout.

En deux vives enjambées, Quinn était à côté d'elle :

— Tout va bien, je ne vais pas y toucher.

Il lui parlait sur un drôle de ton, comme s'il s'adressait à une enfant. Tara tremblait, elle se couvrit la tête des mains et lâcha une étrange rafale de cris paniqués. Quinn se retourna vers Minnie.

— Je pense que vous feriez mieux de partir, dit-il.

— Ne la laisse pas y toucher ! hurla Tara. N'y touchez pas !

— Elle ne va pas y toucher, Maman, dit Quinn tandis qu'il conduisait la silhouette voûtée de sa mère hors de la pièce. Allons, je vais t'amener là-haut.

Minnie se retrouva abandonnée dans le salon, figée sur place. Que venait-il de se produire ? Elle avait aboyé contre Quinn, cassé une lampe qui semblait vraiment chère, et ensuite, Tara avait complètement pété les plombs. Devait-elle rester pour nettoyer les dégâts ? Proposer de les rembourser ? Non qu'elle eût le moindre argent de toute façon. Pourquoi avait-elle ainsi passé sa colère sur Quinn ? Ils avaient passé un si bon après-midi et elle l'avait gâché. Elle ramassa son sac par terre et franchit l'énorme porte d'entrée.

5 janvier 2020

Minnie marqua une pause devant la porte d'entrée à la peinture grise et écaillée de la maison de ses parents. Elle resserra sa cape en laine jaune moutarde autour d'elle. Cet achat en friperie l'année précédente s'était avéré peu judicieux ; Leila l'avait convaincue que c'était un article de mode à avoir absolument. Minnie en était vite arrivée à la conclusion qu'elle lui donnait l'air d'une banane sur pattes, raison pour laquelle elle ne l'avait portée que deux fois (et l'une d'elles était à l'occasion d'une soirée costumée sur le thème des fruits). À présent, puisqu'elle avait perdu son unique manteau et qu'il faisait deux degrés, la cape, par nécessité, avait été ressuscitée des entrailles de sa garde-robe.

Elle entendait le bourdonnement des bruits à l'intérieur de la maison, le tic-tac audible même depuis le pas de la porte. Elle prit un instant pour savourer le calme de la rue. Depuis que son frère Will avait déménagé en Australie avec sa petite amie, Minnie avait essayé de rentrer la plupart des dimanches pour manger avec ses parents. Elle savait que ça leur manquait de ne plus avoir Will, il avait une manière d'être avec eux qui semblait facile. Elle ne pouvait combler le vide que son absence avait créé dans la dynamique de la famille, mais elle avait l'impression de faire sa part en venant toutes les semaines.

— Minnie est là, cria son père au-dessus d'elle.

Minnie leva la tête pour l'apercevoir penché par la fenêtre de la chambre.

— Je m'occupe juste de toilettes bouchées là-haut ; ta mère a encore mangé trop de quiche qui avait dépassé son « à consommer de préférence avant le ».

Il portait son T-shirt de travail couvert de taches de peinture et de sueur, son visage rond paraissait rougeaud et sa tenue débraillée, comme s'il avait bricolé toute la matinée et n'avait pas trouvé le temps de prendre une douche. Il lança un clin d'œil à Minnie et elle secoua la tête. Elle entendit sa mère crier au pied de l'escalier à l'intérieur, comme quoi ce n'était pas drôle de faire des blagues grossières pour que toute cette maudite rue en profite.

— Pourquoi traînes-tu dehors, Minnie Moo ? Monte donc, dit son père en lui faisant signe d'entrer.

La maison faisait partie d'une rangée d'habitations mitoyennes des années trente. Elle ressemblait à la plupart des autres maisons dans cette rue de banlieue particulière de Brent Cross, au nord de Londres. La leur avait des encadrements de fenêtre dont le bois était légèrement pourri au rez-de-chaussée, et un jardin indiscipliné envahi par les ronces et les églantiers, mais autrement, il n'y avait pas grand-chose pour la distinguer de celle des voisins. Depuis le jardin arrière, on pouvait voir que beaucoup d'autres maisons de la rue avaient ajouté des extensions de cuisine, ou fait des conversions en loft, mais la maison des Cooper ressemblait à peu de chose près à ce qu'elle était presque cent ans plus tôt. Lorsque Minnie parlait de Brent Cross aux gens, ils pensaient à l'énorme centre commercial en périphérie de la ville, ou au viaduc autoroutier très fréquenté. Pour Minnie, Brent Cross signifierait toujours cette maison, cette rue, ce minuscule endroit de Londres qu'elle appelait « chez elle ».

À l'intérieur, le numéro 13 avait l'air d'une maison assez normale ; enfin, normale si vous ne regardiez pas les murs. Le moindre centimètre d'espace était recouvert d'horloges, un témoignage de l'intérêt de son père pour l'horlogerie. Il avait passé les trente dernières années à récupérer et réparer des horloges anciennes. Il avait dans le jardin un atelier rempli de boîtes et outils, et passait ses soirées à ratisser Internet en quête d'horloges cassées ou à moitié réparées pour lesquelles tous les autres avaient perdu espoir.

Quelquefois, son père consacrait des années à une seule horloge, en attendant que la bonne pièce arrive sur Internet, ou essayant de fabriquer lui-même un rouage manquant. Le temps et les efforts qu'il mettait dans chaque pièce impliquaient qu'il ne voulait jamais se séparer d'aucune. Alors l'armée des horloges grandit, tiquant, taquant, certaines tic-tic-taquant ; leur son vous accablait dès l'instant où vous franchissiez la porte. Ses parents ne le remarquaient plus. « C'est le pouls de la maison, avait un jour expliqué son père. Tu ne passes pas ta journée contrariée par le son de ton propre cœur, si ? »

Minnie estimait que l'analogie n'était pas pertinente, mais il était inutile de débattre à propos des horloges avec Papa. L'orchestre des tic-tac avait été la bande originale de son enfance. Will et elle jouaient à un jeu où ils se bandaient les yeux à tour de rôle, et prenaient ensuite une horloge du mur pour essayer de l'identifier uniquement par le son. Will appelait ça « Nommez cette horloge » – pas spécialement inventif comme titre. Le jeu avait pris une tournure déplaisante quand Will en avait lâché une, cassant ainsi l'une des aiguilles. Minnie n'avait jamais vu son père aussi furieux auparavant, ni depuis.

La mère de Minnie vint à sa rencontre dans le couloir, et posa aussitôt les yeux sur sa coiffure.

— Tu t'es coupé les cheveux. Je croyais que tu les laissais pousser ? dit-elle en tirant gentiment sur l'une des boucles de Minnie.

— Eh bien, j'avais envie de changement, répondit-elle en haussant les épaules. Tu n'aimes pas ?

— Si tu veux les laisser pousser, ça prend du temps, tu dois persévérer. (Connie lâcha un soupir exaspéré.) Ta génération ne tient jamais jusqu'au bout de quoi que ce soit.

— Maman, je ne pense pas que ma coupe de cheveux soit symptomatique de mon appartenance à la génération snowflake.

Minnie ôta sa cape et la suspendit à l'une des patères du couloir.

— C'est exactement comme tes cours de natation.

— Maman, tu ne peux pas encore me reprocher d'avoir abandonné la natation du samedi matin – j'ai trente ans !

Sa mère lui adressa un petit mouvement de tête, comme un canard qui s'ébroue de l'eau de pluie.

— Ces cours m'ont coûté les deux bras, et tu étais si douée pour ça, Minnie. Bon, as-tu au moins apporté une tourte ?

— Est-ce que j'étais censée le faire ?

Sa mère grogna.

— Eh bien, ce serait agréable de ne pas cuisiner une fois de temps en temps, quand on a un « chef » dans la famille.

Elle prononça « chef » comme elle le faisait toujours, avec un accent snob et un geste théâtral et majestueux de la main.

— Ton père vient de rentrer, il n'a été d'aucune aide, et je ne me suis pas assise de tout mon service. Nous avions une infirmière en moins au bloc, et pas assez de lits, comme d'habitude.

Minnie suivit sa mère dans la cuisine et la regarda s'asseoir sur l'une des chaises avec un soupir résigné.

— Mon pauvre Mr Cunningham a été renvoyé chez lui, et il n'était pas en état de partir.

— Je suis désolée que tu aies passé une sale journée, Maman.

— Parfois, je ne sais pas où va le monde, dit sa mère en fermant les yeux. Comment certaines personnes peuvent-elles avoir autant, alors que notre hôpital n'a même pas un lit pour un homme qui veut juste s'éteindre avec un peu de dignité ?

Minnie tendit la main pour toucher celle de sa mère, mais cette dernière ne s'en aperçut pas, et la retira de la table avant que Minnie puisse l'atteindre. Minnie prit un bouton à la place. Il y avait devant elle une collection d'objets cassés, qui attendaient d'être réparés ; une casserole sans manche, un petit bouton avec « Chaud » écrit dessus, et une tête de chien en céramique.

— Pas besoin de te donner du mal, Maman. Honnêtement, je me contenterai de haricots sur des toasts. Je suis juste venue vous voir.

— Eh bien, c'est tout ce que tu auras si ça continue. Maintenant, veux-tu m'aider à retrouver le corps de ce chien, Minnie ? Il doit être quelque part dans ce salon.

Sa mère désigna la pièce de devant, et Minnie s'exécuta. Dans ce salon, le tic-tac des horloges était légèrement plus discret. Son père l'avait ainsi conçu de manière à ne pas perturber ses programmes.

De toutes les horloges de la maison, il n'y en avait qu'une à laquelle Minnie était véritablement attachée. Elle était accrochée à la place d'honneur au-dessus de la télé – Rouette. Elle l'avait achetée pour son père lors d'une braderie à Pick's Cottage quand elle avait seize ans. Lorsqu'elle l'avait trouvée, elle ne fonctionnait pas ;

le carillon au-dessus avait rouillé et le sept et le quatre du cadran étaient éraflés. On l'avait clairement négligée et mal aimée pendant des années, mais il demeurait pourtant une sorte de noblesse sous-estimée dans le cadran de cette horloge, comme si – quoique incapable de vous donner l'heure – elle allait peut-être vous révéler autre chose d'important, eût-elle été douée de parole.

Minnie aimait le trou dans le cadran qui vous permettait de regarder les rouages ronronnant derrière. Le carillon au sommet était frappé par une petite aiguille toutes les heures, et parmi le tollé des horloges, c'était la seule dont le son ne la dérangeait pas. Une proclamation si délicate d'une heure de plus écoulée, et non le gong grandiose de certaines consœurs auxquelles tout était dû.

Minnie se mit à quatre pattes et passa la main sous le canapé pour retrouver le morceau de chien perdu que sa mère cherchait. Elle entendit le pas lourd de son père dans l'escalier.

— Ne parlons plus de haricots sur toasts – nous allons simplement prendre des plats à emporter, veux-tu, ma chérie ? brailla son père en direction de la cuisine.

Puis il entra d'un pas sonore dans le salon. Minnie vit ses grosses bottes d'ouvrier s'arrêter à côté de sa tête.

— Qu'est-ce que tu fais par terre ?

— Je cherche un demi-chien.

Il sourcilla.

— Ne la mets donc pas au boulot, Connie. Sers un verre à ta fille et commandons chinois, hein ?

Il s'assit dans son fauteuil en velours côtelé marron et élimé. Le fauteuil émit une lente plainte, comme à bout de souffle. Le père de Minnie prit la télécommande sur la table basse.

— Tu remarques un changement ici, Minnie Moo ? demanda-t-il.

Minnie se releva et arrangea le pull en laine bleu qu'elle portait. Elle inspecta les lieux pour repérer une nouvelle horloge.

— Là-haut, dit-elle en désignant le sommet de la bibliothèque à gauche de la télé.

Il y avait une petite horloge murale en bois, une viennoise à régulateur avec un pendule de la largeur de son cadran.

— J'ai enfin trouvé cette pièce manquante, hein. Un type à Hambourg me l'a vendue pour une coquette somme, j'ai négocié avec lui pendant des mois.

— Très impressionnant, Papa – elle a l'air comme neuve.

Son père afficha un large sourire, et ses grosses joues rougeaudes remontèrent en boules de la taille de deux pommes. En le regardant, vous n'auriez jamais deviné que Bill Cooper avait suffisamment de dextérité et de patience de réparer de minuscules engrenages. Il avait les bras comme des troncs d'arbre et les épaules d'un bœuf, parfait pour hisser de lourdes charges. Mais sa véritable force résidait dans la coordination et la motricité fine du bout de ses doigts, ainsi qu'un intérêt improbable pour les mécanismes d'horlogerie ancienne.

— Bref, c'est l'heure de *Bake Off*. Tu as regardé, Minnie Moo ?

— C'est quelle saison ?

— C'est une rediffusion – ça ne vieillit pas. Je parie que tu récolterais une poignée de main de Paul Hollywood pour tes tourtes. (Il haussa la voix.) Con, c'est la semaine de la pâtisserie ! (Puis il se retourna vers Minnie.) Prends-moi une bière, ma chérie, veux-tu ?

Minnie arrêta de chercher le chien et repartit dans la cuisine. Le son de la télévision accompagné d'une cacophonie de tic-tac, conjugué à sa réaffectation immédiate en tant que serveuse à domicile, donna l'impression à Minnie de ne jamais avoir quitté la maison ; la vie paraissait exactement la même que neuf ans plus tôt. Techniquement, elle n'avait déménagé que depuis trois ans – elle avait dû rentrer brièvement lorsqu'elles montaient la société. Et puis il y avait eu ces quelques mois en 2011 quand elle s'était soudain retrouvée sans emploi. Minnie eut la nausée en repensant à cette période de sa vie. Était-ce le schéma auquel elle était condamnée : déménager, faire en sorte que ça marche dans un nouveau travail, échouer, rentrer ici et tout recommencer ? La maison de Brent Cross jouant avec elle comme un yo-yo, la recrachant dans le vrai monde pour seulement la réaspirer dès qu'elle était en bout de course.

Et voilà qu'aujourd'hui, elle s'apprêtait à demander à ses parents si elle pouvait une fois de plus revenir habiter chez eux. Minnie sentit ses paumes devenir froides et moites à l'idée de revivre ici. Elle avait envisagé une colocation, mais avec toutes les marques de griffes que Lucky avait faites dans son appartement actuel, elle gardait peu d'espoir de récupérer sa caution. Elle n'avait pas les fonds pour en verser une autre, et de toute façon, la plupart des gens ne tenaient pas à vivre avec un colocataire supplémentaire à quatre pattes et fourrure. Elle ouvrit la porte du frigo pour prendre deux bières, pour elle et son père.

— Alors, qu'est-ce qui t'est arrivé le jour de ton anniversaire ? demanda sa mère, la main sur la hanche. En général, il y a toujours une histoire à raconter.

Minnie n'avait pas envie d'alimenter le discours de sa mère concernant sa poisse d'anniversaire. Elle haussa les épaules.

— Pas grand-chose… Je suis allée dîner chez Alan, ensuite à une fête.

Minnie passa en vitesse pour donner la bière à son père, puis revint à la cuisine et ouvrit la sienne.

— Oh, mais devine qui j'ai rencontré, Maman ? (Sa mère avait commencé à émincer des oignons.) Eh bien ? Qui penses-tu que j'ai croisé ? insista Minnie.

— Si c'est une célébrité, je n'en aurai pas entendu parler. Sauf si c'est Paul Hollywood, parce que sa voix est la seule que j'entende par ici, dit-elle en élevant le ton. Ton père est obsédé par cette émission. Tu sais qu'il les regarde toutes en rediffusion ?

Minnie ignorait ce qu'il valait mieux révéler en premier – sa rencontre avec Tara et Quinn, ou la faillite de sa société et son besoin de revenir vivre chez eux. Une part d'elle se délecterait de voir la tête de sa mère quand elle évoquerait le nom de Tara ; aucune part d'elle ne se délecterait d'admettre que *Pas de mauvaises farces* avait coulé. Elle opta pour ce qui la délecterait le plus.

— As-tu parlé à Will récemment ? demanda sa mère, changeant de sujet.

— Non.

Minnie roula les yeux au plafond.

— Il dit qu'il a fait une offre sur une maison là-bas, quelque part à Bondi. Tellement impressionnant à son âge – nous n'avons pas réussi à acheter avant plus de quarante ans.

— Enfin, c'est probablement moins cher là-bas, dit Minnie en sentant sa mâchoire se crisper.

— Je ne sais pas comment tu vas un jour accéder à la propriété, Minnie. Nous avons économisé pendant dix-huit ans pour rassembler nos dépôts de garantie.

— Eh bien, je ne pense pas que ma génération sera en mesure d'acheter, si ? dit Minnie en tirant la languette métallique de sa cannette pour la serrer dans sa paume.

— Ton frère achète.

— *Quinn Hamilton ! J'ai rencontré Quinn Hamilton*, dit Minnie d'une voix forte.

Connie lâcha le couteau sur la planche à découper et Minnie savoura l'instant – enfin, sa mère écoutait.

— Et j'ai rencontré sa mère, Tara. Elle vit dans un manoir à Primrose Hill. Elle est si élégante, on dirait une star de cinéma, dit Minnie en pinçant les lèvres.

— Tara Hamilton ? Tu es allée chez Tara Hamilton ? demanda sa mère, la voix dénuée de sa résonance habituelle.

— Ouep, dit Minnie en prenant une autre gorgée de bière, adossée au frigo, un pied levé contre la porte.

Sa mère la regarda en sourcillant, puis se remit à émincer ses oignons avec agressivité.

— Eh bien, je suis sûre que c'est facile de ressembler à une star de cinéma quand tu es millionnaire, en menant une foutue vie d'insouciance.

— Je suis tombée sur Quinn par hasard à une fête et je lui ai raconté ce que tu disais sur le fait que Tara ait volé mon prénom. Ce n'était pas du tout son intention, Maman ; elle a voulu l'appeler Quinn pour te rendre hommage, pour toute l'aide que tu lui as apportée. Elle n'a jamais imaginé que tu ne m'appellerais pas Quinn toi aussi.

— Pourquoi est-ce que tu évoques tout ça, Minnie ? dit sa mère en se tournant vers elle, les sourcils froncés. Pourquoi est-ce que tu fais le tour de la ville en parlant de moi aux gens ?

— Ce ne sont pas les gens, Maman, c'est Tara Hamilton – tu y crois, à ça, après tout ce temps ?

— Je n'ai pas besoin que tu réécrives l'histoire, Minnie. Personne ne veut qu'on remue tout ça.

Sa mère reporta son attention vers sa planche à découper. Elle prit une casserole du comptoir et y glissa brusquement les oignons, puis la mit sur la table de cuisson, le dos tourné à Minnie. Elles restèrent silencieuses. Le générique de *Bake Off* beugla depuis la pièce voisine ; une centaine d'aiguilles d'horloge firent « tic-tac ».

— Tu vas me retrouver ce chien ou quoi ? dit sa mère.

— Écoute, j'ai son numéro, j'ai dit que tu l'appellerais. Tiens, je l'écris et je le mets sur le frigo.

Minnie ne voyait pas le visage de sa mère, en revanche elle vit son dos se raidir avant qu'elle lève le bras vers le placard au-dessus de la cuisinière pour prendre une boîte de tomates. Ce n'était pas la réaction à laquelle Minnie s'était attendue.

— Bien, coupure pub, qu'est-ce qu'on commande ? Je rêve d'un mille-foy vanille pistache avec crème english, dit le père de Minnie en gloussant tout seul tandis qu'il venait dans la cuisine. Ça ne vous met pas à moitié en appétit, cette émission ? Oh, tu cuisines alors, Con ?

Il tira une chaise et s'y affaissa de tout son poids. Il regarda entre sa femme et sa fille, puis commença à taper le manche de casserole cassé sur la table en bois.

— Qu'est-ce qui vous rend si sinistres toutes les deux ?

— Rien, des bêtises, dit sèchement sa mère. Bon, que quelqu'un sorte le fromage du frigo. On ne peut pas manger de pâtes sans fromage, si ?

Au cours du dîner, Minnie annonça la nouvelle concernant son entreprise. Elle demanda si elle pouvait revenir habiter à la maison un moment. Son père recula dans sa chaise, en la mettant dangereusement en équilibre sur deux pieds.

— C'est vraiment dommage, ma chérie, j'ai toujours adoré ta cuisine, je pensais que tu allais réellement cartonner cette fois.

Il tendit la main pour tapoter le dos de Minnie. Quand il lui disait quelque chose de gentil, elle avait envie de se lover sur ses genoux comme elle l'avait fait enfant. Ils regardaient des *Star Wars* sans fin ensemble, et son père faisait toutes les voix des personnages. Minnie se tourna vers sa mère, qui mâchait méthodiquement une bouchée de pâtes. Elle déglutit bruyamment puis, sans regarder Minnie, se mit à enrouler une autre bouchée autour de sa fourchette.

— Tu ne vas rien dire, Maman ?

— J'ai un sentiment de déjà-vu, dit-elle en prenant un verre d'eau.

— Allons, chérie, ce n'est pas juste, dit son père. Elle n'a jamais eu d'entreprise en faillite auparavant. Il y a peut-être d'autres choses qui se sont mal passées, mais ce n'est pas pareil.

La mère de Minnie dévisagea son mari sans un mot.

— Je pense qu'elle parlait de toi, Papa, ton affaire, dit doucement Minnie.

— Oh.

Une fois qu'il eut prononcé le mot, son père garda les lèvres bloquées dans un « O » gêné, et rétablit lentement la chaise sur ses quatre pieds.

— J'ai dit que c'était une erreur, poursuivit sa mère. J'ai dit que c'était un désastre annoncé. Tu n'es même pas allée à la fac, Minnie, comment es-tu censée t'y connaître en argent et comptabilité ?

— Leila s'occupait de la compta, Maman, et le simple fait que je ne sois pas allée à l'université ne veut pas dire que je n'ai pas le sens des affaires. Tout s'est bien déroulé les quelques dernières années, nous avons travaillé d'arrache-pied, nous avons juste rencontré… une mauvaise passe.

— J'ai dit tout ça à ton père. Pourquoi est-ce qu'on ne m'écoute jamais ? déplora sa mère en secouant la tête.

— Bon, je sais que tu es déçue, dit Minnie en sentant sa voix se coincer dans sa gorge. Moi aussi je suis déçue. Tu crois qu'à trente ans, je voulais être fauchée, chômeuse et de retour chez mes parents ? Tu penses que j'avais prévu que ma vie se goupille comme ça, Maman ? (Pause.) Au moins, j'ai tenté ma chance.

— Ton père aussi. Il a misé toutes nos économies dans cette propriété qu'il retapait. Cooper Development Company, peut-être que ça en imposait, mais un joli nom ne t'est pas d'une grande utilité quand le marché s'effondre.

— Pas de chance, n'est-ce pas. J'aurais fait un super boulot sur cette maison, dit son père avec nostalgie.

— Certaines choses ne valent pas le risque. Tu prends le risque, tu perds, c'est ce que j'ai appris. Mieux vaut garder la tête baissée et jouer avec les cartes que tu as en main.

Minnie enfonça ses ongles dans le dessous de sa chaise. Elle sentit les rainures familières dans le bois où elle avait déjà fait ça.

— Eh bien, si tu rentres à la maison, il n'y a plus beaucoup de place à l'étage, dit sa mère d'un ton catégorique.

La chambre sous les combles est remplie des bouts d'horloge de ton père, maintenant.

— Je peux ranger ça en une demi-seconde, dit son père, ou elle pourrait prendre la chambre de Will ?

— Et qu'est-ce que Will est censé faire quand il nous rendra visite ? répliqua sa mère.

— Il n'est pas rentré depuis deux ans, Maman.

— Lâche-la un peu, Connie. Tu peux rester ici aussi longtemps que tu voudras, Minnie Moo. Je vais te faire de la place dans ton ancienne chambre cet après-midi, dit son père en lui serrant l'épaule.

Sa mère reprit une bouchée. Le sentiment accablant d'infériorité déferla sur Minnie comme une vague. Comment ses parents pouvaient-ils passer autant de temps à réparer les choses sans parvenir à voir ce qui était brisé juste sous leurs yeux ?

Nouvel An 2010

— NE TOUCHE PAS CETTE ASSIETTE AVANT QU'ELLE SOIT garnie, hurla Rob, le chef pâtissier, à l'autre bout de la cuisine.

Minnie retira brusquement la main du comptoir de service comme si elle s'était ébouillantée. Elle n'avait même pas prévu de la prendre, elle ne faisait qu'arranger l'assiette. Dans n'importe quel autre environnement, elle aurait répliqué, se serait défendue, mais dans cette cuisine, elle avait vite appris que vous disiez « Oui chef », et encaissiez toutes les critiques que l'on vous balançait.

Minnie travaillait au *Lieu de Rencontre* depuis six mois. C'était un restaurant étoilé au Michelin à Mayfair, et une expérience très différente de son lieu de travail précédent. *Victor's*, où elle avait été embauchée directement après l'école, était un restaurant familial à Kentish Town. Il n'y avait que trois chefs à l'étroit dans une cuisine, alors qu'ici, en général, plus de vingt personnes s'affairaient en permanence. La clientèle de *Victor's* était composée de familles et jeunes gourmets, alors que le *Rencontre* était truffé de costumes-cravate de la City bénéficiant de notes de frais et aimant être vus dans des endroits onéreux. Chez *Victor's*, elle était autorisée à cuisiner. Ici, elle avait à peine le droit d'allumer le four.

Minnie avait quitté l'école sans plan de carrière précis ni vocation. C'était Leila qui lui avait suggéré d'apprendre à cuisiner.

— Tu as un goût naturel pour la nourriture, tu sais toujours ce qui va bien se marier, dit Leila.

— Quoi, les saucisses et la purée, les spaghettis et la bolo, les Weetabix et le lait ? s'esclaffa Minnie.

— Je suis sérieuse, Min, tu as un sens inné. Si tu étais formée dans une cuisine convenable, tu pourrais être vraiment bonne.

Elle avait été émerveillée quand on lui avait offert le poste chez *Victor's* ; elle n'avait aucune expérience ni l'ombre d'un véritable CV. Paul, le chef cuisinier, lui avait demandé de lui préparer une omelette espagnole, et l'avait embauchée sur-le-champ en la regardant faire. Elle avait adoré travailler avec lui, l'atmosphère douillette du restaurant familial, les habitués qui venaient là, en apprendre davantage sur la nourriture, améliorer ses compétences semaine après semaine. C'était Victor lui-même, le vieux propriétaire français, qui lui avait dit de partir.

— Minnie, tu as un don, mais tu ne peux pas tout apprendre de Paul. Il faut que tu bosses dans d'autres cuisines, que tu voies comment les autres chefs travaillent. Alors seulement tu mûriras.

— Mais j'adore être ici, j'ai encore tellement à apprendre, avait protesté Minnie.

— Nous avons un dicton en France, *À chaque oiseau son nid est beau**. Tu ne connais aucun autre nid, Minnie. Tu dois déployer tes ailes et apprendre à voler.

Tandis qu'il parlait, un lent sourire s'était étiré sur son visage parcheminé. C'était le visage d'un homme qui avait bien vécu, qui avait passé beaucoup de temps au soleil et bu du vin rouge tous les jours de sa vie adulte.

Alors elle avait déployé ses ailes et s'était posée au *Rencontre*. Elle était là depuis six mois, et elle détestait. C'était une immense équipe et chaque commis cuisinier autour d'elle jouait des coudes et avait la langue plus acérée que son couteau. Elle travaillait en rotation sous les ordres de divers chefs spécialisés. Ce mois-ci, elle était affectée au chef pâtissier, et c'était le pire. Rob avait eu Minnie dans le collimateur dès son tout premier jour. Il y avait un plat au menu servi avec une sauce au beurre safrané. Minnie avait évoqué le fait que chez *Victor's*, ils faisaient une sauce similaire, mais avec quelques gouttes de citron vert au lieu du citron jaune. Rob l'avait humiliée devant tout le monde, en lui demandant si elle souhaitait réécrire le menu entier qui avait été conçu par un chef étoilé au Michelin. Elle avait vite appris à garder ses réflexions sur la cuisine pour elle.

Elle voulait tenir le coup un an, essayer de passer de seconde à première commise. Cet endroit ferait forte impression sur son CV si elle pouvait partir avec de bonnes références. Mais les horaires étaient pénibles, le rythme épuisant, et elle n'avait même pas le sentiment d'apprendre beaucoup.

Aujourd'hui c'était le Nouvel An, et l'endroit était bondé. Elle n'avait pas envie de travailler ce soir, mais elle avait été mise en rotation toute la semaine sans pause. Elle avait manqué Noël avec sa famille et travaillé quinze heures par jour ; tout son corps était dévoré de fatigue. Toute la semaine, on l'avait chargée de la tâche monotone de mettre de la crème pâtissière au cognac à la poche à douille dans des mini-puddings de Noël. Ils devaient être servis en *mignardises** – ou petits fours – après le dessert. Les puddings étaient gros comme des noix et devaient être délicatement percés puis fourrés de manière qu'il n'y ait pas une goutte de garniture visible.

— Non.

— Encore.

— Pas présentable.

— Bâclé !

— Minnie, tu es une putain de honte de chef pâtissier. Où est-ce que tu as appris la pâtisserie, déjà ? *Greggs* ?

Rob lui avait aboyé dessus tout l'après-midi. Son garnissage était bon et elle le savait ; il la faisait juste recommencer sans cesse parce qu'il le pouvait. Elle venait de terminer avec brio une plaque de vingt lorsqu'il se dressa au-dessus d'elle, en inspecta un, puis jeta toute la fournée par terre.

— La crème pat' est chaude, tu l'as trop travaillée.

Rob avança brusquement le visage à quelques centimètres du sien. Sa peau grise et son haleine fétide lui donnèrent la nausée. Avec ses poches sous les yeux qui lui descendaient jusqu'aux joues, on avait l'impression que sa figure fondait.

— Est-ce ça t'arrive de goûter tes préparations, ou est-ce que tu surveilles ta ligne ?

Minnie se composa une expression neutre, s'efforçant de ne pas réagir. Quelques-uns des autres commis observaient avec compassion ; ils savaient que Rob allait trop loin avec Minnie. La première semaine où elle avait travaillé là, une poignée d'entre eux étaient allés boire un verre après leur service. Rob avait fait des avances à Minnie après quelques bières de trop. Elle l'avait repoussé le plus poliment possible, mais Rob n'était pas du genre à pouvoir encaisser un affront. Il se comportait comme si toute femme travaillant dans sa cuisine était un ingrédient de plus dans son garde-manger, dont il disposait comme bon lui semblait.

— Si tu prends quelques kilos, ce n'est pas mon problème, Minnie, siffla Rob. Si tu comptes trop travailler la crème comme un amateur, tu ferais mieux de goûter chaque plaque avant qu'elle quitte ce plan de travail.

Minnie l'avait goûtée ; elle n'était pas trop travaillée. Elle nettoya les dégâts et prit une nouvelle poche à douille. Si elle pouvait endurer une semaine de plus, elle quitterait la rotation de Rob, peut-être que la vie au restaurant deviendrait alors plus facile.

— Ne le laisse pas t'atteindre, chuchota Danna en serrant le coude de Minnie sur son passage.

Danna travaillait dans la section poisson et ne parlait presque jamais à Minnie. Elle était norvégienne, distante et aussi ambitieuse que tous les autres. Si elle compatissait, c'est que la scène avait dû être dure.

À minuit moins dix, Minnie venait de dresser deux mini-puddings pour la table 15. Rob était sur son dos pendant qu'elle ajoutait la garniture finale, une délicate feuille de houx et une pincée de paillettes d'or comestibles. Il les regarda d'un œil noir et émit un grognement bas. Même lui ne trouvait rien à redire et ils étaient à présent trop occupés pour qu'il invente des problèmes.

— Service ! lança Rob au personnel de service de l'autre côté de la cuisine.

Minnie avait presque fini, elle terminait à 1 heure. Elle avait besoin de prendre une douche, de dormir, de ne plus voir un autre mini-pudding de Noël garni de crème pâtissière pendant un long moment.

Elle commençait à ranger son poste, essuyant les surfaces et rassemblant les ustensiles pour le nettoyage, lorsqu'elle entendit la voix de Rob hurler depuis l'autre bout de la pièce.

— Minnie, est-ce que tu as envoyé un pudding table 15 ? demanda-t-il en traversant la cuisine dans sa direction d'un pas résolu, la main – serrée en poing – tendue devant lui.

— Oui…, répondit-elle nerveusement.

Il ouvrit la main en désignant les restes d'un pudding dans sa paume. À l'intérieur se trouvait un minuscule morceau de plastique transparent mâché.

— Ça vient d'être renvoyé. Du plastique dans ta garniture à la poche.

Il parlait lentement, en savourant chaque syllabe.

Minnie baissa les yeux sur la main de Rob et blêmit. On aurait dit un bout du plastique de sa poche à douille. Comment avait-il même pu se détacher, et surtout atterrir dans la garniture ? Puis elle se rappela qu'elle en avait commencé une nouvelle, en coupant l'extrémité pour laisser sortir la crème. L'avait-elle vraiment coupée comme il fallait ?

Un sourire s'étira sur le visage de Rob tandis qu'il lui agitait le fragment de plastique à la figure.

— J'attendais juste une raison de te virer, dit-il calmement, son incisive de travers raccrochant sur sa lèvre inférieure.

Minnie se sentit une seconde hébétée. Si elle était virée, elle n'aurait pas de références, tout cela n'aurait servi à rien. Chaque méchanceté que Rob avait pu dire lui traversa l'esprit, et elle ne se sentit plus hébétée, mais furieuse.

Mentalement, elle se vit prendre la poche à douille sur le comptoir à côté d'elle, en visant la figure de Rob pour appuyer le plus fort possible. La crème jaillirait dans une consistance parfaite pour lui couvrir le visage. Il se figerait de choc, ou de rage, pétrifié sur place. Tout le personnel de cuisine se tournerait pour voir la scène ; quelques courageux pousseraient des acclamations et des encouragements.

« Vas-y, Minnie ! » crierait Danna depuis le fond de la pièce.

Le cœur de Minnie s'emballa. Elle prendrait une poignée de feuilles de houx et les ajouterait à la tête de Rob pour la garniture.

« Et n'oublie pas les paillettes », dirait-elle en prenant une poignée d'or pour en agrémenter sa figure couverte de crème dans un geste théâtral. « Service ! » crierait-elle.

Elle entendrait rire tout autour d'elle, les gens avec la main plaquée sur la bouche – ce serait une héroïne ! Rob essuierait la crème de ses yeux, sa peau grise aurait viré au violet, sa mâchoire décrochée par le choc.

Minnie retirerait son filet à cheveux, tournerait les talons pour sortir de la cuisine la tête haute, une bande-son beuglant *Respect* d'Aretha Franklin à plein volume alors qu'elle quitterait la pièce en dansant et que tous les autres la regarderaient partir.

Dans la réalité, il n'y eut aucune bande-son, aucun jet de crème, Minnie n'aurait jamais osé. Elle se contenta de prendre son tablier et de partir, sa charlotte à la main. Personne ne la regarda sortir et l'océan de la cuisine se referma autour d'elle, comme de l'eau remplissant l'espace où un petit poisson avait un jour nagé.

6 janvier 2020

— On dirait que Leila a royalement merdé sur ce coup-là, dit Greg.

Minnie et lui prenaient le petit déjeuner à l'appartement de Greg, à Islington. Après avoir dîné avec ses parents, Minnie était retournée chez Greg pour la nuit. Il avait été occupé presque tout le week-end avec la deadline d'un article sur la pêche en haute mer intitulé « Colinisation de l'eau d'un autre ; le thon doit se durcir ». Parfois, Minnie se demandait si Greg ne trouvait pas d'abord les titres pour ensuite décider quelles actualités méritaient d'être traitées. Elle ignorait s'il boudait encore pour le Nouvel An, mais lorsqu'elle était apparue à sa porte, il l'avait attirée dans une étreinte dont elle avait grandement besoin.

Greg lui demanda de ne pas entrer dans les détails des raisons pour lesquelles elle était contrariée la veille, il trouvait difficile de s'endormir après les « téléchargements émotionnels » des autres. Ils étaient donc allés directement se coucher, et à présent, au petit déjeuner, elle expliquait la situation funeste dans laquelle était l'entreprise.

— Leila n'a rien fait de mal, dit-elle.

Elle était perchée sur le tabouret de bar au comptoir de l'étroite cuisine de Greg, et brossait ses cheveux mouillés après une douche.

— Nous avons sans doute survécu aussi longtemps uniquement grâce à elle.

— Je ne suis pas d'accord. Tu étais chargée de la cuisine – tu livrais. Elle était chargée du financement et du budget – c'est elle qui a échoué. (Il lui prit sa brosse de la main.) S'il te plaît, ne fais pas ça dans la cuisine, je retrouve tes cheveux partout.

Minnie secoua la tête. Elle sentit une ride verticale se creuser entre ses sourcils.

— Tu ne m'aides pas beaucoup, Greg. Ce n'est pas la faute de Leila. Nous nous portions bien, nous sommes juste asphyxiées par les remboursements de prêts.

— Pas si bien, si tu appelles partout pour emprunter des voitures à la dernière minute.

— Et c'est tellement agréable de savoir que je peux compter sur toi en cas d'urgence.

— Tout est urgent, Min. La vie est une urgence. Sais-tu combien il reste de poissons dans la mer ? Ça, c'est une putain d'urgence. Nous allons devoir arrêter d'employer l'expression « Il y a plein d'autres poissons dans la mer », parce que c'est factuellement inexact.

Greg retira ses lunettes et sortit une lingette nettoyante du tiroir de la cuisine. Minnie resta assise à le regarder. C'était réconfortant de le voir hier soir, de se lover dans la sécurité familière de son lit, de son corps familier et de son odeur familière. Ce matin, rien n'était réconfortant ni familier chez Greg ; il paraissait étranger et insondable. Tandis qu'il nettoyait ses verres de lunettes, elle prit conscience qu'il l'avait à peine regardée, qu'il avait à peine établi un contact visuel au cours du petit déjeuner, et pourtant, il examinait ses lunettes avec une attention si méticuleuse. Elle riva les yeux sur lui, le sommant mentalement de relever la tête pour vraiment la voir.

— Bref, tout ce qu'il te faut, c'est un riche bienfaiteur, ou retourner bosser dans des restaurants comme la plupart des chefs.

Il se tourna vers sa machine à café et commença à passer en revue les capsules de différentes couleurs dans le panier métallique à côté.

— Ce putain de Clive ne les remplace jamais, je veux dire, Allô, ce n'est pas un Travelodge, le café n'est pas fourni gratuitement avec la chambre.

Clive était le colocataire de Greg. Il avait quarante-deux ans et était marié. Il partageait sa vie entre Londres trois nuits par semaine et son domicile familial dans le Kent le reste du temps. Du point de vue de Minnie, ça semblait être une situation idéale pour Greg – il avait la moitié de son loyer payée, et pourtant Clive n'était pas souvent là.

— Si tu calcules le coût par capsule et le nombre qu'il en utilise par mois, tu sais combien ça fait ? demanda Greg en tapant du doigt sur le comptoir de cuisine.

Minnie acquiesça avec compassion, puis s'aperçut qu'il attendait une réponse.

— Dix livres ?

— Sept livres vingt. Je te jure qu'il ne saurait même pas où acheter de quoi les remplacer. Tu crois qu'ils ont des boutiques de capsules de café dans le Kent ? Eh bien non.

Greg en prit deux vertes et les secoua vers Minnie. Il les posa violemment sur le comptoir et commença à gratter sa courte barbe.

— Il ne reste que des *fortissio lungo*. Je déteste les *fortissio lungo* – Clive le *sait*. Si tu comptes boire le café d'autrui, aie au moins la décence de boire ceux que tu sais qu'il n'aime pas. Non ?

Minnie hocha la tête. Greg jeta un coup d'œil à son Apple Watch et émit un claquement de langue impatient.

— Bon, il faut que j'y aille, je prendrai un café convenable en chemin. Tu connais la sortie ?

Minnie prit le bus pour aller au travail, bourdonnante d'irritation. En attendait-elle trop de Greg ? Elle savait qu'il avait ses propres contraintes et inquiétudes à gérer, mais quand même, être avec quelqu'un que vous aimiez était censé rendre vos vies respectives plus légères. Elle quittait son appartement en se sentant plus accablée que jamais. Pour être juste envers lui, elle ne savait pas si quelqu'un aurait pu l'apaiser de la journée qui se profilait devant elle – annoncer aux autres qu'ils perdaient leur emploi ne serait jamais facile.

Quand elle passa la porte de *Pas de mauvaises farces*, entendit le carillon familier et huma l'odeur de pâtisserie qui imprégnait l'air, elle fut transpercée de tristesse. C'était peut-être l'une des dernières fois qu'elle entendait cette sonnette et sentait cette odeur réconfortante.

— Minnie.

Leila sortit de la cuisine d'un bond et se mit à faire des sauts sur place en battant des bras. Elle portait une combinaison rose vif et des lunettes à monture jaune fluo.

— Saute avec moi, Minnie !

— Est-ce que c'est une espèce de danse de la pluie financière ? demanda Minnie en secouant la tête d'un côté à l'autre.

— Fais-le, danse avec moi ! cria Leila en tendant les mains pour prendre celles de Minnie et les lever au-dessus de sa tête.

— OK, on saute, dit Minnie, qui dégagea les mains de Leila et la rejoignit dans les sauts en étoile. Est-ce que c'est une nouvelle mode – les réunions sautées ? Les endorphines te donnent meilleure conscience quant à la merde que tu dois annoncer ?

— Tout le contraire, dit Leila avec un large sourire. J'ai de super news : des news qui valent des sauts en étoile !

Le carillon tinta derrière elles, et Bev poussa la porte pour entrer.

— Mais put…, dit Bev, ses bajoues tremblotant de confusion.

— Viens sauter, Bev – rejoins la sauterie, dit Leila en tapant des mains en direction de Bev avec un « Wouhou ! ».

On aurait dit une Jane Fonda détraquée.

— Non, dit Bev comme si elle les avait découvertes en train de danser nues avec un cadavre en tutu. Je… je vais préchauffer les fours.

Bev les contourna sans les quitter des yeux, comme si elle préférait ne pas leur tourner le dos, de peur qu'elles l'impliquent dans leur étrange rituel. Leila et Minnie gloussèrent en chœur.

— Je ne suis pas assez en forme pour tout ça, tu ferais mieux de lâcher tes news au plus vite, dit Minnie en souriant.

Leila avait ce truc : même dans les pires situations, elle pouvait faire sourire Minnie.

— Nous avons eu une commande ce matin, dit Leila en accélérant la cadence des sauts. Une énorme commande, une livraison de tourtes dans quinze bureaux différents ce mois-ci.

Minnie se figea net.

— Quoi ?

— Non, ne t'arrête pas, ce n'est pas fini.

Le carillon tinta de nouveau alors qu'Alan passait la porte. Il étudia la scène une minute puis, sans dire un mot, les rejoignit et commença à sauter avec elles. Ses étoiles étaient bancales, compte tenu de sa patte folle, mais il avait un bon rythme.

— Et ils ont payé l'intégralité d'avance. Tu peux le croire, ça ? Ça suffit pour nous maintenir à flot et plus encore, dit Leila en se mettant à donner des coups de poing en l'air. Un moratoire à l'exécution – un sursis accordé dans le couloir de la mort !

Minnie explosa en chanson, avec les paroles de *Ironic* d'Alanis Morissette. Et bientôt, ils riaient et sautaient en chantant à pleins poumons. Enfin bon, Minnie et Leila chantaient les paroles, Alan fredonnait un étrange accompagnement genre beat-box, et ne donnait pas du tout l'impression de connaître cette chanson. À ce moment-là Fleur arriva, les foudroya du regard et les informa que toute leur génération était profondément tordue.

Lorsque l'excitation étourdissante de la réunion sautée se fut dissipée, Minnie embrassa le collier avec le trèfle à quatre feuilles en argent qu'elle portait autour du cou. Elle n'en croyait pas leur chance d'avoir eu une commande pareille, juste quand ils en avaient besoin. Puis elle marqua une pause. Le timing d'une telle commande ne pouvait pas relever d'un coup de chance.

Elle demanda à Leila d'en voir les détails. Une femme avait appelé, payé par téléphone avec une carte de crédit et donné les noms et adresses de quinze entreprises qu'il faudrait livrer à différentes dates ce mois-ci. *Pas de mauvaises farces* n'avait pas de clientèle d'entreprise ; ils faisaient des tourtes pour les gens qui ne pouvaient plus se faire à manger, pour une population vulnérable et socialement isolée. Pourquoi de telles entreprises voudraient se faire livrer des tourtes par une société comme la leur ? Comment auraient-elles même connu son existence ?

— Oh, et ils ont demandé si on pouvait les apporter prêtes à manger, alors on va avoir besoin d'acheter plus d'emballages plats chauds, dit Leila.

Minnie baissa les yeux sur la liste d'adresses que son amie lui avait donnée. Elle n'en reconnut qu'une – le journal où Greg travaillait.

— Ce doit être quelqu'un qui nous aide, dit Minnie.

— Je me suis dit la même chose.

Minnie savait que Greg n'avait pas autant d'argent. Peut-être s'agissait-il de partenaires commerciaux en lien avec son journal de quelque manière ? Peut-être était-il parvenu à lui rendre service par le biais de son travail. Elle éprouva une soudaine montée d'affection pour Greg. Peut-être essayait-il de lui rendre la vie plus légère, après tout.

— Hmm, dit Minnie en réétudiant la liste d'adresses, mais ce n'est pas du tout ce pour quoi nous nous sommes établis, si ? Nous ne sommes pas des traiteurs d'entreprises ; nous sommes censés faire des tourtes pour les nécessiteux – notre capacité à lever des fonds et recevoir des subventions repose là-dessus.

— Minnie, nous ne sommes pas en position d'être sélectives, et nous avons facturé à un tarif plus élevé, donc elles ne sont pas subventionnées. (Elle riva sur Minnie des yeux écarquillés d'exaspération.) Franchement, je me fous qu'Attila le Hun commande des tourtes pour nourrir une horde sanguinaire en maraude, ou qu'une école de clowns commande des tourtes pour se les balancer à la figure – ils ont payé, nous les ferons, point barre.

Leila la regarda en plissant les yeux, puis secoua sèchement la tête.

— Je vais aller appeler la banque, ajouta-t-elle.

Elle tourna les talons et s'éloigna d'un pas lourd vers l'étroit bureau en bois au fond de la cuisine où était installé son ordinateur portable. Minnie sortit son téléphone et envoya un texto à Greg.

Est-ce que tu aurais commandé des milliers de livres de tourtes chez nous ce matin, par hasard ? ! Xxx.

— Est-ce que Greg a sauvé les meubles ? demanda Fleur.

— Je ne sais pas, répondit Minnie.

— Tellement prévisible chez un homme de penser qu'il lui faut jouer les chevaliers, dit Fleur en feignant de bâiller. Plus important, raconte-nous ce qui s'est passé avec ce Quinn canon la semaine dernière ? Et si tu ne largues pas Greg pour lui, est-ce que je peux l'avoir ?

Leila releva les yeux de son écran. Minnie lui avait fait le débrief complet sur Quinn au téléphone samedi. Enfin, peut-être pas le débrief *complet*. Elle lui avait dit avoir rencontré Tara et cassé la lampe. Que Quinn était d'agréable compagnie, mais le genre de type sympa avec tout le monde. Elle n'avait pas évoqué sa sensation

« réveil de chouettes dans l'estomac », ni les pensées le concernant qui ne cessaient de surgir inopinément dans sa tête.

— Il a été d'une grande aide, dit Minnie. Mais personne ne largue qui que ce soit. De plus, il a une petite amie très jolie avec une brillante carrière.

— Probablement pas aussi jolie que moi, en revanche, soyons honnêtes, dit Fleur, encadrant son visage avec ses mains et papillonnant des cils vers Minnie.

Le téléphone se mit à sonner à la réception.

— Fleur, est-ce que tu peux répondre ? cria Leila.

Fleur soupira et fit une petite pirouette en retournant dans un mouvement théâtral à la tâche fastidieuse d'accomplir son unique mission.

La cuisine retomba vite dans sa routine normale. Une odeur de pâtisserie et de positivité remplit l'air. Alan fit retirer le sabot au van et se mit en route avec des livraisons. Fleur passa des appels aux clients, pour confirmer les commandes des quelques semaines à venir.

— Alors, pas de nouvelles du jumeau amoureux ? demanda Leila à voix basse, une fois que les autres ne furent plus à portée de voix.

Sa curiosité au sujet de Quinn surpassait clairement sa contrariété envers Minnie pour sa réaction aux commandes de tourtes.

— J'aimerais bien que tu ne le surnommes pas comme ça. Il n'y a rien entre nous.

— Oh, il y a quelque chose, crois-moi.

— Écoute, c'est un mec sympa, il nous a aidés avec la voiture, c'est tout.

Était-ce tout ? Ils s'étaient quittés de manière si gênante. Elle avait envoyé un SMS à Quinn le samedi, pour le remercier une fois encore de son aide et présenter ses excuses pour avoir cassé la lampe de sa mère. Il avait répondu quelques heures plus tard par « Pas de problème ». Trois mots. Pas de problème. Qu'est-ce que cela signifiait ? Pas de problème pour la lampe ? Pas de problème pour son aide ? Pas de problème sur le fait qu'elle s'en soit prise à lui pour une chose qui n'était clairement pas sa faute ? Minnie pensait avoir dépassé le stade de disséquer le sens des textos que les hommes envoyaient. À l'évidence, non.

— Donc, tu n'as pas réfléchi tout le week-end à la manière dont tu allais le revoir ? demanda Leila d'un air entendu.

— Leila, tu n'as pas de tableur Excel à remplir ? rétorqua Minnie en lui faisant les gros yeux.

— Si. J'y vais, dit Leila. (Elle prit son ordinateur et le ferma brutalement.) Je vais bosser au café au coin de la rue ; trop de charmantes distractions ici.

Une fois que Leila fut partie, Minnie alla aider Bev à déballer un carton d'ingrédients sur le plan de travail. Minnie avait été si absorbée par tout ce qui se passait d'autre qu'elle n'avait pas bien assimilé l'apparition de Bev – elle avait une mine effroyable. Elle avait des cernes violets sous les yeux et le dos voûté. Elle semblait porter le poids du monde sur ses épaules.

— Bev, est-ce que ça va ?

Minnie interrompit ce qu'elle faisait pour lui mettre une main sur le bras. Bev cligna des yeux lourds et fatigués vers elle.

— Est-ce que c'est lié à tes absences, ou ton éco-anxiété ? Je m'inquiète pour toi, dit Minnie d'une voix douce. Je suis là si tu veux discuter.

— Tu vas me prendre pour une tarée si j'essaie de t'expliquer, dit Bev calmement, la tête penchée au-dessus du comptoir de cuisine.

— Essaie quand même.

Bev poussa une longue et lente expiration.

— Tout a commencé il y a quelques semaines, quand je regardais l'une de ces émissions de Brian Cox sur la BBC.

Minnie esquissa un hochement de tête encourageant. De tout ce que Bev aurait pu s'apprêter à dire, elle n'avait pas imaginé que ça commencerait par Brian Cox.

— Il parlait de la façon dont, si l'univers était une journée, alors notre planète serait là depuis seulement un clignement d'œil, et si ce clignement était encore une journée, les humains seraient là depuis seulement un clignement dans ce clignement. Et puis j'ai réfléchi, si les humains sont là depuis seulement un clignement, alors ma vie est sans doute juste un clignement de ce clignement-là.

Minnie écoutait attentivement, mais s'avérait déjà perdue. Elle bougea les yeux d'un côté à l'autre en essayant de suivre.

— OK, dit-elle lentement.

— Et si ma vie est juste un clignement dans un clignement dans un clignement, alors a-t-elle le moindre intérêt ? Rien de ce que je fais, rien de ce que je dis ne comptera jamais dans le grand ordre des choses. Même si je résolvais le réchauffement climatique ou que j'inventais un vaisseau spatial qui pourrait tous nous emmener sur Mars, ça ne voudrait rien dire sur le long terme, si ? Et je ne fais rien de toutes ces choses, si ? Je résous juste des problèmes domestiques et je nourris ma famille et je fais des tourtes. (Son visage se décomposa quand elle vit l'expression perplexe de Minnie.) Je t'avais dit que tu me prendrais pour une dingue.

— Je ne crois clairement pas que tu sois dingue, Bev, c'est juste que, waouh… ce sont des pensées plutôt profondes pour un lundi matin.

Alan rentra avec une palette en plastique à charger et entendit la fin de leur conversation.

— Est-ce que tu lui racontes ta crise existentielle, Bev ? demanda-t-il.

Elle acquiesça.

— Elle l'a mauvaise, Minnie. Elle a bien trop dézoomé sur Google Maps et maintenant elle n'arrive plus à revenir en arrière, dit-il en secouant la tête. Il faut qu'elle regarde un peu plus *X Factor* ou autre. Quoi que ce soit sur ITV réglera ton souci, Bev. Réduis un peu ta conso de BBC4 quelque temps.

— Écoute, je pense qu'aucun de nous ne devrait trop penser à notre place dans le grand ordre des choses, dit

Minnie. Je suis certaine que Brian Cox ne cherchait pas à te faire remettre en question la légitimité de ton existence. Même si tu n'inventes pas de vaisseau spatial pour aller sur Mars, ça ne veut pas dire que tu ne mènes pas une vie riche et épanouissante, Bev. Ton mari t'aime, ta famille t'aime, nous t'aimons tous. Que peux-tu espérer accomplir de plus dans la vie ?

— Sages paroles, déclara Alan en hochant la tête tandis qu'il chargeait des boîtes de tourtes sur sa palette. Tout ce que tu peux espérer, c'est faire plus de bien que de mal dans cette vie, voilà ma devise. J'ai déjà causé trois naufrages dans la mienne, alors je suppose que j'ai au moins quatre bateaux à maintenir à flot avant que mon heure ait sonné.

— Tu en as fait chavirer plus d'une à l'amicale de London Fields d'après ce que j'ai entendu, dit Minnie en lui adressant un clin d'œil exagéré.

— Vous ragotez à quel sujet ? demanda Fleur.

Fleur était incapable de rester à son bureau si elle pensait qu'on racontait quelque chose d'intéressant dans la cuisine.

— La crise existentielle de Bev, dit Alan.

— Alan et ses admiratrices du troisième âge, dit Minnie.

— Alan est scorpion ; les scorpions reçoivent toujours des tonnes d'attention, dit Fleur, tripotant ses cheveux et tirant un tabouret jusqu'au plan de travail.

— Je ne veux pas penser de cette manière, dit Bev d'un ton lugubre en déballant d'autres paquets de farine pour les aligner sur le comptoir. Mais maintenant que je l'ai fait, je ne peux plus m'arrêter. Genre, j'étais sous la douche l'autre jour, et je regardais cette bouteille de shampoing que ma fille m'a achetée. Elle était faite dans un plastique mat vraiment agréable au toucher, comme si quelqu'un y avait passé beaucoup de temps. Cette bouteille qui a été fabriquée uniquement pour contenir du shampoing un mois ou deux, et elle restera sur cette planète plus longtemps que moi. Je serai morte dans trente ans, et mes enfants se souviendront peut-être de moi, peut-être même mes petits-enfants, mais alors quoi ? Il n'y aura aucune trace de mon passage ici. Mais cette bouteille de shampoing existera toujours quelque part avec sa liste d'ingrédients et son ravissant fini mat.

Fleur, Alan et Minnie la dévisagèrent tous en silence.

— Tu devrais arrêter de prendre des douches aussi longues, Bev, dit Alan en soulevant sa palette de tourtes pour se diriger vers la porte.

— Waouh, et moi qui pensais que ça devait être nous, la génération anxieuse, dit Fleur. C'est nous qui sommes rongés par les pressions des réseaux sociaux et la peur de voir les robots prendre nos emplois. C'est nous qui n'avons nulle part où vivre parce que votre génération refuse de recycler et mange beaucoup trop de jambon.

— Du jambon ? demanda Minnie.

— Seuls les vieux mangent du jambon, dit Fleur, comme si c'était l'affirmation la plus évidente du monde.

Minnie regarda de nouveau Bev. Elle avait l'impression que de sages paroles étaient requises, mais elle n'en avait aucune à l'esprit.

— Et pourquoi ne pas participer à une manifestation ? Tu pourrais emmener Betty, lui montrer que ça t'importe ? dit-elle. Rien de tel que brandir une pancarte en l'air pour te donner le sentiment de faire quelque chose.

Bev releva les yeux vers elle avec curiosité.

— À quel genre de manif j'irais ?

— Je ne sais pas, quelque chose qui te tient à cœur, répondit Minnie.

— Je vais te dire ce qui se présente, dit Fleur en faisant défiler un site web sur son téléphone. Bien, tu as « Action climatique » le 12, « Action pour le climat » le 15 – un peu basique ; « Sauvons les blaireaux », bla-bla-bla, « Colère contre l'huile de palme », politique, politique, politique bla-bla-bla, « Sauvons les abeilles »… Oh, nous y voilà, « Interdisons le plastique à usage unique » le 30 : ta tasse de thé, semblerait-il, Bev.

— Eh bien voilà, dit Minnie joyeusement, il y a une cause pour les colères de chacun, hein.

— Tu crois vraiment que ça pourrait aider ? dit Bev en relevant des yeux pleins d'espoir vers elle.

— Personne n'est trop petit pour faire bouger les choses ; demande donc à Greta Thunberg, dit Minnie.

— Assure-toi de prendre un poudrier ; il n'y a jamais nulle part où vérifier ton maquillage pendant une manif. Et aussi, des pastilles pour la gorge et de l'eau, tu es enrouée à force de scander : « NOUS VOULONS CECI ! NOUS VOULONS CELA ! », conseilla Fleur.

— Est-ce que je dois acheter un billet à l'avance ? demanda Bev.

— Non Bev, pas besoin d'acheter de billet, répondit Minnie.

— Tellement typique des poissons, dit Fleur en hochant la tête. Ce besoin maladif d'aider tout le monde.

— Je ne suis pas poisson, dit Bev.

— Ah ouais ? Tu devrais carrément, dit Fleur en plissant les yeux. Pendant que nous sommes sur les signes astraux, Minnie, j'ai regardé la compatibilité des capricornes, et je n'ai pas de bonnes nouvelles. Ne largue pas Greg pour ton jumeau amoureux canon, les étoiles disent que ça ne marchera jamais.

Minnie fronça les sourcils vers Fleur. Pourquoi passait-elle du temps à googler la compatibilité de Minnie avec les gens ? Elle éprouva aussi une pointe d'irritation inexplicable que Fleur décrète Quinn et elle incompatibles, ce qui était ridicule – Minnie ne croyait même pas à l'astrologie.

Son téléphone émit un « ping », une réponse de Greg.

Non, pas commandé de tourtes. Mais est-ce que tu veux regarder La Tourte infernale ce soir ?

Puis un autre texto arriva :

Ou The Tourt-ist ? Les Deux Tourtes ? Bruce Tourte-Puissant ? (Jennifer Aniston !)

Greg avait un petit faible pour Jennifer Aniston. Minnie sourcilla.

— De quel signe est Greg si son anniversaire est le 25 avril ? demanda-t-elle à Fleur.

— Taureau. Parfait pour toi, Minnie.

14 janvier 2020

Alan gara le van à l'adresse suivante sur leur liste de livraison, un parking privé tout près d'Old Street.

— Parking privé, *très** classe, dit Alan en sonnant à l'interphone par la vitre conducteur.

Minnie regarda la plaque argentée où figuraient les noms des entreprises dans l'immeuble. Ils livraient à Tantive Consulting au niveau 4.

Minnie lâcha un « hmm » indéfinissable.

— Quoi ? demanda Alan.

— Rien, dit-elle en secouant la tête, c'est juste le nom de cette société. Je pense que c'est une référence à *Star Wars*. C'est le nom d'un des vaisseaux.

— Minnie, je crois vraiment que derrière ce joli visage qui est le tien se cache l'âme d'une geek.

Ils portèrent tous les deux une palette de tourtes dans l'ascenseur et montèrent au quatrième. Une rousse tapageuse les accueillit à la réception comme s'ils étaient de précieux clients et non des traiteurs livrant le déjeuner.

— Si vous pouviez juste les disposer en salle de réunion, il y a une table déjà toute prête, dit la réceptionniste avec des yeux vifs et papillotants et un sourire à la Julia Roberts.

Les bureaux de Tantive Consulting étaient élégants et modernes. L'endroit était meublé avec goût et, à vue de nez, beaucoup d'argent. Il y avait des fauteuils chesterfield faits dans un cuir doux à l'aspect vieilli, et de l'épaisse moquette à poils moelleux dans toutes les pièces. Il régnait une ambiance professionnelle et minimaliste, néanmoins chaleureuse et accueillante. Sur les murs étaient accrochées des photos encadrées d'étranges paysages et de visages captivants ; de l'art qui attirait votre attention, pas l'abstrait quelconque que vous verriez normalement dans un bureau comme celui-ci.

Minnie et Alan déballèrent les tourtes dans la salle de réunion. C'était une grande pièce, divisée au milieu par une cloison temporaire. On avait disposé une nappe de lin blanc avec des couverts et des assiettes à une extrémité. Tandis qu'ils sortaient les tourtes, ils entendaient les gens parler de l'autre côté de la cloison.

— Vous sentez ça ? Un truc follement bon, dit une voix d'homme.

Alan et Minnie échangèrent un coup d'œil et sourirent.

— Le grand patron a commandé des tourtes pour le déjeuner, dit une autre voix.

— Sympa, dit le premier, je travaillerai plus souvent du bureau.

— Des tourtes gratuites – probablement des avantages en nature de baiser cette gonzesse du service bouffe, dit une troisième voix. Il mange comme un roi depuis qu'il sort avec elle.

— Qui ?

— Lucy Donohue, cette chroniqueuse culinaire, et vous savez qu'elle est…

L'homme émit une sorte de grognement et ses compagnons s'esclaffèrent.

Minnie se figea. Elle ne voulait pas les écouter, mais c'était impossible d'y couper avec cette cloison si mince. Elle sentit un gros nœud se former dans son estomac en assimilant ce qu'elle venait d'entendre. Il s'agissait du bureau de Quinn, de sa société ; c'était lui le responsable de cette énorme commande qui les avait renfloués. Alan la regarda avec des yeux exorbités – il avait lui aussi relié les points.

Minnie commença à décharger la palette plus rapidement. Elle ne voulait pas être là, ni entendre cette conversation ; elle voulait juste déballer les tourtes et décamper. Pourquoi Quinn aurait-il fait cela ? Leur journée s'était finie si curieusement et il ne l'avait pas contactée depuis. Pourquoi lui aurait-il rendu service ? Ça ne convenait pas à Minnie ; elle n'avait pas envie d'être la B.A. de qui que ce soit, ni faire des tourtes pour des connards comme les hommes dans cette salle. Elle était censée faire ses tourtes pour des gens qui en avaient besoin.

Alan et elle disposèrent les dernières et Minnie retourna en hâte à l'accueil pour prévenir la réceptionniste qu'ils avaient terminé. Derrière elles, des employés de bureau convergeaient vers la salle de réunion, tirés de leur poste de travail par l'arôme de pâtisserie chaude.

— Mr Hamilton souhaiterait vous voir avant que vous partiez, dit la réceptionniste, inclinant la tête d'un côté en montrant à Minnie ses immenses dents.

Elle ressemblait de manière vraiment troublante à Julia Roberts.

— Puis-je vous faire monter à son bureau ? Il est retenu par un appel.

— Nous sommes un peu pressés, dit faiblement Minnie.

— Tu n'as pas besoin de moi, j'attendrai ici, dit Alan, qui s'assit dans le salon d'attente et prit un magazine sur le nautisme. Oooh, des petits bateaux.

La réceptionniste conduisit Minnie dans l'open space jusqu'à un bureau vitré à l'autre bout. Minnie avait du mal à croire que Quinn dirige une si grosse société ; il devait y avoir trente personnes qui travaillaient là. Elle le voyait par la vitre, vêtu d'un costume bleu bien taillé et d'une chemise blanche. Il parlait au téléphone, mais lorsqu'il la vit rôder avec Julia Roberts, il sourit et lui fit signe d'entrer.

La réceptionniste lui ouvrit la porte. Minnie se mordit l'ongle du pouce. Pourquoi se sentait-elle comme une écolière convoquée chez le principal ? Quinn articula silencieusement « Désolé » et tapota le haut d'un large fauteuil de cuir marron. Minnie lui adressa un sourire gêné et s'assit sur le canapé en face. Son bureau était gigantesque. Il avait un immense bureau en verre avec gros fauteuil pivotant noir, une table de réunion entourée de quatre chaises, un canapé, un fauteuil et une table basse en noyer. La pièce était plus grande que tout l'appartement de Minnie. Oh Seigneur, peut-être que c'était une espèce de scénario à la *Cinquante Nuances de Grey*, et que les tourtes n'étaient qu'une ruse pour la faire monter ici afin d'exhiber son grand bureau raffiné et son donjon sexuel secret.

Minnie regarda autour d'elle, en se demandant où pourrait se trouver l'entrée d'un donjon caché. Il y avait une bibliothèque au fond de la pièce – peut-être que vous sortiez un livre et que tout le mur pivotait sur lui-même. Peut-être que le canapé avait un levier et vous faisait plonger dans une chambre forte en dessous. Peut-être serait-ce davantage James Bond que Christian Grey. L'esprit de Minnie se mit à vagabonder – existait-il des architectes spécialisés dans la conception de donjons sexuels cachés dans des bureaux ?

— Oui, je sais, dit Quinn au téléphone, mais ce sont là mes recommandations. Si vous ne voulez pas les appliquer, c'est votre affaire. Vous m'avez payé pour déceler les failles dans votre stratégie de croissance – voici les failles.

S'ensuivit une pause pendant que son interlocuteur parlait. Quinn roula les yeux vers Minnie, lui faisant comprendre qu'il essayait de s'extirper de l'appel.

— Écoutez, Donald, pouvons-nous reprendre ça demain en personne ? J'ai quelqu'un qui vient d'entrer dans mon bureau et je… Oui, quelqu'un de plus important que vous… Avez-vous reçu ces tourtes que je vous ai envoyées aujourd'hui ? Eh bien, c'est le chef qui les a préparées.

Quinn s'assit dans le fauteuil en face de Minnie. Il croisa une jambe sur l'autre, en se calant dans le dossier. Minnie ne put s'empêcher d'observer les jambes de Quinn, elles étaient si musclées et fermes, son pantalon épousant parfaitement ses cuisses sculptées.

— Oui, je sais qu'elles sont bonnes… Eh bien, oui, elle l'est, mais c'est sans rapport… Je vous donnerai ses coordonnées, je dois vous laisser.

Quinn lui sourit en raccrochant, la fossette de sa joue gauche prenant vie.

— Désolé pour ça.

Minnie joignit les mains.

— Vous n'aviez pas besoin de commander toutes ces tourtes, dit-elle en fixant le sol. Quand j'ai évoqué mes soucis professionnels, je ne cherchais pas à vous… C'est plutôt moi qui *vous* dois de l'argent pour la lampe.

— Je vous en prie, ne vous inquiétez pas pour la lampe, Minnie. J'aurais dû vous expliquer pour ma mère. (Il expira lentement, marquant une pause pour trouver les termes adéquats.) Elle a des problèmes de santé. Elle trouve certaines choses difficiles à gérer.

Minnie releva les yeux vers lui. Son ton enjoué avait disparu ; le bleu étincelant de ses yeux était voilé d'un film gris.

— Vous n'avez pas à m'expliquer, et vous n'aviez pas à me tirer d'affaire non plus.

La dynamique entre eux paraissait si différente. En faisant les livraisons ensemble ils s'étaient trouvés sur un pied d'égalité, ils avaient plaisanté. À présent, c'était un client, et très généreux, de surcroît. Assise en face de lui dans ce bureau de la taille d'un appartement, elle ne se sentait plus comme son égale, mais comme du petit personnel.

— Je sais, dit Quinn, un léger froncement se creusant entre ses sourcils ténébreux.

Rien qu'à le regarder face à elle, avec son sourire à fossette et ses longues jambes puissantes dans ce pantalon sur mesure, Minnie sentit les chouettes se réveiller dans son ventre en ébouriffant leurs plumes.

— Et je n'ai pas besoin que vous alliez racoler vos amis en ma faveur, dit-elle avec dédain. Je n'ai pas monté mon activité dans le but de nourrir les jeunes citadins friqués.

Elle se mit debout et commença à faire les cent pas derrière le canapé.

— Waouh, dit Quinn en mettant les mains derrière la tête et étirant les jambes devant lui. Vous savez que ça vous fait marcher légèrement de travers ?

— Quoi ?

— La tonne d'amertume que vous portez sur votre épaule.

Minnie en resta bouche bée. Des rancœurs ancrées se mirent à bouillonner en elle, la voix de sa mère dans sa tête tel un robinet qui gouttait et qu'elle ne pouvait fermer.

— Je n'éprouve aucune amertume. Je dis juste que ce genre de prestation n'est pas ce que j'ai prévu de faire.

Si j'avais voulu cuisiner pour des hommes en costume qui se croient tout permis, je serais restée dans la restauration.

Quinn rit en passant une main dans ses cheveux châtain clair.

— Je vois pourquoi votre affaire bat de l'aile, si c'est le rapport que vous avez avec les clients.

— Pardon ? dit-elle, les poings sur les hanches.

Quinn se leva et contourna l'arrière du canapé vers elle.

— Écoutez, vos tourtes sont bonnes. Vous avez clairement un marché, et pourtant vous ne gagnez pas d'argent – à l'évidence, il y a quelque chose que vous faites de travers.

— Merci, mais je n'ai pas besoin que vous me conseilliez en gestion.

— Pourquoi pas ? dit-il en déployant les bras dans un haussement d'épaules exagéré. Je facture cinq cents livres de l'heure et je vous propose des conseils gratuits. C'est par pure aigreur que vous les refusez.

Minnie se sentit rougir, le menton pointé en avant.

— Est-ce la manière dont vous vous adressez à tous *vos* clients ?

Quinn fit un pas vers elle. Elle recula vers le mur. Elle éprouvait de nouveau cette étrange sensation, mais plus intensément cette fois. Presque comme s'il s'approchait pour l'embrasser. Bien sûr, son cerveau savait que ce n'était pas le cas, mais son corps avait l'impression inverse, et tout cela envoyait un mélange enivrant d'indignation et d'impatience dans ses veines.

— Vous n'êtes pas une cliente, dit doucement Quinn, à trente centimètres d'elle.

Il baissa les yeux dans les siens, l'ombre d'un sourire taquinant toujours ses lèvres. Minnie soutint son regard en plissant les yeux. Elle n'allait pas le laisser l'intimider physiquement.

— Vous ne connaissez pas assez mon entreprise pour avoir une opinion.

— Peut-être pas, mais je vois bien que vous êtes une idéaliste. Vous refusez de trahir vos statuts, même si ça implique de couler votre société. (Minnie éprouva une petite montée de fierté, avant de prendre conscience qu'il ne l'entendait pas comme un compliment.) Pourquoi ne pas livrer à quelques entreprises, si ça signifie de rester à flot pour vos prestations solidaires ? De plus, vous n'employez clairement pas les bonnes personnes – le livreur qui perd la voiture, la cuisinière qui brûle les tourtes. Si vous voulez diriger une compagnie efficacement, vous devez choisir les bonnes personnes qui travailleront pour vous.

Quinn se tourna pour arpenter de nouveau le bureau. L'impression irrationnelle qu'il allait l'embrasser passa, ainsi que toute interrogation sur l'éventualité qu'il lui montre son donjon sexuel avec un panneau d'accès secret par la bibliothèque. Quinn prit un stylo sur son bureau et se mit à en faire cliquer l'extrémité.

— Aucun doute que vous achèveriez n'importe qui ayant passé une sale journée, dit Minnie en croisant les bras devant sa poitrine. Mon équipe est comme ma famille.

Ils ont tous eu des soucis dans leur vie, c'est pourquoi nous les avons embauchés. Nous voulons donner une chance à ceux qui en ont besoin.

— Même si ça implique de détruire votre activité ?

Minnie plissa les yeux vers lui. Entre Greg, sa mère et maintenant Quinn, elle en avait marre que les gens lui serinent combien elle était mauvaise en gestion d'entreprise.

— Ce n'est pas eux le problème. Écoutez, si ça ne fonctionne pas de la manière dont je le voudrais, peut-être que ce n'est pas censé fonctionner du tout.

— Vous parlez comme une vraie fataliste. Il faut que vous commenciez à assumer vos responsabilités dans la vie, Minnie. Vous perdez votre manteau au Nouvel An parce que vous êtes tête-en-l'air, pas maudite. Votre affaire se casse la figure parce que vous êtes une mauvaise gestionnaire qui refuse les conseils gratuits.

Quinn secoua la tête et fourra les mains dans ses poches. Minnie sentit les picotements enflammés remonter dans son cou, lui empourprant les joues.

— Eh bien, peut-être que je n'ai pas besoin des conseils existentiels ni de l'aumône d'un gamin plein aux as, le fils à maman qui n'a aucune idée de ce à quoi ressemble la vraie vie.

Minnie éprouva une sensation de chute à la seconde où elle prononça ces mots. Elle ignorait pourquoi elle était allée si loin ; c'était trop dur. Elle se sentait comme un chat acculé, projetant une griffe acérée en attaque préventive. Quinn changea d'expression, l'éclat dans ses yeux s'éteignit et ses mâchoires se crispèrent, un muscle palpitant au-dessus de la ligne aiguisée de son menton.

— Vous ne savez rien de ma vie, Minnie, et tout ce numéro de classe ouvrière opprimée n'est absolument pas séduisant.

— Je n'ai pas besoin que vous me trouviez séduisante.

— Je pense que vous feriez mieux de partir, lui dit Quinn pour la seconde fois depuis le peu de temps qu'ils se connaissaient. Essayez de ne rien pulvériser en sortant.

Nouvel An 2001

Quinn était assis en bas de l'escalier, en train de tirer sur le vernis écaillé couvrant la fissure de la rampe. Dans la maison bleue, les rampes remontaient du rez-de-chaussée en serpentant sur quatre tours et demi. Si Quinn était par terre dans l'entrée et regardait en haut, il ne voyait pas où elle s'arrêtait ; il aimait imaginer le bois spiraler sans fin, s'enrouler dans les airs comme la tige de haricot de Jack vers le château dans les nuages, ou – dans le cas présent – vers le grenier. Quand il était petit, il essayait de grimper jusqu'en haut sans toucher l'escalier – la moquette était de la lave et les rampes son salut. Il devait monter tout en haut pour secourir sa sœur de la tribu maléfique qui vivait dans le grenier et menaçait de la jeter dans le redoutable volcan.

Il était parvenu jusqu'au deuxième étage, en équilibre sur le mince rail de bois, se tenant à celui du dessus, avant de glisser et de tomber, bras en premier, sur la rampe en dessous. Il s'était cassé le bras et avait fait sauter ce morceau de bois. Ce n'était qu'un petit éclat, mais son père était devenu fou furieux.

— Cette rampe est irremplaçable ! Elle est sculptée à partir d'une unique pièce de chêne !

— Mais qu'est-ce qui t'a pris ? Qu'est-ce que tu fabriquais ? cria sa mère.

Elle s'accroupit au niveau de Quinn, ses yeux bleus clignant frénétiquement, ses cheveux blonds enroulés sur des bigoudis et des traces noires coulant le long de ses joues. Les araignées qui vivaient sur ses paupières semblaient fondre.

— Je secourais ma sœur du grenier, dit Quinn entre deux sanglots haletants.

Sa mère pâlit ; elle se plaqua une main sur la bouche, le poussa et se précipita à l'étage en remontant les marches deux par deux.

C'était Papa qui l'avait emmené à l'hôpital. Quinn s'en souvenait, parce que c'était la première fois qu'il avait eu le droit de s'asseoir à l'avant de la décapotable de son père. Papa ne savait pas régler les sangles du siège auto dans la Volvo de Maman, ils étaient donc partis dans sa voiture, qui n'avait ni siège auto ni toit.

— N'érafle pas le cuir avec tes pieds, lui ordonna son père.

Quinn ne portait pas de chaussures parce que son père ne savait pas où elles étaient rangées et Quinn pleurait trop pour le lui dire. Cela datait de plusieurs années. Papa ne vivait plus avec eux dans la maison bleue.

Aujourd'hui, Quinn attendait sur les marches que sa mère descende lui donner ses cadeaux d'anniversaire. Il était réveillé depuis des heures, mais il savait être patient – les enfants de onze ans étaient censés l'être. Il s'était habillé et avait préparé son petit déjeuner – un bagel avec du beurre de cacahuètes. Au moins c'étaient les vacances de Noël, il n'avait donc pas à se presser pour aller à l'école. Quinn leva les yeux vers l'horloge dans l'entrée, 9 h 50. Serait-elle fâchée s'il allait vérifier qu'elle était réveillée ? Il se faufila jusqu'au palier du troisième étage.

Sa porte était légèrement entrouverte. Les rideaux étaient ouverts et la lumière ruisselait. Peut-être passait-elle une mauvaise matinée ? Quelquefois, quand elle passait une mauvaise matinée, Quinn devait se faire emmener à l'école avec William Greenford qui habitait quatre maisons plus loin. Quelquefois, quand elle passait une mauvaise matinée, il devait rester chez William Greenford après l'école, et il n'appréciait même pas William Greenford.

Sa mère était allongée sur le lit dans sa robe de chambre en soie rose. Le vêtement était ouvert, avec la ceinture défaite. Quinn rougit en voyant que sa mère ne portait pas de vêtements de nuit en dessous, juste une culotte couleur chair. Ça ne ressemblait pas à une position pour dormir, son corps ainsi étalé avec les bras autour de la tête et le visage enfoui entre deux oreillers. Quinn recula discrètement sur le seuil – il ne voulait pas qu'elle sache qu'il l'avait vue dévêtue.

Peut-être que cet après-midi, elle se lèverait. Elle s'habillerait et descendrait. Elle se ferait du café et alors il pourrait déballer ses cadeaux et elle pourrait feindre que ce n'était pas l'un de ses mauvais jours, juste une mauvaise matinée. Peut-être même qu'elle l'emmènerait à Primrose Hill avec son vélo, si elle essayait de trouver le courage cet après-midi.

Quinn avait demandé le Lego Faucon Millenium pour son anniversaire. Si elle pouvait juste lui offrir son cadeau tout de suite, ça ne le dérangerait même pas tant que ça qu'elle passe une mauvaise journée. Elle n'avait pas besoin de l'emmener où que ce soit ; ce n'était pas comme s'il s'attendait à une fête. S'il pouvait juste commencer à construire le Faucon, il serait heureux pendant des heures.

Dix minutes plus tard, toujours aucun son en provenance de sa chambre.

— Maman ? dit-il doucement. Maman, tu es réveillée ? retenta-t-il.

— Pas maintenant, Quinn, dit-elle avec la voix d'un oiseau agonisant. Aujourd'hui n'est pas un bon jour.

Quinn tira la porte avec précaution ; elle n'était plus droite sur ses gonds, il fallait donc la soulever pour qu'elle ferme. Cette porte avait été tant de fois claquée – peut-être les gonds avaient-ils fini par fatiguer, comme Maman.

Quinn regarda à l'autre bout du palier la salle de bains de sa mère. Il n'aimait pas y aller. Le sol en carrelage blanc n'était plus jamais redevenu blanc ; tout ce sang s'infiltrant dans le sol avait terni les joints. Papa avait demandé que l'on retire le sol entier. Puis il avait refait la salle de bains des invités aussi, afin que le nouveau carrelage soit assorti.

Quinn ne se rappelait pas tous les détails – il avait six ans. Ses souvenirs de ce jour-là étaient comme la bande-annonce d'un film, des images et sons furtifs gravés dans son jeune cerveau. Il se rappelait avoir été réveillé par les cris en bas. Il avait d'abord pensé que ce devait être la télévision, mais ça ne s'arrêtait pas. Il avait vu le sang avant de voir sa mère. Une mare dans laquelle elle était, assise contre les toilettes, agrippant son ventre en forme de ballon. Les cris avaient cessé ; elle était si pâle, elle pouvait à peine parler. Elle lui dit de trouver son téléphone. Quinn ne se rappelait pas avoir pris le téléphone ni demandé une ambulance.

Il se rappelait avoir pensé que le bain avait dû déborder, mais il ignorait pourquoi l'eau était rouge. Il se rappelait avoir pensé qu'il n'avait jamais vu sa mère avec l'air si effrayé. Il se rappelait avoir attendu devant une chambre d'hôpital le lendemain avec son père. Papa ne cessait de faire cliquer le bracelet de sa Rolex en l'ouvrant et le refermant. Il sentait la cigarette et le linge sale. Puis Papa était entré la voir et l'on avait dit à Quinn de rester dehors. Maman pleurait et hurlait contre lui de ne pas avoir été à la maison.

Il se rappelait que son père avait remonté son vieux berceau au grenier, ainsi que tous les autres cartons qui avaient été descendus et empilés dans la chambre d'amis. Il se rappelait être entré dans cette chambre et avoir vu son père par terre avec les mains sur les yeux, son corps secoué de haut en bas et faisant le plus étrange des sons. En le voyant dans l'embrasure, son père avait retiré une chaussure pour la jeter vers la porte et elle avait heurté Quinn en pleine figure.

Quinn avait beaucoup pensé à cette soirée dans la salle de bains. Si elle n'avait pas eu lieu, sa mère aurait-elle davantage ressemblé à une mère normale ? Serait-ce arrivé si son père avait été à la maison ? Serait-ce arrivé s'il était descendu plus tôt ? Mrs Jacob, la conseillère de l'école, avait dit qu'il ne pouvait pas réfléchir comme ça. Mrs Jacob avait dit que l'incident de la salle de bains n'était pas l'unique raison pour laquelle sa mère était comme elle était. Elle avait dit que certaines personnes étaient juste angoissées, mais que des choses pouvaient se produire et les angoisser encore plus, leur rendre difficile le simple fait de de sortir de la maison. Puis Mrs Jacob avait évoqué l'éventualité qu'il aille vivre avec son père à New York et Quinn avait arrêté de lui raconter ces choses sur sa mère.

Quinn se redressa et ferma la porte de la salle de bains – il n'aimait pas penser à tout ça. Il redescendit à pas feutrés en direction de la buanderie dans la cave. Il prit le tabouret dans l'angle et ouvrit le placard où était rangé tout ce qui servait au nettoyage. Il sortit une bouteille d'eau de javel et derrière elle, il vit un sac en papier. C'était là que Maman cachait toujours les choses qu'elle ne voulait pas qu'il trouve. Il n'allait pas l'ouvrir – il voulait juste savoir si c'était un Faucon Millenium.

Il sortit le sac et il y avait une grosse boîte de la taille d'un Faucon et trois cadeaux plus petits tous emballés dans le même papier cadeau bleu. Il retira un coin de la plus grosse boîte. Il sut aussitôt que ce n'étaient pas des Lego. Il connaissait la texture d'une boîte de Lego, il connaissait les couleurs – celles-ci étaient trop vives, trop fluo. Il tira un peu plus de papier ; des talkies-walkies. À qui allait-il parler avec un talkie-walkie ? Il repoussa soigneusement le bord du papier et replaça le sac sur l'étagère.

Dans la cuisine, Quinn se versa une citronnade et alluma l'ordinateur. Il prit la carte postale de son père qui était arrivée la semaine précédente. Elle était illustrée d'une photo de l'Empire State Building. Il la retourna et relut les mots de son père :

« Quinn,

L'Empire State Building fait 102 étages de haut. Il a été achevé en 1931. L'immeuble a une hauteur de toit de 381 mètres et mesure un total de 443 mètres. Impressionnant, non ?

Maeve et moi pouvons le voir de notre appartement.

Papa. »

C'était une carte postale classique de sa part – une image et un contenu factuel. Quinn le voyait quelquefois quand il venait à Londres pour le travail, mais sa propre venue à New York avait cessé d'être évoquée, il ignorait pourquoi. Il n'y avait pas de carte d'anniversaire de la part de son père aujourd'hui. En général, il en envoyait une avec environ une semaine de retard. La dernière fois, il avait mis vingt dollars dans l'enveloppe. Quinn les avait toujours, parce que sa mère ne pouvait pas aller à la banque pour les changer en argent qu'il pourrait dépenser.

La tonalité de connexion de l'ordinateur retentit enfin et Quinn ouvrit une session sur son site web préféré – un site qui hébergeait des forums de discussion pour les fans de *Star Wars*. C'était là que Quinn allait lorsqu'il se sentait seul. Parler à d'autres gens du monde d'Obi-Wan et de la princesse Leia le distrayait du sien.

Il cliqua sur l'onglet du forum et une petite fenêtre noire apparut sur l'écran.

<LukeQ a rejoint le forum de discussion>
Jedi454 : LukeQ, de te revoir ravi. Comment va ?

Jedi454 était un usager régulier du forum avec qui Quinn avait déjà chatté.

LukeQ : Comme un Sans Faucon Lego, répondit Quinn.

Il ne savait pas qui était Jedi454, mais il savait qu'il comprendrait.

Jedi454 : FanGirl90 en construit un en ce moment. Attends, je vous présente.

Un nouvel écran de discussion s'ouvrit et Jedi454 commença à écrire.

Jedi454 : FanGirl90, voici LukeQ. Il est Sans Faucon. Elle vient d'en récolter un.

<Jedi454 a quitté le forum de discussion>
LukeQ : Salut FanGirl90, pourquoi t'es en ligne si t'as un Faucon à construire ?
FanGirl90 : J'ai dû me connecter ici pour le mode d'emploi – le mien est d'occase, il n'a pas toutes les pages !
Luke : T'en es où ?
FanGirl90 : Page 11. Manque le reste.
LukeQ : Envoie une photo.
FanGirl90 : <photo jointe>
LukeQ : Waouh, plutôt bien partie pour une fille – une fille j'imagine tu es ?
FanGirl90 : LesFillesAussiAimentStarWars
LukeQ : Aucune que j'ai rencontrée.
FanGirl90 : Parce qu'elles sont chez elles à essayer de construire des Faucon Millenium sans mode d'emploi.
LukeQ : Fais-le ou ne le fais pas, il n'y a pas d'essai.
FanGirl90 : Classe ! Mon père l'a acheté d'occase pour mon anniversaire. Il m'a dit « ça ne doit pas être bien compliqué, si ? » Réponse : si, très.
LukeQ : Ton père a l'air cool. J'en voulais un pour mon annif mais… talkies-walkies.
FanGirl90 : Beurk.
LukeQ : Beurk.
FanGirl90 : Heureusement beaucoup de Star Warriors ici qui m'aident avec des photos de mode d'emploi.

LukeQ : Ingénieuse tu es.

FanGirl90 : Tu me souhaites bonne chance LukeQ ?

LukeQ : D'après mon expérience la chance n'existe pas.

FanGirl90 : Je pense que Yoda se trompe sur ce coup-là.

LukeQ : Yoda ne se trompe jamais.

FanGirl90 : Je dois filer, Maman hurle en bas de l'escalier. On se voit peut-être dans une autre galaxie, LukeQ. D'ici là, que la force soit avec toi.

<FanGirl90 a quitté le forum de discussion>

Quinn était déçu qu'elle soit partie. Il sourit tout seul – qui essayait de construire quelque chose d'aussi compliqué sans mode d'emploi ?

15 janvier 2020

— DONC, QU'ON SOIT BIEN CLAIRES, LE MEC A PASSÉ une journée à te trimballer partout dans Londres en voiture pour t'aider, t'a présentée à sa mère, a dépensé des milliers de livres pour renflouer notre boîte – et tu l'engueules en le traitant d'enfant gâté ? demanda Leila.

— Plus ou moins, dit Minnie en enfouissant son visage dans l'un des petits coussins.

Elles étaient dans le salon de Leila à examiner de la paperasse.

— Minnie, avec toute cette attitude d'autosabotage, tu bousilles tout le fun de vivre par procuration à travers toi. Je pensais vraiment que tu aurais couché avec le jumeau amoureux depuis le temps, ou que tu aurais au moins eu l'audace de lui rouler une énorme pelle.

— Leila ! J'ai un petit ami ! ? Pour qui tu me prends ?

— Tout petit, ouais. Le Lâcheur des toilettes ne te mérite pas, et tu plais clairement à Jumeau amoureux. Personne n'achète mille tourtes à quelqu'un qu'il ne voudrait pas mettre dans son lit.

Minnie s'affaissa contre l'accoudoir du canapé.

— Je ne sais pas ce qui cloche chez moi. C'est juste qu'il se montrait si arrogant et énervant, à essayer de me donner tous ces conseils, me dire que je devrais lui être reconnaissante d'avoir son opinion parce qu'il « gagne cinq cents livres de l'heure », dit Minnie en imitant la voix de Quinn.

— Peut-être que tu *devrais* lui être reconnaissante de son opinion, rétorqua Leila en refermant le gros classeur rose de comptabilité et se frottant les paupières avec les paumes.

Elle avait les cheveux grossièrement tirés en arrière dans un chignon flou, les yeux creusés et fatigués.

— Un mois de commandes correctes ne nous sort pas la tête de l'eau, tu sais, ajouta-t-elle. Il va falloir trimer pour constituer la moindre réserve financière.

Minnie s'étira sur le canapé et regarda le plafond.

— Je m'entendais parler comme une pétasse aigrie, je ne sais pas d'où ça m'est venu. Tu crois que je porte une tonne d'amertume sur mes épaules ?

Leila fronça le nez et mit les dents par-dessus sa lèvre comme un lapin.

— Quoi ? dit Minnie en se redressant sur les coudes. C'est quoi cette tête ?

— Je ne dirais pas une tonne entière, peut-être juste une demi-tonne. Un quart de tonne.

Minnie prit le coussin du canapé et le jeta à Leila. Elles rirent en chœur.

— Ça bosse dur ? demanda Ian en arrivant dans le salon avec un burrito dans une main.

Il portait un T-shirt noir qui disait « Ne grandissez pas – c'est un piège », dans une typo blanche et brouillonne.

Leila regarda l'heure sur son téléphone.

— Allez, dit-elle en se levant d'un bond, je dois filer. J'ai un rendez-vous avec Monsieur le directeur de banque.

— Tu es sûre de ne pas vouloir que je vienne ? demanda Minnie.

— Non, notre banquier est assez canon – je n'ai pas envie que tu lui casses ses lampes ni que tu te lances dans une compète de taillage de costard.

Leila lui fit un clin d'œil et détala de la pièce avant que Minnie puisse l'atteindre avec un autre coussin.

— Qui est canon ? marmonna Ian, la bouche pleine de burrito.

Il s'assit à côté de Minnie sur le canapé.

— Tu veux jouer en mode deux joueurs, Minnie ?

Elle ramassa les deux manettes par terre et lui en passa une.

— Si on peut jouer à *Star Wars Battlefront*, mais juste une partie, après je dois aller cuisiner.

Ian se pencha en avant, posa son burrito dégoulinant sur la table basse et se mit à parcourir les jeux dans le tiroir dédié sous la télé.

— Je voulais te parler d'un truc, Minnie, dit-il en chargeant le jeu dans sa Xbox.

— Si c'est un discours de coming out, tu t'adresses à la mauvaise personne.

Elle inclina le menton et baissa des yeux écarquillés et sérieux vers lui. Ian se pencha en arrière pour lui donner gentiment un coup de poing dans le tibia.

— Non, t'es conne.

Le jeu passa en écran partagé dans un clic et ils commencèrent tous les deux à sélectionner leurs armes.

— Tu choisis toujours les mauvaises armes ; tu as besoin d'une meilleure cadence de tir sur tes lasers, dit Ian en secouant la tête.

— Pas si ta visée est précise, non.

— Je sais que tu mourras la première, dit Ian en retournant vite à reculons sur le canapé à côté d'elle.

Le jeu s'anima d'un coup. Ian et Minnie se penchèrent tous les deux en avant, les mains agrippées à leurs manettes, tirant sur des soldats impériaux.

— Je vais demander à Leila de m'épouser, dit Ian, les yeux toujours rivés sur l'écran.

— Quoi ? fit Minnie d'une voix perçante en se tournant face à lui.

Il y eut une énorme explosion à l'écran alors que son avatar était touché par une grenade et volait en mille morceaux.

— Je ne t'avais pas dit que tu mourrais en premier ? dit Ian avec un sourire narquois.

— Ce n'est pas une conversation à avoir en pleine partie ! cria Minnie en lui prenant sa manette. Tu vas lui demander de t'épouser ? Quand, comment ? Tu as acheté une bague ? C'est tellement excitant !

Ian remua avec gêne à côté d'elle.

— Oui. Je ne sais pas. Peut-être. Je ne sais pas comment faire, c'est ce que je voulais te demander. Tu sais comment est Leila, un genou fléchi dans la salle de bains ne la fera pas tripper.

— Non, elle ne tripperait clairement pas si tu lui faisais ta demande dans la salle de bains, dit Minnie.

Elle joignit les mains en s'avançant pour poser les coudes sur ses genoux.

— Elle aime qu'il y ait un peu de piquant. Elle voudrait quelque chose d'original, je le sais, mais quel genre de piquant, quel genre d'original, je n'en sais absolument rien, dit Ian en se grattant la tête.

Minnie bondit du canapé et tapa dans ses mains.

— Je sais *exactement* ce que tu dois faire. Oh Ian, je suis tellement contente que tu m'aies demandé, ça va être incroyable. Nous allons organiser la proposition la plus géniale qu'on ait jamais vue, elle va adorer !

Ian sourit, puis fronça les sourcils.

— Je ne veux rien faire qui implique de la nudité.

— Pourquoi est-ce que ça impliquerait de la nudité ?

— Et pas de chansons, je refuse de chanter.

— Tu as souvent entendu parler de propositions qui impliquaient des chansons et de la nudité ? Écoute, c'est réglé, je vais tout orchestrer, dit Minnie. Et pour la bague, tu disais « peut-être » ?

— J'ai une bague, dit Ian en secouant lentement la tête. Je ne sais pas trop si ça convient, par contre.

— Montre-moi, dit-elle en tendant une paume.

Ian s'éclipsa dans la chambre, et Minnie entendit des bruits de tiroirs ouverts et de furetage. Elle tapa ses poings ensemble d'excitation. Au cours de leur amitié, Leila et elle avaient beaucoup parlé de rencontrer « le Bon », la personne avec laquelle vous saviez simplement que vous vouliez passer le restant de vos jours. Et voilà que « le Bon » de Leila disait éprouver la même chose.

Minnie sentit celle qu'elle était à seize ans crier de joie. Cette romantique naïve aux yeux écarquillés, que la déception n'avait pas rendue cynique. Ian reparut avec un écrin en velours bleu et l'ouvrit avec précaution devant elle.

— C'est celle de ma mamie, dit-il avec haussement d'épaules bancal. Ma mère me l'a donnée quand Mamie est morte, je ne sais pas pourquoi.

La bague était un anneau en or vintage et délicat avec cinq petits diamants alignés sur le haut. Minnie éprouva une chaleureuse montée d'exaltation lorsqu'elle la vit – c'était tellement Leila : excentrique mais classique. Elle adorerait le fait qu'elle soit vintage, qu'elle recèle une histoire.

— Elle est parfaite, Ian. C'est *la* bague, c'est clairement *la* bague !

Minnie poussa un petit cri perçant, donna des coups de poing en l'air et fit une petite gigue sur place.

— Elle a une marque au dos parce qu'on a dû la scier pour la retirer de ma mamie quand elle est morte à cause de ses doigts tout gonflés par le diabète. (Il tourna l'anneau dans sa paume pour lui montrer.) Ma mère m'a dit qu'on ne savait quasiment pas qu'elle la portait quand elle était à son poids maximal, parce que le doigt a juste grossi autour comme le cou d'un oiseau coincé dans un anneau en plastique pour cannettes de bière. Ç'a commencé à lui couper l'oxygène et son doigt s'est mis à puer et être tout bleu.

— Ne raconte pas cette histoire à Leila quand tu feras ta demande, dit fermement Minnie en lui prenant le poignet. Promets-moi de ne pas raconter cette histoire quand tu lui offriras la bague.

Ian se tapa le nez avec sa main libre, comme pour prendre note mentalement.

— Il y a autre chose, dit Ian en s'asseyant sur la table basse.

— Si tu veux m'adopter, la réponse est oui.

Ian riva les yeux sur ses chaussures en silence. Il ferma l'écrin et commença à le faire passer entre ses mains comme un joueur de base-ball qui s'échauffe avant de lancer. Il le laissa échapper, finit par le serrer dans un poing, et le refourra dans la poche de son bas de survêtement gris.

— Je veux que tu songes à lâcher votre affaire, dit-il en fermant les yeux.

Minnie le dévisagea pour voir s'il était sérieux.

— Quoi ? Pourquoi ?

— Parce que c'est en train de la tuer, dit-il en rouvrant les yeux. Elle est tellement stressée, Minnie. Elle n'arrive pas à dormir ; elle passe la moitié de ses nuits réveillée, à s'inquiéter. Elle y a injecté toutes ses réserves personnelles rien que pour maintenir la boîte hors de l'eau. Nous voulons acheter une maison, Min, peut-être avoir des enfants ; nous n'obtiendrons jamais de prêt dans la situation actuelle.

Minnie poussa une bruyante expiration. Elle n'avait encore jamais entendu Ian parler sérieusement.

— Elle aurait dû m'en parler.

— Elle ne le ferait jamais, dit Ian en secouant la tête. C'est ta meilleure pote, elle veut que tu vives ton rêve. Elle bousillerait sa santé pour toi.

— Notre rêve, le corrigea Minnie. Cette entreprise est notre rêve.

— Vraiment ? dit Ian en relevant les yeux pour croiser enfin son regard. Est-ce que c'est le rêve de Leila ? Ou bien le rêve dont tu lui as parlé, et qu'elle a voulu réaliser ? (Minnie secoua la tête.) Tu sais comment elle est, comme un chien qui secoue un rat. Elle refuse de lâcher, elle ne cessera pas d'y mettre toute sa rage, jusqu'à ce que tu lui dises que c'est mort. Tu devrais mettre fin au calvaire et la laisser passer à autre chose.

— L'entreprise n'est pas morte, dit Minnie en commençant à se mordre l'ongle du pouce, et ce n'est pas un rat. Nous avons juste eu quelques soucis de trésorerie.

— C'est ce qu'elle te dit.

Il la dévisageait sans ciller d'un œil perçant.

Minnie se leva en secouant la tête.

— Elle aime tout ça autant que moi.

— Elle t'aime, toi, répliqua Ian.

Ils restèrent silencieux un instant. Ian se passa les deux mains sur le crâne.

— Tu sais qu'on lui a proposé un job dans une start-up de mode la semaine dernière. Elle te l'a dit ?

— Non.

Elle se sentit soudain instable sur ses pieds, comme si Ian venait de tirer un tapis sous elle. Pourquoi Leila ne lui parlerait-elle pas d'une chose pareille ? Elles se disaient tout.

— Tu sais qu'elle adorerait faire un boulot de ce genre. Elle ne va même pas y réfléchir tant que tu as besoin d'elle, dit-il en baissant la tête. Je ne dis pas ça pour foutre la merde, Min, c'est juste que je l'aime et… c'est, genre, tu sais quand Sonic le Hérisson est en mode invincible et qu'il est dans cette bulle qui va super vite, et que la musique devient hyper rapide et que rien ne lui résiste, qu'il envoie tout valdinguer dans tous les sens ?

— Oui, dit lentement Minnie, sans trop savoir où menait cette analogie.

— Leila est née pour vivre en mode invincible, elle est comme ça, c'est là qu'elle s'épanouit – en cognant partout dans une petite bulle avec la musique qui s'emballe, en chopant absolument tout. En ce moment, c'est comme si elle avait été touchée par un Badnik et qu'elle avait perdu tous ses anneaux – toute son énergie a disparu. (Il soupira puis parla plus lentement.) Je veux être sa bulle d'invincibilité. Je veux la protéger, la laisser vivre dans ce mode le reste de sa vie si je peux. (Minnie sentit une larme couler sur sa joue.) Ce que je dis a sûrement l'air d'un gros tas de conneries, dit-il en enfonçant profondément les mains dans ses poches.

— Non, dit Minnie en reniflant une larme. Je pense que c'est l'une des choses les plus romantiques que j'aie jamais entendues. Tu devrais dire ça sur le mode invincibilité quand tu feras ta demande.

Minnie baissa la tête ; elle sentit un mélange enivrant d'émotions la percuter simultanément : de l'affection envers Ian et l'amour dont il débordait pour son amie, et du chagrin parce qu'il avait peut-être raison. Si c'était le cas, cela signifiait la fin de *Pas de mauvaises farces*, la fin de la compagnie quasi quotidienne de Leila, quatre ans de dur labeur gâchés. Ian lui posa les deux mains sur les épaules.

— Minnie, je pense qu'il est temps pour toi de jouer en mode solo.

15 janvier 2020

Ce soir-là, alors que Minnie marchait sur Upper Street vers l'appartement de Greg, elle ne put se sortir de l'esprit les propos d'Ian. Elle n'avait même pas envisagé qu'elle bridait peut-être Leila. Elle s'était avérée si occupée à s'inquiéter de sa propre carrière, elle n'avait pas pris de recul pour se demander si tout cela était la bonne voie pour son amie.

Greg ouvrit sa porte d'entrée et grimaça.

— Clive est là, siffla-t-il.

Minnie hocha la tête. Elle n'avait rien contre Clive, mais Greg se montrait toujours indigné par la présence occasionnelle de son colocataire dans l'appartement. Il n'exprimait jamais d'intérêt à venir chez elle, même si cela impliquait qu'ils avaient l'endroit pour eux seuls.

— Une question pour toi, un titre pour mon dernier article – il me faut un jeu de mots sur l'Afrique. J'ai du Malawéfléchir et besoin de ton aide.

Minnie grogna et le poussa en arrière dans l'appartement.

— Je suis sérieux, dit Greg en se frappant le dos de la main dans la paume de l'autre, tu es si Mali-gne.

Ils allèrent dans la cuisine, où Clive se faisait un café avec la machine de Greg. Clive avait les cheveux roux, des taches de rousseur et un visage chaleureux et dodu. Pour Minnie, il faisait penser à une version jeune du Gros Contrôleur dans *Thomas et ses amis*.

— Un peu tard pour un café, non, Clive ? dit Greg en se tournant pour adresser à Minnie une mine exagérément horrifiée. Tu vas rebondir contre les murs, mon ami, et les murs ici ne sont pas très solides.

— J'ai une présentation à écrire pour demain, je ne gênerai pas votre soirée romantique, dit Clive. PowerPoint et moi allons renouer dans ma chambre.

Clive prit sa tasse de café et se retira d'un pas lourd en les saluant d'une main derrière lui.

— Parasite, grogna Greg dans sa barbe. Hé, tu as lu le journal aujourd'hui ?

— J'ai lu ton édito sur les souris immigrées – ça fait beaucoup réfléchir. Je n'ai pas eu l'occasion de lire grand-chose d'autre, je…

Greg la coupa.

— Tu n'as donc pas vu la rubrique de Lucy Donohue ?

Il claqua un exemplaire du journal sur la table de la cuisine devant elle. Ses lèvres s'étirèrent dans un large sourire de chat du Cheshire.

— Rien de pire que la colère d'une journaliste culinaire bafouée.

Minnie prit le journal et regarda la page que Greg désignait. Elle l'agrippa à deux mains, en parcourant rapidement les mots sous ses yeux.

« **Dîner avec Lucy Donohue**

Cette semaine, je suis censée faire une critique de *La Côte* à Windsor, un restaurant dont *The Times* a déclaré qu'il était "hors du commun", "l'endroit parfait pour un repas romantique" et "l'amour sous forme comestible". Je devais y aller avec mon petit ami pour un menu dégustation qui requiert trois heures de votre temps. Cher lecteur, j'ai dîné seule. Mon petit ami de plus d'un an a décidé que sa résolution de Nouvel An était d'annuler sa réservation régulière à la table de Lucy Donohue. J'estime que ce n'est que justice envers *La Côte* de divulguer ceci, puisqu'un menu dégustation de sept plats n'a pas été conçu pour être mangé en solo, et c'est une vérité universellement connue qu'un cœur brisé atrophie bel et bien les papilles gustatives.

Alors, plutôt que de gratifier *La Côte* d'une critique injustement déplorable, je me suis dit que cette semaine, je ferais la critique de mon ex – Q, sous la forme d'un restaurant, pour toute inconsciente dans ce monde qui envisagerait de faire de lui son prochain repas.

Ambiance : Si le décor chez Q est magnifiquement proportionné et que l'endroit paraît débordant de caractère, ne vous laissez pas duper par ce vernis de charme. Voici un restaurant où vous ne vous détendrez jamais ni ne vous sentirez chez vous, car on fait asseoir tous les convives dans l'entrée plutôt qu'au cœur de l'établissement.
Nourriture : La nourriture chez Q semble au départ admirablement relevée d'une exquise acidité. En fait, elle s'avère trop coriace pour y croquer à pleines dents et cuite de manière inégale, avec des zones chaudes et froides tout le long. (Soit dit en passant, tous les plats chez Q sont servis avec un peu plus de piment que ce à quoi une fille bien élevée pourrait être habituée.)
Le dessert semblait posséder la douce finesse idéale pour conclure un repas, mais il m'a en fait laissé un goût amer. Je crains que Q ait été excessivement ambitieux en s'attaquant à ce dessert sophistiqué, et qu'il devrait peut-être s'en tenir aux petites tartes et autres mignardises sirupeuses à l'avenir.
Service : Le maître-queux vous accueille peut-être les bras ouverts, mais il sait déjà parfaitement qu'il vous rayera très vite de la liste des invités. On n'a aucune estime pour les clients fidèles chez Q, on vise une rotation rapide – les gens trop impressionnés par la façade pour remarquer que ce restaurant n'a aucun cœur. »

— Waouh, dit Minnie une fois qu'elle eut fini de lire.

Elle se sentit aussitôt mal pour Quinn d'être ainsi attaqué en public. Puis elle se demanda s'il y avait quoi que ce soit de vrai dans l'article ; était-il un petit ami si dépourvu de sentiments ? Lucy et lui avaient semblé être le couple parfait vu de l'extérieur.

— Je suis surpris que le journal ait assumé ça, dit Greg en renâclant. Plutôt brutal.

Minnie replia soigneusement le journal et le tassa sur le comptoir de ses deux mains. Elle n'avait pas envie de parler à Greg de Lucy ni de Quinn.

— Écoute, je dois commencer à vider mon appartement en fin de semaine. Est-ce que tu pourrais m'aider ? Je n'ai pas grand-chose, peut-être une voiture pleine.

Greg inclina le visage dans un angle désapprobateur.

— Va juste sur le Net et embauche un type avec un van, il sera plus efficace que moi pour soulever des trucs.

— Je ne veux pas embaucher un type avec un van, et je n'en ai pas les moyens. Je te demande, en tant que petit ami, de m'aider.

— Punaise, Cendrimillon, je te le paierai alors, soupira Greg. Je n'ai pas envie de passer mon week-end à charrier des cartons.

Minnie entendit celle qu'elle était à seize ans lâcher en elle un gémissement silencieux et commencer à battre des poings contre l'intérieur de sa poitrine. Quand Greg avait-il un jour fait quelque chose dont il n'avait pas envie pour le bien de Minnie ?

Elle le dévisagea tandis qu'il regardait fixement la signature de Lucy sur le comptoir.

— Tu ne prendras jamais fait et cause pour mon mode invincible, hein ? fit-elle à voix basse.

Greg ne bougea pas, il regardait toujours l'article de Lucy. C'était la dernière fois que Minnie subissait le comportement peu chevaleresque de Greg. Si elle était Cendrimillon, il n'était clairement pas le Prince charmant.

— Je pense qu'on devrait se séparer, dit-elle.

— Hein ? dit Greg en relevant les yeux vers elle.

— Je ne pense pas que ça va fonctionner entre nous.

— Bon Dieu, je te prêterai la voiture, Minnie ! Pas la peine de pleurnicher pour ça.

— Ce n'est pas la voiture, je ne pense pas que nous soyons faits l'un pour l'autre.

— Et tu as tranché sur la question à l'instant, c'est ça ? Il y a cinq minutes nous étions faits l'un pour l'autre, et plus maintenant ? (Il agita le journal vers elle après avoir poussé un « pfff ».) Les femmes sont tellement instables, bon Dieu.

— Non, j'aurais dû le voir plus tôt, j'ai été…

— Ce n'est pas comme si tu étais parfaite tu sais, Minnie, dit-il en l'interrompant. Tu crois que si on me demandait quel est mon idéal féminin, je dresserais un portrait de toi ? Non, ce serait le portrait de Jennifer Aniston autour de 2010. Personne n'atteint la perfection ! La réalité, c'est quelqu'un qui te plaît malgré ses défauts ; la réalité, c'est accepter que soixante-dix pour cent, c'est déjà pas mal. (Sa voix s'adoucit, sa bouche tressauta dans un sourire.) Écoute, je ne suis peut-être pas parfait, mais tu dois admettre que nous allons plutôt bien ensemble ? Nous avons les mêmes idées politiques, le même sens de l'humour – ça fonctionne, toi et moi.

— Je ne m'étais jamais rendu compte que je me contentais de soixante-dix pour cent, Greg, j'imagine que c'est la différence entre toi et moi.

À ce moment-là, Clive revint en flânant dans la cuisine.

— J'ai oublié mes toasts, dit-il en allant vers le grille-pain d'un pas lourd, inconscient de ce dans quoi il mettait les pieds. Je ne les ai même pas mis en route, déplora-t-il en levant les yeux au plafond, exaspéré de son étourderie.

Il s'affaira à sortir des assiettes et des couverts. Minnie regarda le visage de Greg devenir plus rouge chaque minute tandis qu'il suivait Clive des yeux dans la cuisine en le sommant mentalement de partir.

— Alors comment va la vie, Minnie ? demanda Clive aimablement. Ça marche ton activité, oui ?

— Non, pas vraiment, répondit-elle avec un sourire. C'est la cata, en fait.

— Oh Seigneur, eh bien au moins tu as Greg pour te remonter le moral, dit-il en lui adressant deux pouces levés. Un souci partagé est un souci à moitié résolu, etc.

— En vérité, nous venons de rompre, annonça Minnie.

— Nous n'avons pas rompu, cracha Greg, tu évoquais la possibilité de rompre. Il n'y a pas de rupture tant que les deux ne sont pas d'accord.

Greg serra les poings le long du corps.

— J'ai déboulé en plein milieu d'un truc, dit Clive en beurrant prestement ses toasts.

Puis après une pause, il ajouta :

— Quoique, je ne suis pas sûr que ce soit exact, Greg. Si Minnie dit que vous avez rompu, vous avez rompu, je ne pense pas que ça nécessite d'être acté d'un commun accord.

Minnie acquiesça.

— Personne ne t'a demandé d'avis juridique, Clive ! cria Greg. Prends juste tes toasts et va te faire foutre.

Clive serra les lèvres et haussa les épaules vers Minnie avec compassion et les yeux écarquillés.

— Ne lui parle pas comme ça, Greg. Je m'en vais ; il n'y a rien d'autre à dire de toute façon.

Minnie se leva et prit son sac à main sur la chaise.

— Tu crois vraiment que tu vas faire mieux que moi ? lança Greg d'une voix rageuse. Sans emploi, à trente ans, et chez papa-maman – tu n'es pas exactement l'affaire du siècle, tu sais, Minnie.

— Alors ça c'était vraiment gratuit, intervint Clive en posant son assiette de toasts pour mettre une main réconfortante sur le bras de Minnie.

— Ça va, Clive, dit Minnie en se passant une main tremblante dans les cheveux.

— Non, je refuse que vous finissiez là-dessus. Vous êtes tous les deux de bonnes personnes – les gens se séparent, ils tournent la page ; ça ne veut pas dire que vous ne pouvez pas rester amis, ni que vous devez vous quitter sur une note négative. Allez, asseyez-vous.

Clive désigna deux chaises à la table de la cuisine. Minnie regarda Greg, qui croisa les bras devant lui et riva fermement les yeux au plafond. Elle regarda par la fenêtre. Il pleuvait des cordes. Une part d'elle avait juste envie de partir, mettre un terme à cette horrible scène, mais une autre part d'elle ne voulait pas terminer là-dessus. Cette facette de Greg – elle savait qu'il n'était pas cette personne-là.

— Asseyez-vous, dit Clive d'un ton sévère en tirant les deux chaises.

Ils s'y assirent précipitamment comme des enfants punis.

— Bien, dit Clive en prenant le troisième siège entre eux. Depuis combien de temps êtes-vous ensemble ? Six mois ? Maintenant, vous avez décidé que vous ne vouliez plus être ensemble.

— *Elle* a décidé, dit Greg, les narines dilatées.

— Peu importe qui a pris l'initiative, c'est en train de se produire. Mais un jour, vous avez vu quelque chose chez l'autre, alors avant que quelqu'un aille où que ce soit, je veux que chacun de vous dise trois choses positives sur l'autre, et partage ensuite un de ses souvenirs préférés de votre temps passé ensemble.

Greg lâcha un « mpfff » irrité.

— Ça t'épargnera des mois d'amertume, crois-moi, dit Clive.

Minnie regarda le visage rond et optimiste de Clive, puis de nouveau Greg. Elle savait que cette irascibilité rancunière était simplement sa manière de masquer une blessure. Elle tenait encore assez à lui pour avoir le sentiment que si elle pouvait tempérer cette blessure, elle devrait le faire.

— Eh bien, dit-elle doucement, je peux commencer.

Greg lui adressa un regard noir, les bras toujours fermement croisés sur la poitrine, les narines larges comme des grottes, la bouche pincée en une fine ligne.

— J'ai toujours admiré ta passion pour ton travail. Tu es vraiment un bon journaliste, dit Minnie.

— Excellent ! dit Clive en tapant dans ses mains. Greg, à toi.

Greg marqua une pause. Il regarda Minnie et ses yeux se radoucirent légèrement.

— Vas-y, Greg, dit gentiment Clive.

— Tu es une assez bonne cuisinière, j'imagine, dit Greg en roulant les yeux au plafond.

— Super. Minnie ? dit Clive.

— Tu me faisais rire avec tes blagues stupides. Tu es de bonne compagnie, tu sais comment raconter une histoire et captiver les gens.

Greg tendit le menton en avant et esquissa le plus ténu des acquiescements de reconnaissance.

— Greg ? Quoi d'autre ?

— Bah, je suppose qu'on s'est toujours bien entendus du côté… de la chambre. Tu es très inventive en s…

— OK, nous n'avons pas besoin de plus de détails là-dessus. Comme il a déjà été indiqué, les murs de cet appartement ne sont pas si épais, dit Clive en rougissant.

— Tu as toujours apprécié mon opinion sur ton écriture et j'aimais ça. Ça me donnait l'impression d'être importante, dit Minnie, s'exprimant avec plus d'assurance à présent.

Elle regarda fondre le vernis défensif de Greg. Il se tourna face à elle et tendit une main au-dessus de la table.

— Tu me donnes envie d'être drôle, dit-il gentiment. Tu as le plus beau des rires. C'est tellement satisfaisant d'être celui qui le déclenche.

Clive les regardait tour à tour. Il prit une bouchée sonore de son toast et mâcha bruyamment, encore et encore.

— OK, souvenir préféré maintenant, Minnie, dit-il en projetant des miettes sur la table.

— Je me rappellerai toujours la fois où nous sommes allés à Brighton pour cette rubrique que tu écrivais, nous avons nagé dans la mer et avons fini par nous baigner nus et tu as dit que tu adorais mes pieds, bien que je les déteste.

Minnie tendit la main pour serrer celle de Greg. Il fit de même et elle saisit un aperçu de l'homme qu'elle avait aimé, débarrassé de son masque de colère.

— Je me rappellerai toujours le premier soir où nous nous sommes embrassés. Je me sentais comme un ado, je n'arrivais plus à dormir car je pensais à la fille de la manif avec la pancarte sur les « souris ».

Minnie et Greg se regardaient droit dans les yeux maintenant. Remémorer à l'autre ces bons souvenirs revenait à passer une chanson favorite sur une platine usée avant de rabattre le couvercle.

— Maintenant, vous vous dites au revoir sans regret ni amertume. Peut-être qu'avec le temps, vous pourrez être amis, dit Clive en essuyant les miettes de sa bouche à deux mains. Quelqu'un veut des toasts ? Ce pain aux céréales de chez Waitrose a un délicieux goût de noix.

— Au revoir, Greg, dit Minnie.

— Au revoir, Minnie, dit Greg. Je peux toujours t'aider à déménager si tu veux ?

— Ça va aller, je demanderai à mon père de m'aider.

Minnie se leva, prit Greg dans ses bras, puis Clive, et partit. Il avait cessé de pleuvoir. Elle s'arrêta sur le pas de la porte, désorientée par ce qui venait de se produire. Elle n'était pas allée chez Greg ce soir-là pour rompre avec lui, mais elle avait senti ce changement en elle. C'était comme si le discours d'Ian avait réveillé son côté romantique, une voix qu'elle avait réduite au silence depuis des années. Elle avait envie d'être avec quelqu'un qui parlait d'elle comme Ian parlait de Leila, et elle n'avait absolument pas envie d'être les soixante-dix pour cent de qui que ce soit.

La rubrique de Lucy Donohue lui traversa l'esprit. Larguer Greg n'avait rien à voir avec ça. Le fait que Quinn soit désormais célibataire était sans rapport ; il s'agissait du fait que Greg ne soit pas son Sonic le Hérisson, ou quelle que soit l'analogie d'Ian.

Alors qu'elle approchait de chez elle, elle reçut un texto de Greg.

Venons-nous de nous découpler délibérément ?

Elle sourit.

Je crois, oui.

Greg répondit :

Est-ce que je vis avec un Oprah rouquin ?

Minnie éclata de rire. Même si elle savait que c'était la bonne décision, les blagues de Greg allaient peut-être lui manquer. Greg était une pièce de puzzle qu'elle avait tenté d'emboîter, et l'effort pour l'y contraindre était comme porter un corset, la comprimant pour qu'elle s'adapte à sa forme. À présent, elle n'avait plus de Greg, et bientôt, elle n'aurait peut-être plus de Leila.

— Joueur 1, murmura-t-elle pour elle-même en déverrouillant sa porte d'entrée.

Nouvel An 2003

Une fête était prévue à la maison des jeunes sur Castlehaven Road à Camden ; certains des camarades de collège de Quinn y allaient. Ce serait probablement nul, mais c'était la première fête de Nouvel An qui ne soit pas organisée par les parents de quelqu'un.

Matt Dingle dit qu'il apportait de la vodka, Deepak Patel dit que des filles du lycée public qui faisaient du netball y allaient ; son pote Shiv sortait avec l'une d'elles et il disait qu'elles allaient clairement, à cent pour cent, être là. Quinn avait envie d'y aller, pas forcément pour rencontrer des filles, mais juste pour sortir de la maison, entendre du bruit et traîner avec ses amis.

Sa mère regardait la télé dans le salon. Elle était roulée en boule sous l'une des couvertures roses et douces qui avaient séjourné dans la chambre d'amis. Elle avait les cheveux ternes et portait l'un des vieux T-shirts de Papa. Elle avait regardé le journal, et une émission sur la pêche avait suivi. Elle n'avait pas pris la peine de changer de chaîne.

— Je sors, Maman, dit Quinn en faisant le tour du canapé pour venir s'asseoir auprès d'elle. OK ?

— Où est-ce que tu vas ? dit-elle en relevant lentement les yeux vers son visage.

— À la maison des jeunes à Kentish Town ; *Bambers*. Il y a une fête, tu te souviens ? dit-il doucement.

Il avait mis une chemise blanche propre. Il l'avait lavée et repassée tout seul.

— Est-ce que tu veux que je demande à Mrs Penny de venir garder un œil sur toi pendant mon absence ?

Mrs Penny était une gentille quinquagénaire du Nord qui vivait dans l'une des tours près du parc. Une fois par semaine, elle leur faisait le ménage, la lessive des draps et les courses.

— Tu as l'air si adulte, Quinn, si beau, dit-elle en lui caressant le visage. Tu vas bientôt devoir te raser.

— J'aurai quatorze ans demain, Maman, je me rase déjà, dit-il en la laissant garder la main sur son visage.

Sur le canapé à côté d'elle, il remarqua qu'elle avait ressorti l'album de mariage roussâtre. Ce n'était jamais bon signe.

— Maman, tu ne te mets pas encore dans tous tes états, hein ? dit-il doucement en désignant l'album du menton.

Elle le couvrit avec un coussin.

— Je pensais juste à des temps plus heureux, dit-elle d'un ton monocorde, les yeux pensifs et fixes.

Quinn la contourna, prit l'album et alla le remettre sur la plus haute étagère qu'il put atteindre.

— N'offre jamais ton cœur, Quinn, parce que tu ne le récupères pas, tu sais, dit-elle, les yeux rivés au plafond.

Elle lui disait souvent ce genre de chose. Quinn avait déjà décidé que si c'était là ce que ça faisait aux gens, il ne voulait rien avoir à faire avec l'amour.

— OK, Maman, j'y vais maintenant.

— Tu garderas ton téléphone sur toi ? demanda-t-elle, une note d'angoisse s'insinuant dans sa voix. Et tu prendras le deuxième, juste au cas où ?

— Oui, et oui, dit Quinn en tapant les deux côtés de son jean.

Il détestait comme ils lui gonflaient les poches.

— Et tu ne reposes pas ton verre ; tu sais comment les gens droguent facilement les boissons de nos jours ?

Il fallait qu'il s'en aille avant qu'elle se dissuade de le laisser partir.

Dans la rue, Quinn sentit l'atmosphère étouffante de la maison se dissiper dans l'air froid de la nuit. Il éprouva une sensation de liberté un instant, même s'il savait qu'elle était illusoire. Parfois, il avait l'impression d'être en résidence surveillée. Ses téléphones étaient comme ces bracelets électroniques – il pouvait franchir les murs de la prison, mais en restant connecté en permanence.

Le collège était une libération. C'était toujours plus difficile pendant les vacances, quand il y avait moins de raisons de sortir. Ses amis avaient des vacances saturées de ski et de temps « hors de Londres ». Pour ceux qui restaient en ville, la plupart des mères prévoyaient des divertissements sans fin. La mère de Pete Thompson avait organisé un laser game pour huit d'entre eux le jeudi précédent, et ce n'était même pas pour un anniversaire. Au moins cette année, il avait eu le droit de commencer à prendre les transports en commun tout seul – ça changeait la donne.

Quinn aimait la rue où il vivait. Il aimait les maisons multicolores et les arbres symétriques le long de la route. Il aimait la boulangerie à l'angle et la librairie qui sentait la cannelle grillée. Il aimait la vieille dame avec le drôle de chapeau en feutre qui était assise sur le mur avec ses chats et disait « Ça va, jeune homme ? » dès qu'il passait.

À la séparation de ses parents, il avait été question de vendre la maison bleue et que sa mère quitte Londres pour vivre dans un endroit plus tranquille. Peut-être se serait-elle mieux portée dans un petit village, quelque part où les gens étaient fouineurs et cherchaient à se mêler de vos affaires. À Londres, si vous vouliez rester dans votre coin, il n'y avait personne pour vous en empêcher.

Quinn traversa le pont ferroviaire et Londres changea en un clin d'œil, comme en passant les rideaux de l'avant-scène aux coulisses. Les boutiques, kiosques à fleurs et cafés vendant quatre sortes de lait se transformaient en une artère pleine de bus, de bruits, de graffitis et de vendeurs ambulants qui brandissaient des journaux dans votre direction. La plupart de ses amis vivaient de ce côté des rails. Souvent, Quinn se sentait plus chez lui ici – les gens ne vous regardaient pas d'aussi près, il était plus facile de se perdre dans la foule. Dans le ciel, un unique feu d'artifice explosa. Quinn leva les yeux pour voir des vrilles de lumière lacérer le ciel gris, un feu d'artifice fugitif et solitaire .

Bambers était bondé lorsque Quinn arriva ; il n'en revenait pas à quel point c'était populaire. Des grappes d'adolescents étaient entassés dans la salle, se dandinant timidement sur la musique. Au centre de la piste de danse, les gamins plus âgés et ivres prenaient tout l'espace, tournoyant dans tous les sens en hurlant les paroles de *Around the World* par ATC. Ça sentait le déo Superdrug bon marché avec des noms « de soirée » comme Séduction crépusculaire ou Brume de minuit. La transpiration imprégnait l'air comme dans un vestiaire étouffant après un match. Des lumières disco étaient installées tout au fond, projetant des cercles stroboscopiques de rouge, bleu et vert qui bondissaient sur le plafond de la salle faiblement éclairée. Un DJ était aux platines devant le comptoir de la cuisine, par-dessus lequel était déployée une banderole violette recouverte de notes de musique qui disait « Music Melvin ». Il y avait un bar sur tréteaux qui vendait des boissons sans alcool, des chips, et ces bâtons fluo que vous cassiez en deux pour qu'ils s'allument. La table était tenue par la sélection de mères habituelle – le genre de mères qui confectionnaient des cupcakes avec « 2004 » en glaçage doré, les mères qui venaient tôt pour aider à accrocher les banderoles en papier et mettre des étiquettes « 1 £ » sur les bouteilles de Coca.

— Quinno ! lança une voix à l'autre bout de la pièce.

Quinn leva les yeux pour voir Matt marcher fièrement vers lui.

— Vite, dit Matt, prends de ça.

Il lui tendit une bouteille de Coca tiède qui sentait à quatre-vingts pour cent la vodka. Quinn prit une gorgée et s'efforça de ne pas avoir de haut-le-cœur.

— Painter a déjà pécho, dit Matt en lui donnant un coup de coude dans les côtes.

Matt était petit avec des traits anguleux et une peau profondément grêlée d'acné sur le menton et la moitié basse des joues. Il était sympa, drôle et brillant au foot, mais ne suscitait guère l'attention des filles même si, depuis peu, les filles constituaient son unique sujet de conversation.

— Putain de Painter, regarde-le !

Matt montra du doigt Paul Painter, un rugbyman blond et costaud de la même année qu'eux. Il se tenait devant le distributeur qui ne vendait que des chips périmées, son bras autour d'une fille vêtue d'une robe courte en velours noir.

Quinn sentit l'un des téléphones vibrer dans sa poche. Sa mère lui envoyait déjà un texto. Il claqua son ami dans le dos et lui rendit la bouteille de Coca.

— Tu ne tiendras jamais jusqu'à minuit si tu bois ça, déclara Quinn en scrutant la salle pour voir qui il connaissait d'autre. Est-ce que Jonesy est là ? Patel ?

— Jonesy est en train de fumer. Patel a dit qu'il n'y avait que des nazes de douze ans et il est allé essayer d'entrer au pub ; il dit qu'il connaît le videur, mon cul. Prends ça, j'en ai plein.

Matt lui redonna le Coca.

Quinn sentit que ses épaules commençaient à se décrisper en reprenant une gorgée d'alcool.

Il répondit à sa mère ; il était arrivé – tout allait bien. Elle lui avait envoyé un message pour lui dire de rentrer en prenant un taxi sur leur compte ; qu'elle lui en avait réservé un pour minuit quinze. Le retour ne consistait qu'en un court trajet en bus de nuit jusqu'au pont ferroviaire et ensuite cinq minutes de marche, mais il était inutile de débattre avec elle.

— Ta cinglée de mère t'a laissé sortir, alors ? lança une voix derrière lui.

Quinn sentit un coup de poing amical atterrir dans son flanc. Il se tourna pour taper le bras de Jonesy.

— C'est ton anniversaire, c'est ton anniversaire, chanta celui-ci, chaloupant des hanches contre Quinn et agitant les bras dans une danse.

Duncan Jones était l'un des meilleurs amis de Quinn et l'une des seules personnes à pouvoir faire des blagues de ce genre sur sa mère en toute impunité.

— Tu as fait boire notre Dr Quincey ? demanda Jonesy à Matt en prenant le Coca des mains de Quinn pour le renifler. La folle ne va pas aimer ça.

— Il lui faut bien une soirée de répit de temps en temps, dit Matt.

— Ne parlons pas de ma mère ce soir, bande de cons, dit Quinn.

— Alors parlons de la mère de Matt. Mrs Dingle est une MILF correcte aujourd'hui, dit Jonesy.

Il fit claquer sa langue dans un bruit de baiser et adressa un clin d'œil à Matt.

— Ne te…

Matt se jeta sur Jonesy. Quinn s'interposa et tendit une paume pour intercepter le poing que Matt agitait dans tous les sens.

— Les garçons ! avertit la voix de l'une des mamans postées à la table sur tréteaux. Nous n'accepterons pas ça, s'il vous plaît.

La soirée se déroula. Deepak Patel reparut, ayant échoué à entrer dans le pub, DJ Music Melvin se révéla plutôt convenable, et Quinn dansa, but et rit avec ses amis. À un moment, quelques filles s'approchèrent pour danser à côté d'eux, mais Matt les fit fuir avec sa version personnelle du breakdance.

— Si tu veux pécho, tu vas devoir lourder tronche de pizza, dit Deepak en désignant Matt, qui à ce stade titubait sur la piste en renversant son verre sur son T-shirt et hurlait les paroles de *Bootylicious* par les Destiny's Child. Ces filles veulent clairement arriver jusqu'à toi, mais Matt n'arrête pas de faire son gros pervers avec tout ce qui s'approche.

Quinn n'avait pas songé à embrasser qui que ce soit ce soir. Il n'essayait jamais d'embrasser les filles, parfois ça se produisait simplement sans qu'il fasse grand-chose. Il n'y avait que des garçons dans son collège, mais dès que ses amis et lui traînaient avec des filles, c'était en général ses amis plus grandes gueules et extravertis qui se chargeaient de la conversation, tandis que Quinn, sans le chercher, était perçu comme le garçon intéressant et discret.

Un groupe de filles en crop-tops et jeans délavés l'observaient depuis une rangée de chaises en plastique sur le côté de la salle. Elles tenaient toutes des gobelets jetables rouges à deux mains. L'une d'elles, qui portait un rouge à lèvres trop rouge, lui sourit. Elle était jolie mais, même avec la vodka, il ne saurait quoi dire s'il allait seul là-bas.

À minuit moins dix, Quinn s'esquiva de la piste de danse pour se cacher dans le couloir devant les toilettes. Il ne voulait pas se montrer à minuit. Music Melvin commencerait à passer *Lady in Red* ou un autre slow pour cas désespéré. Il y aurait le brassage gênant des gens qui essaieraient de s'aligner avec quelqu'un à embrasser, ses amis se donnant des petits coups de coude, impitoyables dans leurs railleries, aussi bien concernant les succès que les échecs. Il ne supportait pas ce genre de pression. Il répondit à un autre texto de sa mère, le quatrième de la soirée :

Bonne année, Maman. Honnêtement, va te coucher, tout va bien.

Lorsqu'il releva les yeux de son téléphone, il y avait une fille qui se tenait dans le couloir en face de lui. Elle avait des cheveux blonds et raides, une peau soyeuse avec des taches de rousseur et un visage lumineux et enjoué.

— Ne fais pas attention à moi, dit-elle avec un petit haussement d'épaules en s'adossant au mur, un pied appuyé derrière elle. Je me cache juste de l'heure des moutons sur la piste de danse.

Quinn acquiesça avec désinvolture.

— Tu ne détestes pas comment tout le monde roule des pelles à ce qui est planté à côté d'eux à minuit ? Une vraie foire aux bestiaux. Je parie que la plupart ne connaissent même pas le prénom de la personne qu'ils embrassent. Trop dégueu, dit la fille en secouant la tête avec une petite grimace de désapprobation.

Elle avait les joues rouges, et elle se frotta le cou avec la base de sa paume. Music Melvin passait *Two Minutes to Midnight* d'Iron Maiden – pas si prévisible après tout.

— Ouais, dégueu, dit Quinn à voix basse.

Puis, après une pause :

— Est-ce que tu as dit « l'heure des moutons » ?

— Les moutons suivent tous le troupeau, non ? Ils ne pensent pas par eux-mêmes.

Elle lui adressa un sourire évasif. Puis elle regarda au loin dans le couloir et retira son pied du mur. Quinn eut l'impression qu'elle s'apprêtait à partir. Il n'avait pas envie qu'elle parte. Il essaya de trouver autre chose à dire.

— Apparemment, il existe, genre, neuf cents espèces différentes de moutons.

De tout ce qu'il pouvait dire, pourquoi avait-il opté pour ça ? Comment il savait ça, d'ailleurs ? Il avait dû le relever dans l'un des documentaires animaliers que sa mère regardait. Voilà exactement pourquoi il ne parlait pas aux filles. Il jeta un coup d'œil à son visage, convaincu qu'elle allait se moquer de lui.

— Solides connaissances, dit-elle en s'adossant de nouveau au mur, j'adore les anecdotes sur les moutons.

Quinn sentit ses épaules se détendre.

— Alors à ton avis, quelles espèces sont sur la piste de danse ? demanda-t-elle en tripotant une mèche de cheveux blonds.

— Probablement l'espèce urbaine méconnue *Adolescius Bourretus*, dit-il.

Elle lâcha un rire tel un arrosage de jardin, projetant de petites salves de joie. Le son fit pétiller de l'énergie dans tout le corps de Quinn.

Des voix dans la salle se mirent à crier à l'unisson :

— Dix, neuf, huit…

Quinn se sentit soudain envahi par le besoin irrépressible d'embrasser cette fille. Ses camarades n'auraient pas remarqué quelqu'un comme elle, avec ses Doc Martens, son top à col roulé et son jean taille haute, mais quelque chose dans son visage se démarquait pour Quinn. Elle était d'une beauté lumineuse, mais n'en avait clairement aucune idée. Toute sa manière d'être était magnétique pour lui.

— Six, cinq, quatre…

Il essaya de capturer son regard. Un jour dans les vestiaires, il avait entendu Toby Sampson dire que c'était la clé de tout, regardez-les juste assez longtemps sans cligner les yeux et elles sauront que vous en avez envie. Elle reporta son attention vers lui. Il se détourna. Il n'était pas bon au jeu des regards. Il fit un pas vers elle, en affectant d'être grandement intéressé par un détail sur le mur derrière son épaule. Il posa une main sur le mur à côté de sa tête, puis se contenta de river les yeux sur sa propre main, sans trop savoir quoi faire ensuite. Seigneur, c'était gênant. Elle allait se moquer de lui, demander ce qu'il fabriquait. Elle allait parler à toutes ses copines de ce mec bizarre aux anecdotes sur les moutons qui avait essayé de l'embrasser à côté des toilettes.

— Trois, deux, un – Bonne année !

Il osa un autre regard oblique vers elle. Elle avait les yeux levés vers lui, les pupilles complètement dilatées. Puis elle les braqua nerveusement d'un côté à l'autre.

— Hum, salut, dit-elle.

— Salut, marmonna-t-il en baissant les yeux par terre. Est-ce que je peux… Ce serait OK si je…

Oh Seigneur, et si elle disait non ? Il n'était pas certain que le moindre baiser vaille ce niveau de stress.

— Oui, dit-elle, la voix suave et fébrile, les joues empourprées de rose.

Elle ferma les yeux et inclina la tête vers lui, tandis qu'il réduisait l'espace entre eux. Quinn sentit son estomac se retourner alors qu'elle pressait délicatement ses douces lèvres pulpeuses contre les siennes.

Quinn avait déjà embrassé des filles, mais pas de cette façon. Les baisers précédents s'étaient avérés humides et mécaniques, agréables, mais calculés, et quelque part un peu ridicules. Comme la fille du club de hockey qui avait sorti sa langue pour la faire aller et venir dans la bouche de Quinn comme un lézard. Cette fois-ci, c'était entièrement nouveau ; il y était investi de tout son corps, leurs bouches en parfaite synchro. Il éprouva aussitôt une ferme réaction sous son jean et se dégagea, embarrassé à l'idée qu'elle s'en aperçoive.

— Waouh, dit-elle doucement, le visage enflammé. Hum, bonne année.

— B…

Quinn n'arrivait même pas à lui répondre la même chose, tant son esprit était saturé de questions ; était-ce là ce qu'embrasser était censé être ? Quel était son prénom ? Pourrait-il la revoir ? Pourrait-il l'embrasser une deuxième fois maintenant sans appuyer son jean effrontément dur contre elle ?

Avant qu'il puisse répondre à une seule de ces questions, son téléphone se mit à sonner, puis le second. La fille baissa les yeux, perplexe.

— Désolé.

Il recula d'un pas en sortant les deux portables de sa poche. Sa mère appelait sur l'un, et la compagnie de taxi sur l'autre. Il était minuit une. Quinn tourna le dos à la fille, ne souhaitant pas qu'elle regarde son jean.

— Je… Je dois répondre, mais attends ici, s'il te plaît. J'en ai pour une minute.

Il lui adressa un regard implorant d'excuses, et sortit par la porte latérale pour aller dans la cour.

— Oui, dit-il en répondant à sa mère. Maman, je suis plutôt occu…

— Quinn, pleurait-elle, j'ai besoin que tu rentres tout de suite.

— Maman, je serai de retour dans une demi-heure, j'ai dit…

— Il faut que tu rentres maintenant, Quinn, je crois qu'il y a quelqu'un dans le jardin qui essaie de pénétrer dans la maison.

Elle avait l'air à court d'haleine, paniquée.

Quinn poussa un lent soupir résigné. Il rappela le taxi ; il en aurait pour cinq minutes, juste le temps de prendre le prénom et le numéro de la fille. Mais lorsqu'il retourna à l'intérieur pour regagner le couloir, elle avait disparu.

1er février 2020

MINNIE SE RÉVEILLA EN PANIQUE. ELLE N'ARRIVAIT PAS à respirer. Quelque chose l'étouffait. Elle se redressa d'un coup, essayant de prendre son souffle, en agitant frénétiquement les bras. Une boule de fourrure grise traversa le lit d'un bond avec un « scraouuuuuuuu ». Depuis qu'elle était rentrée chez ses parents la semaine précédente, Lucky s'était mis à dormir sur son visage. Était-ce l'angoisse de la séparation, ou simplement est-ce que la chaleur de son spot de sieste en haut du frigo lui manquait, Minnie l'ignorait, mais elle commençait à craindre pour sa vie.

En parcourant la pièce du regard, elle eut la brève sensation de ne pas savoir où elle était. Le plafond était trop près, les fenêtres n'étaient pas où elles l'auraient dû et il y avait ce tic-tac menaçant, comme une centaine de bombes prêtes à exploser. Puis elle se rappela qu'elle était à la maison, sur un matelas par terre dans son ancienne chambre sous les combles. Il n'y avait pas de bombes, juste le son combiné de cent horloges.

L'espace exigu de deux mètres cinquante sur trois était rempli de cartons et de vieilles valises. L'établi de son père était installé au milieu de la pièce, recouvert des loupes et outils restants qu'il n'avait pas eu le temps de déplacer. Le cadre en bois de son lit démonté était appuyé contre un mur, empilé pour faire plus de place aux cartons.

Minnie avait vécu les dernières semaines comme si on la détricotait, tirait de la laine de son corps, la dépouillant de son confort et la laissant à nu. Tout ce qui définissait sa vie actuelle lui avait été retiré. Minnie était chef cuisinière, elle dirigeait une société de confection de tourtes, elle vivait près d'Essex Road et elle sortait avec Greg. Rompre avec lui avait été comme enlever ce dernier vêtement qui constituait son identité.

Rendre la clé de son appartement s'était avéré douloureux.

— Ce n'est que temporaire, lui avait assuré Leila alors qu'elle l'aidait à mettre des cartons dans le couloir. Tu ne resteras pas chez tes parents éternellement.

Mais Minnie ne voyait pas comment elle allait un jour parvenir à louer un autre endroit toute seule. Entre le déménagement, la rupture avec Greg et l'avalanche de commandes à honorer au travail, elle n'avait pas eu l'occasion de prévoir ce qu'elle allait dire à Leila au sujet de leur affaire. Elle avait attendu que l'inspiration frappe, en vain.

Elle jeta un coup d'œil à l'une des horloges au mur pour voir quelle heure il était, mais chacune annonçait une heure différente. Elle consulta son téléphone, 11 heures. Elle était restée éveillée la moitié de la nuit, le cerveau trop farci ; elle avait dû finir par s'assoupir autour de 6 heures. La bousculade de pensées recommençait maintenant à plein régime, et elle savait qu'elle n'aurait pas la paix tant qu'elle ne les aurait pas extirpées une par une pour les confiner dans une liste. Elle rédigea une note sur son téléphone.

« À FAIRE :

1/ Excuses à Quinn Hamilton pour avoir été vache

2/ Dire à Leila que je veux plier boutique

3/ Chercher excuse – pourquoi est-ce que je veux plier boutique ?

4/ Aider Bev, Alan et Fleur à trouver nouveaux boulots

5/ Organiser en secret fiançailles parfaites de Leila

6/ Me trouver nouveau boulot

7/ Trouver endroit où habiter

8/ Arrêter de faire de la merde

9/ Acheter bouffe pour chat

10/ Aider Bev à résoudre crise existentielle

11/ Monter lit/Régler pb chambre »

Puis elle mit le numéro onze en haut de la liste. Il était préférable d'entamer la journée avec des tâches à sa portée. Elle prit un carton où il était griffonné « Affaires de Minnie » sur le côté. À l'intérieur se trouvaient un vieux magnétophone de karaoké avec un micro rose cassé, un Faucon Millenium en Lego à moitié assemblé, et une tirelire hibou qu'elle avait peinte elle-même. Elle la secoua avec espoir, mais aucun fracas métallique. Il y avait au fond du carton un album photo rose décoré de colle à paillettes bleues. Dans une cursive ronde et tourbillonnante elle avait écrit « Colonie de vacances 2005 ». Minnie feuilleta respectueusement les pages. Le livre était truffé de photos d'elle avec Leila l'été où elles s'étaient rencontrées. Chaque année, elle avait supplié ses parents de la laisser partir en colonie, et chaque année ils lui avaient dit ne pas avoir les moyens. En général, ils demandaient juste à Will de la garder pendant les vacances, mais ensuite il avait décroché un job d'été, alors Papa avait cédé et elle avait été autorisée à y aller.

Ce premier jour, elle avait vu Leila marcher vers elle, vêtue d'un justaucorps rose et d'un mini-short vert. C'était la personne la plus cool que Minnie ait jamais vue dans la vraie vie. Minnie s'était recroquevillée tandis qu'elle approchait, convaincue que quelqu'un comme Leila viendrait la voir uniquement pour lui dire une méchanceté – mais elle s'était contentée de sourire et de demander à Minnie si elle voulait se joindre à eux pour une bataille de bombes à eau. Pour Minnie, ç'avait été le coup de foudre platonique.

Il fallut à Minnie presque la journée entière pour organiser sa chambre ; chaque objet de son enfance était imprégné d'une telle nostalgie. Au bout du compte, elle fut satisfaite que la chambre lui paraisse habitable. Elle avait remonté le lit, soigneusement empilé les cartons de son père contre un mur et trié toutes ses affaires par catégories : Vieilleries à garder, Vieilleries à jeter, et Choses courantes. Elle n'avait pas envie de déballer les cartons de Choses courantes ; ce serait admettre que son séjour à la maison était plus que temporaire.

En geste ultime pour illuminer l'espace, elle cala la seule œuvre d'art qu'elle possédait contre une pile de cartons au pied de son lit. C'était une lithographie d'une peinture intitulée *Automat*. Leila la lui avait offerte pour ses vingt et un ans, et Minnie l'avait conservée précieusement depuis. Elle représentait une femme en chapeau et manteau assise seule dans un *diner* américain, qui plongeait des yeux pensifs dans une tasse de café. Elle semblait seule, mais pas solitaire, il y avait quelque chose d'indépendant et de contemplatif chez elle. Vous aviez envie de savoir ce qu'elle pensait, d'où elle venait, où elle pourrait bien aller. Au dos, Leila avait griffonné un mot : « Sois une bonne compagne pour toi-même et tu ne seras jamais seule. » C'était l'une des plus hautes aspirations de Leila : l'autonomie.

Minnie inspecta la chambre et acquiesça pour elle-même. La simple tâche d'ordonner le chaos avait calmé son esprit angoissé et, d'avoir affiché *Automat*, elle se sentait chez elle dans cette chambre. Elle grimpa sur son lit fraîchement remis en état, s'assit jambes croisées contre le mur et ouvrit son ordinateur portable. Elle tapa le nom de Lucy Donohue dans Google – elle voulait voir si l'on commentait encore son article. Il y avait quelques tweets à ce sujet sur Twitter, des tas de gens demandant s'ils pouvaient être les prochains avec qui Lucy irait dîner. Minnie grogna – de tout ce qu'elle avait à faire, pourquoi passait-elle du temps à googler Lucy Donohue ? Elle avait besoin d'aller prendre l'air. En bas, la maison était vide ; ses parents travaillaient tous les deux le samedi. Elle fit défiler la nouvelle liste sur son téléphone et remonta les numéros neuf et dix en haut ; « Acheter bouffe pour chat » et « Aider Bev à résoudre crise existentielle » – des objectifs réalisables.

Minnie prit le métro jusqu'à un magasin près de la station Old Street. Elle se rappelait l'avoir vu quand ils étaient passés devant pendant la tournée de livraison. Il s'agissait d'une imprimerie et dans la vitrine était accrochée une pancarte qui disait « Nous personnalisons tout ». Elle tendit à l'homme derrière le comptoir une clé USB et une bouteille en plastique mat uni qu'elle avait conservée. C'était une demande inhabituelle. Elle voulait mettre une photo de Bev et quelques mots la concernant sur une bouteille de shampoing. C'était une démarche idiote, mais peut-être qu'elle apaiserait les craintes existentielles de Bev qu'une bouteille de shampoing lui survive. L'homme lui dit que ce serait prêt dans une heure si ça ne la dérangeait pas d'attendre. Minnie n'avait aucune raison de se ruer à la maison, elle décida donc de passer ce temps à déambuler dans les rues en regardant d'autres gens plus intéressants vaquer à leurs vies.

Minnie prenait plaisir à spéculer sur les inconnus dans la rue ; où ils étaient susceptibles de se rendre, et qui ils allaient retrouver. Elle croisa une grande femme en mini-short et collants argentés avec une énorme coupe afro et du fard à paupières bleu vif. Elle portait un T-shirt qui disait « Queen » en paillettes dorées. Minnie regarda les têtes se retourner dans la rue tandis que la femme passait avec décontraction.

Minnie n'avait jamais fait tourner les têtes dans la rue ; elle n'avait simplement pas cette qualité de tourneuse de têtes. Elle savait que si on lui parlait, si l'on prenait le temps de s'acclimater à ses traits, elle pouvait alors être considérée comme étant ordinairement jolie, mais ce n'était pas le genre de beauté qui arrêterait un inconnu dans son élan. Lorsqu'elle était avec Leila, les gens se retournaient pour regarder, quoique généralement, cela avait plus à voir avec ses cheveux et ses tenues excentriques qu'autre chose. Minnie se demandait si ceux qui s'habillaient de manière non conventionnelle cherchaient le genre d'attention habituellement réservée aux personnes d'une beauté saisissante. Leila disait que c'était une histoire de détachement, de volonté que son extérieur soit assorti à ce qu'elle ressentait à l'intérieur. Minnie ignorait à quoi ressemblerait le reflet de son moi intérieur. Peut-être était-ce là son problème – elle ignorait qui elle était.

Minnie avait toujours ardemment désiré se fondre dans le décor, ne pas attirer l'attention sur elle. L'attention signifiait la critique, l'attention signifiait la moquerie. Elle avait lu un article décrivant à quel point les belles femmes, surtout les mannequins, trouvaient particulièrement difficile de vieillir. Elles ont tellement l'habitude de faire tourner les têtes dans la rue que lorsque les regards insistants des inconnus se font plus rares, elles perdent leur identité. Peut-être était-il préférable d'être invisible dès le départ et de ne jamais savoir ce que vous manquiez. Les réflexions de Minnie s'orientèrent vers Tara. Elle avait dû être une tourneuse de têtes quand elle était plus jeune. Est-ce que vieillir aurait été plus dur pour elle que pour la mère de Minnie, qui avait toujours été un peu trapue et banale ? Était-ce le déclin de sa beauté qui causait la fragilité de Tara, cet air de vulnérabilité que Minnie avait perçu ? Puis elle se rappela cette expression apeurée chez elle devant la lampe brisée, la panique dans ses yeux. Elle ne pouvait imaginer que ce type de douleur eût quoi que ce soit à voir avec le monde extérieur – il devait se passer autre chose.

Elle continua de marcher sans but, sans regarder où elle allait. Lorsqu'elle releva le nez du trottoir, elle s'aperçut qu'elle était devant Tantive Consulting. Avait-elle marché jusque-là accidentellement, ou son subconscient l'y avait-il conduite ? Il était 17 heures un samedi, mais le quatrième étage était allumé. Présenter des excuses à Quinn Hamilton était le point suivant sur sa liste.

1er février 2020

MINNIE APPUYA SUR LE BOUTON DE L'INTERPHONE. Elle ne s'attendait pas à ce qu'il y ait qui que ce soit pour lui répondre en plein week-end. C'était probablement le genre de bureau où on laissait les lumières à toute heure sept jours sur sept, en détruisant la planète une ampoule après l'autre. Cela dit, Quinn était sans doute le genre de bourreau de travail qui n'arrivait pas à déconnecter le week-end. Elle y songea avec un ricanement intérieur, puis se réprimanda pour son hypocrisie – elle était aussi cette personne-là.

L'interphone crépita.

— Bonjour ? dit-elle.

S'ensuivit un bruit, puis la porte s'ouvrit ; on l'avait fait entrer. Minnie pénétra avec hésitation dans l'ascenseur et appuya sur le bouton du quatrième étage, le cœur tambourinant. Elle n'avait pas eu l'intention de venir ici, elle avait prévu de l'appeler et présenter ses excuses au téléphone. Il allait trouver ça bizarre, qu'elle fasse irruption à son bureau sans prévenir.

Les portes de l'ascenseur s'ouvrirent et Quinn se tenait devant elle avec un sourire rayonnant, les bras tendus dans un chaleureux accueil. Elle avait oublié combien il était grand.

— Salut ! dit-il avant de rétracter son cou et laisser retomber ses bras le long du corps. Oh, c'est vous.

— Désolée. (Minnie ferma les yeux et secoua la tête.) Je passais simplement, et c'était allumé et je... je voulais juste vous présenter mes excuses pour l'autre jour. Je ne veux pas m'imposer si vous attendez quelqu'un d'autre. Je peux m'en aller...

— Non, c'est bon. (Minnie releva les yeux du sol et Quinn lui adressa un sourire perplexe.) Entrez.

Il la conduisit vers l'accueil et, d'un geste du bras, lui désigna l'un des fauteuils en cuir marron.

— Asseyez-vous, asseyez-vous.

Dans la salle de réunion vitrée plus loin, Minnie apercevait un ordinateur portable ouvert et des documents étalés partout sur la table. Elle s'assit sur ses mains pour éviter de se ronger les ongles. Elle n'arrivait pas à se mettre à l'aise, et décida donc de se lever à la place. C'était embarrassant, elle choisit donc de couper la poire en deux en se perchant sur l'accoudoir du fauteuil. Quinn regarda cette petite chorégraphie gênée avec amusement.

— Écoutez, je vais juste dire ce que je voulais dire, et ensuite je vous laisse vous remettre au travail. J'ai été grossière l'autre jour. Je ne sais pas pourquoi j'étais aussi en colère contre vous alors que vous n'avez cessé d'être gentil avec moi, et, bon, je suis désolée. Vous avez peut-être raison, je porte un peu d'amertume sur mon épaule.

— Vous n'avez pas d'excuses à présenter, dit-il en mettant de l'ordre dans les journaux sur la table basse entre eux.

— Si, vraiment.

— OK, peut-être que oui.

— Je m'y prends probablement comme un manche avec l'entreprise – j'imagine que vous avez touché un point sensible.

— Eh bien, j'ai été contacté par des clients qui m'ont demandé comment ils pouvaient passer commande chez la « dame des tourtes ». Il y a clairement quelque chose que vous faites bien.

Elle le remercia du compliment en hochant la tête. Il resta à la regarder un instant. Ses yeux bleus avaient l'air doux, dans le vague.

— Bref, ça fait plaisir de vous voir… ne pas me hurler dessus, dit-il avec un large sourire.

Les lèvres de Minnie tressautèrent, elle n'avait pas envie de rire.

— Je ne lève pas beaucoup la voix d'habitude. Vous faites ressortir ce que j'ai de pire en moi.

— Ce n'est pas si mal, dit-il en prenant un stylo sur la table basse pour le faire tourner entre ses doigts. Vous avez un visage indigné très sexy.

— Un visage quoi ?

Minnie sentit qu'elle se renfrognait.

— Ce visage, là, l'air indigné sexy – c'est votre signature.

Quinn l'observa dans l'attente d'une réaction, en dirigeant le stylo vers elle. Elle remarqua qu'il avait les cheveux ébouriffés et décoiffés.

— Qu… que…, bafouilla-t-elle péniblement.

Ce n'était pas le Quinn qu'elle avait rencontré l'autre jour.

— Peu importe, excuses acceptées, j'avais-oublié-tout-ça.

Il mangea les derniers mots, en les recrachant d'un bloc.

— Je suis désolé, j'imagine, que vous me trouviez odieux et condescendant, dit-il d'une curieuse voix grave.

— Pourquoi êtes-vous aussi étrange ? demanda-t-elle en sourcillant.

Puis tout lui sauta aux yeux – le regard vitreux, la langueur de ses mouvements.

— Est-ce que vous avez bu ?

— Est-ce que j'ai bu ? Est-ce que j'ai bu ?

Quinn grimaça, se pencha en avant, puis se recula violemment dans le fauteuil. Il jeta un coup d'œil vers le buffet. Minnie suivit son regard et vit posée là une bouteille de whisky ouverte.

— Écoutez, ce ne sont pas mes affaires, dit Minnie. Vous êtes libre de boire seul dans votre bureau un samedi après-midi si vous voulez. C'est juste que ça explique beaucoup de choses.

— Vous voulez un verre, Minnie Cooper ?

Il se leva d'un bond et esquissa une petite danse autour des fauteuils de l'accueil avant d'atterrir à côté du buffet où se trouvait la bouteille.

— Des boissons sans whisky sont également à votre disposition.

Minnie haussa les épaules.

— Bien sûr, pourquoi pas ?

Elle n'avait nulle part où aller et était curieuse d'écouter davantage le Quinn version ivre. Il lui servit un whisky sur glace. Il avait un petit bar caché derrière un secrétaire laqué noir, équipé d'un seau à glace et de pinces en argent vintage. Il se resservit en même temps. Minnie se rassit convenablement dans le fauteuil. Elle était plus détendue maintenant qu'elle le savait Quinn ivre – la version alcoolisée de Quinn était moins intimidante, moins vertueuse. Elle sentit sa garde mentale se relâcher.

— Alors, pourquoi le bureau ? Buveur clandestin, pas buveur mondain ? demanda Minnie.

— Vous m'avez incité à boire, Minnie Cooper – vous et votre facette énigmatique insaisissable.

Il le dit avec un sourire en coin, en levant son verre en l'air pour trinquer avec elle.

— Ha-ha.

Il riva les yeux dans ceux de Minnie, sans ciller. L'espace d'un instant, il parut entièrement sérieux et sobre. Minnie se sentit comme dans un ascenseur en chute libre sur plusieurs étages. Elle porta une main à son ventre, réajustant son équilibre en étudiant les fissures de son glaçon.

— Est-ce que vous noyez votre chagrin à cause de l'article de Lucy Donohue ? hasarda-t-elle.

— Pas spécialement, dit-il, mais je suis encore en phase de gestion des dégâts.

— C'était assez rude, dit Minnie.

Il haussa les épaules.

— Mieux vaut être détesté pour ce que vous êtes qu'adoré pour ce que vous n'êtes pas.

— Profond. Où avez-vous lu ça – au dos d'un paquet de céréales ?

— Je croyais que c'était incroyablement lucide et poétique au bout de quatre whiskys, dit-il avec un large sourire avant d'avaler le reste de son verre en une gorgée. Alors, parlez-moi de vous, Minnie Cooper – que se passe-t-il dans votre vie ? Est-ce que Greg le Marrant vous déride toujours aux bons endroits ? Toujours trop de scrupules à cuisiner pour d'ignobles connards dans mon genre ?

Quinn renifla et la fossette sur sa joue apparut.

— Greg et moi avons rompu.

Elle observa le visage de Quinn en attendant une réaction. Il haussa lentement un sourcil.

— Il a arrêté d'être marrant, alors ?

— Non. Peut-être qu'il me faut simplement plus que des blagues en ce moment.

— Aïe. Pauvre Greg, dit-il avec une grimace théâtrale.

— Alors, pour quel crime Lucy s'est-elle fait lourder ? Tous ces repas de snobinards devenaient un peu trop riches pour vous ? Vous commenciez à prendre de la brioche ?

Quinn frotta son estomac en tablettes de chocolat et sourcilla.

— Il n'y a pas de brioche ici, et ces derniers temps je ne mange quasiment que vos tourtes.

Ils restèrent silencieux une minute. Minnie regretta de l'avoir interrogé sur Lucy. Il ne comptait clairement pas s'épancher et maintenant elle se sentait idiote d'avoir été indiscrète. Cela dit, il avait posé des questions sur Greg et elle n'avait pas fourni beaucoup de détails. Peut-être qu'ils ne se connaissaient pas assez bien pour se montrer sincères sur de tels sujets, ou peut-être que les réponses étaient trop lourdes de sens.

C'était la conversation avec Ian qui avait amené Minnie à s'apercevoir que ça n'allait pas avec Greg, mais si elle était honnête avec elle-même, la sensation de chouettes papillonnantes qui lui venait en compagnie de Quinn était aussi un facteur. En toute logique, elle savait que l'effet chouettes était une simple réaction chimique basée sur les phéromones ; un instinct animal ancestral. Cela ne signifiait pas qu'il avait le potentiel d'un petit ami viable, ni que ce sentiment était réciproque. Non, l'effet chouettes servait simplement à lui rappeler ce qu'elle n'avait plus avec Greg.

Tout cela finissait par s'évanouir. Dans toutes les relations, ce papillonnement initial s'essoufflait avant de disparaître. Elle imagina les jeunes chouettes excitables en elle devenir de vieux oiseaux sages ; elles porteraient des lunettes et auraient moins l'énergie de battre des ailes. La nature éphémère de tout cela signifiait que vous deviez penser avec votre tête. Vous deviez choisir un partenaire en vous basant sur la logique ; quelqu'un avec le même vécu qui partagerait votre point de vue et vos centres d'intérêt. Quinn ne remplissait aucun de ces critères.

— Vous savez, la vérité, c'est que je ne trouve pas simple de m'engager envers qui que ce soit, dit Quinn en relevant des yeux vitreux vers elle.

Il déglutit en se mordant la lèvre inférieure.

— Apparemment, poursuivit-il, j'ai des « problèmes d'engagement ».

Il chuchota les derniers mots, comme s'il confiait un secret. Puis il cligna les yeux en se reprenant.

— Nous pouvons en parler si vous voulez ? l'encouragea Minnie d'une voix douce.

— Je ne saurais pas par quoi commencer, Minnie.

— Allez-y pour voir, dit-elle en se penchant en avant dans son fauteuil.

Quinn parut pensif, ses traits se figeant comme s'ils s'armaient de courage avant de sauter du grand plongeoir. Puis il se recula au fond de son siège, en s'éloignant du bord – l'occasion de sauter était passée.

— Mais alors vous sauriez des choses sur moi, Minnie Cooper, et je ne sais quasiment rien de vous. Vous devez mettre quelques jetons émotionnels sur le tapis pour voir mes cartes.

— OK.

Elle inclina la tête d'un côté et prit une lente gorgée de sa boisson. Elle sentit le whisky brûlant lui délier la langue.

— Le copain de ma meilleure amie vient de m'annoncer qu'il allait la demander en mariage. Il m'a également dit que le stress du travail était en train de tuer Leila, et il veut que je plie boutique. Il veut qu'elle soit libre de s'épanouir et il pense qu'elle ne le fera pas tant qu'elle passera des nuits blanches à cause de *Pas de mauvaises farces*.

Quinn la regardait avec intensité pendant qu'elle parlait. Elle poursuivit dans son élan :

— J'ai peut-être été en colère qu'il s'immisce, ou triste qu'il puisse avoir raison. Surtout, j'étais juste heureuse que mon amie ait quelqu'un qui pense à elle de cette manière. (Elle marqua une pause.) Je suppose que j'étais tout ça, mais aussi un peu jalouse. Je crois que j'ai décidé que si je ne pouvais pas avoir une relation de ce genre, alors il vaudrait peut-être mieux être seule.

Elle s'interrompit avant d'ajouter :

— Greg n'aimait pas que je l'appelle sans prévenir. Il appréciait que j'envoie un texto avant, vous arrivez à le croire ? Quand vous aimez quelqu'un, vous voulez être en mesure de l'appeler sans devoir prendre rendez-vous.

L'espace d'un instant, elle vit une tristesse inouïe traverser le visage de Quinn. Ses yeux, toujours prêts à briller d'amusement d'habitude, avaient cet aspect pesant et éteint, un condensé de détresse. Minnie en avait trop dit. Elle se reglissa au fond de son fauteuil en posant son verre avec fracas sur la petite table.

— Bon allez, je vous ai lâché du sérieux. Crachez le morceau, Hamilton ; quelle est la raison de votre constipation émotionnelle ? Pas une romantique malavisée comme moi ?

Il se passa une main tremblante dans les cheveux, et son expression avait disparu. Un bourdonnement strident transperça l'air, et Quinn et Minnie bondirent de surprise.

— C'est l'interphone, dit-il.

— Vous attendez quelqu'un ?

Quinn parut dérouté, puis il se plaqua une main sur la bouche, les yeux exorbités.

— Merde, dit-il. J'ai un rendez-vous Tinder.

Minnie poussa un rire gêné. Elle sentit ses joues picoter.

— Je vais annuler, lui dire de partir.

— Non, non, vous ne pouvez pas faire ça. La pauvre ! dit Minnie en se levant et lissant son jean froissé. Je vais y aller.

— Voilà qui est embarrassant, grimaça Quinn.

— Ce n'est rien, la façon dont vous passez vos après-midi ne me regarde pas – whisky et Tinder sont un excellent cocktail.

Minnie dégagea ses cheveux de derrière ses oreilles pour tenter de couvrir ses joues enflammées. Quinn se leva pour la suivre jusqu'à l'ascenseur, où il répondit à l'interphone d'une main toujours tremblante.

— Quinn ? lança une voix féminine.

— Ouais, je descends tout de suite, dit-il d'une voix traînante.

Minnie appela l'ascenseur, les portes s'ouvrirent et ils y entrèrent tous les deux. Elle se tripota les mains et riva son attention sur les portes en inox poli tandis qu'elles se refermaient.

— Est-ce que je sens le whisky ? chuchota Quinn du coin de la bouche.

Minnie le regarda puis se pencha vers lui pour le renifler.

— Seulement comme si vous en aviez pris un bain.

Il sentait en effet le whisky, mais il avait aussi cette sorte d'odeur virile et sexy de Noël qui donnait à Minnie l'envie inexplicable de fourrer son nez dans son cou. Non, elle ne devait pas penser comme ça ; Quinn était un coureur avec des problèmes d'engagement, et elle venait de rompre – se blottir dans son cou n'était pas une option.

L'ascenseur s'ouvrit sur la rue et une fille attendait là. Elle était grande avec de longs cheveux blonds, des lèvres incroyablement pulpeuses, et une forte poitrine en exposition. Quinn avait clairement un type de femme – celle-ci était une version plus jeune et plantureuse de Lucy Donohue. Les yeux de la fille s'illuminèrent lorsqu'elle vit Quinn, puis elle vit Minnie et ses traits délicats se crispèrent de confusion.

— Salut, Amanda ? la salua Quinn poliment avec un baiser sur la joue.

— Et là, c'est… ? demanda Amanda d'une voix légère en braquant un sourire tendu et impassible à Minnie.

— Voici Minnie, c'est…

Quinn s'interrompit.

— Personne, je suis le traiteur.

Quinn grimaça. Minnie se tenait entre eux et ils se tournèrent tous deux vers elle. Elle tenait la chandelle, il fallait qu'elle disparaisse, mais elle avait les pieds cloués au sol ; elle était physiquement incapable de se résoudre à partir.

— Bon, qu'est-ce que tu voudrais faire, alors ? lança Amanda d'une voix haut perchée et juvénile. (Elle s'écarta de Minnie pour s'incliner plus près de Quinn.) Il y a une expo Edward Hopper pas loin, je me disais qu'on pourrait y aller ?

Minnie marqua un temps d'arrêt. Edward Hopper était l'artiste qui avait peint *Automat* – c'était son peintre préféré. Elle était impressionnée qu'Amanda en soit fan. Ça lui apprendrait à ne pas juger un livre d'après sa couverture bonnet C.

— Tu aimes Edward Hopper ? demanda Quinn, exactement sur le ton que Minnie avait mentalement employé.

Amanda rougit :

— Oh, non, je ne sais pas qui c'est, mais j'ai vu sur ton profil qu'il était dans ta liste de centres d'intérêt. Je me disais que tu pourrais peut-être m'aider à me cultiver ? répondit-elle en lui adressant un petit sourire aguicheur.

— J'adore Edward Hopper, intervint Minnie sans réfléchir.

Amanda et Quinn se tournèrent vers elle avec des expressions du genre qu'est-ce-que-vous-faites-encore-là.

— Désolée, je devrais partir. Amusez-vous bien, les jeunes, sortez couverts, ha-ha.

Minnie partit à reculons avec un petit geste de la main. C'était insoutenable. Pourquoi était-elle restée plantée comme ça ? Maintenant, tout ce qu'elle avait envie de faire, c'était d'aller à cette expo elle aussi pour voir si l'*Automat* original y figurait. Elle ne pouvait évidemment pas faire ça parce que ce serait bizarre et proche du harcèlement de suivre Quinn partout pendant son rendez-vous Tinder. À la place, elle retourna chez l'imprimeur pour récupérer le cadeau de Bev, retourna à sa chambre sous les combles remplie de cartons et d'une lithographie solitaire, retourna à sa liste d'horribles tâches.

Comment c'était Hopper ?

Minnie était au lit le lendemain matin, en train de regarder les mots qu'elle avait tapés sur son téléphone. Son pouce planait au-dessus du bouton d'envoi. Que faisait-elle ? Pourquoi pensait-elle à lui envoyer un SMS ? Elle était simplement curieuse de savoir ce qui s'était passé avec Amanda. Hier, c'était comme regarder la première moitié d'un film sans avoir ensuite la chance de voir comment il se terminait. Était-ce cela ? Non – il y avait de nombreux films dont elle n'avait pas vu la fin, et ça ne l'empêchait pas de dormir.

C'étaient les chouettes qui l'encourageaient à lui envoyer un texto. Les chouettes papillonnantes, sans jugeote et prévisibles, qui allaient l'amener à se ridiculiser devant un garçon de la City parfaitement incompatible comme

Quinn. Minnie tira la couette par-dessus sa tête et émit un bruit d'animal agonisant. Que s'attendait-elle à ce qu'il dise si elle lui envoyait un texto l'interrogeant sur son rendez-vous ? « Oh, Amanda était affreuse, une pouffe finie, j'aurais préféré sortir avec vous plutôt – et vous savez, quand vous m'avez ouvert votre cœur sur votre volonté de ne plus faire de compromis en amour, que quelqu'un cultive la meilleure version de vous-même ? Eh bien, je veux que ce type, ce soit moi, qu'en dites-vous ? »

Pourquoi pensait-elle même à cela ? Minnie effaça le message. Elle ne lui enverrait rien. Elle venait de rompre avec un homme parce qu'elle commençait enfin à accorder plus d'importance à son amour-propre. La dernière chose dont elle avait besoin en ce moment était d'entretenir un béguin broyeur d'ego pour un homme comme Quinn Hamilton.

Nouvel An 2007

— Alors, de quoi ça parle ? demanda Will. Un mec fétichiste des poissons ?

— Non ! cria Leila en lui cognant le tibia avec son avant-bras.

Elle était assise par terre dans le salon des Cooper, tandis que Will était installé, jambes étendues, dans le fauteuil en velours côtelé marron.

— *Splash !* C'est une histoire d'amour épique sur des amants maudits qui veulent être ensemble malgré leurs différences – c'est très romantique.

— Ils sont de différentes espèces, comment ça va marcher, ça ? Si la sirène a une queue, c'est clair qu'elle n'a pas de… tu vois, dit Will en grimaçant.

— Ignore-le, dit Minnie, il l'a déjà vu. Il essaie juste de faire le malin parce que tu es là.

Minnie était perchée sur le dossier du canapé en train de tresser les cheveux récemment bleus de Leila qui était assise entre ses jambes. Les deux filles étaient vêtues de bas de pyjama et de T-shirts miteux.

— Je t'ai vu avoir les larmes aux yeux en le regardant la dernière fois.

— Je ne l'ai pas vu – c'est un film pour nanas, dit Will en donnant une pichenette à Minnie derrière l'oreille.

— Aïe ! cria-t-elle d'une voix perçante en chassant sa main.

— Est-ce que vous allez rester assis là toute la soirée ? leur demanda le père de Minnie en descendant l'escalier pour venir dans le salon. C'est le Nouvel An – vous n'avez pas de fête de prévue ?

— J'y vais, là, dit Will en se levant d'un bond. Il y a un concert à Kilburn.

Lorsqu'il se mit debout, Minnie remarqua que son frère était à présent plus grand que leur père. Même s'il était très différent de carrure, avec ses longues jambes en échasses, son visage anguleux et ses cheveux bruns de dandy.

— Pourquoi tu n'emmènerais pas les filles aussi ? proposa leur père en lui donnant un coup de coude dans les côtes.

— Je ne suis plus sa baby-sitter. Et elles n'ont pas l'âge légal, elles ne pourront peut-être pas entrer, dit Will en partant dans l'entrée mettre son manteau.

— On ne veut pas aller à ta fête pourrie de toute façon, lança Minnie dans son dos.

— OK, eh bien éclatez-vous avec votre film de moules, grosses nazes ! cria Will en fermant la porte derrière lui.

— Deux filles de dix-sept ans sans soirée de Nouvel An où aller. Dans quelle dimension est-ce que je viens de mettre les pieds ? dit son père en secouant la tête.

— La malédiction a moins de chance de m'atteindre si je reste traîner à la maison, expliqua Minnie. Leila me tient compagnie.

— Pfff, pouffa son père. Donc tu ne quitteras plus jamais la maison au Nouvel An, c'est ça ?

— Pas si je peux l'éviter.

— Les fêtes, c'est très surcoté, déclara Leila. Les marathons de films avec du Ben & Jerry's, voilà ce que font les jeunes cool de nos jours, Mr C.

— Eh bien, je vais au pub. Grande année à célébrer, dit son père en se penchant pour inspecter les rainures du fauteuil marron. 2008 sera l'année où nous, les Cooper, allons faire fortune.

— Papa est en train de bâtir un empire immobilier, expliqua Minnie. Il pense qu'il sera le prochain Donald Trump.

Son père afficha un large sourire tandis qu'il extirpait ses clés des abysses du fauteuil.

— Regardez bien cet endroit les filles – nous, les Cooper, allons grimper les échelons.

— Oooh, laissez-moi vous poser la question avant que vous partiez, Mr C – où voudriez-vous être à la même heure dans un an ? demanda Leila en tapant dans les mains.

— À la même heure dans un an ? dit le père de Minnie en se frottant le menton entre le pouce et l'index d'un air songeur. Eh bien, j'aurais un nouveau bureau à domicile pour mes activités immobilières, un pour mes horloges et un autre pour le bric-à-brac.

— C'est censé être réaliste, Papa, dit Minnie.

— OK, alors, je dirais perdre une douzaine de kilos pour revoir mes orteils sous la douche, dit-il en lâchant un gros rire caquetant.

— Papa ! Dégueu ! s'égosilla Minnie. Je n'ai pas besoin de cette image dans la tête !

— Je m'en vais, je m'en vais, dit-il en retournant dans l'entrée sans cesser de glousser tout seul. Bon, j'ai dit à ta mère de nous rejoindre quand elle arrive. Vous êtes sûres que rien ne peut vous convaincre ? C'est ma tournée ce soir. Seulement après minuit pour Minnie, attention. Je ne peux pas être surpris en train de fournir de l'alcool à une mineure, dit-il avec un clin d'œil en enfilant son manteau.

— C'est bon, merci Mr C, dit Leila.

Une fois que son père fut parti, Minnie tira la bouteille de vin de sous le canapé. Ça ne dérangeait pas vraiment ses parents qu'elle boive de l'alcool ; ça les dérangeait seulement qu'elle boive *leur* alcool.

— Je suis désolée, mais maintenant que ton père et ton frère sont partis, est-ce que je peux juste dire, putain c'est quoi ces horloges ? demanda Leila en lançant les bras devant elle comme si elle allait entamer une chorégraphie.

— Je sais.

— Le bruit est *tellement* énervant.

— On s'y fait.

— Est-ce que tes parents sont, genre, obsédés par l'heure qu'il est ou quoi ?

— Mon père aime réparer de vieilles horloges.

— J'ai l'impression d'être dans un jeu télé et le chronomètre tourne et quelqu'un est sur le point de me demander si le compte est bon et je n'ai rien, *rien* je te dis.

Leila laissa retomber sa tête en arrière sur les genoux de Minnie et la regarda.

— La moitié des horloges ne donnent même pas la bonne heure. Papa n'arrive pas à les remonter toutes en même temps.

— Ne ramène jamais un mec ici, Min, il flipperait.

Minnie maintint l'extrémité de la tresse qu'elle avait faite avec un minuscule élastique.

— Il y a peu de chances que je ramène un mec ici, non ? (Minnie marqua une pause.) Tu es sûre que ça ne te dérange pas de rester avec moi, Leils ? Je ne veux pas que tu loupes la fête de Steve à cause de moi. Nous savons que Dan Deaton sera là.

Minnie prit une autre portion de cheveux bleus à l'avant du crâne de Leila. Elle commençait à regretter de s'être lancée dans des tresses africaines aussi petites. Elle s'y était mise une demi-heure plus tôt et n'était parvenue qu'au quart d'un côté de la tête de Leila.

— Nan, si je plaisais à Dan Deaton la semaine dernière, je lui plairai la semaine prochaine aussi. Aucun réveillon de Nouvel An ne va changer ça, dit Leila en haussant les épaules. En plus, mes cheveux ne sont qu'à moitié coiffés et nous avons tous ces films à regarder : *Pretty Woman*, *Princess Bride*… Quelle programmation.

— Mais je serai trop mal si Dan Deaton roule des pelles à Hester à cette soirée. Tu sais qu'elle le kiff, et avec toute la magie des feux d'artifice à minuit, il pourrait oublier que tu es tellement plus canon qu'elle ?

Leila tourna la tête pour être face à son amie, amenant Minnie à lâcher la tresse sur laquelle elle s'affairait.

— Est-ce que tu as envie que je reste ici regarder des films avec toi ou pas ?

Minnie regarda d'un côté et de l'autre comme si elle réfléchissait à sa réponse.

— Oui.

— Alors arrête de me saouler avec Dan ! Honnêtement, s'il se fait tourner la tête par quelques feux d'artifice, deux bières et Hester Finley en minijupe, alors c'est qu'il ne valait pas le coup au départ, si ?

Leila secoua la tête, expira bruyamment et reporta son attention vers la télé.

— Tu es sûre de vouloir des africaines ? On voit beaucoup ton crâne comme ça, dit Minnie en se mordant la lèvre avec concentration tandis qu'elle essayait de reprendre les mèches qu'elle avait lâchées.

— Ma tête a une belle forme, je peux l'exhiber.

Lorsque la mère de Minnie arriva, elles regardaient toujours *Splash*. Elles venaient d'arriver au moment où Tom Hanks s'aperçoit qu'il y a anguille sous roche concernant les jambes de Daryl Hannah.

— Un peu d'aide, s'il vous plaît ! cria sa mère depuis la porte d'entrée.

Leila et Minnie bondirent. La mère de Minnie portait des sacs remplis de courses en équilibre dans ses bras et une poignée de courrier qu'elle avait récupéré sur le paillasson.

— C'est quoi tout ça, Maman ? demanda Minnie en regardant dans l'un des sacs.

— Ton déjeuner d'anniversaire. Tous les magasins seront fermés demain, alors il me faut quelque chose pour nourrir tout le monde.

Elle lâcha les courses par terre, et commença à parcourir la pile de courrier qu'elle avait à la main. Elle claqua nerveusement la langue.

— Qu'est-ce qui ne va pas ? s'enquit Minnie.

— Rien, c'est juste qu'avec les nouveaux projets de ton père, j'ai du mal à suivre avec les factures.

— Nous allons vous prendre ça, Mrs C, dit Leila en ramassant les sacs pour les apporter dans la cuisine.

— J'ai dit qu'il ne me fallait rien de spécial pour mon anniversaire, dit doucement Minnie en ramassant les deux derniers sacs. Tu as déjà assez à gérer, Maman.

— Ton frère amène sa nouvelle copine demain. Je ne vais pas lui servir des restes de Noël. Nous voulons faire bonne impression.

Sa mère suivit Leila dans la cuisine et s'affaissa sur une chaise. Elle poussa le courrier sur la table, ferma les yeux et serra la racine de son nez entre le pouce et l'index.

— Encore une de tes migraines ? Tu dois y aller mollo, Maman.

— Je vais bien, n'en fais pas toute une histoire, Minnie.

Minnie commença à sortir des quiches et des roulés aux saucisses en barquettes des sacs, pendant que Leila se mettait à ouvrir les placards pour voir où pouvaient se ranger les courses.

— Et qu'est-ce que tu es allée faire à tes jolis cheveux, Leila ? On dirait Christin Aquila Area.

— Christina Aguilera, Maman.

— Enfin, on ne te perdra pas dans la foule, hein ? Allons, maintenant, retournez à vos propres plans, ou je ne sais quelle fête qui vous attend.

— On reste à la maison, dit Minnie.

— Pour se cacher de la malédiction, dit Leila en se passant un sac de courses vide sur la tête.

Minnie éclata de rire et le lui retira. Leila poussa un cri perçant.

— Elle m'a eue ! Elle m'a eue !

— Ne plaisante pas, ma petite, dit la mère de Minnie. Tu ne connais pas celle-ci depuis assez longtemps pour savoir toute la vérité. Est-ce que tu connais cette chanson par Albert King, *Born Under a Bad Sign* ? Je la vois toujours comme la bande-son de l'anniversaire de Minnie.

Sans transition, la mère de Minnie commença à papillonner dans la cuisine en rangeant les courses dans les placards, fredonnant la chanson pour elle-même.

— Oh tiens ça me fait penser, j'ai quelque chose pour toi, dit Leila en courant dans le salon.

Elle revint avec un petit paquet carré en papier de soie doré, qu'elle tendit à Minnie. Celle-ci l'ouvrit d'un air perplexe.

— Ce n'est pas encore mon anniversaire.

— Je me disais que tu en aurais peut-être besoin maintenant, dit Leila.

Minnie ôta le papier pour découvrir un collier délicat en argent avec un pendentif en forme de trèfle à quatre feuilles.

— Pour contrer toute malchance, expliqua Leila.

— Je l'adore, Leila, merci ! cria Minnie en lançant les bras autour de son amie.

— C'est une idée charmante, mais ça pourrait demander plus qu'un bijou, Leila, déclara la mère de Minnie.

— Oh, Mrs C, puisque vous êtes là, il faut que je vous le demande maintenant – où est-ce que vous voudriez être à la même heure dans un an ?

— Pardon ?

— Elle pose la question à tout le monde au Nouvel An, dit Minnie en haussant les épaules.

La mère de Minnie secoua la tête, puis prit un air songeur.

— Si je ne me porte pas pire qu'aujourd'hui, je serai contente, dit-elle.

— Oh, Mrs C, il faut que vous rêviez un peu plus grand que ça ! dit Leila en pivotant sur elle-même.

— Les rêves sont réservés au sommeil, Leila, dit-elle en la tapant sur la tête avec un paquet de spaghettis.

Minnie et Leila se réinstallèrent pour regarder la fin de leur film. Une fois que la mère de Minnie eut terminé dans la cuisine, elle vint dans le petit salon. Minnie et Leila étaient toutes deux en pleurs à la fin du film.

— Pourquoi pleurez-vous comme des madeleines ? demanda-t-elle.

— Oh, c'est si romantique, Mrs C. Il renonce à sa vie sur la terre ferme pour être avec l'amour de sa vie sous l'eau, dit Leila, le visage ruisselant de larmes.

Elle prit un kleenex sur la petite table.

— Franchement, vous et vos concepts romantiques, dit sa mère avec un « tss » désapprobateur.

Elle prit la pile de DVD qu'elles avaient prévus, et se mit à secouer la tête en parcourant les titres.

— Des contes de fées, des sirènes et des prostituées en rédemption ; je vous le dis, tous ces films vous bourrent le crâne de pourriture. Vous allez juste être déçues en voyant ce qui se passe dans le vrai monde.

— Pas très romantique, alors, Mrs C ? dit Leila. Allez, pourquoi ne pas regarder *Princess Bride* avec nous ? Ça pourrait vous plaire.

— Plutôt m'arracher les pieds avec les dents, Leila.

La mère de Minnie commença à ranger autour des filles pendant qu'elle parlait, regonflant les coussins et ramassant les sachets de pop-corn vides.

— Je vais vous dire, ce qui compte, c'est un homme qui va travailler dur et toujours être là, un homme qui ne lèvera jamais la main sur vous dans la colère, et un homme qui ne boira pas son salaire. (Elle se pencha et tira la bouteille de vin des rainures du canapé.) Achète ton propre vin, bon Dieu, Minnie ! Bien, je vais retrouver ton père avant qu'il se remette à payer des tournées à tout le bar.

Elle marqua une pause en traînant autour de Minnie. Son visage s'adoucit. Elle lui toucha les cheveux, les repoussant derrière ses oreilles dans un geste tactile qui ne lui ressemblait pas.

— J'imagine que tu seras une adulte la prochaine fois que je te verrai.

— Amuse-toi bien, Maman.

Elle leva la main pour serrer celles de sa mère. Celle-ci remit la main de Minnie sur le canapé, et émit un « hmm » évasif, avant de se diriger vers la porte.

Leila se blottit à côté de Minnie sur le canapé.

— Elle est marrante, ta mère, dit-elle dans un bâillement avant de laisser tomber sa tête sur l'épaule de son amie. Tu crois qu'elle pense vraiment ça sur l'amour et le reste ?

— Je n'en sais rien, elle est mariée à mon père, pas vraiment le héros romantique de base, si ?

Elles gloussèrent en chœur.

Alors qu'elles se décidaient sur ce qu'elles regarderaient ensuite, le téléphone de Minnie se mit à sonner. C'était un numéro inconnu.

— Allô ? dit-elle avec prudence.

— Minnie ?

— Oui.

— C'est Tony. Du lycée.

Tony Grinton, elle reconnaissait sa voix. C'était l'un des garçons populaires de leur classe.

— Tony Grinton, articula-t-elle silencieusement vers Leila.

Pourquoi Tony Grinton l'appellerait-il ? Minnie était assise derrière lui en maths. Elle en était arrivée à mieux connaître le cou de Tony que le sien. Il avait ces splendides cheveux châtains qui lui descendaient juste en dessous des oreilles, la partie basse de sa nuque était rasée et il y avait cette ligne où les cheveux devenaient des poils plus épais. Durant de nombreux cours de maths, elle s'était demandé ce que ça ferait de passer une main sur ce crâne rasé et la remonter dans les cheveux. Un jour, elle lui avait ramassé son téléphone quand il l'avait fait tomber par terre. Il avait dit : « Merci ».

— Salut, Tony ! dit Minnie d'une voix haut perchée avant de se couvrir la bouche.

— C'est Leanne qui m'a donné ton numéro. Tu es avec moi en cours de maths, c'est ça ?

Minnie sentait ses yeux s'écarquiller tandis qu'elle tentait de communiquer son excitation à Leila. Leila bondissait sur le canapé en tapant des mains sans un bruit. Puis elle fit signe à Minnie de tenir le téléphone entre elles pour qu'elle puisse aussi entendre.

— Eh bien, j'ai ce problème de maths sur lequel j'espérais que tu pourrais m'aider. Tu es bonne en maths, non ? Leanne m'a dit que ça ne te dérangerait pas.

C'était bruyant derrière lui ; on aurait dit une fête.

— Bien sûr, dit Minnie, déroutée.

— Combien d'hommes peut-on faire entrer dans une Mini Cooper ?

Elle entendit rire au bout du fil, d'autres gens qui écoutaient.

— Vingt-huit, c'est le record, cria une autre voix masculine.

— Ça te dirait de battre un record ? chantonna Tony dans un rire éraillé.

— Va te faire foutre, Tony ! hurla Leila en prenant le portable des mains de Minnie pour raccrocher.

Minnie se décomposa. Elle aurait dû s'habituer à être la cible de cette blague depuis le temps, mais ça faisait toujours mal, surtout quand ça venait de quelqu'un comme Tony.

— Ne les laisse pas te flinguer le moral, Min, ce sont juste des gros gamins.

Leila secoua la tête. Puis son propre téléphone retentit et elle sourcilla en regardant le message.

— Qu'est-ce que c'est ? demanda Minnie.

Leila retourna le téléphone. C'était une photo de Dan Deaton en train d'embrasser Laura Crosby, de la classe en dessous.

— Qui t'a envoyé ça ? demanda Minnie.

Elle se sentait affreusement mal. Sans elle, Leila serait à cette soirée. Leila et Dan n'étaient pas vraiment en couple, mais ils s'étaient embrassés plusieurs fois et Minnie savait qu'elle l'aimait bien.

— Qu'il aille se faire foutre, et tous les autres avec, dit Leila en se frottant les yeux à deux mains. Tu sais, quand je rencontrerai le bon mec, je veux dire un homme, un vrai, pas un de ces connards avec qui on est au lycée. Quand je rencontrerai le *bon*, il croira en l'amour ; il pigera que c'est important. La vie ne peut pas se réduire à s'aligner par deux comme des yaourts dans un pack de douze. Il doit y avoir autre chose, non ?

Leila regarda Minnie avec des yeux de chiot blessé.

— Bien sûr, dit Minnie, n'écoute pas ma mère, elle est juste vieille et aigrie.

— Et quand le bon mec me demandera de l'épouser, j'attends de lui qu'il me déballe le conte de fées. Je veux des licornes, des colombes, je veux tout le putain de tralala Disney.

— Est-ce que ton futur mari est gay ? s'esclaffa Minnie.

— Possible, dit-elle, la peine quittant ses yeux.

Leila se leva et commença à se dandiner dans la pièce, absorbée dans la vision de sa future demande en mariage.

— Il chevauchera dans un champ à dos de licorne, poursuivit-elle, habillé en chevalier dans une armure étincelante, et il y aura des colombes et des sirènes et des bébés lapins qui chantent comme dans *Il était une fois*. Il y aura un énorme pique-nique avec toute ma nourriture préférée, surtout des pancakes au Nutella, et il y aura une gigantesque robe de princesse bleue pour moi et je l'enfilerai et je dépoussiérerai les histoires de princesse et je prendrai un air inspiré et lui il dira : « Leila, je t'aime, et si tu veux le conte de fées, je te le donnerai. » Et je mangerai ces pancakes au Nutella dans ma putain de robe de princesse, et je dirai : « Putain, mais ouais ! »

Minnie rit.

— Tu sais, c'est marrant, c'est exactement comme ça que mon père a demandé la main de ma mère.

3 février 2020

— Des sirènes ? dit Alan.

— Des lapins qui chantent ? dit Bev.

— Tu sais qu'aucune de ces choses n'existe, n'est-ce pas ? dit lentement Fleur en regardant Minnie comme s'il lui avait poussé une troisième narine.

— Écoutez, je sais que ça peut paraître bizarre, mais elle m'a raconté sa vision de la demande parfaite quand nous avions dix-sept ans. C'est symbolique, croyez-moi elle va adorer.

Minnie, Fleur, Bev et Alan étaient assis autour de la table de la cuisine de *Pas de mauvaises farces*. Minnie les avait réunis afin de solliciter leur aide pour organiser les fiançailles parfaites de Leila. Elle pensait également qu'au vu de l'éventuelle conversation « on ferme la boîte » qui se profilait, cela ferait positivement diversion.

— La mission doit avoir un nom de code secret, déclara Alan. Pourquoi pas Opération Je le veux, ou Opération

Licorne, quelque chose que nous pourrions évoquer au passage sans que Leila ait de soupçons ?

— Je pense qu'elle en aura si on commence à prononcer des noms d'opérations cheloues, dit Fleur en retirant des raisins d'un *pain aux raisins** que Bev avait fait pour eux ce matin-là. Mon arrière-grand-oncle était un genre d'espion en Russie et apparemment il a failli assassiner Staline, mais ensuite il a fait cette allergie au blé vraiment grave alors ça a capoté. Je crois que son nom de code était Baguette ou un truc comme ça, ce qui était censé être ironique, puisque le pain était la seule chose qu'il ne supportait pas.

— Et si on appelait ça Opération Oncle ? Je pourrais dire : « Mon oncle a besoin d'une opération », par exemple. Ça paraîtrait peut-être plus normal d'évoquer ça dans une conversation ? suggéra Alan en tournoyant comme un enfant sur son tabouret de bar.

— Ou bien je pourrais créer un groupe WhatsApp entre nous quatre et alors nous n'aurions pas à en discuter du tout à voix haute, dit Minnie.

Elle commençait à regretter d'avoir demandé à cette bande de l'aider – jusque-là, aucun d'eux n'avait proposé quoi que ce soit d'utile à l'exécution de son plan.

— Mon ancien professeur de zumba travaille aux costumes à la Royal Shakespeare Company – il pourrait peut-être nous prêter des tenues, suggéra Fleur. Oh, et mon astrologue possède un cheval à Richmond, alors on pourrait probablement le lui emprunter et lui confectionner une corne à sangler, si tu veux vraiment une licorne.

— Génial ! dit Minnie en commençant une liste annotée de points d'interrogation géants à côté de chaque proposition de Fleur.

— Je peux m'occuper du pique-nique, dit Bev en haussant tièdement les épaules.

— Il doit y avoir des pancakes au Nutella, dit Minnie en tapotant sa liste.

— Je peux m'habiller en homme-sirène, dit Alan, un camarade de la mer, comme moi.

— Mon ancien prof de fac/petit ami/moniteur de conduite dirige maintenant un studio d'animatronique. Je parie qu'il pourrait nous trouver des animaux qui parlent bizarrement. Il me doit un service et mille livres de caution, dit Fleur.

Les autres la regardèrent en attendant qu'elle développe ; il y avait beaucoup à déballer dans cette phrase. Minnie en était arrivée à la conclusion que Fleur était une mythomane ou alors qu'elle menait une vie diablement intéressante en dehors du travail. Fleur ne tint pas compte de leurs regards interrogateurs, se concentrant sur le déraisinage du pain aux raisins.

— Tout ça me paraît super, Fleur, dit Minnie en écrivant un autre point d'interrogation géant à côté d'« animaux animatroniques ».

— Tu crois vraiment que Leila va trouver ça romantique ? demanda Fleur en faisant la tête de quelqu'un qui vient de sentir des relents de chou en fermentation dans de vieilles chaussures depuis une semaine. Je trouve ça un peu flippant.

— Elle va adorer, crois-moi, Fleur, dit Minnie.

— On va tous se décomposer pour finir en poussière, marmonna sinistrement Bev.

— Oh, Bev, tu as toujours le cafard ? Peut-être que tu devrais en parler à ton généraliste si tu as le moral aussi bas ? As-tu essayé de participer à l'une de ces manifestations pour l'environnement dont nous avons parlé ? demanda Minnie.

— Je ne pense pas que ça m'aidera, dit Bev en remuant sur son tabouret, les yeux baissés sur ses mains. Je devais y aller avec Betty, mais elle a eu la varicelle cette semaine, alors c'est tombé à l'eau.

— OK, eh bien, j'irai avec toi à la prochaine si Betty ne peut pas, je pense que ce serait bien pour toi de voir combien d'autres personnes s'en soucient, Bev. Ce qui me rappelle que je t'ai acheté quelque chose, dit Minnie en courant vers son sac.

Elle sortit la bouteille emballée dans du papier argenté avec un ruban doré et l'offrit à Bev. Minnie se frotta les mains et les appuya sur ses lèvres avec impatience ; elle avait hâte de voir le visage de Bev quand elle ouvrirait le cadeau. Celle-ci lui adressa un air perplexe en retirant le papier. Une fois qu'elle l'eut déballée, elle regarda la bouteille sans bouger d'un cil. Alan jeta un coup d'œil par-dessus l'épaule de Bev et lut à voix haute les mots qui avaient été imprimés sur l'avant :

« Bev McConnaty, 59 ans,
Épouse, mère, pâtissière,

Bonne vivante qui de sa sagesse nous enchante,
Honore les comptoirs inox et Brian Cox,
Une amie si fantastique,
Qu'elle subsistera désormais aussi longtemps que le plastique. »

Puis il releva les yeux vers Minnie et secoua la tête.

— Pourquoi lui as-tu offert une épitaphe sur une bouteille ?

Bev se mit à pleurer.

— Est-ce que c'est pour me rappeler que je vais mourir ? sanglota-t-elle.

— Non ! Non ! dit Minnie en lui prenant la bouteille pour lui montrer le poème. Regarde, ce sont toutes tes merveilleuses qualités, marquées sur du plastique pour que tu nous survives à tous et qu'on ne t'oublie jamais !

— C'est le principe d'une épitaphe, dit Alan en secouant la tête.

— Non, c'est parce que tu as dit que tu étais contrariée dans la douche, au sujet de la bouteille de shampoing qui durerait plus longtemps que toi !

Minnie regarda ses amis tour à tour.

Fleur tordit la bouche dans une large grimace, ses yeux demandant silencieusement : « Mais qu'est-ce qui t'a pris ? »

— Les comptoirs inox et Brian Cox, c'est tout ce que les gens vont retenir de moi ? Et regarde comme j'ai l'air vieille sur cette photo ? Est-ce que j'ai vraiment autant de mentons ?

Bev posa la tête sur le comptoir en reniflant des larmes.

Ce n'était pas censé se passer ainsi. Minnie avait eu l'intention de remonter le moral à Bev. Comment parvenait-elle à torpiller les choses à ce point ? Le carillon tinta à l'accueil, puis Leila apparut à la porte de la cuisine.

— Qu'est-ce qui se passe ? demanda-t-elle en voyant les larmes de Bev et les airs peinés et songeurs de Fleur et Alan. Oh super, tu leur as déjà annoncé. Minnie, je croyais que nous avions décidé de ne rien dire tant que nous n'avions pas réfléchi à un plan ensemble ?

— Annoncé quoi ? demanda Fleur.

— Est-ce que ça concerne les râpes à fromage ? demanda Alan. (Tout le monde se tourna pour le regarder.) OK, ça ne concerne pas les râpes à fromage.

— Je n'ai rien dit, répondit Minnie. Bev est chamboulée par autre chose.

— Bev est toujours chamboulée, déclara Fleur.

Ils gardèrent tous le silence un instant. Alan retira lentement la liste qui était posée sur le comptoir devant eux. Leila lui adressa un air interrogateur.

— Mon oncle a besoin d'une opération, dit Alan avec un clin d'œil.

— Eh bien, je suis désolée de l'apprendre, et je suis désolée que ça vous affecte tous à ce point. Minnie, on peut se parler en privé ?

Elle fit signe à Minnie de venir à l'accueil puis ferma la porte derrière elles.

— Tout va bien ? demanda Minnie. Qu'est-ce qui se passe ?

Leila paraissait stressée et amincie, ses cheveux ratissés en arrière dans un chignon banal. Elle ne portait aucune de ses couleurs habituelles – juste un jogging gris et un sweat à capuche mauve.

— La banque refuse notre extension de prêt. Je ne peux pas combler l'écart jusqu'à ce que notre financement arrive. (Elle enroula les bras autour d'elle.) Je suis désolée, Minnie, je pensais que nous pourrions régler ça.

Minnie observa son amie. Elle poussa un lent soupir.

— Peut-être que nous pourrions revenir à cette liste de clients de Quinn que nous avons livrés. Il semblait penser qu'ils repasseraient tous commande chez nous. Ça pourrait peut-être nous dépanner, dit Minnie en se grattant le nez entre le pouce et l'index.

— OK, acquiesça Leila. Donc nous fournissons les entreprises quelques mois jusqu'à ce que le financement caritatif arrive et que les commandes régulières remontent.

Minnie regarda son amie essayer de se plaquer un sourire, d'avoir l'air enthousiaste pour ce nouveau plan. Minnie savait que c'était l'occasion pour elle d'offrir une échappatoire à Leila.

— Je ne pense pas que ce soit ce que nous voulions faire, cependant, si ? dit Minnie en regardant son amie de près dans l'attente d'une réaction. C'était censé être marrant de diriger une affaire ensemble, et ça ne l'est plus beaucoup, hein ? Si nous ne pouvons plus survivre qu'en cuisinant pour de petits citadins, je ferais aussi bien de retourner bosser dans les restaurants et gagner plus. Quant à toi, si tu dois atteindre ce niveau de stress, autant que ce soit pour quelque chose qui te passionne réellement. (Elle marqua une pause.) Ian m'a parlé du job dans la mode.

Leila releva les yeux, surprise.

— Je n'envisageais pas de l'accepter !

Elle jeta la tête en arrière et ferma les yeux.

— Je ne pensais pas que tu le ferais. Je dis juste que nous sommes peut-être arrivées au bout du chemin. Peut-être que le destin essaie de nous dire quelque chose.

Leila s'assit sur la petite banquette à côté de la porte d'entrée et laissa tomber sa tête entre ses mains. Paraissait-elle soulagée ? Minnie l'espérait. Puis Leila regarda Minnie avec une grimace – ce n'était pas une grimace qui exprimait le soulagement.

— Donc c'est tout ? dit Leila en secouant la tête. Le destin ne veut pas que ça fonctionne donc on arrête tout ? J'ai investi quatre ans de ma vie dans cet endroit, dans l'installation de cette entreprise. Il y a un moyen de la sauver, et tu ne veux pas essayer ?

— Non, non, je pense simplement que ce n'est pas ce que nous voulons ! cria Minnie.

— Tu as décidé que ce n'était pas ce que *tu* voulais. Tu ne m'as même pas demandé, à *moi* ! Tu crois que ça ne me passionne pas ? Toute cette affaire était mon idée, au cas où tu l'aurais oublié.

— D'où ça sort, tout ça ? demanda Minnie, les sourcils froncés de consternation.

— Je gère toute la merde, dit Leila en jetant les mains en l'air. C'est moi qui traite avec les banques, je remplis toutes les demandes de financement. Tu n'as jamais proposé de m'aider de ce côté-là.

— Mais si ! Je pensais que tu ne voulais pas de mon aide. Tu as juste pris le contrôle.

Elle secouait la tête, perturbée par la réaction de Leila.

— Alors je fais mon petit chef, maintenant, c'est ça ?

Minnie tendit la main pour toucher le bras de son amie ; elle ignorait comment tout cela avait dégénéré si rapidement pour virer à la dispute. Elle se radoucit.

— Leila, écoute-toi. Il faut que tu recommences à dormir, à... Je suis désolée, mais tu as une mine affreuse. Ce n'est bon pour aucune de nous deux, ce niveau de stress, et je ne veux pas que tu sois là uniquement à cause de moi.

Leila se mit debout.

— Ne me dis pas ce dont j'ai besoin. Je me suis décarcassée pour faire en sorte que ça marche et maintenant tu me la joues « Oh, bon, si ce n'est pas censé marcher, je vais juste lâcher l'affaire et retourner servir dans les restaurants ».

— Pas servir, j'étais cuisinière, dit Minnie, sur la défensive, en regardant Leila à travers des yeux plissés.

— Tu veux bazarder tout le fruit de notre travail.

— Non, je pense juste que nous devrions réduire les pertes tant que nous sommes encore debout. Ce que nous voulions faire ne fonctionne pas, nous avons été naïves de croire le contraire.

Leila se leva et alla plus près de Minnie, en pointant un doigt vers sa poitrine, les yeux brûlants de colère.

— Je me rappelle le jour où nous nous sommes rencontrées. Tu étais recroquevillée sur ce banc de la colo, à essayer de te faire la plus petite possible pour que le monde ne te remarque pas. Tu étais tellement timide et effrayée, j'ai eu pitié de toi. Toutes ces années où nous avons été amies, j'ai désespérément essayé de te rendre la confiance que quelqu'un avait dû t'arracher. Je me disais que si tu avais juste une personne qui croie en toi, alors tu sortirais de ta petite coquille de trouille et ce papillon en sortirait.

Le visage de Leila s'enflammait de rage. Minnie ne l'avait jamais vue fâchée auparavant, pas comme ça.

— Peut-être que j'avais tort, poursuivit Leila. Tu n'as pas peur, c'est juste qu'il n'y a pas de papillon là-dedans.

Minnie tressaillit. Leila n'avait jamais rien prononcé d'aussi cruel depuis les quinze années qu'elles se connaissaient.

— Eh bien, c'est agréable de savoir que tout ce temps, je n'étais que ton acte de charité ! Je n'ai pas besoin que tu fasses de moi un papillon, Leila, tu papillonnes déjà foutrement assez pour nous deux – c'est épuisant.

Elles se dévisagèrent, des taureaux dans l'arène prêts à charger ou courir. Minnie esquissa un mouvement vers la porte.

— Non, je vais partir, dit Leila. Tu veux lâcher cet endroit, tu gères.

Puis elle partit, laissant la porte battre contre le carillon dans son sillage.

4 février 2020

Assise sur la marche du jardin, Minnie regardait se consumer la cigarette entre ses doigts. Elle n'avait pas fumé depuis des années, pas depuis l'époque où elle travaillait au restaurant, mais quelque chose dans le fracas de sa vie qui s'effondrait l'incitait à chercher le contact réconfortant d'un paquet de cigarettes dans sa main. La nostalgie était plus puissante que la réalité – le tabac lui paraissait sans saveur dans sa bouche, et elle écrasa le mégot après quelques bouffées. Voilà un autre billet de dix qu'elle ne pouvait pas se permettre.

Elle entendit des clés dans la serrure et gémit – elle avait prévu d'être bien cachée à l'étage avant que l'un de ses parents ne rentre. Maintenant, sa mère sentirait l'odeur sur elle, ce qui engendrerait d'autres remarques acerbes. Elle fouilla dans le placard sous l'évier à la recherche d'un désodorisant. Elle trouva un vieux flacon d'Oust et appuya sur la buse collante. Elle vaporisa vers le haut plutôt que l'avant et Minnie reçut le produit directement dans le nez.

Elle toussa et crachota, se frottant le nez avec les mains en essayant de se débarrasser de la sensation de lavement nasal.

— Minnie, c'est toi ? lança sa mère.

— Hm-hm, répondit Minnie en dissimulant en vitesse le paquet de cigarettes dans la huche à pain.

— Tu as l'air bien suspecte, sonda sa mère.

— Mais non.

Minnie joignit les mains derrière son dos.

Sa mère portait un legging noir et un haut à motifs beiges et rouges. On aurait dit le genre de tissu que vous trouviez sur les sièges de bus. Le haut s'étirait aux coutures ; sa mère avait pris du poids récemment, et l'eczéma sur ses bras s'était propagé en plaques rouges enflammées jusqu'à son cou et à la naissance de ses cheveux.

— Tu ne dors plus jamais chez Greg, fit remarquer sa mère en prenant la bouilloire pour commencer à la remplir au robinet.

— Greg et moi avons rompu, dit platement Minnie.

Sa mère regarda vers elle en lâchant la bouilloire dans son support.

— Je suis navrée de l'entendre, tu ne l'as jamais dit.

Minnie haussa les épaules. Sa mère avança sa lèvre inférieure en plissant les yeux.

— C'est pour quoi cette tête ? demanda Minnie.

— Greg semblait être un garçon raisonnable – un boulot stable, il est titulaire de son bail de location.

Minnie expira bruyamment. Sa mère l'observa attentivement, ses rouages ronronnant.

— Il t'a larguée ?

— Pas exactement.

— Oh, Minnie, tu n'as plus vingt et un ans. Quand vas-tu apprendre à mener quelque chose à son terme ?

Minnie secoua la tête. Elle sentit une vague de larmes se former aussitôt derrière ses yeux. Sa mère venait de faire sauter une croûte à peine cicatrisée, et la peau en dessous était mince comme du papier.

Elle regarda sa mère procéder au rituel du thé, en versant l'eau depuis une certaine hauteur, pressant le sachet de thé contre le côté de la tasse avec le dos d'une cuillère. Il y avait quelque chose d'étrangement réconfortant dans sa manière de faire.

— Je me suis disputée avec Leila aussi, donc maintenant je suis totalement seule.

Minnie sentit ses épaules se soulever et la seconde suivante, elle sanglotait de manière incontrôlable. En général, sa mère n'était pas douée pour les larmes, pourtant à la grande surprise de Minnie, elle passa un bras autour d'elle, la conduisit au petit salon et l'assit avec la tasse de thé qu'elle s'était préparée. Entre deux reniflements sanglotants, elle soutira à Minnie toute la triste histoire ; la dispute avec Leila, la conversation avec Ian, la tentative de Quinn de les aider en commandant des tourtes pour ses clients sans rien qui puisse suffire à sauver leur affaire.

Sa mère écouta patiemment, en n'émettant qu'un « tss » occasionnel pendant que Minnie parlait. Elle se tenait devant la fenêtre à bichonner les voilages pour s'assurer qu'ils étaient uniformément espacés sur la tringle. Une fois que Minnie eut terminé, elle vint s'asseoir à côté d'elle sur le canapé.

— À mon avis, mieux vaut pour toi que tu sortes de tout ça, dit-elle avec un soupir.

Minnie ferma les yeux. Pourquoi s'était-elle attendue à de la compassion de la part de sa mère ?

— Est-ce que je peux te dire quelque chose, Minnie ? J'ai toujours pensé que si tu bossais dur et que tu te comportais bien envers les gens, ta vie serait plutôt réussie. J'avais ce sentiment que le monde était juste, d'une manière ou d'une autre.

Minnie ouvrit les yeux et croisa le regard de sa mère qui se reflétait dans l'écran de télé éteint.

— Quand tu es née, si je n'avais pas aidé cette femme, nous aurions peut-être gagné cet argent, la vie aurait peut-être été plus facile. Mais c'est à elle qu'il est revenu – quelqu'un qui avait de l'argent à ne savoir qu'en faire. L'injustice de la situation m'a frappée.

Minnie écouta silencieusement, en se tournant pour regarder le profil de sa mère.

— Malgré tout, ton père et moi avons avancé, essayé d'économiser, de vous offrir à ton frère et toi les meilleures vies possible. Ensuite, nous avons tout perdu – malchance, mauvais timing, ou ton père a pris un trop gros risque. Je n'en sais rien.

— Ce n'était pas la faute de Papa. Tu ne peux pas lui en vouloir, Maman.

— Peut-être, peut-être pas. (Elle finit par se tourner pour regarder Minnie.) Ne mise jamais tes jetons sur la partie de quelqu'un d'autre, c'est tout ce que j'ai toujours voulu que tu apprennes, Minnie. Je pense que cette affaire n'a jamais été susceptible de bien finir, pas avec ta chance. (Elle lui tapota la jambe.) Tu ne peux rien changer au vent, il soufflera toujours. Tout ce que tu peux faire, c'est planter tes pieds plus fermement dans le sol, soupira-t-elle.

— J'ai toujours l'impression de tellement te décevoir, Maman, dit Minnie en baissant la tête.

— Tu es trop sensible, ma chérie, dit sa mère en lui repoussant une boucle derrière l'oreille. Tu l'as toujours été. C'est dur pour un parent de voir son enfant en difficulté, et tu sembles l'être plus que la plupart. Je ne serai pas toujours là pour payer les pots cassés. (Minnie ferma les yeux et posa la tête sur l'épaule de sa mère.) Essaie peut-être juste de ne plus prendre de gros risques pendant un moment, ma chérie.

— OK, Maman, dit Minnie en soupirant. Je vais aller me coucher.

Alors qu'elle se levait pour se diriger vers l'escalier, Minnie se sentit soudain plus calme qu'elle ne l'avait été depuis des semaines.

— Minnie, lança sa mère d'une voix douce dans son dos. Ce Quinn Hamilton n'a rien à voir avec le fait que tu te sépares de Greg, si ?

— Non, pourquoi ? Qu'est-ce qui te fait dire ça ?

Minnie était décontenancée ; il était étrange d'entendre sa mère évoquer le nom de Quinn.

— C'est juste que je n'aurais pas confiance en quelqu'un comme ça, tu vas seulement finir déçue. Il te faut quelqu'un de taillé dans la même étoffe que toi, quelqu'un qui sait ce qu'est la vie.

— Je pensais que tu serais à fond pour que je l'épouse, qu'ensuite je divorce et que je récupère ces cinquante mille livres ? dit Minnie avec un sourire.

La bouche de sa mère tressauta d'amusement.

— Tu n'as pas besoin de l'argent de quelqu'un d'autre, chérie, ça ira pour toi.

Nouvel An 2010

Vingt-neuf livres pour de la dorade sur un lit de salicorne et riz sauvage ; vingt-neuf livres ! Quinn fit un calcul mental rapide ; s'ils prenaient trois plats et le vin le moins cher du menu, ça allait quand même lui coûter cent cinquante livres. Le restaurant se situait au dernier étage d'un hôtel. Dehors, il voyait l'immense étendue de Hyde Park, magnifiquement illuminée par le clair de lune et les halos émanant des lampadaires alignés le long de ses larges allées. La Serpentine était tel un miroir noir, dormante et lisse. Le parc entier luisait d'une aura rose ruisselant des lumières de la ville, qui l'enveloppait d'une sombre tranquillité. À minuit, ils seraient en mesure de voir les feux d'artifice partout dans Londres.

Quand Quinn avait réservé la table un mois à l'avance, il avait été mis en attente une heure. Maintenant qu'il voyait les prix sur le menu, il savait qu'il s'était emballé en essayant d'impressionner Polly. Il ferma le menu d'un geste vif. Cela ne servait plus à rien de s'inquiéter pour l'addition désormais ; elle adorerait, c'était tout ce qui comptait.

— Quinn, les toilettes sont plus grandes que mon appart, dit Polly avec une excitation étouffée alors qu'elle revenait à table. On pourrait y installer une piste de danse plus tard.

Elle gloussa en prenant la serviette de sa chaise pour se glisser dans le siège en face.

Polly avait les cheveux blonds et courts, et un délicat visage anguleux. Ses pommettes saillantes lui conféraient une jolie qualité elfique, mais ses yeux d'un bleu profond exprimaient une intelligence indéniable.

— Tu es sûr que c'est dans tes moyens ? chuchota-t-elle en levant une main pour se couvrir la bouche.

— C'est une occasion spéciale, dit-il. J'avais bien promis que nous fêterions ta bourse universitaire comme il se doit.

— Eh bien, je suis très gâtée. Cela fait un mois que je fantasme sur ce repas. Tout paraît tellement délicieux, Quinn.

Derrière Polly, Quinn regarda un homme plus âgé et grisonnant se pencher en avant dans sa chaise pour serrer la main de la femme qui l'accompagnait. C'était un geste plein d'intimité et d'assurance, et il vit la femme renvoyer à son compagnon un regard de biche rempli d'admiration. Quinn prit la main de Polly.

— Ne t'inquiète pas pour ça. Je veux que tu t'amuses, dit-il en lui serrant légèrement la main.

Quinn avait emprunté l'une des vieilles vestes de son père pour l'occasion. Il s'agissait d'un blazer en laine bleue élégamment coupé, fait sur mesure à Savile Row. Son père était de moins forte carrure et la veste était trop étriquée pour Quinn au niveau des épaules. Tendre le bras l'obligeait à un déhanchement inconfortable.

Quinn avait rencontré Polly six mois plus tôt. Il avait passé l'été à visiter le Brésil en sac à dos avec son camarade de fac, Mike. Ce voyage avait été l'une des rares chances de s'échapper de Londres, rendue possible par sa tante venue des États-Unis pour relever la garde chez eux. Quinn et Mike avaient croisé Polly et son amie Gina dans un bar au Salvador. Les filles étaient au Brésil pour leur année de césure, et plantaient des arbres pour une œuvre de charité. Ils avaient passé la soirée tous les quatre à comparer leurs récits de voyage et boire des caïpirinhas si chargées en citron vert qu'ils en avaient eu les larmes aux yeux. Quinn s'était follement épris de cette belle âme drôle et généreuse, dès sa première caïpirinha.

— Alors, à quoi trinquons-nous ? demanda Polly en prenant son verre.

— À ta fulgurance universitaire, répondit Quinn.

— Et ton anniversaire demain ? suggéra Polly.

— Et pourquoi pas au fait d'être enfin au même endroit ? dit Quinn.

Polly était rentrée d'Amérique du Sud en août seulement, et avait ensuite commencé la fac à Reading dès septembre. Quinn allait la voir un jour par week-end, mais trouvait difficile de passer une nuit hors de chez lui. Il lui envoyait des billets de train afin qu'elle vienne à Londres, mais il vivait toujours à la maison et Polly était souvent gênée de séjourner avec sa mère.

Le serveur arriva pour leur apporter les plats principaux. Celui de Polly, de délicates tranches de canard en équilibre sur une tour de chou rouge et un gratin de pommes de terre, un obélisque parfait de nourriture au centre d'une grande assiette blanche. Celui de Quinn, la dorade poêlée qu'il avait estimée à environ dix livres la bouchée.

— Waouh, tout ceci est spectaculaire, dit Polly, les yeux animés de ravissement. Je n'ai pas envie que cette soirée se termine – peut-être que nous devrions aller en boîte après ? Imagine si nous pouvions sortir jusqu'à 4 heures et ensuite passer toute la journée au lit demain, dit Polly d'un ton rêveur en lui frottant la jambe avec son pied sous la table. Mais je ne suis pas certaine que ce serait autorisé chez ta mère.

Quinn baissa les yeux sur ses genoux. Vivre à la maison impliquait en effet des restrictions sur l'activité nocturne – sa chambre était juste au-dessus de celle de sa mère. Il avait fait des folies deux ou trois fois et pris une chambre d'hôtel le temps d'une soirée, pour qu'ils soient libres de toute inhibition, mais il se sentait un peu miteux d'amener Polly dans un hôtel où ils arrivaient à 19 heures et repartaient à 23 heures.

Comme si elle savait que l'on parlait d'elle, le téléphone de Quinn se mit à vibrer.

— À point nommé, dit doucement Polly. Eh bien, vas-y.

— Désolé, dit-il en quittant la table pour prendre l'appel dans le couloir.

Le Nouvel An était toujours difficile pour sa mère. C'était le jour anniversaire du départ de son père. Quinn avait appris qu'il valait mieux décrocher rapidement, lui faire évacuer l'élément traumatisant, quel qu'il soit, qui l'avait bouleversée. S'il ignorait ses appels, cela ne faisait qu'augmenter les chances qu'elle ait une véritable crise d'angoisse.

Au téléphone, il parvint à la calmer. Elle stressait une fois de plus au sujet des verrous sur les baies vitrées. Il était patient, il écoutait, parlait d'un ton apaisant, mais intérieurement, il sentait la tension monter au son de la voix de sa mère. Il la sommait mentalement de se reprendre. Il n'avait pas envie de rentrer à la maison ; il n'avait pas envie que cette soirée tombe à l'eau.

Lorsqu'il fut de retour à table, Polly avait fini son plat.

— Tout va bien ? s'enquit-elle. Est-ce que tu dois partir ?

— Non, ça va. Désolé.

Combien de fois avaient-ils eu cette conversation au cours de ces six derniers mois ? Combien de fois s'était-il excusé ?

Polly réarrangea les verres de vin sur la table en les disposant de façon symétrique.

— Elle sait que nous fêtons quelque chose ce soir, dit Polly en soupirant.

— Elle ne le fait pas exprès, Pol. Ces derniers mois ont été difficiles, avec le remariage de Papa.

Polly le regarda tenter de se plaquer un sourire.

— Et septembre était un mois difficile quand ta tante est rentrée chez elle.

— Ouais, il y a beaucoup de mois difficiles… Qu'est-ce que tu veux que j'y fasse ? dit-il sur un ton plus sec qu'il ne le souhaitait.

— Ça ne me paraît pas juste envers toi, c'est tout, dit-elle en lui pressant la main.

Quinn secoua la tête sans un mot.

— S'il te plaît, ne parlons pas de ça ce soir, dit-il en s'avançant sur sa chaise. Je veux que ce soir, il ne soit question que de nous, de toi.

Il releva la tête et la vit furtivement cligner les yeux pour en chasser un air inquiet.

— Mon sujet préféré, dit-elle. Non, je mens, mon sujet préféré, c'est le fromage, comme tu le sais.

— Écoute, Pol, je sais que ça n'a pas été simple de se voir, mais tout a changé dans ma vie quand je t'ai rencontrée. Je pensais ce que je t'ai dit l'autre soir – je t'aime. Tu es la première fille à qui je le dis, et je n'ai jamais été aussi sûr de quelque chose.

— Moi aussi je t'aime, Q, dit-elle en soutenant son regard.

Quinn sentit une énergie ardente pulser dans tout son corps. Être aimé par celle que vous aimez – existait-il une sensation plus merveilleuse ?

Après le dessert, un plat supplémentaire arriva de la cuisine.

— Le chef a préparé un mini-pudding de Noël, garni d'une crème pâtissière infusée au cognac, avec ses compliments pour les fêtes, dit le serveur en s'inclinant.

— Nous sommes tellement gâtés ! Merci infiniment – le repas était exquis !

Polly adressa au serveur un sourire rayonnant. Désarçonné par ces vives démonstrations, il lui adressa un hochement de tête gêné.

Alors même que Quinn prenait une cuillère, que la soirée paraissait reprendre son cours, il sentit son téléphone vibrer de nouveau dans sa poche. À ce moment précis, Polly commença à émettre un bruit de haut-le-cœur, et il se tourna pour la voir recracher le pudding, dont elle n'avait fait qu'une bouchée. Quinn plongea la main dans sa poche de veste en demandant :

— Ça va ?

Polly plissa tout son visage dans une grimace. Quinn jeta un coup d'œil à son téléphone. Il n'avait pas besoin de regarder, il savait qui l'appelait.

— Il y a quelque chose dedans, dit Polly, quelque chose d'horrible. (Elle commença à planter sa fourchette dans le minuscule pudding.) Je crois que c'est du plastique.

Quinn remua avec embarras sur sa chaise, en déplaçant le téléphone palpitant sur ses genoux, crispé de tous ses muscles, l'air de la salle lui semblant soudain dense et suffocant. Polly secoua la tête et se racla de nouveau la gorge.

— Quinn, je viens de m'étouffer et tu regardes ton téléphone.

— Tu ne t'es pas étouffée, dit-il mollement. Tu as recraché.

— Réponds donc, dit-elle en fermant les yeux.

Quinn mit fin à l'appel en passant son portable de vibreur à silencieux. Il compléta le verre d'eau de Polly d'une main tremblante.

Polly demanda à un serveur de venir et lui parla du plastique dans son dessert. Elle dit qu'elle n'aimait pas se plaindre, mais s'inquiétait que le pudding d'autres personnes puisse être concerné. Il se confondit en excuses et apporta une bouteille de champagne offerte par la maison. Quinn essaya de se détendre, mais il ne pouvait s'empêcher de s'interroger sur ce qui pouvait bien se passer à la maison. Cette sensation d'être contraint à être un mauvais petit ami ou un mauvais fils, il la détestait ; elle lui donnait physiquement la nausée.

Il n'y avait pas de vulgaire décompte des secondes au *Lieu de Rencontre*. La nouvelle année était annoncée par le son des verres qui s'entrechoquaient et les « Bonne année » murmurés qui se faisaient écho dans la salle. Dehors, le sombre horizon jaillissait dans des éclats de lumière qui déchiraient l'obscurité. On entendait les lointains fracas et les craquements d'explosions même à travers l'épais vitrage. Juste à l'autre bout du parc, les feux d'artifice apparaissaient pour converger dans une fontaine de lumière, et une pluie de poussière d'étoiles tombait du ciel.

Ils regardèrent ce spectacle tous deux en silence. Puis Polly leva lentement son verre vers celui de Quinn avec un air songeur.

— À nous, au prochain chapitre, dit Quinn avec une jovialité affectée.

Il sentait son front perler de sueur.

— Rappelle-la, dit calmement Polly. Je sais que tu ne te détendras pas avant de l'avoir fait.

Quinn se rendit sur le palier à côté des toilettes. Il aurait été grossier de prendre un appel à table dans un restaurant comme celui-ci. Il s'affaissa par terre en haut des marches et riva les yeux sur son téléphone, sa prison portable. Il y avait à sa gauche des doubles portes menant à la cuisine, où il percevait le claquement métallique des casseroles et des voix cassantes. C'était une pièce remplie de violents piétinements qui donnaient au restaurant de l'autre côté du mur l'apparence d'un cygne glissant avec fluidité sur l'eau.

Alors qu'il s'apprêtait à téléphoner, une fille en tenue de chef blanche avec des cheveux bruns et bouclés passa les portes en courant. Elle pleurait, et leurs regards se croisèrent une seconde. Elle affichait ce que Quinn éprouvait – une détresse dévorante. Il eut envie de lui demander si ça allait, mais elle continua de descendre l'escalier avant qu'il ait une chance de lui parler. Alors qu'elle disparaissait à l'angle, il s'aperçut qu'elle avait laissé tomber sa charlotte sur les marches. Une image de Cendrillon et d'une pantoufle de vair lui vint subitement à l'esprit. Dans un univers parallèle, peut-être courrait-il derrière cette fille pour lui rendre sa charlotte. Dans celui-ci, son cerveau n'avait pas la place pour la galanterie. Il rapporterait la charlotte à la cuisine.

Sa mère ne répondit pas à son appel. Il allait devoir rentrer chez lui. Il retourna lentement dans le restaurant, pour voir un spectacle de feux d'artifice illuminant toujours l'horizon au-dessus du parc. Alors qu'il s'asseyait, Polly ne détourna pas le regard de la fenêtre.

— Je suis désolé, Polly. Il faut que je parte.

— Elle passera toujours en premier, n'est-ce pas ?

— Non, pas toujours. C'est le Nouvel An, c'est un sale moment pour elle, Polly…

— Je ne pense pas être particulièrement en dépendance affective, Quinn, mais tu m'amènes tellement à l'être, je déteste ça.

— Tu n'es pas en dépendance affective, Polly. Tu es la seule bonne chose dans ma vie…

Elle l'interrompit.

— Quinn, rentre chez toi, on ne va pas se lancer là-dedans maintenant, vas-y et fais ce que tu as à faire. Je vais rejoindre des amis en boîte à Hoxton. Merci pour ce charmant repas.

Elle l'embrassa sur la joue, un baiser qui s'attarda. Il avait quelque chose de plus définitif qu'un simple au revoir. Et tandis qu'elle partait, Quinn s'aperçut que sa nausée se dissipait, et que la tension enserrant sa poitrine commençait enfin à se relâcher.

17 mai 2020

Minnie se tenait sur la rive herbeuse, les yeux plongés dans l'eau trouble et marron. C'est adolescente que Minnie avait nagé pour la première fois à Hampstead Ponds, mais l'aspect de l'eau et la sensation perturbante de ne pas voir vos mains ou vos pieds l'en avaient découragée. De plus, on l'avait conditionnée à nager rapidement à cette époque, et les étangs n'étaient pas les meilleurs endroits pour la vitesse. La natation était la seule chose pour laquelle Minnie était douée enfant, un sport qu'elle pouvait pratiquer en solitaire, sans personne pour la railler. Et dans le cas contraire, elle n'aurait pas pu entendre les railleries avec la tête sous l'eau. Elle ne savait pas trop pourquoi elle avait abandonné dans sa vingtaine – la vie et le travail s'étaient mis sur son chemin. Ces quelques derniers mois, elle s'était retrouvée de nouveau attirée par l'eau.

Hampstead Ponds étaient d'anciens réservoirs, à présent ouverts au public pour la baignade. Ils étaient dispersés sur les abords de Hampstead Heath – un beau parc à l'état sauvage qui s'étendait sur plus de trois cents hectares dans le nord de Londres entre Hampstead et Highgate. Du point le plus élevé, vous pouviez voir presque tout Londres, un Legoland de bâtiments et gratte-ciel qui s'estompaient vers l'horizon.

Minnie avait toujours adoré la lande. C'était une oasis de nature préservée et idyllique dans un paysage autrement domestiqué. Elle servait à rappeler au citadin homogénéisé le spectacle et l'odeur de l'herbe folle et des racines d'arbres enchevêtrées. Ce n'était pas seulement la nature sauvage que Minnie adorait, mais les personnages familiers qu'elle y voyait. Si tout Londres migrait vers la lande durant l'été, le reste de l'année, vous aperceviez toujours les mêmes visages, encore et encore. Les nageurs réguliers des étangs formaient eux-mêmes une communauté très soudée, avec des purs et durs qui se baignaient toute l'année, fendant la glace en hiver pour entrer dans l'eau.

L'automne précédent, Jean Finney, l'une des clientes de *Pas de mauvaises farces*, avait encouragé Minnie à donner une seconde chance aux étangs. Jean y nageait elle-même régulièrement, et parlait de l'expérience de la natation sauvage avec une révérence presque religieuse. Minnie n'en avait pas eu le temps l'année dernière. Maintenant, elle avait du temps libre et une motivation toute fraîche – peut-être que l'eau froide et vivifiante lui raffermirait le corps comme l'esprit. Elle était venue pour la première fois un mois plus tôt. Aujourd'hui, l'eau était toujours aussi peu attirante, mais cette fois, dès qu'elle y fut, elle oublia vite l'opacité en dessous, se perdant dans la piqûre vivifiante du froid et le simple plaisir de la natation sauvage.

Minnie se disait qu'il devait y avoir quelque chose que Jean faisait bien, si à l'âge de quatre-vingt-six ans elle nageait encore presque tous les jours. Le calme de Jean démentait une vie bien vécue. « Ne pleurez pas pour quelque chose qui ne vous ferait plus pleurer dans cinq ans, dit-elle un jour à Minnie. Et nagez – nagez dès que vous pouvez. » Voilà quels étaient ses deux conseils de vie.

Ce matin, la tête familière de Jean avec ses cheveux blancs et ébouriffés était introuvable. En se lançant dans l'eau, Minnie sentit sa peau piquer de toutes parts. Elle s'efforça de contrôler sa respiration tandis que son corps luttait contre le froid. Elle refoula la douleur et se mit à nager rapidement en brasse coulée. Elle compta ses respirations ; il lui en fallut vingt pour que la douleur diminue, puis son corps se décrispa, les piqûres s'atténuant dans de chauds picotements, et elle sentit tout son être gorgé d'énergie, son cerveau évacuant son brouillard matinal.

La natation avait progressivement fait partie de la nouvelle routine de Minnie. Maintenant qu'elle travaillait pour l'entreprise de restauration, elle avait ses matinées et ne s'était pas sentie en aussi bonne santé depuis des années. Elle avait le temps de se préparer des repas sains, de faire de l'exercice, et elle avait même recommencé à lire. Elle travaillait six soirs par semaine, et essayait de mener une vie frugale. Elle économisait une caution pour partir de chez ses parents, et dans un mois ou deux, elle aurait assez.

La vie était plus simple, plus facile, moins stressante. Bien sûr, la cuisine de *Pas de mauvaises farces* lui manquait, travailler avec ses amis lui manquait, Leila lui manquait, mais elle s'efforçait de rester optimiste, de voir le positif.

Depuis leur dispute trois mois plus tôt, Leila et elle avaient instauré une réconciliation pratique. Elles avaient dû communiquer pour réduire leur activité, mais c'était un sparadrap sur une plaie bien plus profonde et elles en étaient toutes deux conscientes. Les corvées administratives liées au démantèlement de la société s'étaient révélées plus simples qu'elles ne l'avaient imaginé l'une comme l'autre. En liquidant l'équipement de cuisine et le van de livraison, elles avaient eu juste assez pour payer le restant des salaires et régler la majorité de leurs dettes. Tout fut simplifié par le fait qu'une chaîne de fast-food axée sur le poulet veuille leur reprendre le bail et accepte d'acheter leur équipement à un prix raisonnable. En quelques semaines, les accords avaient été conclus ; c'était comme regarder un immense château de sable méticuleusement élaboré se faire balayer par une gigantesque vague.

L'entreprise de restauration pour laquelle Minnie travaillait à présent était une chaîne de traiteur spécialisée dans le saumon *en croûte** et les tartes au fromage de chèvre avec un glaçage balsamique. Elle effectuait des rotations dans des lieux divers, créant des repas pour des mariages, fêtes, déjeuners et réceptions. Elle n'avait pas beaucoup d'interactions avec les gens qui mangeaient ses préparations, ni même ceux qui les servaient. Elle cuisinait, nettoyait, se faisait payer et rentrait chez elle. Elle aimait ce côté impersonnel. Elle n'avait pas à réfléchir au modèle d'entreprise, à d'autres personnes qui dépendaient d'elle pour leur gagne-pain. Elle n'avait pas besoin de réfléchir du tout.

Elle était restée en contact avec Alan et Bev. Les laisser tomber avait été le pire de toute cette histoire.

— On s'en sortira, ne t'inquiète donc pas pour nous, dit Bev une fois qu'elle leur eut annoncé la nouvelle.

— Ah, nous trouverons un autre navire à gréer en un rien de temps, dit Alan.

Et cela s'était avéré ; le fast-food de poulet les avait embauchés tous les deux, souhaitant avoir du personnel qui connaissait les locaux. Alan était aux livraisons, Bev à la friteuse.

Fleur avait disparu, Minnie ne savait pas trop où. Peut-être vivait-elle hors connexion dans la zone sans Wi-Fi de ses parents, ou peut-être avait-elle mis en place cette appli de rencontre basée sur l'horoscope dont elle avait toujours parlé. Minnie fut surprise que de toutes les personnes possibles, Fleur lui manque autant.

Lâcher la société avait été une vraie secousse sismique. Comme des plaques tectoniques qui raclaient les unes contre les autres, ce petit tremblement de terre avait relâché la pression, empêchant des conséquences plus cataclysmiques. Cette décision avait été la bonne, elle en était persuadée. Toutefois, ses collègues et clients lui manquaient ; entendre parler des chats de Mr Marchbanks et des oignons de

Mrs Mentis lui manquait. Et par-dessus tout, Leila lui manquait, et elle en éprouvait une nostalgie qu'elle ne pouvait décrire que comme un chagrin d'amour.

Elles communiquaient toujours, s'envoyaient des textos, échangeaient des nouvelles au téléphone de temps à autre. Mais quelque chose avait changé entre elles depuis leur dispute. Leila travaillait en journée, Minnie en soirée. Elles s'étaient quelques fois retrouvées pour prendre un café le samedi matin, mais une distance polie s'était installée entre elles. Minnie avait l'impression de revoir une vieille connaissance, d'échanger des informations. Elle se surprenait à faire des commentaires sur le café, ce qui n'était jamais bon signe. Recoller les morceaux de leur amitié dans un semblant de réparation n'avait pas guéri la fracture sous-jacente.

Alors Minnie travaillait, et elle nageait et elle économisait et elle nageait, et elle gardait la tête sous l'eau et elle retenait sa respiration. Nager et respirer, vivre et travailler, attendre que la prochaine secousse sismique déplace le sol sous ses pieds et remette tout en ordre. Ou bien qu'elle l'aspire et la noie.

Minnie fit quatre longues brassées sous l'eau froide et sombre, puis une autre, et encore une autre. En manque d'air, elle sentit la lutte que livraient ses poumons la pousser vers le haut. La survie prit le dessus et elle franchit la surface avec un halètement de soulagement. Alors qu'elle sortait de l'étang et grimpait sur la jetée, elle vit que sa serviette n'était pas où elle l'avait laissée sur la rive. Elle frissonna, en regardant qui aurait pu la prendre – une blague cruelle à cette période de l'année. À quelques mètres de là se tenait un homme, qui se frottait le visage avec sa serviette de bain bleue.

— Excusez-moi, dit-elle en se dirigeant d'un pas résolu vers lui, je crois que c'est ma serviette.

L'homme baissa la serviette de son visage. Quinn.

Les yeux de Minnie se posèrent inconsciemment sur son torse sculpté, et elle s'obligea vite à les reporter vers ceux de Quinn.

— Minnie ? Salut, dit-il avec un large sourire. Qu'est-ce que vous faites ici ?

— Je me gèle, dit-elle dans un frisson. C'est ma serviette.

Elle la lui prit brusquement et s'en enveloppa vite. Quinn regarda autour de lui puis ramassa une autre serviette bleue sur la rive quelques mètres plus loin.

— Ce n'est pas celle-ci ? hasarda-t-il.

Minnie regarda la serviette. Elle était assez similaire à celle dont elle venait de s'emparer. Maintenant qu'elle y pensait, celle qu'elle avait en main était un peu plus moelleuse que la sienne, d'après ses souvenirs.

— Oh, dit-elle en sourcillant. Tenez.

Elle entreprit de les échanger.

Quinn s'esclaffa.

— Hum, vous avez mouillé la mienne maintenant. Je me servirai de votre serviette sèche, merci.

Ils se regardèrent, souriant tous deux d'un air amusé. C'était étrange de le recroiser maintenant. Même s'ils ne s'étaient vus qu'à quelques reprises, il y avait quelque chose dans son attitude et son langage corporel qui paraissait si familier à Minnie, comme s'affaler dans son fauteuil préféré.

— Alors, est-ce une activité de dimanche matin classique pour vous – de voler les serviettes des autres à Hampstead Ponds ? demanda Quinn.

Minnie commença à se sécher les cheveux avec la sienne.

— Non, je viens juste ici pour prendre ma dose de mecs canon à poil.

Elle montra d'un signe de tête un homme dans les soixante-dix ans avec un gros ventre qui venait de sortir de l'eau en slip de bain moulant marron.

— Waouh, fit-elle.

Quinn se mit à rire. Il ouvrit la bouche pour prendre la parole, marqua une pause, puis finit par parler.

— Vous avez quelque chose de prévu maintenant ? Je sais que vous avez décliné mon offre de petit déjeuner par le passé.

Quinn commença à se sécher lui aussi les cheveux avec la serviette de Minnie, et elle ne put s'empêcher de rejeter un coup d'œil à son torse nu et son boxer de bain noir. Elle enroula timidement la serviette de Quinn autour d'elle.

— Je ne serais pas contre un petit déjeuner. Ou au moins un café avant que votre prochain rendez-vous Tinder déboule.

Minnie haussa les sourcils vers lui en passant une main dans ses cheveux mouillés. Quinn appuya la langue contre sa joue, les pupilles dilatées. Minnie se demanda si c'était le frisson d'une baignade matinale, ou s'il appréciait qu'elle le provoque.

— Ma mère m'amenait ici quand j'étais petit, dit Quinn alors qu'ils traversaient le parc côte à côte après avoir récupéré leurs vêtements. Je restais assis à lire sur la rive pendant qu'elle nageait.

— Je trouve ce genre d'endroits tellement imprégnés du passé. Y revenir, ça peut être comme ouvrir une boîte à souvenirs. Vous retirez le couvercle et les odeurs et les sons d'un lieu vous frappent, en libérant des choses repliées au plus profond de votre cerveau, dit Minnie, balançant sa serviette en marchant.

Quinn ne réagit pas, et elle regarda vers lui.

— Désolée, ça faisait prétentieux, dit-elle en secouant la tête.

— Non, dit-il en la regardant sans ciller, c'est exactement ce que je ressens en venant ici – c'est une boîte à souvenirs.

Ils marchèrent un peu plus en silence, leurs pas se calant sur la même cadence.

— Vous savez, pour quelqu'un d'aussi inflexible dans sa vision des affaires, vous êtes pleine d'insécurité, dit Quinn. (Minnie le regarda en coin sans tourner la tête.) Vous avez dit quelque chose de magnifiquement évocateur, pour ensuite vous saper en disant que c'était prétentieux. J'ai remarqué que vous faisiez ça.

— N'essayez pas de me psychanalyser, Dr Hamilton.

Minnie lui adressa un sourcillement amical et donna un coup de serviette mouillée dans sa direction. Elle comptait juste le taper légèrement, mais son poignet esquissa le geste parfait et la serviette flanqua une claque retentissante sur le derrière de Quinn. Il lâcha un petit cri en s'empoignant les fesses.

— Oh, Seigneur, je suis désolée, je ne voulais faire si fort ! s'esclaffa Minnie, se couvrant la bouche d'une main et se tenant le ventre de l'autre.

— Eh bien, madame, rappelez-moi de ne jamais vous mettre en rogne pour de vrai, dit-il avec un boitement exagéré tandis qu'il agrippait son postérieur meurtri.

Minnie fut prise d'un fou rire et dut s'arrêter de marcher.

— Sérieusement, je n'ai jamais réussi un coup de fouet à la serviette de toute ma vie. J'ignore comment elle a atterri si violemment.

— Espérons que vous ne m'avez laissé aucune marque permanente, dit-il avec ironie en regardant l'arrière de son pantalon. Ou ma carrière de mannequin fesses est brisée.

Ils marchèrent jusqu'à la gare de Hampstead Heath. Un food-truck garé à côté du parking vendait des petits pains et du café dans des gobelets en polystyrène.

— Oh, pourquoi ne pas prendre quelque chose ici ? suggéra Minnie. Ensuite on pourra s'asseoir dans la lande.

Quinn observa le van puis se tourna pour regarder la rangée de cafés huppés devant la gare.

— À moins que vous préfériez quelque chose d'un peu plus chic ? proposa Minnie en suivant son regard.

— C'est parfait.

— Salut Barney, lança Minnie au gaillard barbu qui tenait le food-truck. Comment va la vie ?

— Ça va, Minnie – c'était comment, la baignade ?

— Vivifiant. Nous voudrions deux pains au bacon et votre meilleure tasse de ce que vous avez de chaud, s'il vous plaît.

Ils remontèrent en haut de la lande avec leur petit déjeuner.

— Alors, comment vont les affaires ? s'enquit Quinn.

— Eh bien, nous avons fermé.

Il sourcilla.

— C'est dommage.

— Ça devenait trop dur d'être sans arrêt sur la corde raide financièrement. Ne parlons pas travail, vous allez probablement encore essayer de me facturer à l'heure pour vos conseils. (Quinn éclata de rire.) Comment s'est passé votre rendez-vous à la galerie d'art ? Quel était son prénom ? Amanda ?

Elle le prononça comme si elle avait du mal à se souvenir.

— Je suis gêné que vous ayez dû assister à ça, dit Quinn en portant une main à son front.

— Quelle partie, l'alcool au bureau ou le Deliverendez-voo ?

— Les deux.

Il lui adressa une grimace embarrassée. Elle attendit qu'il développe, mais il s'en abstint, et se contenta de mordre généreusement dans son pain au bacon.

— Comment va votre mère ? demanda Minnie.

Quinn marqua une pause en terminant sa bouchée.

— Ça va.

— Vous n'aimez pas parler d'elle.

— Ça fait un bout de temps que personne ne m'a demandé de ses nouvelles.

— J'aimerais en savoir plus sur elle, dit Minnie d'une voix douce en le regardant par-dessus le bord de son gobelet. Vous disiez qu'elle avait des soucis pour certaines choses.

Quinn gonfla les joues en expirant. Il posa son café sur l'herbe et commença à se masser un poignet avec la paume.

— OK, bon, la version abrégée : elle souffre d'angoisse ; parfois elle a du mal à sortir de la maison. Ça allait à peu près quand j'étais enfant, mais quand mon père est parti, c'est devenu dix fois pire.

Il riva les yeux sur ses mains.

— Je suis désolée, ça semble avoir été rude. Est-ce qu'elle consulte ? Avez-vous quelqu'un pour vous aider à veiller sur elle ? lui demanda-t-elle gentiment.

— Elle voit un thérapeute, un docteur. J'ai payé des auxiliaires de vie par le passé, mais elle finit par tous les prendre en grippe. Elle a des hauts et des bas. Et pendant les bas, elle n'acceptera de voir que moi.

— Ça doit être dur, dit Minnie, qu'on dépende autant de vous.

Quinn se passa une main dans les cheveux ; il se redressa et ramena les genoux contre son torse.

— Assez parlé de moi, dit-il en reprenant son café. Je suis sûr que c'est assommant. Il y a des choses plus graves.

Minnie le regarda en attendant qu'il reporte son attention vers elle.

— Je ne pense pas que l'ampleur des soucis des autres rende les vôtres plus faciles à vivre.

Quinn marqua une pause en baissant les yeux sur l'herbe entre eux.

— Je crois que ce que je trouve le plus dur, c'est d'avoir parfois l'impression de lui permettre d'être prisonnière. Je lui fais ses courses, son shopping sur Internet, j'arrive en courant dès qu'elle a besoin de quelque chose. Elle a cette angoisse permanente pour la sécurité de la maison, les serrures défectueuses, ou la paranoïa qu'il y ait quelqu'un dans le jardin. Chaque fois je vais venir vérifier, juste pour la tranquilliser. (Il plissa le front en baissant les yeux sur son gobelet vide.) Un jour, je n'y suis pas allé quand elle a appelé. J'ai juste dit : « Non, passe la porte d'entrée et va à la pharmacie toi-même, c'est trois minutes à pied. » (Pause.) J'en avais marre.

— C'est compréhensible, dit Minnie.

— Elle a fait cette affreuse crise de panique, elle est tombée dans l'escalier, et s'est tordu la cheville. La femme de ménage l'a retrouvée le lendemain matin, toujours étendue là. Seigneur, pourquoi est-ce que je vous raconte ça ?

— Parce que j'ai posé la question.

Elle lui posa un bras sur l'épaule.

— Quel genre de monstre laisse une agoraphobe seule dans la maison sans ses médicaments ? dit-il en se tournant face à elle, les yeux brûlants d'émotion.

— Quelqu'un qui a tout essayé et était à court de solutions.

Cet homme débordant d'assurance parut soudain avoir cruellement besoin d'une étreinte, mais Minnie n'osa pas en amorcer une.

— Le pire, c'est que je n'arrive plus à compatir. Je sais qu'elle ne peut pas s'en empêcher, mais une part de moi pense : « Allez, essaie au moins, fais ces pas ! » Il existe cette stratégie thérapeutique pour les agoraphobes ; ils font quelques pas pour affronter leur peur, ouvrent la porte, vont dans la rue, parcourent un pâté de maisons. Des mini-pas chaque jour, et peu à peu, vous voyez les progrès. Elle le faisait avant – il y a eu quelques années où elle n'allait pas si mal. Aujourd'hui, c'est comme si elle ne voulait même plus essayer. Elle a renoncé, et je la laisse faire.

Minnie regarda vers lui. Elle ne savait pas quoi dire, ils restèrent donc silencieux. Ce n'était pas un silence gênant ; il faisait partie de ces pauses cordiales où il n'était pas nécessaire de parler pour communiquer.

Ils terminèrent leur petit déjeuner, montèrent Parliament Hill pour profiter de la vue de Londres, puis redescendirent à la gare. Minnie regarda Quinn en coin tandis qu'ils passaient devant les cafés et boutiques près de la gare de Hampstead Heath. Les problèmes de santé de sa mère étaient clairement pires que ce qu'elle avait imaginé.

Comment ses premières impressions sur Quinn avaient-elles pu être aussi fausses ? Cet homme à qui elle avait prêté une vie si facile ; à l'évidence, c'était loin d'avoir été le cas. Minnie songeait toujours à sa propre éducation avec un sentiment de regret. Elle regrettait de ne pas avoir eu une meilleure relation avec sa mère. Elle regrettait que tout ressemble à une bataille avec sa famille – une bataille pour s'enfuir, une bataille pour rester, une bataille pour être entendue. Cela dit, peut-être que tout le monde avait des raisons de se plaindre lorsqu'il était question de la famille – au moins, sa mère était capable de sortir de la maison.

Alors qu'ils arrivaient à la gare, Minnie se tourna vers Quinn avec un regard rempli d'espoir. Elle n'avait pas envie que la matinée prenne fin.

— Alors, que faites-vous maintenant ? demanda-t-elle en repoussant une mèche de cheveux emmêlés.

— Je comptais aller au bureau. J'ai de la paperasse à signer. Je sais, Quinn l'Éclate, hein ?

Il frotta la barbe naissante sur son menton avec la paume.

— OK, dit Minnie, se mordant la lèvre et détournant les yeux.

— Désolé pour tout ce que je vous ai raconté là-bas, je ne voulais pas vous accabler de telles histoires. J'ai tendance à ne plus parler d'elle avec mes amis ; je les ai ennuyés à mourir au fil des années.

— Je suis contente que vous l'ayez fait.

Aucun d'eux n'entreprit de partir. Quinn fit légèrement balancer son poids d'un côté à l'autre.

— J'ai une autre chose à faire. Peut-être que vous pourriez m'aider ?

Minnie releva brusquement la tête pour le regarder. Elle ne put tempérer son sourire.

— Oh ?

— Il faut que j'adopte un manchot du zoo.

Elle éclata de rire. De tout ce qu'il aurait pu dire, elle ne s'attendait pas à ça. Quinn expliqua que chaque année, sa mère avait du mal à lui trouver un cadeau pour son anniversaire. Elle s'était mise à adopter un animal différent tous les ans. Il parrainait désormais une panthère des neiges, un orang-outang et une espèce rare de chauve-souris du Chili. Cette fois, elle avait suggéré un manchot. Quinn aimait faire ses recherches, il avait donc eu l'intention d'aller voir ceux du zoo de Londres.

— Vous savez qu'en vérité, vous ne pouvez pas ramener un manchot du zoo chez vous, n'est-ce pas ? dit Minnie tandis qu'ils passaient le portique de la gare ensemble.

— Ah bon ? fit Quinn en jetant des coups d'œil affolés de gauche à droite. J'ai une baignoire remplie de poissons à la maison, et j'ai téléchargé *Happy Feet* – en HD.

— Oh, en haute définition, dans ce cas… Vous savez, c'est une chance que vous m'ayez demandé de l'aide, je déchire en sélection de manchots.

— Vous savez, c'est l'une des premières choses que j'ai pensées quand nous nous sommes rencontrés – je parie qu'elle sait reconnaître un bon manchot quand elle en voit un.

Quinn lui posa une main sur le bas du dos pour la dégager du passage d'une famille qui courait pour prendre le train. Minnie éprouva un picotement le long de l'échine et se blottit vers lui alors qu'ils se tenaient à quelques centimètres l'un de l'autre sur le quai bondé. Les chouettes papillonnantes s'étaient réveillées, mais au lieu de lui susciter vertige et angoisse, ces oisillons lui semblaient à présent être un chaleureux doudou, comme si un feu mourant en elle avait été ravivé avec une délicate bouffée d'oxygène.

Elle allait au zoo avec Quinn Hamilton. Elle se sentait comme une enfant excitée, bouillonnante d'impatience et d'attente. Elle n'aurait rien voulu faire d'autre à cet instant, ni préféré aucune autre compagnie ; et c'était libérateur de se l'avouer.

17 mai 2020

Quinn leur acheta des billets et ils déambulèrent dans les petites allées du zoo en regardant les animaux.

— Je n'étais encore jamais allée au zoo, confessa Minnie.

Quinn marqua un temps d'arrêt.

— Pauvre petite fille sans le sou. Savez-vous même à quoi ressemble une girafe ? (Il montra du doigt un enclos de phacochères.) Vous savez que ce ne sont pas des girafes, n'est-ce pas ?

— Ha-ha, fit Minnie en lui donnant un coup de coude dans les côtes. Vous êtes sans aucun doute un expert après toutes les vacances en safaris africains de votre enfance. Mes deux parents travaillaient le week-end, ils n'avaient jamais le temps de m'amener au zoo.

Quinn esquissa une grimace de compassion feinte.

— Pauvre petite Olivia Twist – une éducation si dickensienne, privée de tout.

Minnie lui tira la langue avec un regard noir amical.

Lorsqu'ils arrivèrent à l'enclos des manchots, Minnie poussa un cri de ravissement.

— Oh regardez-les, ils sont si mignons ! Regardez-les se dandiner sur leurs petites pattes. Oh, et celui-là avec ces poils bizarres qui se dressent sur sa tête ! cria-t-elle en désignant l'un d'eux.

Quinn ne dit rien. Elle se tourna pour vérifier qu'il était toujours là, et le trouva en train de la regarder avec un amusement charmé.

— Quoi ? demanda-t-elle.

— Vous êtes trop mignonne, dit-il doucement, les yeux rivés dans les siens.

Minnie en eut l'estomac retourné.

— Je ne crois pas vouloir être mignonne.

Elle reporta les yeux vers les manchots, et posa les mains sur la vitre pour se river sur place.

— Oh, regardez, qu'est-ce qu'il fait, celui-là ? demanda-t-elle en désignant un manchot qui faisait glisser quelque chose entre ses pattes.

— Il apporte une pierre à sa partenaire pour la lui offrir, dit une voix grave et rocailleuse à côté d'elle.

Minnie se retourna pour voir un homme âgé avec des cheveux blancs et un nez imposant parsemé de taches de vieillesse. Il avait le dos voûté et une canne à la main. Il pointa un doigt vacillant vers le manchot.

— Ils se font des cadeaux comme les humains. Celui-là essaie de gagner l'affection de cette femelle. Une coriace, par contre, c'est certain, s'esclaffa le vieil homme. Il n'y a pas assez de cailloux dans l'enclos pour la satisfaire.

— Vous en savez beaucoup sur les manchots, lui dit Minnie.

— Je viens ici presque tous les jours. Ma femme et moi venions ensemble, dit-il en tapant sa canne deux fois par terre.

Ils restèrent en silence l'un à côté de l'autre en regardant les manchots jusqu'à ce qu'il reprenne la parole.

— Ils se mettent en couple pour la vie, vous savez.

— Peut-être que nos vies seraient plus simples si nous étions plus manchots, dit Minnie.

— Elle n'est pas simple pour eux tous, dit-il en secouant la tête. Il y avait un manchot de Humboldt comme ça au zoo de Tokyo ; il s'appelait Grape-kun. Ils lui ont mis un personnage en carton dans son enclos, à l'effigie d'une petite fille de dessin animé – pour une publicité, je crois. Bref, Grape-kun est tombé amoureux de cette fille en carton. Il restait à la contempler toute la journée, refusait de bouger pour aller chercher à manger, il se contentait de la dévisager tristement. Un amour à sens unique.

— Que lui est-il arrivé ? demanda Quinn derrière Minnie.

— Il est mort, soupira l'homme, certains disent d'un cœur brisé. Il avait passé des années de sa vie à regarder cette fille en carton, à espérer qu'elle l'aime, mais c'était impossible. Je pense toujours à cette histoire quand je vois des manchots. Je trouve ça cruel que le zoo ait conservé cette effigie là-bas. Mais bon, ça ramenait les touristes, hein ? Tout le monde voulait voir le pingouin transi d'amour.

— Voilà une triste histoire, dit Minnie dans un soupir en reportant son attention vers l'enclos. Quinn, je pense que vous devriez adopter celui-là, dit-elle en désignant le manchot qui faisait traîner le caillou entre ses pattes palmées.

— Il s'appelle Coco, indiqua le vieil homme.

— Peut-être qu'il aura une ration supplémentaire de poisson ou autre – ça illuminera peut-être sa journée de pauvre petit amoureux transi.

Quinn et Minnie passèrent des heures à se promener dans le reste du zoo. Minnie était résolue à lire toutes les informations sur chaque animal. Elle leur paya des glaces qu'ils mangèrent en marchant. Quinn acheta un serre-tête avec des oreilles de girafe pour elle et un chapeau avec des oreilles d'éléphant pour lui. Ils discutaient si facilement de tout et de rien, alternant avec fluidité entre les bêtises et le sérieux en l'espace d'une phrase. Minnie aimait bien cette version de Quinn ; elle appréciait son attitude, son humour, l'aisance qu'il avait avec son propre corps. Minnie aimait cette version d'elle-même également ; elle aimait la personne qu'elle était en sa compagnie. Maintenant qu'elle n'était plus sur la défensive, elle se sentait drôle, optimiste, intéressante. Elle se reconnaissait à peine et pourtant, étrangement, cette personne lui semblait être le reflet le plus authentique de qui elle était vraiment.

Lorsqu'ils eurent enfin vu tous les animaux et se trouvèrent près de l'entrée, ils se tournèrent l'un face à l'autre.

— Eh bien, merci pour tout ça, dit Minnie en se mordant la lèvre. J'ai passé un moment charmant. En plus, maintenant je sais à quoi ressemble une girafe.

— De rien, dit-il avec une petite révérence. Merci de m'avoir aidé à choisir un manchot.

— Je n'arrive pas à vous prendre au sérieux avec ces oreilles d'éléphant, dit Minnie en riant.

Quinn retira le chapeau de sa tête et la regarda de nouveau.

— C'est mieux, dit-elle en lui tapant le bout du nez avec l'index. Vous n'avez pas le nez assez gros pour assumer le look éléphant.

Quinn lui saisit la main, pour l'empêcher de lui taper le nez, mais il la tint un battement de trop avant de la lâcher.

— Je ne sais pas si on a le droit d'adopter un manchot en particulier, dit Quinn en suivant du regard la main qu'il avait lâchée.

— C'est pourquoi j'ai exfiltré Coco en douce sous mon manteau, chuchota-t-elle en se penchant vers lui.

Il prit le col de son manteau, et l'attira délicatement vers lui, en affectant de regarder en dessous pour voir son passager clandestin.

— Vous êtes pleine de surprises, Minnie Cooper, dit-il doucement d'une voix grave et traînante.

Elle leva les yeux vers les siens, leurs visages extrêmement proches. Il allait l'embrasser ; Minnie sentit son cœur palpiter dans sa gorge, le corps entier animé d'impatience. Puis elle vit quelque chose traverser son expression. Le doute ? La peur ? Il serra les lèvres et transforma leur proximité physique en étreinte gênée. Il lui tapota le dos puis se dégagea pour se tourner brusquement vers la sortie.

Mais c'était quoi, ça ? Minnie blêmit. Elle enroula les bras autour d'elle, blessée par l'affront d'avoir été tapotée comme un chien. Elle était persuadée qu'il allait l'embrasser. S'était-elle bercée d'illusions au point de se méprendre sur cette chimie entre eux ?

— OK, eh bien, c'est là que je…, commença-t-il alors qu'ils se tenaient côte à côte à Regent's Park. Je devrais vraiment aller au bureau, ajouta-t-il avec un mouvement de tête vers la droite.

— Et je prends le bus là-haut, dit Minnie en faisant de même vers la gauche. À plus tard, j'imagine.

Elle ne put dissimuler la peine dans sa voix. Elle avait l'impression d'avoir passé le rendez-vous le plus parfait de sa vie, pour qu'on lui claque ensuite une porte à la figure.

Elle osa relever les yeux vers lui, pour essayer d'interpréter cette expression quelques instants plus tôt, voir ce qui avait suscité l'hésitation. Dès que leurs regards se recroisèrent, il ferma les yeux.

— Ne me regardez pas comme ça, Minnie.

— Comme quoi ?

— Comme si vous vouliez que je vous embrasse, dit-il, incapable de la regarder.

— Pourquoi pas ? demanda-t-elle en sentant sa voix se coincer dans sa gorge.

— Je pensais qu'on pourrait juste traîner ensemble. Je n'avais pas prévu de…

Quinn serra son front entre l'index et le pouce. Il finit par poser les yeux sur elle, puis les baissa de nouveau.

— J'ai plus ou moins quelqu'un dans ma vie. Je ne veux pas jouer au connard.

Minnie reçut ses propos comme un coup de poing dans le ventre.

— Oh, d'accord, dit-elle doucement. Amanda ?

— Non, dit-il en secouant la tête. Quelqu'un d'autre. Ce n'est pas, genre, une relation, mais…

— Je vois. Monsieur est un homme occupé.

Quinn fit un pas vers elle. Il cligna lentement les yeux.

— Je ne serais celui qu'il vous faut, Minnie, pas comme ça, croyez-moi.

Son téléphone se mit à sonner. Il le sortit de sa poche et en consulta l'écran, un instant distrait. Minnie crispa les mâchoires, essayant de ne pas s'écrouler sur place. Elle l'observa, tiraillé par l'alternative de développer ou prendre l'appel – qui provenait sans aucun doute d'elle, qui que ce soit.

— Vous pouvez répondre, je dois y aller de toute façon. Et pour info, je ne vous regardais pas comme si j'avais envie d'être embrassée. Je vous regardais simplement, Quinn.

Minnie passa devant lui et poursuivit sa route. Des larmes brûlantes lui montèrent aussitôt aux yeux. Elle se mit à courir. Il l'appela mais elle ne se retourna pas, déterminée à ce qu'il ne voie pas qu'il l'avait fait pleurer. Qu'est-ce qui clochait chez elle ? Elle avait été si stupide de se laisser emporter par cette journée, avec l'impression de vivre une espèce de premier rencard magique alors qu'à l'évidence, il estimait que ce n'était rien de la sorte. Comment pouvait-elle autant se méprendre sur les gens ?

À cet instant où elle clignait les yeux pour chasser le voile flou des larmes, il n'y avait qu'une personne à qui elle avait envie de parler, une seule personne qu'elle avait besoin de voir. Elle sortit son téléphone.

Il sonna deux fois.

— Leila ?

— Oui.

C'était un oui cordial, un oui poli – le nouveau ton de leur amitié.

— Est-ce que je peux passer ?

Leila perçut les larmes et changea aussitôt de ton.

— Où es-tu, Min ? Je viens te chercher.

17 mai 2020

Malgré la proposition de Leila de venir la chercher, Minnie dit qu'elle préférait la rejoindre chez elle. Lorsqu'elle arriva à la porte de Leila, elle avait cessé de pleurer. À présent, elle se sentait nerveuse d'être là. Même si elles s'étaient retrouvées pour quelques cafés en ville, elle n'était pas retournée chez Leila depuis leur dispute. Elle n'avait pas vu Ian depuis trois mois mais, à sa connaissance, il n'avait pas encore fait sa demande en mariage. Encore maintenant, elle aurait été la première au courant s'il l'avait fait, non ?

Ian lui avait envoyé un texto après la dispute, pour dire qu'il se sentait responsable de leur brouille. Il lui avait dit avoir raconté leur conversation à Leila, avoir tenté de négocier la paix. Mais étrangement, leur dispute semblait concerner davantage que leur entreprise. Des années à être si proches, à se frotter aux facettes les plus tranchantes de l'autre – ces frictions déclenchant un feu qui avait besoin de se consumer. Peut-être y aurait-il maintenant, comme après un incendie de forêt, de la place pour de nouvelles pousses.

Alors que Leila ouvrait la porte, Minnie braqua directement les yeux sur sa main, juste pour vérifier qu'il ne s'y trouvait rien dont on ne lui aurait pas parlé. Pas de bague. Elle sentit sa poitrine décompresser. S'il y en avait eu une, si Ian avait fait sa demande et que Leila ne l'en avait pas informée – cela aurait peut-être sonné le glas de leur amitié.

— Min, qu'est-ce qui s'est passé ?

Leila enlaça Minnie qui fondit contre elle, secouée d'un sanglot. Il ne s'agissait même plus de ce foutu Quinn Hamilton, mais de son amie qui la serrait comme elle ne l'avait plus fait depuis des mois et de se rendre compte, seulement à cet instant, combien elle lui avait profondément manqué.

— Quinn Hamilton, renifla Minnie.

— Quoooi ? dit Leila en l'agrippant par les épaules pour l'attirer dans l'appartement. Je le savais, je savais que c'était dans les tuyaux ! Comment, quand, où ? Raconte-moi tout.

— Il ne s'est rien passé. Je suis tombée sur lui ce matin à Hampstead Ponds.

— Depuis quand vas-tu là-bas ? demanda Leila en reculant la tête d'un air disant « Est-ce que je te connais, en fait ? »

— J'ai toujours nagé, rappelle-toi, avant que la vie ne devienne trop chargée. Je me suis dit que j'allais finalement écouter Jean et essayer en extérieur. Bref, j'ai croisé Quinn et nous sommes allés prendre un petit déjeuner, et… (Elle expira bruyamment, en fermant les yeux.) Leila, on s'est si bien entendus. Je ne sais pas, il se montrait si normal, drôle et étrangement vulnérable, pas arrogant ni odieux comme les autres fois. Nous avons fini par aller au zoo et…

— Au zoo ?

— Il voulait adopter un manchot.

— Le rencard de journée classique.

— Comment ça, rencard de journée ?

— Le zoo est un rencard de journée typique. Regarder tous ces animaux se grimper dessus – ça te fait penser au sexe. C'est lui qui l'a suggéré ? Tu emmènes quelqu'un au zoo seulement si tu veux lui grimper dessus aussi.

— Je ne vois pas ce qu'il y a de romantique à regarder les animaux s'accoupler, mais oui, c'est lui qui a proposé.

— Alors quoi ? Vous vous êtes roulé une pelle devant les pélicans, galochés devant les galagos, peloté devant les grenouilles à pelotes ?

— C'est quoi, les grenouilles à pelotes ?

— Je ne voyais rien qui aille avec peloter. Peut-être qu'il existe des grenouilles à pelotes.

Minnie secoua la tête, distraite de son histoire.

— Bref, Quinn et moi avons passé cette fabuleuse matinée juste à traîner ensemble, et c'était… Je sentais qu'il y avait cette connexion incroyable entre nous. Nous allions partir et nous avons vécu un moment…

— Un moment ?

— Ouais, genre, on se regardait dans les yeux et il était sur le point de m'embrasser, et…

— Et ?

— Et ensuite il a dit : « Ne me regardez pas comme si vous vouliez que je vous embrasse – j'ai quelqu'un et ça ne marcherait jamais entre nous. »

— Argh.

— Argh, je sais.

— Je m'attendais à ce que cette histoire soit un peu plus chaude quand même, Min. C'est à peine « tous publics ». Je supposais qu'il t'avait au moins baisée pour te ghoster après.

— Je sais, je surréagis. C'est juste que j'ai ressenti cette véritable connexion, pour ensuite me dire que j'avais tout imaginé – je me suis sentie tellement stupide.

Minnie haussa les épaules. Elle éprouvait une étrange superposition d'émotions. D'un côté, elle se sentait toujours rejetée et gênée ; de l'autre, elle était si contente de retrouver Leila, de parler comme elles en avaient l'habitude, que le rejet et la gêne ne lui paraissaient pas si graves. Elle tendit les bras pour reprendre son amie contre elle.

— Tu m'as manqué, Leils. Je suis désolée si tu penses que je ne suis pas un papillon, et je suis désolée de t'avoir taclée pour en être un. J'adore ton papillonnage, je ne supporte pas d'être une chenille ennuyeuse et sans ailes dans mon coin.

Leila rit.

— Tu n'es rien de tout ça, je n'aurais jamais dû te dire une chose pareille. Tu es merveilleuse telle que tu es. Je crois que je ne me rendais pas compte à quel point j'étais stressée à l'époque. Je me suis défoulée sur toi et je suis désolée.

Minnie l'étreignait toujours fermement.

— Il est clair que Quinn me voit aussi comme une chenille sans ailes.

— Ne le prends pas autant à cœur. Tu ne sais pas ce qui se passe dans sa vie. (Leila marqua une pause, en clignant les yeux d'un air solennel.) Ne le prends pas mal, Minnie, mais tu laisses trop les autres jouer avec ton amour-propre.

Minnie porta brusquement un poing à ses lèvres et déglutit. D'ordinaire, elle se serait cabrée devant ce genre de commentaire, mais elle était si heureuse d'être de nouveau en bons termes avec Leila qu'elle se mordit la langue et se contenta de dire :

— Qu'est-ce que tu entends par là ?

Leila prit une profonde inspiration, en évaluant la réaction de Minnie tandis qu'elle parlait.

— Eh bien, si un mec me rejetait, je serais peut-être déçue sur le court terme, mais je me dirais ensuite qu'il n'était pas fait pour être le bénéficiaire de mon excellente énergie de Leila. (Minnie esquissa à contrecœur un sourire en coin.) Alors que toi, Minnie Cooper, tu l'interpréterais en « Je ne vaux rien et je suis hideuse et je dois faire quelque chose de travers ».

Le téléphone de Minnie se mit à sonner dans son sac. Elle le prit et montra l'écran à Leila – Quinn l'appelait.

— Tu veux répondre ?

— Non, dit Minnie en secouant la tête, je vais essayer d'être un peu plus Leila.

Elle rejeta l'appel.

Elles discutèrent l'après-midi entier, en se racontant tout ce qu'elles avaient manqué dans la vie l'une de l'autre. Leila adorait son nouveau travail dans la start-up de mode, mais avait une nouvelle ennemie – une collègue qui essayait sans cesse de la coiffer sur le poteau de la création. Minnie parla à Leila de son travail chez le traiteur, de son retour chez ses parents avec la sempiternelle bande-son d'horloges, et de Lucky qui tentait en permanence de la tuer pendant son sommeil.

L'après-midi s'évapora et lorsque Ian rentra, elles étaient toujours sur le canapé, en train de manger des Pringles avec de la sauce salsa, les mains autour de grands verres de pinot grigio.

— Ah, dit-il d'une voix grave et traînante, le Joueur 1 prodigue est de retour. Comment ça se passe dans ta galaxie, Han Solo ?

— C'est solitaire, soupira Minnie en se levant pour prendre Ian dans ses bras, mais j'apprends toutes sortes de choses sur moi-même.

Elle se tourna vers Leila avec des yeux exorbités et un sourire crispé.

— Bon, je dois aller faire pipi, ma vessie a la taille d'un rat des moissons, dit Leila en bondissant pour se dandiner jusqu'aux toilettes en croisant les jambes pour les faire rire.

Minnie saisit l'occasion pour interroger Ian.

— Tu ne lui as pas encore demandé ? siffla-t-elle.

— Je t'attendais. J'ai besoin que tu règles toutes les conneries bizarres que tu m'as dit qu'elle voulait, marmonna Ian, les mains plongées dans les poches de son bas de survêtement.

— Je suis dessus, je te promets. Désolée, les choses ont été…

— Je pige, tu étais partie faire un niveau bonus.

13 juin 2020

— EST-CE QU'ELLE VA SAVOIR QUE C'EST MOI ? DEMANDA Ian sous le lourd dôme métallique de son casque.

Le contact accessoiriste de Fleur avait assuré.

— Qui d'autre ça pourrait être, crétin, dit Minnie en apportant les derniers ajustements à son armure.

Les plaques étaient spécialement superposées de manière à pouvoir monter à cheval. Le type des accessoires avait dit qu'elle avait servi dans *Game of Thrones* pour l'armée Lannister.

Le ciel au-dessus de Hyde Park était d'un bleu barbeau. La pelouse était parsemée de boutons d'or et de pâquerettes, et de majestueux cygnes se lissaient les plumes au bord du réservoir. On aurait dit l'illustration idyllique d'un livre pour enfants – l'endroit parfait pour une demande en mariage. Toute la bande de *Pas de mauvaises farces* s'était réunie pour mettre le plan de Minnie à exécution. Minnie était habillée en sirène avec une longue queue verte scintillante et une énorme perruque de boucles rousses en cascade parsemées d'algues pailletées d'argent. Elle portait un body ultrafin avec un soutien-gorge à noix de coco qui s'entrechoquaient dans un bruit sourd au moindre mouvement. Elle n'avait pas prévu d'être une sirène, mais lorsqu'elle avait vu le choix de costumes, elle avait estimé que cette option serait la meilleure. Au moins, Leila la reconnaîtrait dans cette tenue.

Étonnamment, Fleur avait été fiable sur tous ses contacts. Un spécialiste en animatronique leur avait apporté une collection d'animaux chantants tirés du dernier film sur lequel il avait travaillé, *Les Moutons chantants de Pontyre Creek*. C'était un peu chargé en moutons au goût de Minnie ; Leila n'avait pas particulièrement évoqué de moutons dans son fantasme. Elle avait imaginé des animaux des bois comme dans les dessins animés de Disney, mais Disney avait sans aucun doute des moutons quelque part et Minnie n'allait pas se plaindre, surtout en voyant le groupe électrogène que l'on avait apporté spécialement pour animer les moutons chantants.

Le contact costumes de Fleur à la RSC avait embauché une demi-douzaine d'acteurs qui adoraient l'idée de ce plan et la promesse d'un pique-nique gratuit. Trente autres personnes avaient été rameutées par le biais d'une campagne participative que Fleur avait lancée sur Internet. Minnie n'était pas certaine que Fleur se soit montrée assez précise dans son briefing, car les gens étaient habillés en lutins, il y avait un ananas et même un Tinky Winky et un Po qui rôdaient quelque part vers le fond.

La veille, Bev et Minnie avaient passé toute leur journée à préparer le pique-nique de tous les pique-niques. Elles y avaient passé plus de temps que Minnie ne l'avait prévu, parce que Bev refusait qu'elles achètent la moindre nourriture emballée dans du plastique. Elle avait fini par aller seule à quelques manifestations et était devenue une fanatique dans sa quête d'un monde sans plastique.

Aujourd'hui, Bev portait un costume qu'elle avait confectionné elle-même. Il était composé d'une étrange minirobe verte dont le bas avait été déchiré, une espèce de coussin attaché autour des épaules, une perruque très peu flatteuse qui semblait avoir été faite à partir de la fourrure d'un vieil ours en peluche (il y avait un nez qui ressemblait de manière suspecte à celui d'un ours au-dessus d'une oreille) et un maquillage appliqué dans le noir avec trop de crayon à sourcils. Minnie ne put se résoudre à lui demander quel personnage elle était censée incarner, mais elle supposait qu'il s'agissait d'une sorte de Chenille-qui-fait-des-trous.

— Chouette déguisement au fait, dit-elle en adressant un hochement de tête à Bev alors qu'elle arrivait avec un autre panier de nourriture.

— Merci, je l'ai fait moi-même. Je me dis que le monde a assez de costumes qui partent direct à la décharge. Oh, Minnie, est-ce que je t'ai montré une photo du T-shirt que ma fille a fait à Betty pour la manif de la semaine prochaine ?

Bev sortit son téléphone. Minnie se pencha pour regarder la photo d'une jeune fille aux longues nattes brunes qui souriait de toutes ses dents, et vêtue d'un T-shirt qui disait « MA MAMIE EST FANTASTIQUE, ELLE DIT NON AU PLASTIQUE À USAGE UNIQUE ».

— Oh, Bev, comme elle est mignonne. Je suis tellement contente que tu t'investisses dans toute cette mobilisation.

Minnie mit un bras autour de Bev pour l'étreindre, mais se retrouva en pleine embrassade avec le coussin qu'elle avait fixé sur ses épaules.

— Oh, tu es le bossu de Notre-Dame ! dit-elle, percutant enfin.

— Qui serais-je d'autre ?

Bev alla ajouter l'ultime panier à la scène. Elles avaient disposé une couverture de pique-nique géante à carreaux rouges et blancs, avec des paniers remplis de tourtes au porc, de jambon, de plateaux de fromages et de fruits. On aurait dit un festin digne d'Henri VIII (si Henri VIII avait été ami avec une sirène, la troupe de la RSC, Quasimodo, d'étranges moutons automates et la moitié des Télétubbies).

— Waouh, dit Bev alors qu'elles examinaient la scène côte à côte. Pas mal, hein ?

Fleur avait endossé le rôle d'organisatrice d'événements et plaçait les gens, pendant qu'un Ian en sueur se faisait hisser sur un cheval déguisé en licorne par son robuste dresseur. Il y avait des gens déguisés en peuple marin, en elfes, ainsi qu'un bonhomme de neige et un hérisson qui dansait en tutu. Minnie sourcilla : d'où sortait le hérisson dansant ?

— Tu crois vraiment que ça représente l'imaginaire Disney, hein Bev, pas un spectacle de Noël sous acide ?

— Je n'ai pas regardé beaucoup de Disney, alors je ne vois pas du tout ce que tu veux dire, répondit-elle en secouant la tête.

Minnie chercha nerveusement des yeux quelqu'un d'autre à qui demander puisque Bev ne la rassurait pas du tout. Elle bondit vers Fleur en tenant sa queue à deux mains – il n'était pas simple de manœuvrer avec les jambes attachées ensemble.

— Fleur, ça ressemble à une scène de l'imaginaire Disney, genre *Il était une fois*, non ? C'est juste que, le hérisson qui danse et les Télétubbies…

Fleur portait un casque audio et leva un doigt à son oreille, en tendant l'autre main pour faire taire Minnie.

— Leila est sortie du métro, alors heure probable d'arrivée dans cinq minutes messieurs dames – *cinq minutes !* (Puis elle se tourna vers Minnie en roulant les yeux.) Je sais que Bev nous fout vraiment la honte avec sa tenue cheloue à tête d'ours mort, mais je la cacherai dans le fond. Ne t'inquiète pas, Leila adore toutes ces conneries complètement barrées.

Minnie reconnaissait à peine cette version efficace et organisée de Fleur – elle n'avait jamais été comme ça lorsqu'elle travaillait chez *Pas de mauvaises farces*. Il était trop tard pour s'inquiéter que la scène ne fasse pas assez Disney.

Leila saurait ce que c'était censé être à la seconde où elle poserait les yeux dessus – c'était tout ce qui comptait.

Tout le monde se mit en position autour de la couverture de pique-nique, en dissimulant Ian et le cheval. Le plan était qu'Iggy, la nouvelle collègue de Leila, l'amène là sous prétexte d'aller au pique-nique d'anniversaire d'un ami commun. Le coup monté était idéalement placé derrière des arbres, impossible donc de voir la totalité de la scène avant d'avoir passé l'angle.

Des touristes s'arrêtaient pour les prendre en photo en leur demandant s'ils tournaient un film, et un groupe de petits enfants entreprirent de réclamer des câlins à l'un des Télétubbies. Fleur leur hurla à tous de débarrasser le plancher. Une foule de spectateurs s'était à présent formée, et les gens avaient sorti leurs téléphones et filmaient en attendant de voir ce qui allait se produire. Minnie sentit une montée d'adrénaline en regardant autour d'elle. Même s'ils ne travaillaient plus ensemble, ils étaient tous venus l'aider à créer ce fantasme pour sa meilleure amie. Leila allait être tellement impressionnée que Minnie se rappelle chaque détail, des années plus tard.

Enfin, Leila et Iggy arrivèrent. Minnie les vit contourner la rangée d'arbres et sentit sa poitrine pétiller d'impatience. Leila s'arrêta net en voyant la scène. Iggy, une brune svelte dans la vingtaine, tira Leila par la main et la conduisit devant la couverture de pique-nique.

— Mais putain de bordel, qu'est-ce qui se passe ici ? demanda Leila dans un rire nerveux. Est-ce que j'ai une hallucination ? Est-ce que je suis dans *This Is Your Life* ?

Leila braqua les yeux dans tous les sens, et pointa du doigt les visages dans la foule qu'elle commençait à reconnaître.

— Minnie ? C'est toi ? dit-elle en plissant les yeux vers la sirène.

— Enfile ça, lui ordonna Iggy en prenant la volumineuse robe bleue à paillettes de Cendrillon soigneusement pliée dans un panier à pique-nique.

Une autre excellente trouvaille de Fleur. L'un de ses amis tenait un site de cosplay avec des répliques de tenues de tous les films. Il s'avéra au bout du compte que Fleur n'était pas une mythomane – elle avait honoré toutes ses promesses. Son amie millionnaire qui avait inventé l'emballage en algue était là habillée en fée, et le repéreur de décors pour le nouveau film de fantômes de Tarantino était lui aussi quelque part dans l'assemblée, en train de tout enregistrer pour la chaîne YouTube de Fleur. Minnie se sentit mal d'avoir un jour douté d'elle.

Leila secoua la tête avec perplexité, en scrutant les lieux comme si un présentateur télé allait bondir des buissons. Puis la foule se divisa et le dresseur de chevaux fit avancer Ian et la « licorne ». Ian tenta d'ouvrir son casque, mais les visières ne cessaient de se rabattre avec fracas. Leila se mit à rire dès qu'elle le vit ; un rire à être pliée en deux. Ian soufflait et cliquetait, puis décida de se dispenser complètement du casque et le retira pour le laisser tomber dans l'herbe.

— Leila, je t'aime de tout mon cœur, ma beauté folle et sexy. Si tu veux un conte de fées, même ce conte de fées furieusement bizarre, je promets de te l'offrir tous les jours. Leila Swain, veux-tu m'épouser ?

Puis il désigna la fausse corne dorée à paillettes de sa « licorne » où la bague de sa grand-mère scintillait au soleil, et les moutons chantants au premier rang commencèrent à bêler une sinistre interprétation de *The Lion Sleeps Tonight*.

Leila pleurait et riait, s'agrippant les flancs en regardant Ian avec adoration, tandis que tout le monde dans l'assemblée se mettait à applaudir et les acclamer.

— Descends de là, espèce de couillon, lui lança-t-elle.

Le dresseur de chevaux et le hérisson en tutu aidèrent Ian à descendre dans un tintamarre métallique. Il marcha d'un pas lourd vers Leila, en écrasant un plateau de tourtes au porc sur son passage, ce qui arracha à Bev un petit cri involontaire.

— Bon alors ? demanda Ian. Le veux-tu ?

— Évidemment que je le veux, espèce de fou furieux, couina Leila en s'emparant de lui à deux mains pour l'embrasser. Mais d'abord explique-moi, au nom du trip le plus tordu qu'on puisse imaginer, ce qui se passe ici ? Pourquoi y a-t-il des sirènes et des moutons chantants et un hérisson qui fait du ballet ?

Minnie s'avança avec un pancake au Nutella soigneusement plié sur une assiette en carton rose.

— C'était la demande en mariage de tes rêves, tu te souviens ? dit-elle, le sourire jusqu'aux oreilles.

Leila eut l'air perplexe.

— Souviens-toi ! insista Minnie en lui donnant un coup de coude, on avait dix-sept ans, on était chez moi en train de regarder des comédies romantiques et tu as dit que quand le mec parfait te ferait sa demande, ça ressemblerait exactement à ça. Enfin, pas exactement à ça, mais tu vois l'idée – c'est le fantasme romantique à la Disney dont tu as toujours rêvé ! dit Minnie en déployant les bras dans un geste « ta-daaa », en attendant que Leila percute.

— Je n'ai absolument aucun souvenir de cette conversation.

Elle avait la bouche calée dans un sourire narquois et confus, et écarquillait les yeux sans ciller. Elle se retourna vers Ian.

— Dis-moi que tu n'as pas organisé tout ça en te basant sur une conversation quelconque que j'ai eue avec Minnie il y a treize ans ?

Ian se tourna vers Minnie et se plaqua les mains sur le visage.

— Je croyais que c'était une conversation fondamentale ! cria Minnie.

— Ce n'en était clairement pas une, s'esclaffa Leila.

— Qu'est-ce qui se passe ? s'enquit Fleur en rejoignant la discussion à grands pas.

— Leila ne se rappelle pas son fantasme de fiançailles, dit Ian en secouant la tête.

— C'était une conversation fondamentale ! cria Minnie en sautillant sur place.

Comment ne pouvait-elle pas s'en souvenir ? Elle s'était montrée si enflammée sur le sujet.

— C'est une blague ? dit Fleur en décochant un regard noir à Minnie, les mains sur les hanches.

S'ensuivirent des cris de ravissement dans la foule quand Leila sauta dans les bras d'Ian et qu'ils s'écroulèrent tous les deux en tas sur la couverture de pique-nique. Lorsqu'ils commencèrent à rouler en s'embrassant, tout le monde les acclama. Minnie sourit – même si Leila ne s'en souvenait pas, elle avait l'air heureuse. Son amie était fiancée à l'homme qu'elle aimait, et à présent, même Fleur avait la larme à l'œil.

La queue de Minnie se mit à vibrer. Elle se retourna en se tapotant ; elle avait glissé son téléphone dans l'une des écailles. Elle s'écarta du groupe, se servant de son téléphone comme excuse pour échapper à toute autre interrogation de la part de Fleur.

— Maman ?

— Minnie, haletait sa mère, à court d'haleine au bout du fil. Il s'est passé quelque chose, je ne sais pas quoi faire.

— Est-ce que Papa va bien ? Où es-tu ? demanda Minnie, un doigt sur l'oreille et s'éloignant de l'assemblée afin d'entendre ce que disait sa mère.

— Je suis avec Tara Hamilton dans sa maison à Primrose Hill. (Qu'est-ce qu'elle faisait avec Tara ?) Elle a eu un malaise, m'a dit qu'elle avait une crise cardiaque et a commencé à faire de l'hyperventilation – je crois que c'est une crise d'angoisse. Je me suis dit que je devrais appeler une ambulance, juste au cas où, mais elle m'a hurlé de ne pas le faire. Elle réclame son fils, mais je ne trouve pas son portable. Est-ce que tu as le numéro de Quinn ?

Minnie ne parvenait pas à comprendre pourquoi sa mère serait chez Tara. Après tous ces mois, avait-elle enfin décidé de la rencontrer et d'entendre sa version de l'histoire ?

— Elle souffre d'anxiété sévère – oui, c'est probablement une crise d'angoisse. Je vais venir, je ne suis pas loin, j'appellerai Quinn en chemin.

Minnie se tourna pour crier aux autres :

— Je dois partir !

Puis elle releva sa queue et se mit à courir vers la route la plus proche. Elle héla un taxi sur Bayswater Road et demanda au chauffeur de se dépêcher. Dans la voiture, elle appela Quinn. Il décrocha aussitôt.

— Minnie.

Il le prononça d'un ton presque affectueux, ce qui était étrange, sachant comment ils s'étaient quittés et qu'ils ne s'étaient pas parlé depuis un mois.

— Je crois que votre mère a fait une crise d'angoisse, dit abruptement Minnie. Ma mère est chez elle, elle m'a appelée, et m'a dit que la vôtre faisait de l'hyperventilation. Votre mère pensait qu'elle faisait peut-être bien une crise cardiaque.

Quinn était silencieux à l'autre bout de la ligne. Minnie écouta le bruit de sa propre respiration saccadée, la conséquence d'avoir traversé le parc en courant.

— J'y vais tout de suite. Merci de m'avoir prévenu, Minnie.

Sa voix semblait éraillée.

— Je suis dans un taxi, j'arrive là-bas dans une minute.

13 juin 2020

Le taxi de Minnie s'arrêta devant la maison bleue et elle sortit par la portière latérale en rampant. En rampant, parce qu'elle était toujours comprimée dans une jupe en queue de sirène qui limitait l'envergure de ses pas à douze centimètres dans n'importe quelle direction. Elle se roula à plat ventre et battit des jambes en arrière par la portière pour pouvoir se mettre debout, comme un totem dressé à l'aide d'un treuil. En fonçant dans le parc, elle avait dézippé le côté de la queue, mais la fermeture ne tenait que sur deux positions, complètement remontée, ou complètement descendue, elle avait donc exhibé une culotte rose vif à tout le monde en courant. Dans la précipitation, elle n'avait pas pris le sac contenant ses vêtements de rechange, seulement son sac à main et son portefeuille. Elle traîna des pieds jusqu'à la vitre avant pour payer le chauffeur.

C'était un vieux Liverpuldien avec de longues pattes grisonnantes et une casquette beige.

— J'ai failli ne pas vous prendre, dit-il en lui dévoilant une rangée de dents tachées par la cigarette.

Minnie secoua la tête, confuse.

— En général j'évite les queues de poisson, dit-il en désignant sa jupe.

Il lui adressa un lent clin d'œil, en penchant la tête vers elle.

— Oh, je vois, ha-ha, très drôle.

Minnie monta les marches en sautillant et sonna à la porte. Sa mère lui ouvrit. Elle marqua un temps d'arrêt puis examina Minnie de haut en bas. Elle commença à remuer les lèvres, comme pour tenter de trouver des mots qui refusaient de se former. Elle finit par dire :

— C'est quoi ce déguisement ?

— Longue histoire. Est-ce que Tara va bien ? Qu'est-ce que tu fais ici, d'ailleurs ?

Sa mère lui fit signe d'entrer en agitant brièvement la main, braquant les yeux de gauche à droite comme si elle s'inquiétait que les voisins aperçoivent une sirène sur le perron.

— Nous parlions, simplement, chuchota sa mère en la conduisant dans le salon. Je ne sais pas ce qui l'a contrariée, mais elle a eu une espèce de crise d'angoisse, et s'est agrippé la poitrine. Elle tremblait de partout, suffoquait comme si elle n'arrivait plus à reprendre son souffle.

Dans le salon, Tara était allongée sur le canapé, adossée contre des coussins. Blanche comme un linge. Elle avait les mains appuyées sur les yeux et balançait doucement la tête d'avant en arrière.

— J'aurais appelé une ambulance mais elle m'a suppliée de ne pas le faire. Elle m'a demandé ses médicaments en hurlant. J'ai retourné sa salle de bains pour trouver ceux qu'elle voulait. J'imagine qu'ils ont fait effet puisque ça fait dix minutes qu'elle est comme ça.

Minnie ôta sa perruque pour ne pas effrayer Tara. Elle s'accroupit à côté du canapé et lui posa une main sur le bras.

— Tara, c'est Minnie. Je ne sais pas si vous vous souvenez de moi. (Tara la regarda en coin par-dessous ses mains.) De quoi avez-vous besoin, qu'est-ce que je peux faire ?

— Quinn, murmura Tara.

— Quinn est en chemin, il sera bientôt là.

Minnie lui serra doucement le bras. Tara prit une bouffée d'air brève et saccadée, en hoquetant comme une mitrailleuse essoufflée.

— OK, respirez, Tara. Regardez-moi maintenant.

Tara se découvrit les yeux en les clignant vers Minnie. Elle les referma vigoureusement.

— Respirez avec moi, dit Minnie.

— J'ai fait tout ça, marmonna la mère de Minnie.

Minnie expira lentement puis inspira bruyamment par le nez. Progressivement, Tara commença à se concentrer sur Minnie, pour reproduire son rythme respiratoire.

— Voilà, parfait, on inspire et on expire, dit la mère de Minnie.

Puis elle ajouta sur un ton différent :

— Bonjour.

Minnie se retourna pour voir Quinn debout à la porte, en train de l'observer. Il était cloué sur place, avec un regard étrange. Minnie lui sourit – c'était un réflexe, comme un tournesol s'épanouissant vers le soleil. Puis elle se rappela le zoo, le rejet, le fait qu'il ne l'ait pas recontactée depuis, et elle refréna son sourire, le convertissant en salutation plus détachée – un petit hochement de tête.

Quinn regarda son visage changer, et l'expression qui animait ses yeux disparut. Il s'approcha et se baissa vers sa mère ; Minnie se leva et recula hors du passage. Quinn l'observa de haut en bas d'un air interrogateur disant « Mais c'est quoi cet accoutrement », puis alla à l'endroit où elle s'était accroupie à côté de Tara. Il tapota la main de sa mère d'un geste précis et rythmé, comme s'il transmettait un code. Minnie se tourna pour voir Tara relâcher la tête sur le coussin, en resserrant la main autour de celle de Quinn.

— Est-ce qu'elle a pris quelque chose ? demanda Quinn en regardant entre Minnie et sa mère.

— Deux de ceux-là, dit cette dernière en s'avançant pour donner un tube de comprimés marron à Quinn. Je voulais appeler une ambulance, mais elle a été très catégorique.

La mère de Minnie se triturait les mains, faisant tourner ses pouces l'un autour de l'autre.

— C'est bon, vous avez fait ce qu'il fallait, dit-il. Merci d'avoir été là, Connie. Je sais combien Maman a apprécié de vous parler ces derniers mois. Ça aura représenté tellement pour elle que vous veniez.

Minnie contempla vers sa mère avec confusion. Elle parlait avec Tara depuis des mois ? Pourquoi n'avait-elle rien dit ? Mal à l'aise, Connie fut saisie de picotements, jeta un coup d'œil à Minnie puis se frotta la nuque d'une main.

— Je vais conduire Maman là-haut, dit Quinn.

Minnie acquiesça. Elle le regarda mettre délicatement l'un des bras de Tara autour de son épaule et la soulever du canapé comme si elle ne pesait guère plus qu'une enfant. Le regarder faire déclencha l'étincelle d'un souvenir dans l'esprit de Minnie ; ce fameux jour au bassin – son torse dégoulinant. Elle se réprimanda ; ce n'était pas le moment de déshabiller mentalement cet homme !

— Ne partez pas. Je redescends, dit Quinn à Minnie en portant sa mère vers l'escalier.

Lorsqu'il eut disparu, Minnie alla vers sa mère et siffla :

— Donc, vous êtes en contact. Pourquoi ne m'as-tu rien dit ?

Sa mère haussa les épaules et se dirigea vers une table d'appoint recouverte de cadres photo argentés et de bibelots. Elle prit un petit chien en porcelaine et l'examina.

— Regarde-moi ça, exactement comme le mien.

Minnie regarda le chien. Il n'aurait pu être plus différent de la vieillerie kitsch dont sa mère parlait. Celui de Tara était probablement une pièce de collection en coûteuse porcelaine anglaise ; celui de sa mère venait de la brocante près de Kilburn High Road.

— Eh bien ? murmura de nouveau Minnie, les mains fermement plantées sur ses hanches écailleuses de sirène.

— Nous parlons, c'est tout. Ça ne te regarde pas, Minnie, c'est pourquoi je ne t'ai rien dit.

— Ça ne me regarde pas ? C'est moi qui t'ai donné son numéro, qui t'ai dit que tu devrais écouter sa version de l'histoire !

Sa mère haussa de nouveau les épaules. Elle prit une photo encadrée de Tara avec un jeune Quinn sur ses genoux – ils contemplaient un lever de soleil ensemble, quelque part sous les tropiques. Elle reporta son attention vers Minnie, qui l'observait les yeux écarquillés dans l'attente d'une réponse.

— Je dois faire certaines choses à ma façon, Minnie. Nous discutons de temps à autre ; elle a connu des moments difficiles, ça oui.

Minnie ne parvenait à comprendre pourquoi sa mère ne lui avait rien dit. Puis elle marqua une pause, pour tempérer son irritation. C'était une bonne chose qu'elles se soient mises en contact. Peut-être que tourner la page de « l'incident du vol de prénom » émousserait au moins l'une des facettes tranchantes de sa mère, corrigerait son cynisme sur la nature humaine.

— Eh bien, qu'as-tu dit pour qu'elle… (Minnie s'interrompit, ne sachant comment qualifier la crise de Tara.) … réagisse comme ça ?

— Je n'ai rien dit, se défendit sa mère. (Une pause.) Elle me racontait combien elle était chamboulée que je ne t'aie pas appelée Quinn, combien elle s'en voulait. (Elle secoua la tête.) Je lui ai dit que c'était juste un prénom, hein – ça ne fait rien. Mais elle a alors commencé à faire de l'hyperventilation.

Minnie rit d'un air incrédule – « juste un prénom ». Elle regarda sa mère comme si elle s'était mise à parler un curieux dialecte martien.

— Pourquoi ris-tu ? sourcilla sa mère. Tu ne sais pas ce qui déclenche ce genre de choses. La pauvre femme est traumatisée – angoisse postnatale, une terrible fausse couche, un mari qui la laisse en plan. Pas étonnant qu'elle ne soit qu'un sac de nerfs sur pattes.

Sa mère prit un autre cadre de la série de photos sur la petite table. Sur celui-ci figurait un couple dans la vingtaine, se tenant sur le seuil de la maison de Primrose Hill avec un bébé dans les bras. Le père de Quinn exhibait la clé de manière théâtrale pour le photographe. Elle avait dû être prise quand ils avaient emménagé.

— Tu vois une grande maison comme celle-ci, Minnie, et tu penses que les gens ont tout. Parfois, c'est comme trop de glaçage sur un gâteau – il couvre une base minable qui est fendue au milieu.

Minnie prit son visage dans ses paumes et inspira profondément. Elle n'arrivait pas à croire les paroles qui sortaient de la bouche de sa mère ; ce genre d'empathie ne lui ressemblait pas du tout. Combien de fois avaient-elles parlé ? Minnie doutait que Tara eût confié tout cela en l'espace de quelques appels téléphoniques. Ce dialogue avec sa mère durait clairement depuis un bon moment.

— Ne va pas faire une crise d'angoisse et tout ça, dit sa mère avec un reniflement avec une moue de défi.

Des pas résonnèrent dans l'escalier. Elles se tournèrent toutes les deux pour voir Quinn redescendre dans le salon. Il avait l'air fatigué, abattu. Il se passa une main dans les cheveux et s'appuya à l'encadrement de la porte.

— Merci d'avoir été là aujourd'hui, dit-il à Connie. Il y a peu de gens à qui elle accepte de parler, elle ne laisse entrer personne. J'espère que cette journée ne va pas… (Il marqua une pause, pour trouver le bon terme.) … vous décourager de rester en contact.

Connie rougit puis releva son menton. Minnie n'avait jamais vu sa mère rougir de toute sa vie.

— Il en faut plus pour me décourager.

Ils gardèrent tous le silence un instant, jusqu'à ce que Connie dise :

— Bon, je ferais mieux de partir. Je ne peux pas rester toute la journée à bavarder. J'appellerai pour prendre de ses nouvelles dans la matinée.

Elle fit aller et venir son regard entre Quinn et Minnie, adressa un bref hochement de tête à Quinn puis marcha d'un pas résolu vers la porte d'entrée.

— Tu rentres à la maison de ton côté, Minnie, tu ne ferais que me ralentir avec ton accoutrement ridicule.

Elle dévisagea fermement sa fille, comme pour lui passer un message avec les yeux, quoique Minnie n'eût aucune idée de ce que ça pouvait être.

Lorsqu'elle fut partie, Minnie se retourna et s'aperçut que Quinn se tenait auprès d'elle dans l'entrée. Il paraissait épuisé et mélancolique.

— Bon, je ferais mieux d'y aller moi aussi, dit-elle en cherchant du regard son sac et son téléphone.

Quinn lâcha un profond et bruyant soupir.

— Est-ce que je peux faire quoi que ce soit ? demanda Minnie avec un mouvement de tête en direction de l'escalier.

— Non, dit-il. Je vais juste rester ici jusqu'à ce qu'elle se réveille. Quand elle prend son traitement, elle réémerge toute groggy, elle oublie des choses. Elle va avoir besoin de moi ici.

Il baissa les yeux par terre. En le regardant à cet instant, Minnie ne pouvait être fâchée. Malgré le malaise qui avait pu se produire entre eux, il était toujours un type bien aux prises avec une situation difficile.

— Voulez-vous un peu de compagnie ? demanda-t-elle doucement, le cœur tambourinant dans sa poitrine.

Une question si inoffensive, mais elle ignorait si elle pourrait supporter l'humiliation d'être une fois de plus rejetée.

Il leva brusquement la tête.

— Oui, dit-il, un sourire taquinant alors ses lèvres. Mais peut-on parler de la tenue de sirène maintenant ? Et cette perruque dans le salon en fait-elle partie, parce que si c'est le cas, je crois que j'ai besoin de voir le déguisement en entier.

Minnie lui décocha une bourrade taquine en passant d'un bond devant lui, mais elle y mit un peu trop de force, perdit l'équilibre et tomba contre lui. Il la rattrapa en lui prenant les épaules des deux mains. Elle le huma ; il sentait tous les meilleurs Noël qu'elle eût jamais vécus. Les chouettes passèrent en surrégime, tirant des pétards et hululant des chants de Noël.

— Vous avez peut-être des vêtements de rechange pour moi, dit-elle en se redressant puis vacillant en arrière.

Quinn lui trouva l'un de ses shorts de gym et un T-shirt. Elle alla se changer dans la salle de bains du rez-de-chaussée. Elle n'avait pas d'autre soutien-gorge avec elle, elle se contenta donc de mettre le T-shirt par-dessus celui en noix de coco. De retour dans le salon, elle s'aperçut combien ses seins semblaient ridiculement gros et durs. Pendant que Quinn était dans la cuisine, plutôt que retourner dans la salle de bains, elle décida de faire le tour de magie que toutes les filles connaissent – celui qui implique de retirer votre soutien-gorge et de le sortir par une manche. Malheureusement, ça ne se déroulait pas sans heurt quand le soutien-gorge en question était fait de deux coques de noix de coco géantes.

Quinn reparut avec une bouteille de vin et détourna les yeux en voyant ce qu'elle fabriquait.

— Est-ce que mon T-shirt est en train de vous attaquer ? Avez-vous besoin d'intimité ?

— Tout est sous contrôle, répondit-elle en sortant finalement les noix de coco par le bas du T-shirt.

Mais pourquoi n'avait-elle pas pensé à récupérer ses vêtements de rechange ?

Quinn leur servit un verre de vin et elle lui raconta les fiançailles. Elle se couvrit le visage en lui expliquant la réaction de Leila, comment elle ne se rappelait pas du tout leur conversation. Les rides autour des yeux de Quinn se creusèrent profondément et il lâcha un rire grave et franc.

— Donc elle ne savait absolument pas à quoi toute cette scène faisait référence ?

— Pas la moindre idée, répondit Minnie avec un sourire grimaçant.

— Oh, Minnie, dit-il en se calant contre l'accoudoir du canapé, hilare. C'est très gentil à vous d'organiser tout ça pour votre amie.

Alors qu'il tournait vers elle ses yeux bleus et chaleureux, elle ne put refréner cette impression une fois encore de le connaître depuis bien avant leur rencontre. Ils restèrent ainsi une minute dans un silence satisfait, puis Quinn se pencha pour lui remplir son verre. Elle ne devrait rien boire d'autre ; elle allait dire une bêtise sinon. Elle allait aborder le sujet tabou et tout gâcher une fois de plus.

— Alors, comment va la vie ? dit-elle en relevant les yeux vers lui par-dessus le bord de son verre. Comment va Amanda, ou Amanda II, quel que soit son prénom ? Une demande en mariage follement romantique qui se profile de ce côté ?

Oh super, elle l'avait fait – elle l'avait évoqué. Pourquoi avait-elle parlé d'Amanda ? Quinn n'avait pas envie de lui raconter sa vie amoureuse ! Quinn se glissa en avant sur le canapé, puis prit une longue gorgée de son vin.

— J'imagine que nous devrions discuter de ce qui s'est passé au zoo, dit-il.

— C'était il y a un mois, Quinn, inutile d'expliquer quoi que ce soit. C'est bon, peu importe, je disais ça juste pour parler. Vous savez ; comment va le boulot ? Comment est le ciel aujourd'hui ? Comment va votre petite amie ? Nous ne sommes pas du tout obligés d'en parler, si vous préférez discuter météo – ce soleil que nous avons, c'est charmant, non ?

Elle bredouillait.

— Minnie, dit-il en la coupant, je me suis senti tellement idiot dès que vous êtes partie.

Il se pencha en avant, posa son vin sur une petite table à côté, puis cala un coude sur chaque genou.

— Nous avons passé une journée tellement géniale ensemble, reprit-il, et je l'ai gâchée, je suis désolé.

— Eh bien, il paraît que le caca de manchot est un véritable aphrodisiaque.

— Vous n'avez pas besoin de tout tourner en dérision, Minnie. J'essaie de faire ce qu'il faut, là.

Il ferma les yeux, mais continua de parler.

— Je ne suis pas doué en relations, je finis juste par faire du mal aux gens. J'ai mon entreprise, ma mère… Je ne suis pas en mesure de veiller sur… de quoi que ce soit d'autre.

— Quinn, c'est bon. Ça fait un moment, je m'en suis remise. Waouh, vous avez toujours de telles angoisses quand vous manquez d'embrasser quelqu'un ? (Il esquissa une grimace d'amusement gêné.) De toute façon, qu'est-ce qui vous fait penser que j'aurais besoin qu'on veille sur moi ?

— Eh bien, je sais que vous attendez désormais votre chevalier sur sa licorne flamboyante.

Minnie grimaça. Elle savait qu'elle n'aurait pas dû lui raconter toutes ces histoires quand il était ivre au bureau.

— Écoutez, inutile de me faire tout le sketch du solitaire torturé.

Elle le regarda en roulant les yeux, et un soupçon de sourire fit tressauter la bouche de Quinn.

— C'est ça que je fais ? J'ignorais qu'il existait un sketch de ce genre.

— Ouais, les mecs le rejouent en permanence, dit-elle avec un geste efféminé de la main. Pauvre de moi, je n'arrive pas à être proche de qui que ce soit parce que j'ai eu une enfance tellement dure.

Elle le prononça d'un ton moqueur, puis lui adressa un bref sourire. L'humour était le seul moyen qu'elle connaissait pour désamorcer une conversation gênante, le seul moyen de sauver une certaine dignité dans cette dynamique.

— Waouh, OK. Désolé d'avoir été un tel livre ouvert, dit-il en frottant sa barbe naissante du plat de la paume.

— C'est bon, je vous pardonne. J'aurais juste préféré que vous jouiez un personnage moins cliché dans cette comédie romantique. Le « torturé phobique de l'engagement », c'est tellement années quatre-vingt-dix.

— Ah oui ? s'esclaffa-t-il. Et qui a dit que nous étions dans une comédie romantique ? Si je dois être dans n'importe quel genre de film, je voudrais que ce soit un thriller ou un film d'action.

— Je ne pense pas que les conseillers en gestion puissent être des héros de film d'action, dit Minnie.

Elle était soulagée d'être sur un terrain moins miné. Le sujet tabou avait été abordé. À présent, ils pouvaient le chiffonner, le mettre dans une boîte, l'enterrer dans le jardin et ne plus jamais l'évoquer. Ça pouvait de nouveau se résumer à des plaisanteries et des conversations amicales.

— Alors dans quel film être vous l'actrice principale ? demanda Quinn.

Minnie bondit légèrement sur le canapé. Ce second verre de vin avait mis son cerveau en effervescence.

— *Le Monde de Nemo*, quand je portais ma queue de poisson, mais en général, *Ratatouille*. Peut-être que mon genre, ce sont les films pour enfants.

— *Ratatouille* ?

— Ça parle d'un rat cuisinier.

— Vous n'êtes clairement pas un rat, je vous vois dans une franchise de superhéros, dit-il en reprenant une gorgée de vin. On vous appellerait Coco Nuts, et vous élimineriez tous les méchants en fracassant leurs têtes ensemble avec ces énormes coques.

Quinn jeta un coup d'œil au soutien-gorge à noix de coco posé entre eux sur le canapé.

— Je ne sais pas si je pourrais tuer un homme avec ça.

Il y avait une corbeille de fruits sur la table basse et Minnie y prit une banane.

— Je pense que Coconut Girl aurait d'autres armes sur le thème des fruits dans sa manche, dit-elle.

Elle braqua la banane contre la poitrine de Quinn comme un pistolet et il leva les mains en signe de reddition.

— Ah Coco Nuts, comme on se retrouve. Je vois que tu as déjoué mon plan ingénieux de voler tous les fruits de Fruitopolis.

Il affecta un profond accent américain.

— Tu ne t'en sortiras pas cette fois, dit Minnie d'une voix théâtrale de son cru.

— Malheureusement pour toi, parmi mes superpouvoirs, j'ai celui de te forcer par télépathie à manger ta propre arme, dit Quinn, toujours dans le personnage.

— Je ne crois pas, Super Méchant.

— C'est ça mon nom ? demanda Quinn en aparté. Ce n'est pas terrible.

— Vous ne vous êtes pas présenté, dit-elle d'un ton pince-sans-rire en essayant de se reprendre. Très mal éduqué.

Quinn tendit la main vers la banane, Minnie lui saisit le coude, et s'ensuivit ce que Minnie aurait pu seulement qualifier de fausse bagarre, qui finit avec Quinn la clouant au canapé pour lui prendre la banane de la main. Minnie fut soudain extrêmement consciente qu'elle ne portait pas de soutien-gorge.

— Je ne la mangerai pas, dit-elle, toujours dans son personnage. Tu ne peux pas m'y obliger.

— Ah non ? dit Quinn d'un accent encore plus traînant. J'ai un superpouvoir de persuasion.

Il éplucha la banane et approcha un morceau de la bouche de Minnie. Elle feignit qu'une force surnaturelle s'emparait de son corps.

— Oh, non, pas la banane ! dit-elle d'une voix essoufflée en mettant la bouche autour du morceau qu'il lui tendait.

Elle commença à le manger les yeux fermés, et lorsqu'elle les rouvrit, leurs regards se croisèrent. Il l'observait avec des yeux écarquillés. Oh Seigneur, comment était-ce devenu subitement aussi bizarre ? Elle était restée pour un verre de vin, et à présent ils étaient lancés dans une espèce de jeu de rôles sexy à thématique fruitière. Quinn se racla la gorge, et se décala lentement de son côté du canapé. Minnie avala son bout de banane et se leva.

— Désolé, je me suis laissé emporter, dit Quinn d'un air gêné.

— Ce n'est rien. Je devrais, hum… je devrais rentrer de toute façon.

Elle marqua une pause, se souvenant en baissant les yeux qu'elle portait ses vêtements.

— Est-ce que je peux vous emprunter ça pour rentrer chez moi ? Mes jambes terrestres ne durent que jusqu'à minuit, ensuite je vais juste me tortiller dans une station de métro quelque part, en suppliant qu'on me remette de l'eau. Je peux vous les renvoyer par la poste demain.

— Bien sûr, dit-il, ou je peux passer les prendre un de ces jours.

Il lui trouva un sac pour son costume de sirène et lui commanda un Uber. À la porte d'entrée, il s'arrêta.

— Je vous promets de ne pas vous forcer à manger des bananes la prochaine fois qu'on se voit, dit-il.

Le muscle de sa mâchoire se crispa et il baissa les yeux.

— Une chance pour vous que j'aime les bananes, dit Minnie en osant le regarder dans les yeux lorsqu'il releva la tête.

Elle eut le sentiment qu'il voulait dire autre chose mais ne savait pas comment s'y prendre.

— Vous êtes d'excellente compagnie, Minnie. Je sais que nous avons eu quelques faux départs, mais j'aimerais… j'aimerais que nous soyons amis, dit-il en la regardant l'air rempli d'espoir. J'ai besoin de rire davantage dans ma vie.

— La bouffonne du roi à votre service, dit-elle en croisant la jambe devant elle pour lui adresser une révérence.

— Ce n'est pas ce que je veux dire, dit-il en lui touchant le bras.

Il paraissait inquiet de l'avoir vexée.

— Je ne peux simplement pas faire face à quoi que ce soit d'autre pour l'instant.

— Bien sûr, dit-elle en lui tapotant le bras à son tour. Quand vous voulez.

Il lui ouvrit la porte, la voiture attendait dehors. Elle traîna sur le palier. Pourquoi traînait-elle ? Il allait penser qu'elle traînait parce qu'elle attendait qu'il l'embrasse et il venait d'établir qu'elle était fermement plantée dans la friendzone. Alors pourquoi se tenait-elle encore là ? Elle descendit le perron en bondissant, trébucha et chancela sur la dernière marche.

— Tout va bien ? lui lança-t-il.

— Oui, parfaitement. À plus, mon ami, dit-elle en le saluant de dos.

21 juin 2020

Le dimanche suivant, Minnie retourna à Hampstead Ponds. Elle aurait pu aller à l'étang pour dames plus loin dans le parc. C'était plus chic, il y avait de meilleurs vestiaires et plus de soleil le matin. Mais elle se retrouva à l'étang mixte, observant toutes les têtes qui glissaient dans l'eau en se demandant si l'une d'elles pouvait être la sienne. Il y avait clairement peu de chances qu'il soit là. Elle cherchait toujours Jean Finney aussi, avec son bonnet de bain blanc à froufrous si distinctif. C'était juste une chose que vous faisiez lorsque vous alliez aux étangs, vous mettre à l'affût les gens que vous connaissiez.

Minnie nagea plus longtemps qu'elle ne l'avait prévu, en repoussant l'eau sous elle comme si sa vie en dépendait. Elle se sentait forte. Ces derniers mois, elle avait remarqué que de nouveaux muscles se développaient dans ses épaules, son ventre lui semblait plat pour la première fois depuis des années et ses bras et jambes lui paraissaient étrangement plus longs. L'inconvénient, c'était la bombe délirante de frisottis qu'étaient devenus ses cheveux. Y avait-il des nageurs avec de beaux cheveux ? Peut-être que si elle se remettait sérieusement à la natation, elle devrait tout couper pour un total look loutre.

Lorsqu'elle eut dépensé toute son énergie, elle se hissa hors de l'eau et se sécha debout sur le carré d'herbe juste devant les vestiaires. Des souvenirs de cet endroit précis firent surface par flashes – la serviette qu'elle avait volée à Quinn, leur petit déjeuner ensemble, son sourire à fossette tandis qu'ils traversaient le parc côte à côte. Il fallait qu'elle arrête de penser à lui.

— Tu t'en vas ? demanda une voix derrière elle.

Elle se retourna puis cligna les yeux, comme si elle ne croyait pas ce qu'elle voyait. Était-il vraiment là, ou l'avait-elle fait apparaître par la seule force de la pensée ? Il se tenait là, une serviette à la main, entièrement habillé, en jean et chemise bleu pâle avec les manches retroussées aux coudes. Ses cheveux semblaient plus longs, ébouriffés. Il n'était pas rasé ; elle ne l'avait jamais vu avec autant de barbe. Ce qui l'amena à la conclusion qu'il ne pouvait s'agir d'un mirage. Si son subconscient devait créer une vision de lui, il le créerait avec l'apparence qu'elle lui connaissait, et non une nouvelle version pas rasée.

— Salut, dit-elle en sentant sa bouche se lancer dans un sourire involontaire.

— J'espérais tomber sur toi, dit-il. Dommage que nous ne soyons pas en synchro pour un pain au bacon post-baignade. Tu dois te lever à l'aube.

— Oh, je n'ai fait que quelques longueurs, mentit-elle. Je pourrais rester nager un peu plus si tu…

Minnie ne pouvait plus faire une seule brasse, elle était épuisée.

— Super, on se rejoint ici dans trente minutes ? proposa-t-il en retirant son T-shirt dans un mouvement fluide.

Le corps de Minnie protesta lorsqu'elle se replongea dans l'eau derrière Quinn. Elle le regarda traverser l'étang en prenant son rythme. Avait-il sincèrement espéré la voir là ? Ils n'avaient pas été en contact depuis le week-end précédent. Elle avait eu envie d'envoyer un texto pour demander comment allait sa mère, mais s'en était abstenue, ne souhaitant pas être l'instigatrice, ni paraître trop enthousiaste. Alors qu'elle nageait mollement dans son sillage, elle se demanda ce qui lui plaisait chez Quinn. Elle s'était à présent avoué qu'en effet il lui plaisait, même si ce n'était pas réciproque. Qu'il ne veuille pas être avec elle faisait peut-être précisément partie de cette attirance. Elle avait toujours choisi des hommes qui la maintenaient à bonne distance. Greg s'était beaucoup plus intéressé à son travail de journaliste qu'à elle. Son précédent copain Tarek s'était révélé égoïste au mieux, violent verbalement au pire. Leila disait que vous récoltiez la relation que vous estimiez valoir. Si vous pensiez ne mériter que des miettes d'attention, peut-être était-ce tout ce que vous cherchiez.

Et pourtant.

Elle avait rompu avec Greg parce qu'elle voulait davantage ; parce qu'elle savait qu'elle valait plus. Alors pourquoi était-elle en train de nager comme une abrutie juste pour aller prendre un café avec un type qu'elle n'intéressait pas ? Voulait-elle être son amie, en vérité ? Était-ce le prix de consolation ?

Lorsque Quinn eut fini de nager, Minnie avait la peau blanche et fripée. Ils se séchèrent l'un à côté de l'autre sur la rive, se retirèrent aux vestiaires pour s'habiller puis se retrouvèrent devant les grilles en fer qui donnaient accès à l'étang. Ils traversèrent la lande, descendirent la colline vers la gare ferroviaire de Hampstead Heath. Quinn déclara qu'il voulait retourner au van à petit déjeuner où Minnie l'avait amené la dernière fois.

— Alors, comment va ta mère depuis la semaine dernière ? s'enquit Minnie, balançant sa serviette en marchant.

— Elle parle beaucoup à la tienne.

Hier, la mère de Minnie lui avait dit qu'elle faisait un saut à Primrose Hill avec une quiche maison. Une quiche ? Minnie ne se rappelait pas la dernière fois où sa mère avait préparé une quiche.

— Je sais, c'est étrange, dit-elle en s'ébouriffant les cheveux pour qu'ils aient l'air moins aplatis. Elle n'a jamais vraiment eu d'amies femmes, ma mère. Aucune que je connaisse, en tout cas. Elle est toujours trop occupée à travailler pour faire des rencontres.

— La mienne non plus, dit Quinn. De quoi parlent-elles ?

— De ce que ça fait d'accoucher le 1er janvier 1990 ? s'esclaffa Minnie. C'est littéralement leur seul point commun qui me vienne à l'esprit.

— Peut-être que ce sont toutes les deux des âmes perdues, dit-il d'un air songeur, elles voient leurs reflets respectifs dans l'autre.

— C'était très poétique, Quinn Hamilton. Personne n'imaginerait que tu es un consultant en gestion barbant.

Minnie aspira ses joues pour s'empêcher de rire.

Il lui tapa gentiment les fesses avec sa serviette enroulée.

— Tiens ta langue, Cooper.

— Tu appelles ça une claque de serviette ? railla Minnie. Pathétique.

— Eh bien, contrairement à toi, je ne vais pas frapper les gens avec des serviettes jusqu'au sang, j'ai encore une trace à l'endroit où tu m'as marqué comme du bétail, tu sais. Sa voix se fit rauque.

— Mais non, dit Minnie, en lui envoyant son coude dans les côtes.

— Et maintenant les coups de coude, dit-il en s'agrippant le flanc comme s'il était profondément blessé. Je vais finir tout bleu à force d'être ami avec toi.

Au van, ils prirent des pains pour le petit déjeuner. Quinn suggéra qu'ils remontent en haut de Parliament Hill pour les manger au soleil. Ils s'assirent dans l'herbe et contemplèrent la ligne d'horizon de Londres, un vaste tapis d'immeubles qui se déroulait devant eux, parsemé de grues et de gratte-ciel.

— Ça paraît incongru d'avoir cette lande géante ici, non ? dit Quinn.

— J'adore. C'est un peu le dernier endroit sauvage de Londres, où la nature n'a pas encore été aplatie sous le béton.

— Qui fait sa poétesse maintenant ? dit Quinn en la regardant en coin.

— Oh, la ferme.

— La lande a inspiré de nombreux poètes : Keats, Wordsworth, Coleridge, aujourd'hui Cooper, dit-il avec un ton hautain de professeur d'anglais.

— Je ne suis certainement pas poétesse, dit Minnie en reniflant avant de mordre dans son petit pain au bacon.

Elle savait qu'il ne faisait que plaisanter, mais lorsque Quinn disait ce genre de choses, elle prenait vivement conscience qu'il était allé à l'université, contrairement à elle.

— Mon cœur souffre, une torpeur accablante s'empare de mes sens, dit-il.

Minnie se tourna pour le regarder avec des yeux surpris. Elle s'arrêta de mâcher en pleine bouchée.

— Keats. « Ode à un rossignol ». Écrit ici, je crois. Je ne m'en rappelle rien de plus. (Il rougit en s'apercevant peut-être qu'elle n'avait pas compris qu'il citait un poème.) Il est mort à vingt-cinq ans, quel gâchis.

— C'est comme ça que tu essaies d'impressionner les filles d'habitude, en leur débitant de la poésie et du Wikipédia ? demanda Minnie en reportant son attention sur son café.

— Non, dit Quinn en s'installant dans l'herbe, le poids calé sur les coudes. Pourquoi, tu es impressionnée ?

— Je ne suis pas censée être impressionnée, c'est juste une discussion de cul entre potes – de Keats, dit Minnie en butant sur les mots. C'est dur à dire – dis-cu-ssion-de-Keats.

Quinn se tourna sur le côté et posa la tête sur une main en relevant les yeux vers elle.

— Tu crois que c'est mon *modus operandi*, hein ? Glisser de la poésie là où je peux ?

— Tu viens de glisser du latin. Que veux-tu de moi, Quinn, un B+ ?

Quinn se rallongea dans l'herbe en riant du fond de sa poitrine.

Ils bavardèrent plus d'une heure, de tout et de rien. Minnie éprouva ce chaleureux bourdonnement de satisfaction alors qu'elle prenait vie. Elle se sentait détendue et drôle, intéressante et intéressée – c'était la version d'elle-même qu'elle aimait le plus être. Ils parcoururent en flânant le long chemin qui contournait la lande pour redescendre au métro.

— Merci pour cette discussion de Keats entre potes, dit-il, les mains dans les poches alors qu'ils se tenaient devant la station.

— De rien, acquiesça-t-elle en se passant une main dans ses boucles emmêlées.

— J'imagine que je te verrai peut-être la prochaine fois. (Le train arriva en rugissant dans la station.) Je vais prendre celui-là vers le sud.

— Je vais au nord, dit-elle en lui montrant l'autre quai du pouce.

Les portes du train s'ouvrirent et Quinn monta. Il se retourna pour la regarder tandis que les portes se refermaient et leva la main, dans un salut figé. Leurs yeux se connectèrent et il lui adressa un petit sourire. Elle resta sur le quai en regardant son train partir, leurs regards toujours rivés l'un dans l'autre jusqu'à ce que le tunnel l'engloutisse.

8 août 2020

— Donc vous parlez, seulement ? lui demanda Leila.

— Oui, nous ne faisons que nager, marcher, parler et manger des sandwiches au bacon, dit Minnie.

— Et rien entre ? Pas de textos, pas de mails, même pas un émoji ?

Leila parut perplexe.

— Non, pas d'émojis. Lequel enverrais-je ? Un homme qui nage, du bacon et une main qui fait coucou ?

— Oh, il y a ce petit émoji pâtissier trop mignon, je pense toujours à toi quand je le vois.

Minnie et Leila étaient assises dans le public d'un défilé de mode que Leila avait aidé à élaborer. Minnie était là en tant que sa « plus un ». Elles occupaient des places de choix au premier rang pour regarder se succéder d'étranges tenues. Il y avait des mannequins vêtus de minishorts à imprimé girafe et d'immenses chapeaux oblongs avec des têtes de girafe au sommet. Le défilé avait lieu dans une église désaffectée près d'Aldgate. On avait tourné les bancs vers l'intérieur face au podium surélevé, et des projecteurs animaient le plafond d'une lumière palpitant au rythme de la musique du DJ. Tout l'événement avait une vibe très East London.

— Est-ce que toutes ces tenues ont une thématique animalière ? demanda Minnie. Je ne suis pas sûre que je pourrais assumer un chapeau à tête de girafe.

— C'est de la mode durable et respectueuse des animaux – l'un des créateurs leur a témoigné un respect un peu trop premier degré, expliqua Leila.

Leila arborait le style sobre qui la caractérisait – robe de soirée années cinquante en tissu argenté soyeux, avec une cape type superhéros confectionnée dans ce qui semblait être de la barbe à papa rose. Elle portait un petit haut-de-forme auquel était fixé un panneau qui disait « C'est un chapeau, faites avec ». Minnie se sentait voyante avec son jean noir et son chemisier en coton bleu tout simple.

— Bref, dis-m'en plus sur ces rencards baignade. Est-ce qu'ils sont aussi chargés d'énergie sexuelle que le jeu de rôles à base de banane ? demanda Leila en se retournant vers son amie.

— Ce ne sont pas des rencards, justement ; nous sommes juste copains, expliqua Minnie. Et non, rien d'aussi bizarre que le scénario banane.

Après ce premier dimanche à Hampstead Heath, une nouvelle routine s'était développée entre Minnie et Quinn. Tous les dimanches, ils se retrouvaient aux étangs à 7 h 30.

Ils n'en convinrent pas, ils commencèrent seulement à y aller en sachant que l'autre serait là. Ils nageaient une demi-heure, parfois plus longtemps, allaient prendre un petit déjeuner et un café au van, marchaient, parlaient, puis revenaient sur leurs pas pour prendre le métro et se disaient au revoir.

Minnie ne voulait pas s'interroger sur ce qu'ils faisaient. Elle n'avait jamais envie de partir quand ils arrivaient à la gare, mais ne pouvait jamais se résoudre à lui proposer d'aller quelque part avec elle. La natation en plein air était un loisir qu'ils partageaient ; prendre un café après était désinvolte, amical. Quoi que ce soit de plus, et ça risquerait d'empiéter sur le « territoire rencard ». S'il le suggérait, très bien, mais il ne le faisait jamais.

Elle attendait impatiemment les dimanches matin chaque minute de la semaine. Elle redoutait les dimanches après-midi où il faudrait de nouveau attendre une semaine entière avant de le revoir. Elle déclinait toutes les invitations à faire quoi que ce soit d'autre le dimanche matin : la natation était un événement immuable de son calendrier, exactement comme lorsqu'elle était enfant.

Les dimanches pluvieux, elle craignait qu'il ne vienne pas. Qui allait nager sous la pluie ? Elle y allait malgré tout, et il était là ; ils étaient les seuls. Elle ne le questionnait plus sur sa vie amoureuse, et il faisait de même avec elle. Minnie évitait volontairement le sujet. Peut-être voyait-il toujours cette femme, qui qu'elle soit, peut-être fréquentait-il toujours des blondes Tinder tout en poumons – elle n'avait pas besoin de le savoir. Parler d'autres gens salirait la nature de leurs rencontres. Ces matinées étaient des cloches sous lesquelles étaient préservées de précieuses conversations. Minnie ne voulait pas que le monde extérieur s'y infiltre trop ; elle pensait qu'il le comprenait et ressentait la même chose.

— Et vous parlez de quoi ? demanda Leila.

— De la vie, du boulot, des parents, de livres – de tout. On plaisante beaucoup, il est assez philosophe ; il est tellement brillant, d'une compagnie si facile. J'ai l'impression que nous pourrions parler pendant des heures, et alors la matinée touche à sa fin et je n'ai pas vu le temps passer.

— Ho-ho, dit Leila en s'éventant avec son programme.

— Ho-ho quoi ?

— On dirait que tu l'aiiiiiimes.

— Non.

Minnie secoua la tête, en plissant les yeux comme pour essayer de mieux voir. Sur le podium, un groupe de mannequins vêtus de treillis militaires rose et beige arrivèrent en bondissant sur la scène.

— Qu'est-ce qu'elles font ? demanda Minnie.

— Elles sont censées être des flamants, en tenue de camouflage, dit Leila comme si elle expliquait la chose la plus évidente du monde. Parce qu'on se bat tous pour survivre, non, c'est juste un genre de guerre différent.

Minnie acquiesça. Elle ne comprenait pas la mode, mais tous les autres au premier rang semblaient hautement impressionnés.

— Je ne suis pas amoureuse de lui, c'est juste que nous nous entendons vraiment bien, se défendit-elle.

Leila se tourna pour la regarder – d'un œil perçant, interrogateur.

— OK, je connais cette tête, dit-elle en sourcillant. Je suis sérieuse maintenant. Si tu aimes ton jumeau amoureux et qu'il ne s'intéresse pas à toi de cette façon, alors ça ne va finir qu'en cœur brisé pour toi, Min.

Minnie émit un « tss » et croisa les jambes, en agitant rapidement le pied au-dessus de haut en bas.

— L'autre chose étrange, c'est tout ce temps que nos mères passent ensemble. C'est comme si ma mère avait pris Tara en charge dans une espèce de projet. Elle veut la réparer comme mon père répare ses horloges. Elle est toujours là-bas à l'aider pour le jardinage, les courses ou autre. J'imagine que c'est plutôt gentil ; je crois que ma mère n'a jamais eu beaucoup d'amis.

— Bien, réponds sincèrement à ces questions, dit Leila en baissant les yeux sur son programme comme si elle trouvait ces questions sur la page. Est-ce que tu penses à lui quand tu te couches le soir ?

Tout le temps – il était la première personne à qui elle pensait en se réveillant.

— Non, pas tous les soirs. Parfois, dit Minnie.

Leila fronça les sourcils.

— Est-ce que quelqu'un t'a proposé de sortir avec lui ces derniers mois, et tu as dit non parce que ce n'était pas Quinn ?

— Non… enfin…

Lui avait-elle parlé de ce Tino, ce collègue ? Merde, c'était une question piège.

— Il y a eu ce mec, mais j'ai dit non parce qu'il avait des rouflaquettes bizarres, pas à cause de Quinn.

— Hum, les rouflaquettes bizarres ne t'ont jamais rebutée avant. OK, question numéro trois, est-ce que ça te dérangerait s'il amenait sa copine à votre petit club de barboteurs ?

— Comment sais-tu qu'il a une copine ? (Minnie s'avança brusquement sur sa chaise et se pencha vers son amie.) Tu l'as vu avec quelqu'un ?

Elle avait la voix étranglée et pressante.

Leila se tourna vers elle et écarta les mains comme une artiste s'apprêtant à tirer sa révérence.

— Je n'ai rien à ajouter. (Puis elle désigna vite le podium d'une main.) Oh regarde, voilà l'un des créateurs qui m'emballent le plus – qu'en penses-tu ?

Il y avait sur scène sept mannequins toutes habillées d'une couleur différente de l'arc-en-ciel ; elles portaient de curieuses robes de bal qui semblaient rigides et néanmoins gracieuses.

— Tout est fait en plastique récupéré dans la mer, expliqua Leila.

— Waouh, incroyable, Bev approuverait, dit Minnie.

Les robes étaient véritablement spectaculaires, mais elle reporta son intérêt sur la conversation en cours.

— Mais sérieusement, tu l'as vu avec quelqu'un ? Je m'en fous si c'est le cas.

Leila se tourna pour regarder attentivement son amie.

— Écoute-toi. Min, tu as dit toi-même qu'il était de son propre aveu un phobique de l'engagement. Pour quelque raison que ce soit, il aime les relations jetables qui ne lui en demandent pas trop. Peut-être qu'il n'avait encore jamais été pote avec une femme cool et intéressante, et il ne veut pas tout gâcher. Putain, je cuis sous cette cape. (Leila retira sa couche de barbe à papa et la rangea sous sa chaise.) Est-ce que mon look fonctionne toujours sans ?

Leila aurait aussi bien pu demander à un chameau ce qu'il pensait de la situation politique au Mozambique.

— Carrément, répondit Minnie. Donc tu penses que Quinn attend peut-être le bon moment ?

— Non, je pense qu'il profite du meilleur des deux mondes. Il peut avoir ces charmantes discussions introspectives avec toi – pas d'engagement ni d'attentes ; et ensuite il peut baiser Little Miss Tinder quand ça lui chante – pas d'engagement ni d'attentes. Du gagnant-gagnant pour lui, perdant-perdant pour toi. (Elle fit une pause, et serra le genou de Minnie.) Tu es une femme absolument géniale, drôle et canon. Ne te brade pas, Minnie, c'est tout ce que je dis.

Leila se leva et commença à applaudir tandis que les créateurs apparaissaient pour sur le podium avec leurs mannequins pour leur traditionnel salut. Minnie s'affaissa sur sa chaise en applaudissant, abattue. Leila avait peut-être raison. Elle n'y avait jamais songé sous cet angle. Était-elle sa petite amie platonique de week-end ? Une compagne sans attentes, rencards ni obligations. Il pouvait choisir de ne pas venir une semaine, et elle n'aurait aucun moyen d'être fâchée qu'il lui ait posé un lapin. Que se passerait-il si elle n'y allait pas le lendemain ? Ils se retrouvaient là-bas depuis environ sept semaines maintenant. Si elle n'y allait pas, l'appellerait-il ? Serait-il déçu ? Cela l'inciterait-il à la chercher et s'engager dans davantage qu'une discussion Keats-bacon ?

Le lendemain matin, elle se réveilla à 6 heures avec une gueule de bois post-défilé de mode, et fébrile d'indécision. Elle avait résolu la veille de ne pas aller aux étangs. Elle avait trop à faire ici de toute manière. Elle avait fini par mettre assez de côté pour la caution et trouvé un appartement à louer à Willesden – elle avait récupéré les clés hier. Il fallait qu'elle y déménage ses affaires et s'installe avant d'aller travailler le lendemain.

6 h 15. Mais elle avait désespérément envie d'aller aux étangs. Elle ne voulait pas se priver du plaisir éphémère de le voir. 6 h 30. Elle devait partir maintenant si elle voulait être à l'heure. Elle s'habilla. Elle prendrait cette direction et déciderait ensuite de ce qu'elle ferait. Elle pouvait toujours aller prendre un café seule à Highgate. Elle n'avait pas besoin de pousser aussi loin que les étangs si elle en décidait autrement.

7 h 30. De qui se moquait-elle ? Il était clair qu'elle allait le retrouver. Elle monta le chemin menant aux étangs avec une angoissante sensation. Se mettre ainsi à l'épreuve lui avait fait prendre conscience combien elle était devenue

dépendante de cette dose de bonheur hebdomadaire. Elle le chercha du regard ; en général il était arrivé à 7 h 30. Et s'il ne venait pas cette semaine ? Et s'il n'était pas venu, et qu'elle n'était pas venue, il n'aurait même pas su qu'elle n'était pas venue, alors son stupide test n'aurait servi à rien.

— Hé.

Elle sentit une main sur son coude, une décharge électrique.

Elle se retourna pour voir ses yeux baissés sur elle, et son sourire creusé d'une fossette. Le sang de Minnie circula plus vite dans ses veines – une droguée recevant sa dose.

— Je me disais que tu n'allais peut-être pas venir, dit-elle en rivant les yeux dans les siens.

— Pourquoi ne viendrais-je pas ? dit-il en soutenant son regard.

Ils nagèrent comme à leur habitude, se séchèrent puis s'habillèrent. Quelquefois, lorsqu'ils se séchaient sur la rive, elle pensait le voir jeter des coups d'œil vers ses jambes sous la serviette. Si elle le voyait regarder vers elle, il se détournait aussitôt, et elle se demandait alors si elle avait rêvé.

Tandis qu'ils marchaient ensemble vers le van à petit déjeuner de Barney, Minnie se sécha les cheveux à la serviette.

— Alors, comment s'est passée ta semaine ? demanda-t-il.

— Bien. J'ai les clés de mon nouvel appart à Willesden. J'emménage cet après-midi.

— Plus de tic-tac d'horloges, mais je pourrais venir en accrocher d'autres dans ce nouvel appart, pour que tu te sentes plus chez toi ?

Il lui adressa un rictus en coin.

— Non merci. J'ai vraiment hâte de dormir du sommeil du juste, sans tic ni tac. (Elle fit une pause.) Tu pourrais m'aider à porter quelques cartons, en revanche – si tu n'as rien de prévu ?

Qu'est-ce qu'elle fabriquait ? Elle enfreignait la règle tacite ; elle soulevait la cloche, perçait la bulle. Leur amitié ne fonctionnait qu'à Hampstead Heath, un emménagement était un territoire inconnu. Il tourna la tête vers elle, une expression interrogatrice dans les yeux. Elle voyait qu'il le pensait aussi. Sa requête paraissait si inoffensive, un ami demandant à un autre de l'aider à déménager. Ils savaient tous les deux que ce n'était pas le cas.

— Es-tu certaine que tu voudrais de mon aide ? demanda-t-il, la voix basse et sérieuse. Je serais plus encombrant qu'autre chose.

Il essayait de s'esquiver. Elle était stupide d'avoir demandé. Pourquoi voudrait-il l'aider à déménager ?

— Oublie que je te l'ai demandé, dit-elle dans un sourire exagérément jovial qui compactait ses pommettes comme les deux poings serrés d'un bébé. Ce n'est clairement pas le scénario rêvé pour un dimanche après-midi.

Elle le devança en sautillant ; elle ne voulait qu'il voie la déception sur son visage.

— Bien, à qui est-ce le tour d'acheter les petits pains ? Je crois bien que c'est à toi, mon pote.

Ils arrivèrent au van de Barney et quelques personnes faisaient la queue devant eux. Quinn n'avait rien dit depuis plusieurs minutes, et Minnie se retrouva à se pincer la peau entre le pouce et l'index.

— Je t'aiderai si tu veux, dit-il doucement.

Elle se retourna pour le regarder. Elle vit quelque chose derrière ses yeux : de la tristesse, de la résignation ? Elle ne parvenait pas du tout à le décrypter.

— Je suis venu en voiture aujourd'hui, je pourrais te conduire.

Minnie allait protester, dire que c'était une idée idiote et qu'elle pourrait facilement se débrouiller avec un Uber, et puis elle se contint. La conversation avec Leila lui avait fait prendre conscience de l'étendue de ses sentiments pour Quinn. Elle ne pouvait pas continuer ainsi, à ne vivre que pour le dimanche. Elle voulait soulever la cloche, pousser tout ceci plus loin que la lande, quoi que cela pût signifier.

— Ça me rendrait méga service, merci, dit-elle.

— À quoi servent les amis ?

9 août 2020

C'ÉTAIT ÉTRANGE D'AMENER QUINN CHEZ SES PARENTS. Elle n'avait jamais amené un homme chez eux.

Une fois qu'ils furent à l'intérieur, elle porta les doigts à ses oreilles et bougea la tête comme un métronome.

— Tu vois, c'est relaxant, hein ?

— Je ne sais pas… C'est assez charmant. C'est un peu la maison où vit le temps.

Elle plissa le nez vers lui. Elle s'était mise à faire cette tête dès qu'il prononçait quelque chose de poétique.

— Peut-être que ça pourrait être le titre de mon autobiographie, dit-elle.

Elle le conduisit à sa petite chambre sous les combles et il dut se voûter pour passer la porte évoquant celle d'un clapier.

— Oh, j'adore Hopper, j'ai une lithographie de *Nighthawks* dans mon appart, dit Quinn en se dirigeant aussitôt vers *Automat*.

— Sans blague, dit-elle, j'adore ses peintures.

À l'évidence, Quinn ne se rappelait pas qu'elle s'était retrouvée dans la boucle de la conversation avec Amanda devant son bureau.

— Cette copine de classe que j'avais, Lacey, elle a déménagé de Londres quand j'avais quatorze ans. Nous sommes restées en contact en nous écrivant des cartes postales un bon moment. Elle devait avoir un pack de reproductions de Hopper, parce qu'elles étaient toutes de lui. Pour moi, ses peintures sont associées à ça : des gentillesses provenant d'une amie qui me manquait cruellement.

— Elle a l'air tellement seule, non, dit Quinn, les yeux baissés sur la peinture. On a envie de savoir pourquoi elle est triste.

— Tu trouves qu'elle a l'air triste ? Je ne l'ai jamais vue comme ça, je me suis toujours dit qu'elle avait l'air satisfaite dans sa solitude. Je l'envie – je n'aurais jamais le courage de prendre un café seule avec mes pensées.

Quinn la regarda en coin, en tenant toujours la lithographie.

— C'est une vision très optimiste.

— C'est Leila qui me l'a offerte. (Elle haussa les épaules.) Peut-être que c'est sa conception du monde qui déteint sur moi.

Alors qu'il reposait la lithographie, Lucky franchit la porte d'un bond et commença à se faufiler entre les jambes de Quinn.

— Qui est-ce ? demanda-t-il en se penchant pour caresser la tête du chat.

— Voici Lucky. Lucky déteste les déménagements, alors nous devons lui jouer un tour et faire comme s'il s'agissait d'une sorte de jeu télé pour chats et qu'il avait gagné des vacances au soleil. Tu peux jouer le rôle de l'assistante glamour.

Minnie avait bien plus de cartons que dans ses souvenirs. Il lui aurait fallu au moins deux trajets en Uber. Willesden n'était qu'à quinze minutes en voiture, direction sud. Ce n'était pas aussi avant-gardiste et cool que sa précédente adresse dans l'East London, mais ce quartier avait du caractère et son appartement n'était pas loin de la station de métro. Là, elle avait les moyens de prendre un logement toute seule, même si c'était dans une cité délabrée à côté d'une grande artère bruyante. Quinn et elle avaient enfin déchargé ses cartons ainsi qu'un chat grognon dans l'entrée du nouvel appartement en rez-de-chaussée.

— C'est chouette, dit Quinn en étirant le cou pour regarder dans les diverses pièces de son minuscule T2.

À gauche de la porte d'entrée se trouvait une petite salle d'eau, une expression d'agent immobilier pour une douche avec les toilettes dedans.

— Qui n'aime pas se laver quand il est sur le trône ? ajouta-t-il.

— C'est sûr que ce n'est pas aussi grandiose que ce dont tu as l'habitude à Primrose Hill, mais j'ai l'espace tout à moi et c'est merveilleusement calme.

Comme pour lui donner la réplique, quelques camions passèrent dans la rue en grondant, ce qui les fit tous deux sourire.

À droite de la porte d'entrée se trouvait une cuisine de la taille d'une narine de fourmi, avec des placards empilés sur trois niveaux jusqu'au plafond. Il y avait un petit escabeau, sans doute pour atteindre le plus élevé.

— Tu ne dois pas conserver l'alcool là-haut, dit-il en désignant le plus haut placard. Trois gin-tos et cette cuisine est un piège mortel.

Il tapa deux fois sur l'escabeau.

— Merci, Papa, dit-elle.

— OK, j'avoue que ça faisait très paternaliste. Mais est-ce que je peux juste préciser, Minnie, que je n'ai jamais eu de figure paternelle, alors les blagues sur les pères réveillent des traumatismes chez moi.

Minnie se décomposa, et braqua les yeux sur lui.

— Pendant une seconde, je t'ai eue. J'ai vu l'inquiétude dans ton regard.

— Pas du tout, dit-elle en lui donnant une pichenette dans le cou. Tu es bête.

— Aïe, s'esclaffa-t-il en se frottant le cou.

Puis il lui serra affectueusement l'épaule.

Il retourna dans l'entrée et prit un autre carton sur lequel était écrit « Cuisine ». Une bouteille de champagne en dépassait.

— Je suis content de voir que tu as apporté les choses essentielles, dit-il en hochant la tête vers la bouteille.

— Leila me l'a offerte en cadeau d'emménagement. Je vais la mettre au frigo. (Elle marqua une pause en le regardant.) À moins que tu en boives un verre avec moi tout de suite ? Il y a probablement de la glace au congélo. Je n'ai pas le courage de déballer d'autres cartons aujourd'hui.

Il arborait encore ce regard, celui qu'il avait devant le van à petit déjeuner, comme si elle le tentait de faire quelque chose qu'il ne devrait pas.

— Je conduis pour rentrer.

— Bien sûr, idée stupide, il est tiède de toute façon.

— Je pourrais prendre un verre.

Ils abandonnèrent le reste des cartons dans l'entrée et passèrent au salon. L'appartement était censé être meublé, mais la pièce ne comprenait qu'un petit canapé deux places et une table basse rectangulaire. Même si l'endroit était minuscule, il y avait une grande fenêtre sans vis-à-vis, par conséquent la lumière y ruisselait, ce qui la rendait chaleureuse et accueillante comparée à la cuisine sombre et étriquée. Ils s'assirent côte à côte sur le petit canapé en feutrine vert et blanc. Il n'y avait ni glace, ni verres, ils burent donc le champagne tiède et dans des tasses.

— Alors, j'ai remarqué que l'un des cartons que j'ai apportés était étiqueté « Kit à tourtes », dit Quinn en plongeant les yeux dans sa tasse de champagne. Tu penses y revenir un jour ?

Minnie but une gorgée.

— Je ne peux pas vraiment, si ? Nous avons tout vendu.

— Tu as cédé ton bail – tu ne t'es pas débarrassée de ce qui se trouve là-dedans.

— Eh bien, je n'ai jamais dit que je n'allais jamais refaire une tourte de ma vie, si ?

— Ce serait grotesque.

Le canapé était si petit que leurs jambes se touchaient. Minnie était extrêmement consciente de chaque point où leurs corps étaient en contact.

— Le champagne tiède, ce n'est pas top, hein ? dit Quinn avec une grimace comique.

— Désolée, dit-elle en prenant une généreuse gorgée. Bois plus vite, ce n'est pas si mauvais.

Il suivit son exemple, puis remplit leurs tasses. Que faisaient-ils ? Il devait rentrer en voiture. Mais elle n'avait pas envie de poser de questions ; elle avait juste envie qu'il reste.

— Je laisserai ma voiture ici, je viendrai la récupérer demain, dit-il, comme s'il lisait dans ses pensées. Je ne peux pas te laisser fêter ça toute seule, si ?

Il prit sa tasse et trinqua avec elle.

Minnie prit conscience qu'elle voulait être ivre, se détendre, éteindre cette ritournelle angoissée qui ne cessait de lui demander intérieurement ce qu'elle fabriquait, ce qu'elle espérait voir se produire. Le champagne allait atténuer cette voix interrogatrice, lui permettrait de se relaxer et s'amuser. Elle en avait tellement assez du déluge de questions qui lui fracassaient constamment le crâne ; l'alcool était parfois un excellent bouton « Muet ».

— Donc, plus de pâtisserie, juste du service traiteur, dit Quinn en s'enfonçant confortablement dans le canapé.

Minnie n'avait pas envie de parler travail, juste de se blottir au creux de l'épaule de Quinn et de sentir la chaleur du corps de cet homme contre sa joue. Elle cligna les yeux. Elle se sentait déjà ivre. Avait-elle évoqué à voix haute son envie de mettre la tête au creux de son épaule ?

— Je pense que tu adorais diriger ta propre entreprise, pourtant. Tu adorais aider ces gens.

Il la regarda, lut sur son visage que l'orientation que prenait cette conversation pouvait plomber la bonne ambiance. Il changea de sujet.

— Mais bon, tu n'aurais pas le temps de te présenter aux Jeux olympiques de natation sauvage et ce serait une tragédie pour la Grande-Bretagne.

Elle sourit et lui tapota brièvement le genou, pour lui faire comprendre qu'elle appréciait qu'il dévie la discussion. Ils restèrent dans un silence amical un instant. Minnie jeta un coup d'œil vers lui. Elle savait à présent qu'elle se berçait d'illusions si elle pensait pouvoir se contenter de n'être que son amie. Elle avait levé la cloche en l'amenant ici – elle ferait aussi bien de pulvériser le dôme de verre maintenant, dire ce qui n'avait pas été dit.

— Alors, c'est quoi ça, à ton avis ? demanda-t-elle en remuant une main entre eux pour les désigner l'un et l'autre.

Elle le faisait ; elle ressortait le sujet tabou de la boîte qu'ils avaient enterrée dans le jardin des mois plus tôt.

— Qu'est-ce que tu veux dire ?

Il braqua les yeux dans tous les sens, comme un prisonnier cherchant une porte de sortie. Elle aurait dû laisser tomber, parler d'autre chose.

— Je veux dire toi et moi. C'est quoi ? Est-ce qu'on est vraiment de simples potes de natation ?

Il lui adressa un sourire qui paraissait sciemment penaud.

— Je m'attribuerai tout le mérite de ton illustre carrière de nageuse.

— Mais sérieusement, Quinn. (Elle refusait d'abandonner.) Tu n'as sincèrement aucun autre sentiment pour moi que ceux d'un pote de baignade ?

Il remua sur le canapé, mal à l'aise, et ferma les yeux. Ça y était, elle l'avait fait. Impossible de planquer ça sous le tapis.

— Parce que je sais, tu as dit que tu ne voulais pas de ça, mais quand… (Elle expira bruyamment.) Quand nous sommes ensemble, c'est juste… Je n'ai jamais rien connu qui ressemble à cette connexion avec quelqu'un. Je ne peux pas… (Elle ferma les yeux, incapable de le regarder en le disant.) Toute la semaine, je suis impatiente de te voir. Quand on est ensemble, c'est juste… comme si c'était écrit. Est-ce que c'est mon imagination ?

Elle ouvrit les yeux et regarda vers lui. Il releva les yeux dans les siens et elle vit clairement qu'elle ne l'avait pas imaginé. Il se pencha vers elle, le bleu de ses yeux soudain sauvage, telle une mer déchaînée tandis qu'il lui passait une main derrière la tête, puis il l'attira vers lui, ses lèvres rejoignant celles de Minnie – un baiser pressant et fougueux qui la prit par surprise. Elle le savait ! Elle savait qu'il éprouvait la même chose ! Son esprit pétilla de victoire. Le baiser s'adoucit, il retira délicatement ses lèvres des siennes, et elle se sentit étourdie de désir en se rapprochant de lui, avec l'envie de supprimer toute molécule d'espace entre eux. Il la repoussa gentiment sur le canapé, en contrôlant de son corps celui de Minnie. Ainsi tenue, elle fut subitement très consciente de sa force, ses larges épaules, ses bras, l'ampleur de sa carrure. Une décharge de chaleur lui traversa le ventre jusqu'entre les jambes ; elle était en chute libre, enivrée, sans aucune notion de terre ferme sous elle. Elle releva le visage pour l'embrasser de nouveau, mais le canapé était trop petit, les empêchant de presser leurs corps l'un contre l'autre.

— On bouge de là ? proposa-t-elle d'une voix suave contre sa joue.

D'un seul mouvement habile, il fut debout, et la souleva pour la hisser avec douceur sur ses pieds. Il la fit danser en cercle jusqu'au mur à côté de la porte, mais elle se retourna pour l'y adosser, lui retroussant son pull et son T-shirt par-dessus le torse, recherchant des mains la peau ferme de sa poitrine. Puis il lui agrippa la taille des deux mains, en relevant délicatement son haut, et elle sentit chacun des pores qu'il touchait s'enflammer de plaisir. Elle dégrafa son soutien-gorge et il regarda son corps comme s'il découvrait une merveille rare. Il promena une main de son cou à son sternum, puis autour de sa taille pour aller au creux de son dos. Minnie crut exploser de plaisir et releva les lèvres pour trouver sa bouche…

Un gazouillis retentit soudain – la sonnette.

Ils se figèrent. Elle tourna brusquement la tête vers la porte.

— C'est chez moi ? dit-elle, à bout de souffle.

— Je pense, dit-il, la voix rauque, contrarié par cette interruption.

— Je ne connais personne ici, c'est probablement une erreur. Fais comme si tu n'avais rien entendu.

Il porta les mains au visage de Minnie et, en lui tenant tendrement le menton entre ses paumes, il attira gentiment son visage vers le sien, leurs regards se plongèrent l'un dans l'autre et elle ressentit ce moment bouleversant de…

BBBBBBBBRRRRRIIINNNG. Puis :

— Ohé ? Minnie ? Tu es là ?

La voix de sa mère.

Le moment bouleversant qu'ils partageaient muta en panique, et ils s'écartèrent d'un bond, en cherchant leurs vêtements.

— Qu'est-ce qu'elle fait ici ? siffla Minnie.

On frappa à la porte.

— Peut-être que la sonnette est cassée, entendit-elle dire sa mère.

— J'arrive ! cria Minnie. Juste aux toilettes !

Elle adressa un air de « Oh mon Dieu », désolée à Quinn en renfilant vite son haut. Elle tenta aussi de lui faire comprendre des yeux qu'elle allait se débarrasser d'eux et qu'ils pourraient reprendre tout ça *exactement* où ils s'étaient arrêtés, mais c'était une émotion plus difficile à condenser dans un roulement d'yeux.

— Salut, dit-elle en ouvrant à ses parents qui se tenaient sur le pas de la porte.

— Tu étais *bien* là, dit son père. Nous avons vu que tu avais emporté tous tes cartons pendant notre absence, et nous nous sommes dit que tu avais peut-être besoin d'un coup de main pour t'installer.

Sa mère passa comme une tornade devant elle, chargée de sacs de courses.

— Je t'ai acheté des basiques. Je ne peux pas te laisser emménager dans une cuisine vi… Oh.

Elle porta une main à sa poitrine avec surprise en voyant Quinn émerger du salon, les cheveux ébouriffés.

— Bonjour Mrs Cooper, dit Quinn, se raclant la gorge en levant une main pour la saluer.

— Quinn m'a aidée à déménager, expliqua Minnie.

— Je vois, dit sa mère en se tournant vers elle pour la dévisager avec de gros yeux écarquillés.

— Nous n'allons pas vous déranger, dit son père. C'est juste que nous ne voulions pas tu te retrouves toute seule dans un appart inconnu sans rien à manger.

— Ton père a pensé que nous devrions jeter un coup d'œil au quartier. Pas aussi sympa que le précédent, hein ? dit sa mère.

— Cette serrure sur la porte d'entrée n'est pas terrible ; elles débloquent toujours, celles-là. Il te faut une double serrure en rez-de-chaussée. Demande à ton propriétaire de t'en installer une nouvelle, dit son père en verrouillant et déverrouillant la porte pour illustrer ses propos.

— Ce n'est pas très pratique, ça, dit sa mère en examinant la tour de placards dans la cuisine. Bon, nous ne traînons pas, mais je meurs d'envie d'une petite tasse, as-tu déjà déballé ton thé ?

Ses parents allèrent inspecter le reste de l'appartement, pendant que Minnie commençait à fourrager dans les cartons à la recherche de sachets de thé.

— On a fait le tour ? lança sa mère depuis le salon. Doux Jésus ! dit-elle en entrant dans la chambre. Est-ce que quelqu'un est mort ici ?

— Tu es sûre que c'est mieux que ma pièce à horloges, Minnie Moo ? cria son père.

Minnie apporta un plateau garni de thés dans le salon. Ses parents s'étaient mis à l'aise sur le canapé, alors que Quinn était assis à même le sol. Tandis que Minnie posait le plateau sur la table basse, elle aperçut son soutien-gorge noir par terre derrière la porte et tenta de le pousser discrètement du pied sous le canapé.

La mère de Minnie regarda le thé placé devant elle en sourcillant.

— Un sachet pour quatre, ah oui ? J'imagine que tu vas économiser maintenant que tu dois te le payer.

Le père de Minnie remua inconfortablement sur le canapé.

— Pas beaucoup de place pour deux ici, hein ? dit-il.

Minnie regarda vers Quinn qui détourna les yeux vers la fenêtre.

— Quinn, votre mère n'a-t-elle pas rendu ce jardin ravissant ces temps-ci ? C'est un puits de connaissance, cette femme. La main extrêmement verte, vous devez être content qu'elle soit de nouveau en vadrouille ? dit fièrement la mère de Minnie.

Minnie ne parvenait à déchiffrer l'expression de Quinn ; il paraissait subitement distant. Son sourire tel un masque de politesse, plaqué sur autre chose de plus impénétrable.

— Oui, vous avez eu une influence très positive, Connie. C'est merveilleux de la revoir dans le jardin, ça la calme réellement, dit-il en se levant du sol. Écoutez, je dois malheureusement partir. C'était un plaisir de vous voir tous les deux.

— Ne t'en va pas, dit Minnie, se tournant face à lui en secouant la tête. Tu n'as pas bu ton thé ?

Elle essaya de lui faire comprendre des yeux à quel point elle ne voulait pas qu'il parte. Il refusait de croiser son regard.

— Je ne pense pas que le thé vaille que nous nous éternisions, chérie, dit son père avec une grimace.

— Désolé, je suis attendu ailleurs cet après-midi. Ravi d'avoir pu aider pour les cartons, dit Quinn, déjà dans le couloir.

— Mais ta voiture ?

— Je viendrai la chercher demain, dit-il en ayant déjà à moitié passé la porte.

— Oh, j'espère que nous ne l'avons pas chassé ? dit sa mère alors que Minnie revenait dans le salon.

Elle sentit son cœur s'affaisser dans sa poitrine jusqu'à ses pieds. De toutes les façons dont ce baiser aurait pu tourner, celle-ci ne figurait pas en haut de la liste des issues optimales.

— Minnie Moo, je t'ai apporté un cadeau d'emménagement, dit son père.

Il prit un sac par terre à côté de lui. Il en sortit une boîte carrée emballée dans du papier bulle et l'offrit à Minnie. Elle retira le plastique ; c'était l'une de ses horloges, celle avec les aiguilles en argent, et le tic-tac le plus pénible de toutes.

— En prêt, juste pour que tu te sentes chez toi, dit son père avec un clin d'œil.

Nouvel An 2003

L'eau du bain refroidissait. Sa peau au-dessus de la surface avait la chair de poule et les bouts de ses doigts étaient blancs et plissés comme des coussinets d'alien. Elle posa les mains sur sa poitrine – toujours presque aussi plate qu'un pancake. Elle aurait quatorze ans le lendemain, ils allaient forcément bientôt pousser. Elle avait envie de faire couler l'eau chaude et rester plus longtemps, mais sa mère était dans la chambre – si elle entendait le robinet, elle crierait à Minnie de sortir.

Les vacances donnaient l'impression que la vie était au ralenti. Le temps pouvait être étiré ; un bain pouvait prendre une heure, préparer un repas pouvait en prendre deux, une balade dans le parc pouvait prendre tout l'après-midi. La vie en période scolaire était plus effrénée, plus rude ; vous ne pouviez pas faire une seconde de pause. Dans cinq jours, elle serait de retour sur la voie rapide, de retour dans le viseur de Hannah Albright. Cinq jours.

Le trimestre dernier, les filles de sa classe avaient inventé un jeu où elles chantaient des chansons dès que Minnie entrait dans une pièce. Elles se faisaient toutes des high-five quand quelqu'un en trouvait une nouvelle. *Driving in My Car*, *This Car of Mine*, *Life Is a Highway* ; le nombre de chansons sur les voitures et la conduite était fascinant.

Minnie avait appris à supporter les noms d'oiseaux et les chansons. Laisse-les chanter, laisse-les se moquer, ne réagis pas – ça s'arrêtait plus vite comme ça. Hannah Albright était toujours celle qui poussait le plus loin, à la provoquer pour susciter une réaction. La dernière semaine du trimestre, les choses étaient passées à la vitesse supérieure.

— Passées à la vitesse supérieure, dit Minnie en plongeant la tête sous l'eau de son bain – à présent elle pensait même comme une voiture.

Le problème était en partie que sa meilleure amie, Lacey, n'était plus dans sa classe. Elle n'avait plus personne pour prendre sa défense. Hannah, Pauline et quelques autres filles s'étaient mises à la pousser physiquement, lui tirer les cheveux. À un moment, quelqu'un l'avait poignardée avec un crayon. Cette nouvelle violence effrayait Minnie. Elle ne savait comment y faire face ; ce n'était pas quelque chose qu'elle pouvait se contenter d'ignorer ou de subir en silence.

Elle ouvrit les yeux sous l'eau, en regardant les dalles du plafond beige et taché à travers le prisme scintillant de l'eau. Elle remonta à la surface, se remplit les poumons d'air, puis ramena ses jambes vers elle, en les serrant contre sa poitrine. Sur sa cuisse, elle pouvait voir la petite plaie violette résultant de l'attaque au crayon. C'était comme si les filles à l'école voulaient juste l'asticoter, la provoquer jusqu'à ce qu'elle craque.

Était-ce simplement son nom stupide qui faisait d'elle une cible ? Elle étudiait *Roméo et Juliette* en classe, et une citation lui était restée en tête tout le trimestre : « Ce que nous appelons une rose embaumerait autant sous un autre nom. » Est-ce que la vie sous un autre nom serait toujours aussi merdique ? Il y avait d'autres élèves avec des noms étranges qui ne s'attiraient pas le même genre de soucis qu'elle ; Isla Whyte en troisième était trop jolie pour qu'on se moque d'elle, et Ziggy Zee Zane en seconde avait un père qui avait joué dans un groupe – ce qui lui accordait un passe-droit. Il devait y avoir autre chose chez Minnie qui la rende aussi « harcelable ». Étaient-ce ses cheveux bruns et frisottés, ses joues dodues de hamster ? Elle avait jeté en cachette la boîte de Quality Street que Grand-mère C. lui avait offerte pour Noël. Peut-être ses joues rétréciraient-elles si elle arrêtait de manger du chocolat.

Ce soir-là, elle avait opté pour un acte radical ; elle s'était teint les cheveux en blond et avait dépensé six mois d'argent de poche dans un fer à lisser. Peut-être qu'un nouveau look était tout ce dont elle avait besoin ? Elle avait peur de montrer à sa mère ce qu'elle avait fait, c'est pourquoi elle était dans la salle de bains depuis plus d'une heure. Ce soir-là, ce serait sa première sortie en tant que blonde – peut-être que sa chance tournerait.

Son estomac s'était noué tout l'après-midi, pour former une grosse boule douloureuse. Minnie avait ces douleurs dès qu'elle était angoissée. En période scolaire, elles étaient permanentes. Et si elle changeait d'apparence et que la situation ne s'améliorait pas ? Et si ce n'était pas ses cheveux, ses joues, ni même son nom ? Et s'il s'agissait d'une chose qu'elle n'était pas en mesure de changer ?

Que n'aurait-elle pas donné pour échanger sa vie avec quelqu'un comme Grace Withies. Grace qui était si jolie, si bonne au hockey et qui souriait comme une star. Les gens bourdonnaient autour d'elle comme des abeilles autour d'une fleur. Personne n'avait envie de bourdonner autour de Minnie. La vie devait être si facile pour quelqu'un comme Grace ; aller au lit tous les soirs avec la certitude que personne ne chercherait à faire de votre vie un enfer le lendemain.

— Minnie, tu t'es noyée ? cria sa mère à travers la porte.

— Non, je sors, là, dit Minnie.

Elle se hissa hors de l'eau avant de prendre une serviette en frissonnant.

— Il faut que j'y aille, dit sa mère. Tu vas à cette fête avec tes amis, alors ?

— Ouais, la maison des jeunes, *Bambers*, au bout de la grande rue. La mère de Lacey nous dépose.

Sa mère partait, parfait ; elle serait épargnée du pétage de plombs pour ses cheveux jusqu'à demain.

— Est-ce qu'Elaine te redépose après ? demanda sa mère d'une voix fatiguée.

— Hm-hm.

Minnie se tenait devant le miroir, distraite par sa nouvelle chevelure. Elle était *si* blonde – elle avait l'air d'une personne totalement différente.

— Minnie, tu m'entends ? dit sa mère. Pas d'alcool non plus ; si je le sens dans ton haleine demain, tu seras privée de sortie, c'est clair ?

— Oui, Maman.

Quelques minutes plus tard, elle entendit la porte claquer. Minnie, enroulée dans sa serviette, se dirigea vers la fenêtre de toit. Elle baissa les yeux sur la silhouette voûtée de sa mère qui marchait vers la station de métro en remontant son manteau autour de ses oreilles pour les protéger du froid.

Elles venaient de passer une bonne journée, avec Maman. Will et Papa étaient allés à un vide-greniers, et Maman avait cuisiné des fournées de pâtisseries pour la vente de l'Armée du Salut demain. Elle avait fait une douzaine de tourtes poulet-légumes, et avait laissé Minnie l'aider. La pâtisserie était l'une des rares activités que Minnie et sa mère faisaient ensemble. Maman lui apprenait patiemment comment pétrir la pâte, puis l'étaler avec la quantité exacte de farine. Aujourd'hui, Minnie avait été chargée des fonds de tourte pendant que Maman faisait mijoter la farce.

— Bravo ; bonne épaisseur, bien régulière, avait dit sa mère par-dessus l'épaule de Minnie.

Sa mère faisait peu de compliments. Minnie avait rayonné de fierté.

Sa mère était étrangement plus douce lorsqu'elle cuisinait, l'esprit trop occupé pour critiquer. Parfois, il lui arrivait même de chanter en faisant de la pâtisserie, elle avait l'air heureuse. Aujourd'hui, pendant qu'elles préparaient toutes ces tourtes ensemble, Minnie n'avait pas pensé une seule fois à Hannah Albright. Avec la pâtisserie, sa tête était comme en vacances de toutes les sales histoires.

Alors qu'elle se tenait devant la fenêtre, elle se sentit nerveuse à l'idée de sortir. Le nœud était toujours là dans son estomac. Et si les blondes ne s'amusaient pas plus ? Et si Hannah se pointait ? Et si ses cheveux ne faisaient que susciter davantage les attentions malveillantes ?

Dans le ciel, un feu d'artifice solitaire explosa, des vrilles de lumière suspendues dans les airs laissant une ombre d'un blanc brillant dans l'obscurité grise et nuageuse. Il y avait quelque chose dans ce feu d'artifice qui remplit Minnie d'espoir ; il n'était pas censé être là. Peut-être était-il prévu pour un spectacle plus grandiose à minuit, et qu'on l'avait tiré par erreur. Ce feu d'artifice isolé, d'autant plus flamboyant qu'il avait jailli seul.

15 août 2020

— C'EST QUOI CET ENDROIT OÙ NOUS ALLONS ? demanda Bev.

— *Glam'n'Clare*, dit Leila. On t'y coiffe dans le pur style années cinquante, avec bigoudis et mise en plis.

On était samedi matin. Leila avait réservé une séance d'essai de coiffures pour Bev, Minnie et Fleur en vue du mariage en décembre. Elle avait décidé que si elles devaient être ses demoiselles d'honneur, il leur faudrait toutes embrasser sa décennie favorite.

Fleur les rejoignait au salon, et Minnie, Bev et Leila y allaient à pied ensemble depuis la station de métro. Sortir à Chalk Farm donnait l'impression à Minnie de remonter dans le temps, comme si elle voyait le monde à travers un objectif sépia. Elle leva les yeux vers la fenêtre de l'appartement où elle avait grandi ; rien n'avait changé. À présent, tandis qu'elles passaient le pont ferroviaire qui menait à Primrose Hill, ses yeux se retrouvèrent à dériver dans une nouvelle direction. L'appartement de

Quinn ne devait se situer qu'à cinq minutes de marche de là.

Il s'était écoulé six jours depuis le baiser et il n'y avait eu qu'un échange de textos entre eux. Elle avait traîné toute la matinée du lundi, à attendre qu'il revienne chercher sa voiture. Au bout du compte, un type à chapeau pointu s'était présenté ; il s'avéra que c'était le chauffeur privé de Quinn. Son chauffeur ? Il avait envoyé son chauffeur.

Minnie avait senti que quelque chose n'allait pas dès qu'il était parti ce jour-là. Peut-être était-ce l'arrivée de ses parents, peut-être avait-il dessaoulé, peut-être était-ce la scène du zoo qui se reproduisait. Arrivée au mardi soir sans nouvelles de lui, elle lui avait envoyé un SMS.

Tu as un chauffeur ?

Elle avait réfléchi des heures à ce qu'elle devait envoyer. Au final, elle s'était décidée pour ces quatre mots, quelque chose de simple pour lui rappeler qu'elle existait. Sa réponse s'était avérée froide et décevante.

Oui. Désolé, semaine de dingue au boulot. On se voit peut-être aux étangs.

Pas de bisou. Pas de blague. Absolument rien qui le caractérise. De le lire tard ce soir-là, Minnie en eut les entrailles rongées par un nœud familier, et ne put dormir à force d'y penser.

Le lendemain, elle avait essayé d'être positive. Peut-être avait-il vraiment eu une semaine de dingue au boulot ? À quoi s'attendait-elle – à ce qu'après l'avoir embrassée, il veuille soudain passer chaque minute de son temps avec elle ? Elle releva qu'il avait dit « On se voit *peut-être* aux étangs ». Serait-il même là demain si elle y allait ? Peu importe combien de temps elle y pensait en tournant en rond, quelque chose dans le silence de Quinn cette semaine lui paraissait simplement anormal.

— Marcher dans la rue avec Leila, c'est comme sortir avec une célébrité, non ? dit Bev, interrompant le fil de ses pensées tourbillonnantes.

Leila portait une robe vert clair style années cinquante parsemée de roses jaunes. Elle avait les cheveux récemment teints en arc-en-ciel, et portait un rouge à lèvres rouge vif. Bev avait raison ; Leila attirait le regard de tous ceux qu'elles croisaient.

— C'est agréable d'être remarquée, dit Leila en esquissant un petit sautillement sur la route.

Bev portait un jean noir et un T-shirt disant « Bas les pailles ». Minnie ne savait même pas ce qu'elle portait ; avec toutes ces discussions sur les tenues, elle dut baisser les yeux pour vérifier qu'elle s'était bien habillée ce matin. Jean et T-shirt bleu, pfffiou.

— Si je peux me permettre, tu es rayonnante, Minnie. Toute cette natation te va clairement à ravir, dit Bev.

— C'est gentil à toi de le dire, Bev. Tu es ravissante aussi.

— N'aimez-vous pas le mois d'août ? La chaleur de l'air, les fleurs dans le parc. Londres est si beau à cette époque de l'année, dit Bev en prenant une bruyante inspiration.

— Bev, tu as l'air d'avoir un super moral, dit Leila, serrant la main de Minnie en le disant. Est-ce l'influence de Minnie, qui t'a envoyée militer avec tous les bons samaritains ?

— Oh, j'ai rencontré tellement de personnes merveilleuses, si inspirantes. J'ai aussi rejoint ce groupe fabuleux, Ramassage et Bavardage. Ils coordonnent des groupes pour aller ramasser les déchets et vous pouvez discuter avec des gens qui partagent les mêmes idées sur n'importe quel sujet pendant que vous collectez les détritus. Il y a eu une espèce de cafouillage quand je les ai rejoints au début, ils m'ont mise dans un groupe souffrant d'APB – angoisse post-Brexit. J'ai eu un dialogue de sourds avec ce type pendant des heures sur le traumatisme de la séparation – je me disais que sa femme l'avait quitté ! s'esclaffa Bev.

— Eh bien, je suis tellement contente que tu te sentes mieux à tous les niveaux, dit Minnie.

— Mon généraliste a aussi commencé à me mettre sous antidépresseurs, mais je ne pense pas que mon changement d'humeur vienne de ça. À mon avis, ça vient plus probablement du ramassage de déchets.

— Eh bien, tu te sens mieux, c'est le principal, dit Leila.

Elles arrivèrent au salon de coiffure, qui était niché dans une rue latérale sans prétention. *Glam'n'Clare* était tenu par deux dames qui avaient dans les quatre-vingts ans et, sans surprise, s'appelaient toutes les deux Clare. Leila les connaissait depuis des années et était cliente régulière chez elles. Pénétrer dans le salon vous faisait remonter dans le temps. Les murs étaient couverts de vieilles reproductions de publicités pour cosmétiques vintage ; il y avait un électrophone dans le coin qui passait du jazz, et deux de ces sèche-cheveux à l'ancienne, avec de larges casques en plastique rose. Même les magazines disposés sur la table basse étaient d'une autre époque, et les deux Clare portaient des blouses vintage gris et rose par-dessus leurs vêtements. Fleur était déjà là. Elle faisait défiler l'écran de son téléphone d'une main et tenait une tasse à thé fleurie de l'autre.

— Enfin, dit-elle en relevant la tête alors qu'elles entraient.

Leila étreignit les deux Clare, puis se tourna pour présenter tout le monde.

— Donc Fleur, vous vous êtes rencontrées. Bev, Minnie, voici Claire et Clare. L'une avec un *i*, et l'autre sans.

La Claire avec un *i* portait des lunettes et ses cheveux bruns mis en plis dans une vague impeccable. La Clare sans *i* avait ses cheveux gris coiffés dans un carré court et bouffant.

— Alors, comment avez-vous décidé si *Glam'n'Clare* devrait avoir un *i* ou pas ? demanda Minnie.

— Ne parle pas du nom, dit Leila d'un ton dramatique en secouant la tête.

— C'est une longue histoire…, dit Claire.

— … qui implique beaucoup de sherry, et une partie de gin-rami, expliqua Clare en riant.

— Que j'ai gagnée, dit Claire. Il y avait un *i* sur l'enseigne avant, on peut voir l'espace où il était accroché. Un jour, cette vieille sorcière l'a enlevé avec son balai. Je l'ai regardée faire, et ensuite, elle a accusé les pigeons. Pigeons mon cul !

— C'étaient les pigeons. N'écoutez pas un mot de tout ça, dit Clare en secouant la tête.

Elles rirent toutes en chœur.

— Alors, que pouvons-nous faire pour vous aujourd'hui, mes jolies dames ? demanda Claire.

— Eh bien, je me marie en décembre, comme vous le savez, et j'avais envie que mes demoiselles d'honneur virent un peu années cinquante question coiffure. Nous avons pensé que nous ferions un essai, pour être sûres qu'elles peuvent l'assumer, dit Leila.

— Je ne veux pas trop de produits chimiques chelous sur mes cheveux, dit fermement Fleur.

— Ne vous inquiétez pas, en général les hallucinations chimiques cessent une fois que la laque est sèche, dit Clare dans un sourire révélant une rangée de dents de travers.

Fleur plissa les yeux d'un air suspicieux.

Minnie se percha à côté de Leila sur l'un des tabourets de bar en skaï devant le comptoir, et elles regardèrent les Clare se mettre au travail sur les cheveux de Bev et Fleur. Minnie se sentait nauséeuse. Elle n'avait pas dormi convenablement de toute la semaine. La situation avec Quinn avait tout voilé d'un nuage sombre, et l'effort qu'il lui fallait pour avoir l'air d'aller bien était épuisant. Leila avait prévu cette journée des semaines plus tôt. Minnie voulait être positive et enthousiaste pour son amie, mais sa seule envie était de se rouler en boule par terre.

— Hé, ça va ? s'enquit Leila en passant le bras autour de ses épaules.

Minnie serra les dents et adressa un sourire rayonnant à Leila.

— Oui, évidemment. Désolée, juste fatiguée.

Parfois, elle regrettait que son amie la connaisse si bien. Parfois, elle voulait juste feindre d'avoir le moral, et que Leila se contente de jouer la même comédie avec elle.

— Toujours rien du côté de Quinn ? demanda Leila.

— Est-ce que j'ai manqué un rebondissement sur le jumeau amoureux ? demanda Fleur en relevant brusquement les yeux vers Minnie.

— Rien, on ne va pas..., protesta mollement Minnie.

— Minnie craque pour ce type depuis des lustres, expliqua Leila aux Clare, et alors ils ont fini par fricoter, et maintenant il fait le mort.

— Oh Seigneur, dit Claire en lançant un air compatissant à Minnie dans le miroir.

— Ils se sont embrassés dimanche dernier, et maintenant il la Charlie Chapline totalement, dit Leila.

— Il la Charlie Chapline ? demanda Bev.

— Il est devenu muet, répondit Leila.

— Enfin, pas complètement muet. Il m'a envoyé un texto, précisa Minnie en décalant son poids avec gêne sur le tabouret.

— Que disait le message ? demanda Clare.

— Des conneries de semaine chargée et que peut-être il la verrait aux étangs un de ces quatre. Ils nagent ensemble, développa Leila.

Clare fronça le visage dans une grimace.

— Peut-être qu'il est vraiment débordé, dit Bev en adressant un long regard rempli de compassion à Minnie.

— Peut-être qu'il est marié, dit Fleur en haussant les épaules.

— Il n'est pas marié, Fleur, rétorqua Minnie avec irritation.

— Alors peut-être qu'il est agent secret, il pourrait travailler incognito pour les Russes. Tu ne peux pas nouer de liens affectifs si tu es un espion.

— Il est peut-être homosexuel, dit Clare. Mon premier mari, il était homosexuel.

— Minnie et lui sont devenus amis et je doute qu'il ait un jour entamé une relation avec une amie. Il a peur de l'intimité, dit Leila.

— Vous voulez mon avis ? demanda Claire.

— Les Clare sont de bon conseil, assura Leila en acquiesçant lentement.

— Si vous embrassez un homme et qu'il court à un mile, il ne vaut rien. La vie est jalonnée de moments où vous devez vous tourner face à la tempête, et la vie déclenche beaucoup de tempêtes. Des enfants malades, des parents qui meurent, le cancer, le simple défi de construire une vie ensemble sans se rendre complètement marteau. Vous avez besoin d'un homme qui affrontera la tempête avec vous quand elle soufflera, pas vrai, Clare ? dit Claire en mettant des bigoudis dans les cheveux de Fleur.

— Elle a raison. Quand la vie tourne à la tempête, un homme qui a peur de l'engagement détalera dans la seconde, à la recherche de rivages plus paisibles avec une tête de linotte prénommée Kimberley, dit Clare. Il ne sera pas debout la nuit quand vous aurez un petit gars à nourrir ; il ne sera pas à votre chevet après une double mastectomie. (Clare marqua une pause, en se penchant pour tapoter la main de Claire tout en travaillant.) Votre meilleure amie sera là.

Elles échangèrent un air de profonde compréhension.

Minnie observa cet instant entre les deux vieilles dames. Elle se demanda si Leila et elle seraient toujours amies à cet âge. Peut-être que c'était ça, l'important ; peut-être était-ce cet amour-là qui perdurait réellement.

— Et s'il vous demande de passer votre minou à l'eau de Javel, c'est un vaurien de surcroît, dit Clare en tapant son pubis avec deux doigts.

Fleur aspergea alors la pièce de sa gorgée de thé et se plaqua une main sur la bouche, ce qui vint rompre l'ambiance maussade et fit rire tout le monde.

Minnie dévia la conversation des hommes pour la réorienter vers le mariage de Leila. Une part d'elle savait qu'elles avaient raison, mais une autre part, peut-être étaient-ce les chouettes d'un incurable optimisme, voulait aller nager demain pour le retrouver là-bas, et tout redeviendrait comme avant.

Une fois que les Clare eurent mis les bigoudis à Fleur et Bev, ce fut au tour de Minnie et Leila de se faire coiffer.

— Alors, c'est quand le grand jour, Leila ? demanda Claire.

— Le 30 décembre, répondit-elle en soupirant.

— Oh. Eh bien voilà qui est… inhabituel.

— Nous souhaitions faire ça le jour du Nouvel An, mais ma demoiselle d'honneur est superstitieuse avec cette date, alors nous avons dû décaler de vingt-quatre heures, expliqua Leila.

— Ce n'est pas la raison, dit Minnie au reflet de son amie dans le miroir. Ils n'avaient pas les moyens de faire ça au Nouvel An et ils ont eu un super prix le trente. Personne d'autre ne fait de grosse fête la veille du Nouvel An.

— Et *tu* ne serais pas venue si ç'avait été le trente et un, répliqua Leila.

— Mais en gros, vous avez fait une bonne affaire, dit Minnie.

— Et en plus, tu ne serais pas venue.

— Mais surtout le super prix.

— Et tu ne serais pas venue.

— Le prix.

— Toi.

— Le prix.

Le portable de Minnie se mit à sonner, ce qui désamorça la conversation. C'était sa mère.

— Salut Maman.

— Minnie, bon, je suis chez Tara. Je l'aide à monter un blog, elle voudrait écrire sur le jardinage contre l'angoisse, mais j'ai du mal à élaborer ce site. Est-ce que je veux une bannière ? Et est-ce que le modèle standard suffirait, ou devrions-nous payer un thème ? Et comment sort-on les photos du jardin de son téléphone pour les mettre sur le site ?

Minnie ferma les yeux, submergée par le déluge de questions.

— Je ne suis pas experte en blogs, malheureusement, dit-elle. Oh attends, je suis avec Fleur, elle saura. (Minnie couvrit le micro et tendit le téléphone à Fleur.) Tu veux bien discuter avec ma mère sur la façon de créer un blog ?

Fleur claqua des doigts, puis remonta le gigantesque sèche-cheveux cylindrique rose sous lequel elle était assise et prit le portable à Minnie.

— Je te jure, ce truc est en train de me frire le cerveau. Salut Connie, oui – qu'est-ce que je peux faire ?

S'ensuivit une conversation très perturbante, où Fleur tentait d'expliquer à la mère de Minnie les options qu'elle devait cliquer, écran par écran. Au bout du compte, Fleur dut renoncer.

— Écoutez, vous êtes juste à Primrose Hill, non ? Nous sommes à Chalk Farm dans un salon de coiffure bizarre. Je peux faire un saut là-bas quand nous aurons fini, ça me prendra deux secondes de vous mettre ça en place si je peux voir l'écran… Oui, nous pouvons toutes venir… C'est cool… Je préviens Minnie.

Minnie secoua frénétiquement la tête en agitant la main pour réclamer son téléphone, mais Fleur avait déjà raccroché.

— Quoi ? lui dit Fleur.

— Nous ne pouvons pas toutes aller là-bas ! s'exclama Minnie.

— Pourquoi pas ? demanda Fleur.

— C'est chez la mère de Quinn, et s'il est là ? En plus, Tara ne voudra pas voir débarquer un tas d'inconnues.

— Qui est Quinn ? demanda Clare.

— Le type qu'elle aime bien – l'esquiveur de tempête, expliqua Leila.

— Eh bien, il ne sera pas là, si ? dit Fleur. Ta mère a dit que Tara voulait que nous voyions toutes le jardin ou je ne sais quoi, et qu'elles avaient une tarte aux groseilles à maquereau qui ne demandait qu'à être mangée.

Minnie sourcilla ; elle ne pouvait pas aller chez Tara. Et si Quinn passait et la trouvait là ? Ce serait trop gênant. Elle rappela sa mère.

— Maman, nous ne pouvons pas venir chez Tara, dit-elle fermement.

— Oh, Minnie, ne sois pas ridicule. Tara a envie de te voir, et elle a précisé que tu viennes avec tes amies, pas vrai, Tara ? … Oh, bon, elle veut savoir combien vous êtes ?

— Quatre.

— Quatre, Tara… oui ça ira, elle dit : « Venez. »

Minnie sentit sa peau s'enflammer. Clare mit le dernier bigoudi en place et lui pulvérisa un nuage de laque sur la tête.

— Est-ce que Quinn sera là ? demanda Minnie à voix basse.

— Je ne pense pas, pourquoi ? Veux-tu le voir ? demanda Connie.

— Non, je ne veux simplement pas qu'il pense que je… hum, que je le suis partout à Londres.

— Tara, Minnie veut savoir si Quinn va passer ? hurla Connie.

— Oh mon Dieu, ne lui demande pas ça !

Minnie s'affaissa dans son fauteuil et se posa une main sur les yeux. Aussi ravie qu'elle pût être que sa mère ait une nouvelle amie, ce n'était pas idéal que cette amie se révèle être la mère de l'homme qui venait de la ghoster.

— Non, il assiste à une conférence toute la journée. Donc tu n'as pas à t'inquiéter de le croiser sans avoir mis ton rouge à lèvres, Minnie.

Une demi-heure plus tard, elles étaient toutes les quatre plantées devant la maison de Tara, chacune arborant une coiffure années cinquante d'un bouffant impressionnant.

— Seigneur… c'est sa maison ? dit Leila. Elle est plus grande que toute ma rue.

— Vous savez, si je vivais dans un endroit pareil, moi non plus je ne voudrais probablement jamais en sortir, remarqua Bev.

— Chut, siffla Minnie tandis qu'elles gravissaient le perron.

Elle sonna à la porte. Tara leur ouvrit.

— Minnie, mais regardez-moi ça ? Vous êtes magnifique. J'étais coiffée comme ça à une lointaine époque.

Tara portait des gants de jardinage et un tablier vert par-dessus une robe fourreau grise. Elle avait la peau hâlée et les yeux pétillants de vie.

— Êtes-vous sûre que nous ne nous imposons pas ? dit Minnie. Nous ne resterons pas longtemps.

— Non, non, entrez, entrez. Oh bon sang, que de couleur ! s'exclama Tara en voyant Leila et ses cheveux arc-en-ciel. Quelle joyeuse façon d'être.

Minnie présenta Tara à ses amies et elles la suivirent toutes dans la cuisine où la mère de Minnie regardait un ordinateur portable d'un air renfrogné. Leila et Bev restèrent bouche bée devant l'intérieur grandiose, sans dissimuler leur émerveillement. Minnie leur mima de refermer leurs clapets béants pendant que Tara regardait ailleurs.

— Oh, Minnie, tu ressembles à une Elizabeth Taylor jeune, dit sa mère.

Minnie marqua un temps d'arrêt en entendant un tel compliment de la part de sa mère.

— Et Fleur, poursuivit Connie, une touche de Bette Davis. Quel est le but de tout cela ?

— Des essais de coiffure pour le mariage de Leila, expliqua Minnie.

— Bon, si vous me montriez ce blog que vous avez besoin de créer ? dit Fleur en tirant un tabouret à côté de la mère de Minnie.

— Eh bien, nous ne sommes pas allées plus loin que la première page, dit Connie en secouant la tête.

— Je ne pense pas que je saurai me débrouiller si c'est compliqué, Connie, dit Tara en joignant les mains, les sourcils froncés de consternation.

— Ce n'est pas compliqué, ne vous inquiétez pas, je vais vous expliquer en détail, dit Fleur en balayant les doutes de Tara d'un geste de la main.

— Montre le jardin à Minnie, Tara, je suis sûre qu'elle aimerait le voir, suggéra sa mère.

— Oh, ça n'a rien d'extraordinaire, dit doucement Tara en secouant la tête, mais c'est une forme d'accomplissement pour moi.

Elle conduisit Minnie, Leila et Bev dans un escalier qui descendait à la cave, où des baies vitrées menaient à l'arrière. Le jardin était immense selon les critères londoniens, s'étirant sur cinquante mètres jusqu'à une haie d'arbres. Tout près de la maison se trouvait une terrasse pavée avec une table et des fauteuils en rotin puis, au-delà, des parterres de fleurs en arc regorgeant de roses blanches, de digitales pourpres et de dahlias orange – une gamme extravagante de couleurs.

— Tout ça, c'est le paysagiste, je ne peux pas m'attribuer le mérite des fleurs, expliqua Tara, mais ça, je peux – c'est notre petit projet.

Elle ne put masquer la fierté dans sa voix en leur montrant le potager derrière. Quatre carrés impeccables de terre, tous plantés de rangées de légumes-feuilles, de fines herbes, de haricots d'Espagne et de plants de tomates.

— Waouh, vous n'avez pas chômé, dit Minnie en s'agenouillant pour sentir le thym.

— Votre mère m'a conduite à la jardinerie le week-end dernier. Je suis sortie acheter ceci moi-même, dit Tara en désignant la rangée d'herbes aromatiques.

Puis elle se tourna vers Leila et Bev :

— Je sais que ça ne semble pas particulièrement impressionnant, dit-elle en se frottant le dos d'une main avec la paume de l'autre, mais j'ai parfois des difficultés à sortir de chez moi, ça m'accable un peu.

— Nous avons tous nos démons à combattre, hein, dit Bev chaleureusement.

Tara acquiesça.

— Votre mère est une femme tellement merveilleuse, Minnie. Elle m'a poussée à faire un petit pas chaque jour. Elle n'accepte aucun refus, n'est-ce pas ?

Tara parlait avec une telle chaleur dans la voix, Minnie en fut prise au dépourvu. Elle entendait rarement qui que ce soit parler ainsi de sa mère. Elle n'avait pas souvent envisagé que l'obstination de sa mère puisse être un trait de caractère aussi positif.

— Eh bien, je suis ravie qu'elle ait pu vous aider.

Minnie voyait les mains de Tara se mettre à trembler ; elle les joignait si vigoureusement qu'elle en avait les jointures qui blanchissaient.

— Je vous en prie, nous ne voulons pas vous envahir, Tara, si c'est trop pour vous que nous soyons là, dit Minnie d'une voix douce.

— S'il vous plaît, restez, dit Tara, je dois me forcer à en faire plus.

Elle cligna rapidement les yeux, puis les reporta brusquement vers la maison.

— Prendriez-vous une tasse de thé si j'en préparais ?

Elles en convinrent toutes.

Alors que Tara rentrait en hâte, Bev, Leila et Minnie s'assirent sur les fauteuils autour de la table sur la terrasse.

— Bon Dieu, j'ai besoin d'aller aux toilettes, mais ça me fait peur, dit Bev. Cet endroit ressemble à Buckingham Palace ou je ne sais quoi.

— Bev, si tu as besoin d'y aller, vas-y, dit Leila. Ce sera plus gênant si tu te fais dessus.

— J'en serai incapable. Ma vessie se bloque dans les endroits chics.

Tara reparut cinq minutes plus tard avec un plateau chargé de ce qu'il fallait pour le thé et d'une tarte aux groseilles à maquereau. Elle avait un téléphone coincé entre l'épaule et le menton.

— Oui, Minnie et ses amies sont passées… Son amie m'aide à mettre en place un blog… Non, je n'abuse pas, chéri. Tiens, Minnie voulait te parler, dit Tara en posant le plateau avant de passer le téléphone à Minnie. C'est Quinn, qui voulait savoir comment j'allais.

Minnie sentit le sang quitter son visage ; le nœud de son estomac s'entortilla désagréablement. Il y avait bien des manières dont elle voulait avoir des nouvelles de Quinn, et celle-ci n'en faisait pas partie. Elle secoua faiblement la tête, mais Tara ne cessa de brandir le téléphone vers elle.

Elle finit par le prendre et alla marcher dans le jardin. Si elle devait lui parler, ce ne serait pas devant tout le monde.

— Salut, dit-elle.

— Salut Minnie. (Il se racla la gorge.) Alors, tu t'es fait embrigader pour aider dans le jardin ?

— Quelque chose comme ça.

La ligne resta silencieuse un instant, puis Quinn prit la parole.

— Je suis désolé de ne pas t'avoir appelée, je sais que j'aurais dû. J'ai… Rien de tout ça n'est simple pour moi.

Il avait l'air mal à l'aise, gêné. Minnie se pinça un lobe de sa main libre, la pression la distrayant de l'effroyable concrétisation de ses soupçons.

— Pourquoi es-tu comme ça ? dit-elle à voix basse. Je pensais… Je ne sais pas ce que je pensais.

— Minnie, dit-il en radoucissant la voix, je… (Il soupira.) Je ne peux pas juste sauter à pieds joints dans un truc pareil. Je ne suis pas sûr de pouvoir supporter de décevoir quelqu'un une fois de plus, et je sais que je ne peux pas être ce que tu as besoin que je sois.

— Comment le sais-tu ? dit-elle, la voix étranglée. Je ne veux pas que tu sois quoi que ce soit.

S'ensuivit un silence. Elle crut qu'il était peut-être bien parti.

— Je t'ai déjà déçue. Je l'entends dans ta voix.

Ils se turent un instant. Minnie resta ainsi à secouer la tête.

— S'il te plaît, ne pense pas que ça vient de toi, Minnie, tu es tellement… (Il prit une vive inspiration.) Te souviens-tu de ce manchot dont nous avons entendu parler au zoo, celui qui était amoureux de la fille en carton au Japon ?

Il avait la voix rauque, cassée.

— Ouais, dit-elle en fermant les yeux.

— Eh bien, je suis cette fille en carton. Je n'ai pas la capacité d'être un manchot qui vit et respire. Je pense que Lucy avait raison – dans ce qu'elle a écrit sur moi.

Minnie sentit les larmes lui monter aux yeux, et elle les essuya furieusement ; elle ne voulait pas que les autres la voient pleurer.

— Peut-être qu'on se reverra aux étangs ? proposa-t-il d'une voix douce.

— Je ne pense pas, Quinn.

Elle raccrocha et serra les dents, en sommant mentalement les larmes de ne pas surgir. Elle prit une minute pour se calmer, puis se dirigea vers la maison. Au moins, désormais elle savait, au moins, elle n'allait plus se bercer d'illusions, ni réfléchir aux excuses qui justifiaient son silence. Une fille en carton n'était clairement pas quelqu'un avec qui affronter la tempête.

Elle retourna vers les autres et tendit le portable à Tara d'un air aussi enjoué que possible. Elle tint bon durant le thé et, enfin, une fois que Fleur eut terminé de créer le blog de Tara et de lui montrer comment s'en servir, elles furent en mesure de partir. Alors que Tara les remerciait et leur disait au revoir à la porte, elle prit Minnie à part.

— Je sais que je lui ai rendu la vie difficile, à mon pauvre garçon, dit Tara, la voix chevrotante. J'ai essayé de ne pas autant me reposer sur lui, mais… quand j'étais au plus bas, je ne me rendais même pas compte que je le faisais.

Minnie serra la main de Tara. Elle ne savait pas quoi dire. Tara attira Minnie dans ses bras et lui chuchota à l'oreille :

— Ne renoncez pas à lui, Minnie. Vous êtes ce dont il a besoin, je le vois bien.

Minnie n'avait pas envie de lui dire que c'était trop tard, elle avait déjà renoncé.

Nouvel An 2019

— Où est-ce que tu te cachais, Quinn ? Je t'ai à peine vu de toute la soirée.

Lucy marcha vers lui, ses hanches chaloupant de manière hypnotisante tandis qu'elle traversait la pièce avec décontraction en talons aiguilles. Elle lui planta un baiser ferme sur les lèvres puis le prit par le coude pour le conduire à l'autre bout de la pièce, loin du volume du groupe. La fête battait son plein ; il y avait plus de deux cents personnes ici. Quinn ignorait qu'il avait autant d'amis. Lucy avait tout organisé – la salle, le groupe, le traiteur privé.

— As-tu déjà parlé à Rupert ?

— Rupert…

Les yeux de Quinn se relèvent en dérivant sur la droite, trahissant le fait qu'il n'avait aucune idée de qui était Rupert, ni des raisons pour lesquelles il était censé lui parler.

— Oh, Quinn, dit Lucy en tapant délicatement du pied. Rupert ! Le type de chez Lexon, c'est un super contact pro pour toi. Il veut aussi désespérément m'embaucher. Je n'arrête pas de lui dire que je suis heureuse au journal, mais on ne sait jamais quand ce genre de contact va s'avérer bien utile.

Quinn acquiesça, comme s'il avait juste temporairement oublié le nom du type, alors qu'il n'avait aucun souvenir de cette conversation.

— Pouvons-nous aller dehors ? demanda Lucy en levant son verre en direction du balcon derrière la baie vitrée. Quinn la fit coulisser et un air froid et cinglant les mordit tous les deux. Il ôta sa veste pour la passer autour des épaules de Lucy.

— Écoute, je sais que nous avions dit que nous n'en parlerions pas ce soir, mais je n'ai pu m'empêcher de penser à ce que Carol a dit, déclara Lucy en serrant la veste de Quinn.

Carol était la thérapeute de couple que Lucy et Quinn voyaient depuis un mois. Une idée de Lucy. Elle avait décidé que Quinn avait « peur de l'intimité, ce qui le bloquait pour faire évoluer leur relation au niveau supérieur ». Elle estimait qu'il avait besoin d'une thérapie pour « analyser des soucis non résolus dans son enfance ». C'était là le problème avec Internet ; tout le monde s'imaginait psychologue amateur.

Lucy et lui étaient ensemble depuis un an et trois mois. Lucy attendait « Je t'aime » au bout de six mois, de préférence trois. Quinze mois, c'était synonyme d'une anomalie chez lui. Elle l'avait dit à six mois, jour pour jour. Il ne connaissait pas beaucoup de femmes qui traîneraient quelqu'un en thérapie de couple dans le seul but de lui faire prononcer ces mots, mais à l'évidence, elle pensait qu'il valait la tentative de le soigner. Lucy était une solutionniste ; c'était l'une des choses qu'il appréciait chez elle.

La thérapie avec Carol était une sirène d'alarme qui palpitait dans sa tempe ; pour une certaine raison cependant, il en avait coupé le son depuis plus d'un mois. Pourquoi n'y avait-il pas simplement mis un terme ? Il n'aurait jamais toléré d'être à ce point examiné et remis en question par de précédentes petites amies. L'une des réponses pouvait être qu'en effet, il aimait Lucy ; peut-être ne voulait-il pas partir ? Elle était belle, brillante et pleine d'assurance – que n'y avait-il pas à aimer ? Elle s'était même montrée conciliante quant à son aversion aux appels téléphoniques, une chose que d'autres femmes n'avaient jamais pu supporter. Elle n'avait pas besoin de lui, elle le voulait – c'était une dynamique qui fonctionnait.

Et pourtant, dans la périphérie ombreuse de son subconscient, Quinn s'apercevait d'une noirceur qui guettait. Si jamais il portait vers elle la lueur de son attention, elle retournait se tapir dans les ténèbres, insaisissable. Et pourtant. Hier seulement, pour la première fois, il avait fait plier du regard cette ombre. Il l'avait vue pour ce qu'elle était, et l'avait formulée avec des mots. Depuis Polly, il avait été inconsciemment attiré par des femmes aux singularités peu engageantes. Cela n'avait aucun sens, il ne le comprenait pas, mais une fois qu'il l'avait eu pensé, il n'avait pu s'empêcher de regarder l'histoire de ses relations à travers ce prisme étrange et opaque. Jaya s'était révélée être narcissique, Eddie une menteuse invétérée, Anna détestait les chiens et Lucy était une snob grossière envers le personnel de service. Tous ces traits lui avaient immédiatement sauté aux yeux et pourtant, curieusement, ils faisaient partie de l'attirance.

Pourquoi ? Lorsqu'il essayait de regarder comme Alice dans ce trou de lapin, il commençait à angoisser. Quel genre de psychopathe choisirait activement de sortir avec des femmes qui possédaient des traits de caractère qui le rebutaient ? L'angoisse lui donnait l'impression d'être sa mère, que c'était dans son ADN, qu'il n'avait pas le contrôle.

Retour à la question en cours : pourquoi n'avait-il pas rompu avec Lucy ? Il était séduit par l'idée que, peut-être, il l'aimait. Si c'était ça l'amour, c'était gérable ; cela n'avait rien d'un tremblement de terre qui détruirait jusqu'à ses fondations. Si quelque chose devait un jour dégénérer avec Lucy, il serait triste, mais il ne pouvait s'imaginer s'emprisonner pour le restant de sa vie.

Il y avait peut-être une autre explication pour ce sursis : il commençait à trouver un certain intérêt aux séances avec Carol. En grandissant, Quinn en était arrivé à estimer que la thérapie revenait à réparer les dégâts d'un bombardement avec du papier peint – quelque chose pour détourner votre esprit du fait que les murs de votre maison avaient été réduits en miettes. Au cours des séances avec Carol, il s'était surpris à parler de la séparation de ses parents, de la maladie de sa mère, de la disparition de son père. Qu'est-ce qui l'avait poussé à se décharger ainsi, à entasser du charbon émotionnel dans le moteur crasseux de la thérapie ? Carol se contentait d'écouter, en acquiesçant de compréhension ; elle n'essayait pas de coller du papier peint où que ce soit.

À leur quatrième séance, Carol avait dit :

— Bon, je sais que vous avez pris rendez-vous pour une thérapie de couple, mais honnêtement, je pense que Quinn pourrait tirer meilleur parti de séances individuelles. Vous ne devriez entreprendre qu'un processus thérapeutique à la fois, il vous faudrait donc opter pour l'un ou l'autre.

Lucy avait paru déçue. Elle aimait être impliquée ; elle aimait hocher la tête avec compassion, en donnant l'impression que si seulement il pouvait se délester de toutes ces paroles sur son passé, alors au pied de cette pile de mots se trouveraient les trois qu'elle cherchait.

— Eh bien, avait dit Lucy en les regardant à tour de rôle, les sourcils froncés. Nous allons devoir en discuter. J'avais le sentiment que nous faisions des progrès ?

Lucy s'était penchée en avant sur son fauteuil, des rides d'expression plissant son visage généralement lisse. Elle avait joint les mains et agité ses deux index vers Carol. Carol y avait répondu avec l'un de ses sourires neutres dignes d'une publicité pour dentifrice.

— Je pense que vous aviez raison de vouloir parler de tout cela, avait-elle dit à Lucy, mais ce qui devient clair à mes yeux, c'est que Quinn a besoin de beaucoup plus de temps pour travailler sur certains problèmes tout seul.

Puis elle avait adressé à Lucy l'un de ses hochements de tête encourageants, de ceux qui vous donnaient la sensation d'avoir fourni toutes les bonnes réponses pour remporter le jeu télévisé de la thérapie.

— Le soutien que vous témoignez en tant que compagne est fantastique, Lucy.

— Eh bien, j'ai un style d'attachement très sécure, avait dit Lucy, désireuse de dépasser la thérapeute sur le terrain de la thérapie.

Cela remontait à plus d'une semaine. Ils avaient dit qu'ils en discuteraient. À présent, Lucy l'évoquait à la soirée.

— Alors, à ton avis, que devrions-nous faire ? demanda-t-elle en lui prenant les mains. Je pense que tu devrais être orienté vers quelqu'un d'autre. Carol est censée être la meilleure dans le domaine des relations, alors je préférerais que nous nous la gardions, pas toi ?

— On gèle ici. Retournons à l'intérieur pour profiter de la fête. Nous pouvons en parler demain, dit Quinn en l'attirant vers lui pour l'embrasser sur le front.

Lucy se força à sourire, puis fit coulisser la baie vitrée pour rejoindre la fête.

— Très bien, mais nous devons nous décider. Maintenant, veille à te mêler aux autres, tu devrais parler à chacun ici pendant au moins trois minutes, comme ça tout le monde aura l'impression de t'avoir vu.

Quinn scruta la salle. À qui avait-il envie de parler ? Près du bar se tenaient les quelques camarades de classe avec qui il avait gardé contact : Matt, Jonesy, Deepak. Sur la piste de danse, ses collègues de travail et une poignée de visages du temps d'UCL et Cambridge. Mike était occupé à draguer l'amie de Lucy, Amy Zarbi. Trois minutes. Est-ce que quelqu'un pouvait vraiment le voir en trois minutes ? Est-ce que quelqu'un le verrait en trois cents minutes ? Dans une salle fourmillant d'amis à lui, Quinn ne se rappelait pas s'être un jour senti aussi seul.

Il regarda Lucy se pavaner en allant réprimander un serveur parce qu'il restait les bras croisés. L'homme parut terrifié et passa aussitôt à l'action, en percutant une fille qui marchait vers lui. Elle avait les cheveux bruns et bouclés et portait un débardeur étrangement décontracté. La simplicité de sa tenue ne faisait que mettre en évidence combien elle était remarquable. Le serveur lâcha son plateau et les canapés s'envolèrent. Quinn regarda la fille bouclée s'arrêter pour aider l'employé à les ramasser, en présentant ses excuses comme si elle était responsable. Elle se mit à quatre pattes et aida à frotter le fromage de chèvre collé sur la cravate du serveur. Puis elle nettoya les lunettes de celui-ci sur son haut. Quinn sourit pour lui-même en observant la scène. Il ne connaissait personne ici susceptible de porter secours à un serveur de cette manière.

La fille se releva et s'épousseta, puis ôta un bout de fromage de chèvre de ses cheveux. Le serveur détala et elle resta là, seule, à regarder la fête comme si elle n'en faisait pas partie. Quelque chose chez cette fille ne collait pas avec le décor ; elle se démarquait comme un cygne dans un bassin rempli d'oies.

Quinn tourna la tête pour voir Lucy pousser l'un de ses rires faux et surjoués, et il sut alors – peut-être était-ce en rapport avec son passé, leur présent, ou autre chose d'entièrement différent – qu'il n'aimait pas Lucy. Il allait choisir Carol. Il voulait sortir de ce trou de lapin.

13 septembre 2020

Minnie était dans le jardin en train d'aider ses parents à démolir la cabane de son père. Maintenant qu'il avait transformé les combles en atelier de réparation entièrement fonctionnel et à l'abri de l'humidité, il n'avait plus besoin de la cabane, qui prenait une place considérable qui pourrait être dévolue au projet potager de sa mère. Tara avait transmis à la mère de Minnie le virus de la culture de légumes.

— Le réchauffement climatique implique que nous devrions tous faire pousser notre propre verdure, dit-elle en guise d'explication.

— Quel rapport avec le réchauffement climatique, si ce n'est que les choses vont pousser plus vite ? demanda son père.

— Eh bien, quand les tomates auront atteint dix livres la barquette parce qu'il n'y aura plus de terres cultivables, tu seras bien content que nous en ayons dans notre jardin, non ? rétorqua sa mère en écartant de sa main libre les mèches mouillées de sueur qui pendaient devant ses yeux.

— Si nous devons tous vivre sous l'eau, tu ferais mieux d'apprendre à construire des sous-marins ou à te laisser pousser des branchies, dit son père.

— Ça fait bizarre de démolir la cabane, la maison paraît si différente sans elle, dit Minnie en reculant d'un pas pour contempler la scène.

Elle portait une salopette bleue et tenait à la main un maillet de la taille d'une boîte à chaussures.

— Je ne m'étais jamais rendu compte de toute la lumière qu'elle bloquait. Regardez tout le soleil qui rentre par la fenêtre de votre cuisine maintenant.

— Parfait pour faire pousser des choses, dit sa mère, les yeux écarquillés de ravissement.

— Cette cabane va me manquer. Vous savez combien d'horloges j'ai réparées là-dedans ?

— Tu es tout aussi heureux dans les combles, s'empressa de dire sa mère.

— Il n'y a pas autant de lumière, en revanche, grommela son père.

— Eh bien, tu accaparais tout ici, non ?

Une fois que la cabane fut démantelée et le bois chargé en pile haute à l'arrière du van de son père, Minnie rentra mettre la bouilloire en route et couper le cake aux fruits qu'elle avait apporté. Alors qu'elle attendait que l'eau bouille, elle promena les yeux sur l'étagère, en inspectant les livres de cuisine de sa mère. Caché entre Nigella et Jamie Oliver, elle remarqua le vieux dossier gris de coupures de journaux de Connie. Elle le sortit et feuilleta distraitement le contenu. Elle ne l'avait jamais parcouru elle-même. On ne lui avait montré qu'un article ou un certificat de temps à autre, quand sa mère le ressortait pour des occasions particulières.

Minnie passa en revue le concours d'orthographe de Will et l'article qu'il avait écrit pour le journal local sur la résurgence du drum and bass. Elle secoua la tête en souriant. Il y avait l'article sur le fait que Quinn soit le premier bébé des années quatre-vingt-dix, puis le document suivant dans le dossier la pétrifia – c'était le menu de chez *Victor's*, le premier qu'elle avait cuisiné. Derrière se trouvait le menu dégustation du jour de Noël du *Lieu de Rencontre* ; Minnie l'avait rapporté chez ses parents pour leur montrer sur quoi elle travaillait. Ensuite, il y avait le premier flyer qu'elles avaient conçu pour promouvoir *Pas de mauvaises farces*, et des idées de recettes de tourtes qu'elle avait rapportées à la maison pour leur soumettre. Minnie feuilleta le reste du dossier – tout ce sur quoi elle avait travaillé était là, sa mère avait tout gardé. Minnie se plaqua précipitamment une main sur la bouche pour empêcher un sanglot de lui échapper. Peut-être qu'elle ne décevait pas sa mère tant que ça, après tout.

— Tu nous apportes une tasse de thé ou bien, chérie ? lança sa mère depuis le jardin.

— Ouais, j'arrive, dit Minnie, la voix étrangement perchée.

Elle rangea tout en hâte dans le dossier et le replaça sur l'étagère.

— Nom d'un petit bonhomme, ce cake est fabuleux, chérie, dit son père tandis qu'ils s'asseyaient tous sur le perron avec d'épaisses tranches de gâteau.

— Merci. J'ai rajouté des cerises, exactement comme tu aimes, Papa, dit Minnie.

Puis elle se tourna pour regarder sa mère, les yeux débordant d'affection.

— Pourquoi est-ce que tu me regardes comme ça ? demanda celle-ci avec suspicion.

— Pour rien. (Minnie sourit, puis lui serra la main.) C'est juste chouette d'être ici avec vous.

— Eh bien, je vais te dire, c'est l'un de tes meilleurs, Minnie. Est-ce que ça te manque de ne plus faire de pâtisserie toute la journée ? demanda sa mère en récupérant des miettes au creux de sa paume alors qu'elle prenait une autre bouchée.

— Ouais, ça me manque, dit Minnie avec nostalgie. Mais mes clients me manquent encore plus. J'avais un jour de congé la semaine dernière, alors j'ai fait un saut à l'amicale pour voir tout le monde. La vieille Mavis Mahoney est morte ; je ne savais même pas qu'elle était malade.

— Bon, au moins, elle aura bien vécu. Une femme de mon bloc est morte hier, elle avait vingt-quatre ans, le pauvre ange. La vie est un don précieux, il n'y a pas de temps à perdre en regrets.

Le père de Minnie s'étouffa sur son morceau de cake.

— Tu as changé de refrain, Con, dit-il en toussant. Qu'est-ce qui t'est arrivé ?

— Elle « surmonte son angoisse en jardinant », Papa, dit Minnie en aspirant les joues pour réprimer un sourire.

Son père s'esclaffa.

— Dans une seconde elle va nous dire qu'elle part faire un camp de yoga pour se faire récurer les jackras.

— Purifier les chakras, dit sa mère en souriant, dans une pose de méditation avec les mains jointes en prière.

— Oh, nous y voilà, dit son père en secouant la tête. Eh bien, je ne suis pas convaincu de cette nouvelle version « pas le temps pour les regrets ». Je croyais que tu en avais toute une liste tatouée à l'intérieur des orbites, Con ? M'épouser étant tout en haut de la liste.

— Non, dit sa mère en secouant la tête avant de lâcher un soupir. C'est la meilleure chose que j'aie faite, Bill – toi et mes enfants. Je ne vous échangerais pour rien au monde.

Les parents de Minnie se prirent la main.

Minnie les regarda tour à tour. Elle ne se rappelait pas les avoir un jour vus ainsi, à se taquiner, rire, se montrer de l'affection. Adolescente, Minnie pensait que les conversations d'adultes tournaient autour de listes ; une personne allait dresser la liste des tâches qu'elle avait accomplies, puis celle des tâches que l'autre n'avait pas accomplies. Si son père riait, sa mère lui reprochait de prendre les choses à la légère. Quand sa mère pouvait enfin se poser le soir, son père choisissait ce moment précis pour s'atteler à une réparation cruciale d'horloge.

Elle avait rarement été témoin de ce genre de proximité entre eux. C'était comme si sa mère avait trouvé le moyen de faire passer chaque événement qui lui était resté en travers de la gorge.

Peut-être la relation de ses parents ressemblait-elle à cela avant qu'ils aient des enfants ? Peut-être que les angoisses de la vie de famille avaient un temps anesthésié l'amour. La dernière fois qu'elle était venue, elle avait vu sa mère frotter le dos de son père alors qu'elle se tenait à côté de lui dans la cuisine – Minnie ne l'avait jamais vue faire ça en trente ans.

— Un regret quelconque, Minnie Moo, ou es-tu emballée par ce concept « zéro regret » ? lui demanda son père.

— Je regrette que vous m'ayez donné ce foutu nom de Minnie Cooper, répondit-elle en lui donnant gentiment un coup de coude dans les côtes.

— Ouille, je persiste à dire qu'un jour tu leur soutireras un contrat de sponsoring.

Minnie leva les yeux vers le ciel bleu clair de septembre, et réfléchit un instant.

— J'imagine que je regrette d'avoir laissé tomber *Pas de mauvaises farces* comme je l'ai fait.

— Tu avais tes raisons. Je suis sûre que tu as pris la bonne décision, ma chérie, dit sa mère.

Minnie n'avait pas l'habitude de cette version compatissante et rassurante de sa mère. Elle marqua un temps d'arrêt, regarda vers elle, se tourna vers son père puis la regarda de nouveau.

— Es-tu certain qu'elle n'a pas une tumeur au cerveau ou un truc du genre ? dit-elle à son père en aparté. Je ne la reconnais pas.

Son père secoua la tête avec une solennité affectée.

— Ma théorie pour l'instant, c'est que des aliens ont pris possession de son enveloppe corporelle.

— Oh, la ferme vous deux, dit sa mère en balayant leurs railleries d'un geste du bras vers eux.

— Mais sérieusement, je crois que j'ai abandonné trop vite. J'ai même pensé à un éventuel moyen de maintenir les finances sans avoir besoin des fonds de charité. En revanche, ce n'est pas terrible de penser à ces choses-là six mois trop tard, si ?

Minnie était allée acheter du shampoing à la pharmacie lorsque l'idée lui était venue. Il y avait une offre « Un acheté, un gratuit » sur les produits capillaires. Ça lui avait rappelé un jeu de mots idiot que Greg avait lancé pour l'entreprise l'année précédente – « Une achetée, deux mangées ». Puis l'idée lui était venue. Et si elle demandait aux entreprises de financer les tourtes pour les nécessiteux ? Pour chaque tourte qu'elles s'achetaient, elles en paieraient une autre pour quelqu'un de la communauté dans le besoin. Les sociétés cherchaient toujours des moyens de renforcer leur responsabilité sociétale, non ?

Elle était restée figée sur place, avec Joie de Coco dans une main et Explosion de Passion dans l'autre. Elle avait éprouvé ce pétillement d'excitation qui ne vous vient qu'avec une idée véritablement lumineuse. Puis elle se rappela l'obstacle mineur à la concrétisation de ce plan de génie ; elle avait démantelé la société, vendu son équipement et cédé le bail de la cuisine. Même si elle le souhaitait, elle n'obtiendrait jamais un autre prêt pour tout recommencer.

Minnie se surprit à dévoiler l'idée à ses parents, leur expliquant même en détail la façon dont elle la mettrait en œuvre. En général, elle ne parlait pas de ce genre d'idées avec eux ; normalement, elle n'aurait pas pu terminer une phrase avant que sa mère souligne une faille dans le plan. Mais aujourd'hui, assis sur le perron de leur jardin, ses deux parents l'écoutèrent parler jusqu'à ce qu'elle ait terminé. Lorsqu'elle fut à court de choses à dire, elle les regarda à tour de rôle.

— Désolée, est-ce que j'ai un peu déliré ? dit-elle.

— Je crois que tu dois le faire, Minnie, dit doucement sa mère. Je suis navrée si je ne t'ai pas assez soutenue avant. Je ne voyais pas à quel point c'était important pour toi. (Sa mère lui posa une main sur le genou.) Peut-être que je n'ai pas toujours dit ce qu'il fallait, tu sais. Personne ne te donne de mode d'emploi quand tu deviens mère.

Elle parut affligée par l'effort de prononcer ces excuses. Minnie lui tapota la main.

— Je sais, Maman, ce n'est pas grave.

— Tu vas le faire, alors ? lui demanda sa mère en s'essuyant le coin de l'œil avec un doigt.

Minnie secoua la tête en fronçant le nez.

— J'aurais dû y penser plus tôt. Je ne pourrais plus rassembler les fonds maintenant.

— Ne pourrais-tu pas trouver un investisseur, quelqu'un qui croie en ton idée ? demanda sa mère.

— *Qui veut être mon associé ?* tu sais, l'émission de télé, proposa son père, les sourcils haussés jusqu'au milieu de son front dégarni.

— Je n'ai pas inventé les tourtes, Papa.

Minnie repoussa ses cheveux derrière ses oreilles. Ils l'encourageaient tous les deux à présent, en la laissant penser que c'était peut-être possible.

— Même si je pouvais persuader un investisseur d'embarquer dans ce projet, j'aurais moi-même besoin d'un capital initial. Je devrais moi aussi m'investir.

— On parle de combien ? demanda Papa.

— Combien de quoi ? répliqua Minnie.

— Pour ce capital initial ?

Minnie secoua la tête.

— Au moins dix mille, je ne sais pas. Plus que ce qui se cache entre les coussins de ton canapé, Papa, mais merci.

Elle se pencha au creux de son bras, en posant la tête sur son épaule. Ça n'avait aucune importance que le nouveau plan tourtes ne se réalise pas. Le simple fait de parler ainsi avec ses parents, qu'ils écoutent tous les deux, et la croient capable d'accomplir quelque chose – cela signifiait tant.

— Allez, dit son père en repoussant de son épaule la tête de Minnie afin de se lever.

— Nous avons fini, alors ? Tu ne vas pas m'aider à déterrer cette dalle en béton ? demanda sa mère.

— Pas aujourd'hui, ma chérie, il nous faut un perfo pour la casser d'abord. Minnie Moo, je veux te montrer quelque chose.

— Enlevez vos chaussures ! cria sa mère alors qu'ils s'apprêtaient à entrer pour traverser la cuisine.

Papa conduisit Minnie au petit salon et lui montra l'horloge qu'elle préférait, celle qu'elle lui avait offerte – Rouette. Minnie le regarda, perplexe.

— Je me rappelle le jour où tu as acheté ça pour moi. Tu l'as rapportée en la trimballant dans ton cartable pendant tout le trajet en bus, ça devait peser une tonne. Je parie qu'il y a un million d'autres choses dans lesquelles tu aurais pu dépenser ton argent de poche à l'époque.

Il leva des yeux humides vers l'horloge.

— Oui, bon, elle avait l'air de sortir d'une décharge. Tu l'as bien briquée, Papa.

— Il n'en reste que quatre comme ça dans le monde, selon Internet. Apparemment, elle vaut quatre mille livres, maintenant que je l'ai réparée.

— Non ! s'écria Minnie en se jetant une main sur la bouche.

— Et il y en a quelques autres dans la maison sur lesquelles les collectionneurs voudraient mettre leurs pattes.

— Tu ne peux pas vendre tes horloges, Papa, pas pour moi, dit-elle en secouant lentement la tête. Tu as passé tellement de temps dessus.

Son père acquiesça solennellement.

— Peut-être que j'ai passé trop de temps dessus, et pas assez sur le plus important. (Il étira sa grosse main autour de son menton et se pressa les joues.) Mais bon, pas de regrets, hein. (Il fit une pause.) Je me reconnais tellement en toi, Minnie Moo, dit-il en lui passant un bras autour des épaules. Si tu as une occasion, je veux t'aider à la saisir.

Ils restèrent à regarder Rouette quelques secondes.

— Est-ce que Maman sait qu'elles ont de la valeur ?

— Tu es folle ! s'esclaffa son père. Je lui ai toujours dit que c'était de la camelote. Elle va péter un plomb d'envergure planétaire.

Il se frotta les yeux de haut en bas avec les paumes. Minnie n'arrivait pas à croire que son père soit resté assis sur une petite fortune tout ce temps, ni qu'il lui ait proposé à l'instant de la lui donner. Son cœur se gonfla d'affection pour ses deux parents.

— Nous attendrons juste que Maman soit dans l'une de ses « humeurs jardinage » avant de dire quoi que ce soit, d'accord ? dit son père.

20 octobre 2020

Son ordinateur portable était chargé, la présentation s'y trouvait, et Minnie était vêtue d'une nouvelle combinaison noire associée à un rouge à lèvres vermillon. L'une des influenceuses Instagram qu'elle suivait avait porté une tenue exactement comme celle-ci. Elle avait décidé à 2 heures du matin le lundi précédent que c'était ce look qui lui ferait remporter l'investissement.

Elle avait passé les quelques dernières semaines à se creuser la cervelle pour trouver comment réunir le reste de l'argent nécessaire au lancement de son projet « Achetez une tourte, offrez une tourte ». Les paroles de Greg résonnaient dans son crâne : « Les contacts, les contacts, les contacts. » Qui parmi ses connaissances avait des relations dans le monde de la restauration d'entreprise ? Lucy Donohue, voilà qui en avait.

Greg lui avait dit que, depuis son départ du journal, Lucy gérait la restauration d'entreprise pour Lexon, l'une des plus grosses banques de Londres. C'était exactement la personne que Minnie avait besoin d'associer à son plan. Par le passé, Minnie aurait juste supposé que quelqu'un comme Lucy ne lui accorderait jamais de rendez-vous, ne la prendrait jamais au sérieux. Elle aurait été trop intimidée pour le demander. À présent, Minnie voyait ça différemment. Cela n'aboutirait sans doute à rien, mais elle se devait d'essayer. Pas de regrets.

Greg et son colocataire Clive l'avaient aidée à élaborer une présentation PowerPoint étayée de statistiques et graphiques.

— Ne sois pas trop démonstrative, lui dit Clive pour la préparer. Ne te comporte pas comme si elle te faisait une faveur. C'est toi qui lui en fais une en lui apportant l'idée.

— Et remonte-toi les cheveux, dit Greg. Ne te cache pas derrière – tu fais toujours ça, c'est énervant.

— Et imprime un business plan à lui laisser. Elle voudra regarder les chiffres une fois que tu seras partie, dit Clive.

— Et apporte une tourte, dit Greg. C'est ton produit, ça c'est important.

— Et des recommandations, dit Clive. Tout le monde aime les recommandations.

— Oh Seigneur, dit Minnie en s'efforçant de tout assimiler.

Greg lui posa une main sur chaque épaule.

— Tu peux le faire, Minnie, je le sais.

Depuis leur rupture, Greg avait enfin décidé de commencer à travailler sur le livre qu'il avait toujours voulu écrire : la biographie non officielle de Jennifer Aniston.

L'écrire avait amené Greg à reconsidérer ses priorités dans la vie. Il avait appelé Minnie quelques mois plus tôt pour dire que, comme Jen, il était content d'être célibataire, qu'il n'avait pas besoin d'une compagne pour le définir, et qu'il voulait soutenir les femmes de sa vie, alors si jamais elle avait besoin de soutien, il serait là. Minnie ne s'était pas aperçue de la profondeur de sa passion pour Jennifer Aniston, mais ce nouveau Greg Jennifié et encourageant était clairement un progrès.

En pénétrant dans les bureaux reluisants de Lexon, Minnie se sentit comme Sheryl Sandberg et Hilary Clinton réunies dans une seule personne. *Roar* par Katy Perry passait dans sa tête et elle marchait clairement en se pavanant – Minnie ne se pavanait jamais. Lucy et un homme en costume à fines rayures et cheveux bruns plaqués en arrière l'accueillirent dans leur salle de conférences. Il y avait de petites bouteilles d'eau en rang sur l'immense table de réunion et de gigantesques écrans télé luisants fixés au mur à chaque extrémité de la pièce.

— Merci de me recevoir, dit Minnie en serrant la main de Lucy tout en maintenant fastidieusement le contact visuel.

Elle avait envie de dire qu'elle savait que Lucy était occupée, qu'elle ne les retiendrait pas longtemps, mais elle s'en empêcha – ces propos étaient dignes de l'ancienne Minnie.

— Nous nous sommes déjà rencontrées, n'est-ce pas ? dit Lucy, les yeux plissés, en essayant de la resituer. Greg a été plutôt vague au téléphone.

— Oui – Nouvel An dernier, dit Minnie. Au *Night Jam*.

Lucy inclina la tête sur le côté puis étudia lentement Minnie de haut en bas.

— Oh, oui… (Une lueur d'identification.) Je vous avais à peine reconnue, vous avez changé de coiffure ?

Minnie se lança dans la présentation. Elle l'avait tellement répétée ces derniers jours. Elle avait toutes les stats et les chiffres. Elle avait même fait une courte vidéo de ses anciens clients qui expliquaient combien ça leur changeait la vie que leurs tourtes soient livrées.

Tout se déroula sans accroc – enfin, à part un bug avec le PowerPoint où l'écran se figea. Lorsqu'elle essaya de le redémarrer, une photo d'elle et Leila sur une plage à Goa apparut à la place. Elle tenait Sac à puces le chien d'une main et un cocktail dans l'autre – elle avait l'air couverte de coups de soleil et heureuse.

— Désolée, problèmes techniques, dit-elle, désarçonnée.

Lucy et son collègue Rupert posèrent des questions et écoutèrent poliment. Ils goûtèrent tous deux des échantillons des tourtes qu'elle avait apportées, et Minnie les laissa avec une présentation reliée de sa proposition.

— Eh bien, merci d'être venue, nous vous recontacterons, dit Lucy. Super combi, au fait.

Minnie sautilla sur tout le trajet retour. Elle n'en était pas sûre, mais elle avait l'impression d'avoir bien géré son argumentaire. Si Lexon disait non, elle essaierait quelqu'un d'autre – elle allait réaliser ce projet. Sur son téléphone, elle avait un SMS de sa mère :

J'espère que ça s'est bien passé chérie. J'ai mon cours cet après-midi, mais appelle-moi plus tard pour me raconter xxx

Sa mère se reconvertissait en sage-femme. Elle les avait tous surpris au dîner l'autre semaine en disant que c'était une chose qu'elle avait toujours voulu faire. Tara avait cherché une formation pour elle sur Internet, spécifiquement pour les infirmières souhaitant se reconvertir, et elle s'y était inscrite. Elle demanda à Papa de vendre une autre de ses horloges pour la financer. Le numéro 13 était de moins en moins bruyant avec tous les plans de carrière qui évoluaient dans la famille.

De retour à son appartement à Willesden, Minnie entra et s'affala sur le canapé. Elle sortit son téléphone. Elle devrait répondre à Jake, l'un des cuisiniers de l'entreprise de restauration avec qui elle était sortie un soir la semaine passée. Jake était séduisant, gentil et populaire auprès des serveuses. Il était allé surfer un peu partout au Mexique en van l'année précédente, et partirait faire du base-jump à Yosemite une fois qu'il aurait suffisamment économisé. C'était le genre d'aventurier insouciant qu'il était impossible de ne pas apprécier. Il n'y avait aucune raison de ne pas sortir avec lui une deuxième fois. Les chouettes de Minnie ne débordaient pas d'enthousiasme, mais les chouettes ne s'étaient pas révélées d'une grande aide par le passé.

Alors même qu'elle tapait une réponse pour Jake, un texto arriva sur le groupe WhatsApp de *Pas de mauvaises farces*. C'était un lien partagé par Fleur. Son ami producteur qui avait filmé les fiançailles de Leila avait enfin envoyé une version montée, et elle l'avait téléchargée sur sa chaîne YouTube. Minnie regarda la vidéo et rit aux éclats ; elle capturait parfaitement le joyeux délire du moment. Minnie regarda le gros plan sur le visage ravi de Leila et embrassa l'écran. Le message de Fleur sous le lien annonçait :

Notre vidéo est devenue virale ! Nous avons eu 60 000 vues et ça continue !

Alors qu'elle regardait la vidéo une seconde fois, son téléphone se mit à sonner.

— Allô, Minnie ? Ici Lucy Donohue.

— Oh, bonjour Lucy.

Lucy toussa au bout du fil. Oh Seigneur, et si Minnie l'avait rendue malade ? Cela ressemblait-il à une toux d'intoxication alimentaire ? Et si Lucy venait de passer cette dernière heure sur les toilettes, avec Rupert qui vomissait à côté d'elle ou lui tenait les cheveux en arrière ? Et si elle appelait pour dire qu'elle comptait l'attaquer en justice ?

— Nous avons adoré votre présentation, Minnie. Nous voulons que vous fournissiez tous nos bureaux de Londres, si vous pensez pouvoir développer cette capacité ? Et nous aimerions que les employés de Lexon vous aident à livrer les tourtes à la communauté dans le cadre de notre initiative « Donnons en retour ». Nous pourrons entrer dans les détails plus tard, mais je voulais vous annoncer la bonne nouvelle avant que vous soumettiez votre idée à quelqu'un d'autre.

Minnie avait envie de couiner au téléphone « Merci, oh merci Lucy ! Vous n'imaginez pas ce que ça représente pour moi ! » mais elle se refréna – en repoussant Lucky, qui lui donnait des coups de patte sur la jambe et miaulait en quête d'attention –, et remercia Lucy le plus professionnellement possible. Elles convinrent d'un rendez-vous de suivi pour lundi.

Alors qu'elle raccrochait, Minnie entendit un grattement et le suivit, pour tomber sur Lucky qui griffait la porte d'entrée. Elle avait oublié de garder la porte de la salle d'eau entrouverte afin qu'il accède à sa litière.

— Ne griffe pas, Lucky ! Tu vas encore me faire perdre ma caution.

Elle ouvrit la porte de la salle d'eau, et tenta de prendre le chat. Lucky bondit en avant et Minnie le regarda avec horreur commencer à uriner partout sur son paillasson.

— Eurk, Lucky ! Qu'est-ce que tu fais ? Vilain chat ! le gronda-t-elle.

Elle prit le paillasson pour le rincer dans l'évier de la cuisine. En le soulevant, elle remarqua une enveloppe par terre. Elle avait dû glisser de la boîte aux lettres puis sous le tapis. Elle la ramassa – la lettre était imbibée d'urine de chat. Au recto, on avait écrit « Minnie ».

Depuis combien de temps était-elle là ? Elle s'empressa de l'ouvrir, en grimaçant à l'odeur.

— La vache Lucky, qu'est-ce que tu as mangé ?

Minnie scruta rapidement le contenu jusqu'à la fin – ça venait de Quinn. L'encre commençait à baver, elle lut donc la note le plus vite possible.

« Chère Minnie,
J'ai essayé de t'appeler, mais je pense que tu as bloqué mon numéro. Tu m'as aussi bloqué, eh bien, partout ailleurs, et je ne peux pas te le reprocher. Je suis donc revenu à la bonne vieille forme de communication. J'ai eu un comportement… (Minnie n'arrivait pas à déchiffrer le mot suivant, c'était soit "terrible", soit "teriyaki" – "terrible" était probablement plus sensé). J'aimerais te voir, pour m'expliquer. Je sais que tu ne voudras peut-être pas me voir, mais je serai à notre étang dimanche à… »

Et ensuite, le reste des mots s'étaient dissous dans l'acidité du pipi de chat, et la lettre commençait à se désintégrer dans sa main.

— Oh, putain de merde, s'écria Minnie. (Elle ne jurait presque jamais.) Lucky, tu as pissé sur la partie la plus importante de la lettre !

Puis Minnie se rappela qu'elle ne l'aurait peut-être jamais trouvée si Lucky n'avait pas uriné dessus, elle ne pouvait donc pas trop lui en vouloir.

Elle alla se laver les mains, en les frottant avec des tampons à récurer jusqu'à être certaine d'avoir ôté la moindre trace de pipi de chat. Pourquoi Quinn souhaitait-il la voir ? Ça faisait des mois. Depuis combien de temps cette lettre était-elle là ? Peut-être des semaines ; peut-être était-il allé à l'étang, et elle n'y était pas apparue ? Y avait-il une date sur la lettre ?

Minnie sortit la lettre de la poubelle. Il y avait une date, maintenant recouverte de beurre de cacahuètes, les vestiges de son encas pré-présentation. Elle essaya de le racler, mais la lettre était bien trop endommagée.

Peut-être le reste de la lettre disait-il juste quelque chose du genre « Tu as toujours mon T-shirt préféré, alors peux-tu me retrouver aux étangs pour me le rendre ? » Peut-être qu'il disait « Tu ne m'intéresses toujours pas, mais je voulais te présenter mes excuses en personne pour avoir géré ça comme un connard ». Peut-être qu'il disait beaucoup de choses.

Y irait-elle dimanche ? Avait-elle même envie d'entendre ce qu'il avait à dire ? Après ce coup de fil atroce chez Tara, Minnie avait passé un pacte avec elle-même : ne plus fantasmer sur Quinn Hamilton ; en fait, ne plus fantasmer sur personne. Il lui fallait reprendre le contrôle de sa vie, de son bonheur. Elle résolut d'être davantage comme Leila, d'arrêter de laisser les autres jouer avec son amour-propre.

La lettre vint assombrir la semaine de Minnie. Elle débordait d'une telle euphorie après la présentation avec Lucy, et à présent, elle passait tout son temps à spéculer, à se demander si elle devait ou non aller à Hampstead Heath dimanche. Elle pouvait simplement débloquer son numéro et lui envoyer un texto : « Salut Quinn, merci pour la lettre, j'ignore quand tu l'as envoyée vu qu'elle est maintenant tartinée de beurre de cacahuètes et de pisse de chat. Je sais, c'est dégueu – je vis clairement comme un animal. Bref, pourrais-tu me récapituler le contenu par SMS ? Merci. »

Que ferait Meg Ryan ?

25 octobre 2020

Elle s'y rendit ce dimanche-là. Évidemment. Sa curiosité avait eu raison d'elle. À 7 h 30 elle était à Hampstead Heath, rôdant dans les buissons près de l'entrée des étangs mixtes. C'était un matin froid et sec, et cet étang était désormais fermé pour l'hiver. Il n'y avait personne alentour. 8 heures arriva, puis passa. Minnie s'assit sur un banc à proximité et donna un coup de pied dans un tas de feuilles mortes devant elle. La lettre avait dû être envoyée plus d'une semaine auparavant. Elle pouvait le débloquer, l'appeler, mais elle n'en avait pas envie. Elle était déjà restée trop longtemps particulièrement obsédée par cette fille en carton.

Elle monta tranquillement à Parliament Hill en resserrant son écharpe autour de son cou et en fourrant ses mains au fond des poches de son nouveau manteau en laine. Elle n'était pas revenue ici depuis ce fameux jour d'août ; elle s'était mise à nager à la piscine couverte à la place. La lande paraissait si différente vêtue de ses couleurs automnales.

Les sentiers étaient tapissés de feuilles orange et une lumière vive et rasante filtrait à travers l'enchevêtrement de branches au-dessus de sa tête. Elle ramassa une feuille rouge parfaite par terre, pour examiner le motif complexe de nervures traçant la cartographie de sa fine surface. Si belle, et pourtant créée pour ne durer qu'un si court moment avant que son rôle sur cette planète soit terminé, et qu'elle ne se décompose en humus. Une existence que personne ne remarquait et pourtant, en regardant bien, ô combien remarquable.

— Minnie ?

Elle sursauta en lâchant la feuille. Elle releva les yeux. Quinn se tenait devant elle.

— Oh, tu m'as fait peur, dit-elle en portant une main à sa poitrine.

Quinn portait un épais pull en laine vert, un manteau camel et un jean bleu marine. Elle ne l'avait pas vu depuis des mois. Lorsque vous voyez quelqu'un souvent, vous pouvez oublier de contempler son apparence – il devient juste un assemblage de traits et de manies. Puis, après une absence, vous le revoyez comme si c'était la toute première fois. Avec Quinn, c'était sa beauté qui vous frappait comme un uppercut.

— Désolé, tu étais très absorbée par la contemplation de cette feuille, dit-il avec un sourire circonspect.

Minnie chercha la feuille qu'elle avait lâchée. Elle la ramassa et la mit dans sa poche.

— C'est une feuille géniale, dit-elle, puis se tança d'avoir dit une chose aussi stupide.

— Je ne pensais pas que tu viendrais, dit Quinn.

— J'ai reçu ta lettre, dit Minnie, mais j'ignorais quand tu l'avais envoyée. Elle a subi quelques… dégâts.

— Oh, dit Quinn d'un air soulagé. Je l'ai envoyée il y a trois semaines, mais je continue de venir ici chaque dimanche, au cas où je tomberais sur toi.

Il se mit à marcher en rythme à côté de Minnie dans l'allée bordée d'arbres.

— J'ai essayé de t'appeler, sans parvenir à te joindre. Je ne voulais pas me pointer sur le pas de ta porte, mais je… Il fallait que je m'explique…

Il marqua une pause ; il était nerveux.

Minnie empila des feuilles en raclant les pieds dans un craquement satisfaisant. Elle garda le silence, en le laissant parler.

— Je crois que je suis un peu bousillé, Minnie. J'ai un problème avec le fait qu'on ait besoin de moi.

Il cligna des yeux et fourra les mains dans ses poches. Ils marchèrent tous deux avec les yeux braqués sur le chemin devant eux. Il était parfois plus facile de parler lorsque vous ne regardiez pas l'autre.

— Je pense que j'ai grandi avec une vision bancale de ce qu'est l'amour. Je pensais que c'était l'amour qui avait détruit ma mère, mais je m'aperçois maintenant que ce n'était pas ça, dit-il en secouant la tête.

— Il semble que tu aies fait beaucoup d'introspection, Quinn, déclara Minnie.

— En effet, confirma-t-il en sourcillant. J'ai commencé à voir une thérapeute en début d'année, à parler de choses que je n'avais encore jamais évoquées. Mais j'ai abandonné au bout de quelques mois ; je pensais pouvoir gérer ça moi-même. Et alors, après t'avoir plaquée comme ça, j'ai su que je devais y retourner. Je ne veux pas être cette personne-là, Minnie, je ne veux plus. J'ai enfin pris quelques décisions importantes.

— Comme quoi ?

— Il faut que je déménage de Primrose Hill. Il faut que je te présente mes excuses pour mon comportement. Il faut que je m'ouvre à l'idée de laisser les gens entrer dans ma vie.

Dans sa vision périphérique, Minnie le voyait la regarder de côté avec des yeux remplis d'espoir. Elle conserva les siens rivés droit devant elle.

— Est-ce que c'est l'une de ces combines thérapeutiques où tu fais le tour de toutes les filles que tu as ghostées pour t'excuser ? (Quinn poussa un court « hein ».) S'il faut que tu y ailles, je comprendrai. La liste doit être très longue.

Elle lui donna un coup de coude amical.

— Il ne s'agit pas de ça. Je pensais chaque mot que j'ai écrit dans cette lettre. J'ai su que j'avais fait le mauvais choix à la seconde où j'ai quitté ton appart, mais je ne pouvais rien entamer avec toi, Minnie, pas avant de savoir que je pouvais le faire convenablement.

Il s'arrêta net, et elle se tourna face à lui. Il se frappa la poitrine du poing.

— À la minute où je t'ai rencontrée, tu t'es frayé un chemin là-dedans comme une chanson qui me resterait dans le crâne. Je n'arrive pas à t'en sortir.

— Ce doit être très énervant, dit-elle en secouant légèrement la tête.

— Ce n'est pas énervant, non.

— Alors l'analogie n'est pas bonne, parce qu'avoir une chanson coincée dans la tête est hautement énervant.

— Pas si tu aimes la chanson.

— *Surtout* si tu aimes la chanson. C'est le meilleur moyen de pourrir une bonne chanson, de l'avoir en boucle toute la journée dans la tête. Moi, ça m'a pourri *Happy* de Pharrell.

Quinn lui prit les mains.

— OK, c'est une mauvaise analogie. Écoute, je ne suis clairement pas doué pour tout ça.

Quinn souffla brusquement avec contrariété, puis inspira et recommença.

— Minnie, tu as été cette espèce de lumière qui est entrée dans ma vie – tu m'as ébloui. Mais ta lumière m'a aussi permis de voir toutes ces ombres dans ma propre histoire, des ombres dont j'ai finalement pris conscience que je devais m'occuper. (Il sourcilla.) Tu vois comme je suis passé de l'analogie de la chanson à celle de la lumière ?

— C'est mieux, acquiesça-t-elle, la bouche tressautant dans un sourire.

— J'ai toujours gardé les gens à distance jusqu'ici. Avec toi, dès que nous avons parlé, tu as refusé d'être à distance, tu étais juste là. (Il se plaqua une paume sur la poitrine.) Écoute, je ne sais pas trop ce que je demande. Ce que je dis, j'imagine, c'est que je vais peut-être merder, mais je veux nous donner une chance. Je crois que je suis amoureux de toi, si ça ne paraît pas trop dingue.

Il releva les yeux vers Minnie, et croisa les siens, en la suppliant mentalement de dire quelque chose.

Minnie sentit son estomac se nouer. C'était tout ce qu'elle avait voulu entendre – deux mois plus tôt. Il se disait prêt à sauter du grand plongeoir avec elle, mais pour une raison quelconque, elle-même ne se sentait plus prête à sauter. Elle serra les poings. Ne s'y était-elle pas attendue ? Ne savait-elle pas d'après la lettre qu'il avait changé d'avis ? Mais en l'entendant le prononcer à voix haute, son premier réflexe était de reculer, pas de plonger.

— Je suis ravie que tu aies travaillé sur certains points, Quinn, et ça ne me paraît pas dingue… J'éprouvais la même chose pour toi.

— Éprouv*ais* ? répéta Quinn, l'ardeur de son regard déjà atténuée par la déception.

— Je suis désolée, mais la situation a changé pour moi depuis la dernière fois que je t'ai vu.

— Oh.

Il baissa la tête.

Minnie passa un bras dans celui de Quinn et l'incita à se remettre en marche à côté d'elle. Il était plus facile de parler en marchant.

— Pas dans ce sens-là. C'est juste que je me suis livrée moi aussi à beaucoup d'introspection, je crois. Ce que tu disais sur le fait d'être la fille en carton…

— Je ne suis pas la fille en carton, je ne veux pas l'être.

— Peut-être pas, mais je pense que j'ai toujours été ce manchot, à regarder sans arrêt au-delà de l'enclos et chercher à ce que quelqu'un d'autre me rende heureuse.

Ils firent quelques pas en silence. Minnie adorait la sensation du bras de Quinn dans le sien. Cela semblait si naturel physiquement d'être là auprès de lui, mais elle devait combattre cette sensation – il lui fallait penser avec sa tête. C'était une chose que Fleur lui avait dite un jour et qui lui restait à l'esprit : « Tu as besoin d'être un *moi* avant de pouvoir être un *nous.* » Ça paraissait niais, mais Minnie y trouvait une vérité. Ce mois-ci, elle s'était sentie plus *moi* que jamais : plus en contrôle, plus à l'aise dans sa peau. Elle avait une nouvelle confiance, un feu intérieur, et elle ne voulait pas qu'il s'éteigne. C'était cette citation au verso de sa lithographie : « Sois une bonne compagne pour toi-même et tu ne seras jamais seule » – il fallait que ce soit son aspiration. Elle voulait alimenter son propre feu. Si on tirait son combustible des hommes, ils pouvaient partir, et on se retrouvait seule dans le froid.

— Je m'entends bien avec mes parents, dit-elle. C'est toi que je dois remercier pour ça. Ma mère est une autre personne depuis qu'elle passe du temps avec la tienne.

— Le projet potager, dit-il en acquiesçant.

— « Surmonter leur angoisse en jardinant », dit Minnie en esquissant des guillemets avec sa main libre.

— Oui, elle m'a raconté leur projet de blog, elle ne parle plus que de ça, dit Quinn en souriant.

— Je ne pourrais pas te décrire combien elle a changé, Quinn – c'est comme si elle avait posé le sac de rancœur qu'elle trimballe depuis des décennies. Et quand elle l'a posé, pour une raison qui m'échappe, je me suis sentie tellement plus légère. (Elle secoua la tête.) Je sais que ça paraît ridicule.

— Pas du tout, dit-il.

— J'ai présenté ce nouveau concept commercial à Lucy Donohue la semaine dernière, un moyen de refaire financer mes tourtes. Elle a adoré ; Lexon va parrainer tout le projet. Nous allons fournir les cantines de leur personnel, et ils vont subventionner des tourtes pour des gens de la communauté.

— Lucy ? Waouh.

Quinn lui adressa un sourire perplexe, les sourcils froncés de confusion. Puis il hocha la tête :

— Minnie, c'est super, je suis tellement impressionné. Lucy a l'œil aiguisé pour les affaires.

— Je sais que tu n'as pas rompu dans les meilleurs termes avec elle, dit Minnie.

— Je dois beaucoup à cette femme – je lui serai toujours reconnaissant de m'avoir traîné en thérapie au départ.

— Cette année, d'avoir eu trente ans, je ne sais pas… J'ai l'impression qu'on m'a enfin donné les clés de ma propre voiture et que j'ai juste envie de conduire. Je suis heureuse d'être moi, et c'est une sensation que je n'avais encore jamais éprouvée.

Quinn prit une lente et bruyante inspiration.

— Et tu n'es pas prête à embarquer le moindre passager dans ta nouvelle voiture. Surtout pas des tarés qui érafleraient l'intérieur et ne mettraient que la mauvaise musique à la radio.

Minnie se tourna vers lui en se mordant la lèvre.

— Je ne crois pas, désolée.

Quinn laissa tomber sa tête en arrière et regarda le ciel.

— Pas la partie « taré », juste la partie « passager », dit-elle.

Ils avaient marché jusqu'au pied de la colline à présent. Le van de Barney avait été déplacé pour l'hiver. Un grand carré d'herbe sèche était tout ce qu'il en restait, comme le tracé à la craie indiquant l'emplacement d'un cadavre.

— Nous serons toujours amis ? demanda Minnie, la voix légèrement cassée. J'aimerais que tu sois dans ma vie, Quinn, et avec nos mères qui se voient autant maintenant…

— Bien sûr, répondit-il à voix basse.

Quelque chose dans sa voix donna toutefois l'impression à Minnie que ce ne serait pas le cas.

— Comment va ta mère ?

— Bien, en fait. Elle ne s'était pas aussi bien portée depuis des années. Ta mère est incroyable, elle fonce juste bille en tête, et… Eh bien, elle a réussi à faire en quelques mois ce que j'ai échoué à faire pendant des décennies.

— Tu n'as pas échoué.

Quinn regarda vers elle et soupira. Minnie ne parvenait pas vraiment à déchiffrer son expression – il avait l'air fatigué.

— Enfin bon, c'est une force de la nature. Nous lui sommes tous les deux très reconnaissants.

— J'en suis tellement ravie, Quinn.

Elle lui serra le bras. Il le dégagea lentement de celui de Minnie pour remettre les mains au fond de ses poches.

— Dis-moi juste une chose avant que je parte. Cette voiture que tu conduis seule au soleil couchant – c'est une Mini Cooper, pas vrai ?

Elle sourit.

— En vérité, j'imaginais plus une Mustang décapotable – du genre qu'elles conduisaient dans *Thelma et Louise*.

— Tu sais que dans ce film, elles plongent d'une falaise en voiture, n'est-ce pas ?

— Merci pour le spoil, Quinn – je ne l'ai jamais vu.

Elle feignit d'être en colère, en lui donnant gentiment un coup de poing dans le bras.

Ils s'esclaffèrent, dans un mi-rire mi-soupir – un rire signalant une fin.

— Alors au revoir, Minnie, dit-il en se penchant pour l'embrasser sur la joue.

Elle huma l'odeur de son cou, et les chouettes fâchées dans son ventre se mirent à battre des ailes et crier : « Mais qu'as-tu fait, Minnie ? Qu'as-tu fait ? Retire chaque mot de tout ça tant que tu le peux ! »

Mais elle ne le fit pas.

30 décembre 2020

Leila tapota sa coupe de champagne avec une fourchette et se leva pour s'adresser aux convives assis à la longue table sur tréteaux. Elle portait une robe faite de plumes et de tulle composée d'un corset ajusté et d'une jupe fluide – c'était un modèle de robe de mariée assez conventionnel, si vous ne teniez pas compte des énormes épaulettes en plumes qui jaillissaient vers le ciel comme si elle était une Boadicée angélique se préparant à foncer dans la bataille romantique.

— Je voulais juste dire quelques mots, parce que c'est mon mariage et je fais ce que je veux. (S'ensuivirent quelques acclamations et gloussements chez les convives.) Tout d'abord, je voudrais remercier mon *mari*…

Leila le prononça comme le font les jeunes mariées lorsqu'elles s'attendent à être applaudies rien que d'avoir employé le terme. Les invités lui firent ce plaisir.

— Ian m'a rendue si heureuse ces quatre dernières années – surtout parce qu'il m'a cédé tout l'espace de rangement dans notre appart, et il sait qu'il ne doit jamais – jamais *jamais* – laver le moindre de mes sous-vêtements à plus de trente degrés. Il l'a appris à ses dépens.

Minnie était assise à côté de Leila à table. Elle regarda la rangée de visages familiers qui riaient à ses blagues. Dispersés parmi les amis et proches de Leila se trouvaient tous les clients réguliers de *Pas de mauvaises farces* – Leila les avait tous invités. Fleur, Alan et Bev étaient présents, ainsi que les deux Clare. La pauvre Bev était prise en sandwich entre la vieille Mrs Harris complètement sourde et Terry Piper qui souffrait de démence. Leila se tourna pour regarder Minnie en poursuivant son discours.

— Mais avant de vous bassiner avec Ian, je dois vous parler de l'autre amour de ma vie, ma première femme – ma Minnie.

Tout le monde applaudit. Minnie rougit et se couvrit la figure avec une serviette.

— Minnie, qui est ma meilleure amie depuis notre rencontre en colonie de vacances quand nous avions quinze ans. À la seconde où je l'ai vue sur un banc manger le biscuit Pingouin de son panier-repas à 9 heures du matin, j'ai su que nous allions être amies.

Minnie baissa la serviette et haussa les épaules tandis que les gens se moquaient d'elle.

— Minnie, qui m'a accompagnée dans tellement d'aventures – en Inde avec un bagage suspect…

Leila lui fit un clin d'œil et marqua une pause assez longue pour que Minnie se demande avec inquiétude si elle s'apprêtait à se lancer dans l'histoire du Lapin galopant devant les quatre parents des mariés.

— Des aventures à base de tourtes – tant de tourtes ; des aventures avec des hommes, je suis navrée de le dire, Ian, mais il y en a eu quelques-uns avant toi. (Ian joua le jeu et afficha un air renfrogné comique.) Mais la plus grande aventure a été tout simplement d'être ton amie. (Leila se retourna vers Minnie, la larme à l'œil.) Je sais qu'il n'y a rien que tu ne ferais pas pour moi. Voici la femme que j'ai appelée en pleurs il y a trois jours, pour lui expliquer que la salle de notre mariage avait été inondée. Elle m'a simplement proposé d'endosser tout le service traiteur ici dans sa cuisine flambant neuve, avant même d'avoir trouvé comment allumer les fours ridiculement hi-tech.

Tout le monde l'acclama et applaudit, et des « Allez Minnie ! » fusèrent autour de la table.

— Elle a sauvé la mise à son prochain – comme elle le fait toujours. Et j'espère que tu ne le prendras pas mal… (Elle parut un instant songeuse, plongeant un regard légèrement flou dans sa coupe de champagne.) … si je vole un adage de la famille Cooper pour dire : tout ceci, toutes ces merveilleuses personnes rassemblées ici aujourd'hui, cette nouvelle entreprise fabuleuse, ce ne serait jamais arrivé à une Quinn Cooper. Certaines choses sont du Minnie de A à Z, et je ne voudrais pas d'une autre version de toi.

— À Minnie ! l'acclamèrent-ils tous en levant haut leurs verres.

Alan se révéla étonnamment doué à l'accordéon. Après le repas, il se lança dans une danse irlandaise traditionnelle de mariage, et tout le monde aida à pousser les tables afin de faire de la place pour danser. Mrs Mentis sortit son harmonica pour l'accompagner et quelques invités commencèrent à taper des mains en rythme.

— Nous avons un groupe professionnel qui attend pour jouer, dit Fleur avec irritation.

Elle inclina la tête vers Minnie avant de faire la moue en direction d'Alan. Elle n'était clairement pas fan de l'accordéon.

— J'ai dû contacter des gens qui me devaient de gros renvois d'ascenseur pour faire venir ce groupe de Zurich. Je crois que tu ne te rends pas compte de ce que ça représente pour Green Marmite de donner un concert privé.

— Fleur, il faut que j'en sache plus sur ta nouvelle société, dit Minnie en lui mettant un bras sur l'épaule. Comment ça va ?

Depuis que la vidéo des fiançailles était devenue virale, Fleur s'était vue inondée de requêtes de gens sollicitant son aide pour organiser leurs demandes en mariage élaborées.

— J'ai appelé ça *Les Demandes de Fleur*, dit-elle en tendant une carte de visite rose à Minnie. Je m'envole pour Le Caire la semaine prochaine, pour réaliser une demande dans la tombe de Toutankhamon avec des tas de momies qui courent partout. Ce mec veut foutre une peur bleue à sa copine et ensuite lâcher la question. Les gens sont trop chelous.

— Waouh, c'est tellement excitant, Fleur. Je suis contente que tout ça ait décollé. Et le site de rencontres que tu concevais ?

— Oh, ça va être toute une franchise, Minnie – cette année on se concentre sur *Les Demandes de Fleur*, ensuite on fera *Les Rencontres de Fleur*, *Les Mariages de Fleur* – qui sait, j'ai entendu que le marché funéraire allait être remanié. (Minnie s'esclaffa.) Oh, et mon fil Instagram a maintenant officiellement atteint le statut d'influenceuse, alors préviens-moi si tu veux que je fasse de l'influence marketing pour toi. (Elle se tourna pour regarder la piste de danse.) Cette femme à l'harmonica n'a pas encore fini ? Désolée, Minnie, je vais devoir intervenir.

Minnie se glissa à l'écart des danseurs pour s'accorder un moment seule. Ces derniers jours s'étaient révélés intenses. Elle n'avait eu les clés de cette cuisine qu'une semaine plus tôt. Et ensuite, avec les déboires du lieu de mariage de Leila, elle avait dû tout installer et mettre en état de marche en vingt-quatre heures. Elle n'avait même pas encore de personnel, à part Bev et Alan. Elle s'était démenée toute la nuit pour que les lieux soient prêts et avait demandé un certain nombre de services qu'on lui devait parmi ses contacts dans la restauration pour trouver des gens qui accepteraient de travailler à la dernière minute. En regardant de nouveau dans la pièce, en voyant les convives chanter et danser, elle prit conscience d'une chose ; elle avait réussi. Cette cuisine industrielle d'Old Street n'était pas vraiment le manoir romantique qui avait été réservé, mais Leila était heureuse, et quelque part, le faire ainsi semblait tellement parfait. Désormais, Minnie ne pouvait imaginer la noce se dérouler autrement.

Fleur, et c'était tout à son honneur, avait accompli un travail incroyable pour les décorations. Elle avait transformé la cuisine en féerie hivernale de mariage, remplie de lampions et de guirlandes de clochettes argentées suspendues entre les poutres métalliques. Bev avait fourni tout le linge de table, la vaisselle et les chaises pour le repas, et Alan avait passé ces derniers jours à aller chercher tout ce dont ils avaient besoin dans le nouveau van. C'était si agréable de voir autant de vieux amis, des gens pour qui elle allait recommencer les livraisons dès la prochaine semaine.

Minnie passa la main sur les bocaux alignés sur les étagères, en prenant un instant pour humer l'odeur familière de farine sur son tablier de cuisine qui se tenait prêt sur une patère. Elle ouvrit puis referma le col-de-cygne à l'évier – elle en avait toujours voulu un. Elle avait du mal à croire que cette cuisine soit la sienne et que dans quelques semaines, elle organiserait la livraison de centaines de tourtes aux quatre coins de Londres.

Bev repéra Minnie seule devant l'évier et la rejoignit. Elles arboraient toutes deux des coiffures années cinquante, et portaient des tenues qui disaient « Demoiselle d'honneur » sur le côté en écriture italique dorée. C'était la solution de Leila à l'éternel problème de trouver des robes de demoiselles d'honneur qui convenaient à tout le monde.

— Est-ce que tu te caches de Fleur ? demanda Bev.

— Plus ou moins.

Bev s'esclaffa.

— Je n'arrive pas à croire que nous ayons réussi.

— Moi non plus.

— Et je n'arrive pas à croire que nous fassions tout ça pour de vrai dans quelques semaines. Juste comme au bon vieux temps, hein ?

— Mais sans Fleur, ni Leila.

Minnie regarda Leila se lancer dans quelques figures sur la piste de danse improvisée, tandis que le groupe commençait à jouer.

— Elles seront toujours là, dit Bev en lui mettant un bras sur l'épaule. La vie c'est le changement ; si elle ne change pas, tu ne vis pas.

Minnie regarda Bev en coin.

— Ça, c'était profond.

— Oui, hein ? dit Bev avec un large sourire.

Elle baissa les yeux sur la robe argentée qu'elle portait, et sur la combinaison en soie bleu foncé de Minnie.

— Crois-tu que nous pourrons reporter ça ?

— Bien sûr, dit Minnie, nous ferons des *friday wear* au travail.

— Minnie, pendant que je te tiens, j'avais une idée à te soumettre. Te souviens-tu de cette amie de Fleur qui a inventé l'emballage en algue ? (Minnie acquiesça.) Eh bien, Fleur l'a fait venir à l'un de mes groupes Ramassage et Bavardage. C'est une femme incroyable ; je pense que nous devrions utiliser ses emballages pour toutes nos tourtes. Que nous fassions notre geste vert, tu vois ?

Bev regarda nerveusement Minnie ; à l'évidence, cela signifiait beaucoup pour elle.

— Tu sais quoi, Bev, dit Minnie, je pense que c'est une merveilleuse idée. Et je pense que nos clients vont adorer aussi.

Le visage de Bev s'illumina et elle se mit à sautiller sur place.

— Et pouvons-nous faire plus de réunions sautées ? Honnêtement, je crois que Leila tenait un concept, ça me met vraiment le cerveau en branle.

La fête se poursuivit tout l'après-midi jusque dans la soirée. Elle se termina uniquement parce que Leila et Ian devaient aller prendre l'Eurostar pour Paris ce soir-là. Alors que les Green Marmite jouaient leur dernière chanson, Leila retrouva Minnie sur la piste de danse bondée.

— Je vais porter ma robe jusqu'à Paris, dit Leila en attirant Minnie dans une vigoureuse étreinte. Je ne l'enlèverai pas avant d'être montée au sommet de la tour Eiffel demain.

— J'ai hâte de voir les photos.

— J'aimerais tellement que tu viennes aussi, chuchota Leila en vacillant légèrement sur ses pieds.

— Je suis sûr qu'Ian voterait contre, dit Minnie.

— Cette journée a été fabuleuse, tout ça grâce à toi, s'épancha-t-elle. Je veux que tu sois aussi heureuse que ça, Minnie.

— Je le suis.

— Je sais. (Leila marqua une pause, en pesant ses mots.) Tu penses toujours au jumeau amoureux ?

— Leila, s'il te plaît, dit Minnie en secouant la tête. Ça remonte à des mois.

— Ce n'était pas ma question.

— C'est toi qui disais que je devais me faire passer en premier, mettre ma Leila intérieure en avant, refuser les compromis.

Leila la serra fermement contre elle et lui chuchota à l'oreille :

— Si tu l'as toujours en tête, ça vaut la peine de prendre le risque. Tu ne sais jamais à quel point ça pourrait se révéler parfait.

Et avant que Minnie puisse répondre, Ian apparut et emmena Leila.

Nouvel An 2020

MINNIE ÉTAIT ASSISE SUR SON CANAPÉ AVEC UN GROS paquet de Maltesers, vêtue de son pyjama à chouettes préféré. Leila le lui avait offert trois ans plus tôt à Noël. Le bas était couvert d'images de vraies chouettes habillées en personnages de *Friends*, et le T-shirt disait « Mes amis sont trop chouettes » sur l'avant dans la typo de la série.

La veille, elle avait fait le plein de toute sa nourriture favorite. Bev avait proposé de lui tenir compagnie ce soir-là, mais Minnie avait décliné, elle était plus heureuse terrée seule dans son appartement. Pour être clair, il ne s'agissait pas là d'un horrible enfermement du genre Je-me-cache-du-monde ; c'était plutôt du genre Je-préfère-rester-chez-moi-devant-Netflix-dans-mon-pyjama-chouettes-car-hier-m'a-épuisée. Lors d'une de leurs promenades au parc, quand Minnie avait raconté à Quinn sa superstition de Nouvel An, il l'avait traitée d'« agoraphobe sélective ». Ce n'était pas cela, mais un #jeprendssoindemoi. Des tas de gens restaient chez eux au Nouvel An, ce n'était pas un drame.

Un an plus tôt à la même heure, elle avait pris un somnifère juste pour l'aider à aller au bout de sa journée d'anniversaire. Cela n'arriverait pas cette année. Demain, elle avait des plans ; elle allait déjeuner avec sa famille.

En était-elle angoissée, imaginait-elle déjà toutes les catastrophes qui pourraient se produire au cours d'un tel repas ? Oui, OK, mais ça ne signifiait pas qu'elle allait annuler. Cela ne signifiait pas qu'elle allait rester terrée chez elle. Tant de choses avaient changé pour Minnie cette année, mais affronter la malédiction du Nouvel An était le test ultime.

Procéder par étapes, se dit-elle. Tenir cette nuit, puis tenir demain, ensuite, elle pourrait cesser d'essayer seulement de tenir. Elle pourrait commencer à vivre.

Elle parcourut la liste de films qu'elle avait marqués comme d'éventuels téléchargements à regarder ce soir ; *Working Girl*, *Erin Brockovich*, *La Dame de Fer* – OK, peut-être qu'elle était allée un peu loin sur un thème, là, mais elle n'avait pas envie de regarder *Nuits blanches à Seattle* seule sur son canapé.

Elle allait bien. Elle était bien toute seule. Elle n'avait pas besoin d'un homme pour que sa vie soit complète. Elle ne voulait pas de la fin cliché « tu es ma moitié d'orange ». Elle avait enfin atteint sur rythme de croisière, et quelqu'un comme Quinn ferait clairement tanguer le bateau. Elle sourit en imaginant ce que Quinn dirait sur ses métaphores filées maritimes.

Non, ça ne valait pas le risque. Bien sûr, ils s'enverraient en l'air comme des dingues pendant quelques mois – Minnie racla le chat qu'elle avait dans la gorge en le fantasmant. À l'endroit même où elle était assise, c'était là qu'ils avaient failli… Elle se mordit la lèvre rien que d'y penser. Oui, évidemment que ce serait du sexe renversant, humainement intense, à faire trembler les murs au point que les voisins s'en plaindraient, et alors ? Son esprit dériva vers l'article de Lucy dans le journal. Tous ses anciens problèmes d'engagement remonteraient sournoisement à la surface ; il se sentirait gêné de rompre ; elle aurait le cœur brisé et cette nouvelle vie stable qu'elle s'était construite tomberait en miettes comme des champs de blé après une catastrophe nucléaire. Non, il était plus prudent de laisser les choses telles quelles. Dans tous les cas, elle n'avait aucune raison de croire qu'il était même toujours une option. Le simple fait qu'elle pense encore à lui ne signifiait pas qu'il éprouvait les mêmes sentiments que quelques mois auparavant.

Et pourtant.

Les paroles de Leila ne cessaient de se bousculer sous son crâne : « Si tu l'as toujours en tête, ça vaut la peine de prendre le risque. » À l'évidence, Minnie pensait toujours à lui. Elle relevait des choses dont elle savait qu'il les trouverait drôles. Avec toutes les nouvelles idées pour son entreprise, c'était l'opinion de Quinn dont elle avait grand besoin. Dès que sa mère parlait de ses virées chez Tara, elle se surprenait à aller à la pêche aux infos le concernant.

Le temps passé avec lui avait changé les choses. C'était comme si, dans toutes ses précédentes relations, elle avait porté cette armure, cette seconde peau de protection. Avec Quinn, elle se sentait mise à nu, il voyait qui elle était vraiment. Cependant, elle se rappelait aussi combien elle s'était sentie accablée, fragile et vulnérable lorsqu'il l'avait laissée tomber. Lorsqu'elle éprouvait de telles émotions, elle était directement renvoyée dans ces années cauchemardesques de collège.

Minnie se demanda ce que Quinn était en train de faire. Peut-être qu'elle pourrait l'appeler. Elle pourrait se montrer simplement amicale ; il avait dit qu'ils pourraient être amis. Elle pouvait juste l'appeler, peut-être l'inviter à passer, juste voir. Il était 21 heures le soir du Nouvel An ; il serait à une fête. Avant de pouvoir s'en dissuader, elle fit défiler les contacts sur son téléphone jusqu'au sien et composa le numéro. Il serait notifié d'un appel manqué et saurait alors qu'elle avait essayé de…

— Allô ?

— Oh, salut, dit-elle, étonnée qu'il ait répondu.

— Minnie ?

L'endroit où il se trouvait était bruyant, il y avait du vent ou des avions au-dessus de sa tête. On passait de la musique.

— Ouais, je, hum… je me disais que j'allais t'appeler pour te souhaiter joyeux anniversaire, même si j'ai quelques heures d'avance. Je ne savais pas où tu serais demain, et…

Pourquoi avait-elle appelé sans réfléchir avant à ce qu'elle allait dire ? Que *voulait*-elle dire ?

— Je suis tellement content que tu m'appelles.

Il semblait qu'il se soit éloigné de la source de bruit.

— J'ai pensé à ce que tu as dit.

— Vraiment ?

— Je ne sais pas. (Elle ferma vigoureusement les yeux.) Je ne sais toujours pas. C'est juste que… tu me manques…

— Minnie, ma batterie va me lâcher, elle m'envoie des bips. Je vais sur un bateau avec des amis – une soirée sur la Tamise, nous partons de Westminster Pier dans une heure. (Pause.) Viens, saute dans un taxi et viens me rejoindre.

— Je ne peux pas.

— Je ne te demande pas de décider quoi que ce soit. Retrouvons-nous simplement pour le réveillon, faisons le décompte ensemble.

— Pas ce soir, dit-elle, mais on pourrait peut-être se voir le 2 janvier quand toute cette histoire de Nouvel An sera terminée ?

La ligne resta silencieuse un instant.

— La malédiction te confine encore chez toi.

Il paraissait déçu.

— Plus ou moins, dit-elle en grimaçant.

— Tu sais qu'il y a eu des études, pas vrai ? Cette malchance s'abat sur ceux qui y croient. Si tu y crois toujours, quel espoir ai-je de…

Puis la ligne se coupa.

— Allô ? Quinn ?

Elle bondit du canapé. Elle essaya de rappeler – et tomba directement sur messagerie. Quel espoir avait-il de quoi ? Avait-il changé d'avis ? Allait-il dire qu'il ne pouvait pas être avec une personne incapable de sortir de chez elle comme sa mère ?

Puis Minnie sut ce qu'elle avait à faire. Elle devait ôter son pyjama chouettes et se retrouver à Westminster Pier dans moins de cinquante-neuf minutes. Elle devait retrouver Quinn Hamilton et lui prouver qu'il avait bien un espoir, qu'elle savait que cette malédiction n'était pas réelle. Elle devait lui dire qu'elle ne voulait plus vivre dans une armure, quels que fussent les risques. Elle ne tiendrait peut-être pas ces propos mot pour mot – ils ne seraient pas très compréhensibles pour quiconque, mais elle pourrait peaufiner la formulation en route.

Minnie vibrait d'excitation en ouvrant sa penderie pour trouver quelque chose à mettre. N'importe quoi, n'importe quoi, elle n'avait pas le temps d'élaborer une tenue, n'importe quels vêtements conviendraient. Elle prit un jean. Pas celui-là, trop baggy pour elle à présent – en fait, pas de jean du tout –, et si c'était une soirée plutôt habillée ? Elle se démarquerait si elle optait pour une tenue trop décontractée. Elle n'avait que quelques hauts élégants et aucun n'allait avec le pantalon fluide bleu qu'elle aimait bien et qui mettait ses fesses en valeur – *argh* ! Elle n'avait pas le temps pour ça. *N'importe quoi*, mets juste quelque chose, Minnie.

Quatre minutes plus tard, elle avait passé la porte vêtue d'un pantacourt vert et d'un haut en crochet qu'elle avait acheté à un vendeur de plage en Inde. Il était censé être porté par-dessus une autre couche, elle enfila donc une brassière de sport fluo. Arrivée sur la route principale, elle prit alors conscience qu'elle aurait été moins ridicule en quittant l'appartement en pyjama. En plus elle n'avait pas pensé à prendre un manteau, et il faisait un temps glacial.

Le métro serait le moyen le plus rapide pour aller à Westminster. Elle parcourut le trottoir en courant, ses membres s'agitant dans tous les sens comme ceux d'un bébé girafe. Il y avait devant la station de Willesden un grand panneau blanc : « Les Transports de Londres ont le regret de vous informer qu'en raison d'une fuite d'égouts exceptionnellement nauséabonde, la Jubilee Line n'est pas opérationnelle ce soir. Bonne année messieurs dames ! »

Super. Elle continua de courir jusqu'à l'arrêt de bus ; il y avait un bus dans onze minutes, mais elle n'avait pas onze minutes à perdre. Elle aurait bien pris un taxi et dépensé sans compter, mais le soir du réveillon, elle n'aurait aucune chance. Son appli Uber annonçait douze minutes. Soudain, de nulle part, tel un mirage roulant, un taxi noir avec son voyant allumé passa l'angle. Elle remonta la rue en fonçant vers lui, seulement pour voir un homme plus loin devant elle sur le trottoir le héler quelques instants avant qu'elle arrive.

— Oh non ! Oh s'il vous plaît ! J'ai vraiment besoin de ce taxi, dit-elle à bout de souffle en rattrapant l'homme tandis qu'il ouvrait la portière.

Il se tourna pour la regarder, et lui adressa un œil noir. Londres ne fonctionnait pas comme ça – pour les taxis noirs, c'était « premier arrivé, premier servi » ; ils ne fonctionnaient pas en se basant sur « qui en a le plus besoin ». Son expression l'informa qu'elle ne respectait pas les règles.

— Si je ne suis pas à Westminster Pier dans quarante minutes, je ne vais pas pouvoir dire à l'homme que j'aime que j'ai changé. Il mettra les voiles et ce sera trop tard !

L'homme la jaugea de haut en bas, en étudiant sa tenue. Il consulta sa montre, puis soupira.

— Je vais jusqu'à Charing Cross – nous pouvons partager la course et les frais ?

— Oh, merci !

Elle joignit les mains et bondit sur place avant de s'engouffrer dans le taxi après lui.

L'homme avait la vingtaine, des cheveux bruns et bouclés qui retombaient du sommet de son crâne, mais coupés court sur les côtés. Il portait des bijoux – des bagues en argent et en or à chaque doigt.

— Alors votre gars est dans la marine, c'est ça ? lui demanda son compagnon de taxi tandis que la voiture s'éloignait du trottoir. Drôle de moment pour mettre les voiles.

Minnie parut confuse une minute, rembobinant mentalement leur conversation.

— Oh non, il n'est pas dans la marine, il va à une fête sur un bateau, expliqua-t-elle.

L'homme sourcilla.

— Vous donniez l'impression qu'il partait en mer pour des mois, comme si c'était ce soir ou jamais ?

— C'*est* ce soir ou jamais, dit Minnie. Si je ne lui montre pas que je peux sortir le soir du Nouvel An, il pensera que je crois toujours à la malédiction, et alors peut-être qu'il sera incapable d'aimer quelqu'un comme ça, quelqu'un qui a peur et qui est superstitieux…

— La malédiction ? s'étonna l'homme.

Minnie haussa les épaules en secouant légèrement la tête.

— Il semble qu'il m'arrive toujours malheur le soir du Nouvel An, alors en général j'essaie de ne pas sortir.

— Quel genre de malheur ? demanda l'homme en plissant les yeux depuis l'autre côté du taxi.

— Rien de particulier, j'ai juste l'impression d'avoir la poisse à ce moment de l'année. En toute logique, il doit s'agir de coïncidences, ou…

Avant qu'elle puisse finir sa phrase, le taxi bondit dans les airs, l'envoyant sur les genoux de l'homme. Les pneus de la voiture crissèrent lorsqu'elle s'arrêta dans un inquiétant craquement.

— *Argh* ! Désolée, ça va ? demanda Minnie alors qu'elle se retrouvait étalée sur lui.

— Un pneu a éclaté, leur cria le chauffeur. Tout va bien derrière ?

Ils le lui confirmèrent par onomatopées. Minnie sentit sa peau s'embraser en prenant conscience que les bagues de l'homme étaient accrochées à elle, un insecte pris dans la toile de son étrange haut. Ils sortirent du taxi en crabes siamois et Minnie essaya de se dépêtrer avec le plus de dignité possible.

Le chauffeur se tenait sur le bord du trottoir à inspecter le pneu crevé. Il poussa un grognement las.

— On dirait que vous feriez mieux de trouver un autre moyen d'atteindre votre destination.

— Qu'est-ce que vous disiez sur la malchance ? grommela l'homme.

— Coïncidence, dit Minnie.

Ils étaient tous les deux plantés avec gêne sur le trottoir, et quelques minutes plus tard, l'homme parvint à héler un autre taxi.

— Peut-être que nous pourrions…, commença Minnie en s'approchant lentement de lui avec espoir.

— Non, dit-il, je n'ai pas besoin d'être poursuivi par votre poisse ce soir, madame.

Minnie détala. Elle voyait le bus 18 s'arrêter un peu plus loin, si elle pouvait juste monter dans ce bus, s'il pouvait n'y avoir aucun embouteillage sur les routes, il y aurait peut-être moyen qu'elle y arrive. Elle devait le tenter.

— Attendez ! Attendez ! hurla-t-elle en implorant mentalement le bus de s'attarder quelques secondes de plus.

Par chance, le conducteur attendit et lui fit signe de monter. C'était un homme aux larges épaules dans les trente ans, avec une grosse barbe et des tatouages sur les deux bras.

— Oh, merci, merci, dit-elle à bout de souffle tandis qu'elle payait son ticket.

— Toujours de la place pour une personne de plus, dit-il avec un fort accent écossais.

Minnie prit un siège au milieu du bus. Elle testait clairement les limites du réseau de transports londoniens ce soir.

Le bus contenait la palette classique de la vie nocturne à Londres : un vieil homme en duffle-coat élimé et un jack russell avec un collier à guirlande de Noël sur ses genoux, un groupe d'adolescentes qui portaient toutes des minijupes, de longues bottes et des faux cils et qui riaient en regardant leurs téléphones, et un couple d'âge moyen qui se disputait quant au meilleur itinéraire pour se rendre à Covent Garden.

— Votre jour de chance, lui dit le vieil homme au chien avec un clin d'œil.

Il avait de gentils yeux plissés et un visage anguleux qui lui faisait penser à un lutin.

— Pardon ? dit-elle.

— D'avoir attrapé le bus à temps, dit-il.

— Oh, oui, enfin je ne m'estime pas encore chanceuse, j'essaie d'être à Westminster Pier d'ici 22 heures.

Peut-être était-ce le regard vif et curieux du vieil homme, ou était-ce l'adrénaline d'avoir réussi à monter dans le bus, mais elle se retrouva à en dire plus.

— Il y a un homme dont je suis amoureuse qui part en bateau dans trente minutes.

Que se passait-il ce soir, et que lui prenait-il de partager autant d'informations avec de parfaits inconnus ?

L'homme caressa la tête de son chien.

— Eh bien, si j'ai un jour entendu une bonne raison de courir après un bus, c'est celle-là, dit-il. Boris ici présent est aussi de cet avis.

Le bus fit halte à l'arrêt suivant, et le moteur se coupa.

— Désolé messieurs dames, juste une courte pause pour changer de conducteur, annonça une voix par le haut-parleur.

Tout le monde grommela. Minnie bondit et courut à l'avant.

— Excusez-moi monsieur, mais pouvez-vous me dire combien de temps ça va prendre, s'il vous plaît ? C'est juste que je suis vraiment pressée.

— Ne le sommes-nous pas tous, ma belle, dit une femme blonde en gilet réfléchissant, chemise blanche et casquette de conducteur de bus. Elle avait un porte-bloc à la main, et regarda Minnie de haut en bas en montant à bord.

— Oh, super, vous êtes la nouvelle conductrice ? demanda Minnie.

— Elle doit aller à Westminster Pier pour dire à un gars qu'elle l'aime, cria le lutin à chien plus loin dans le bus.

— Eh bien, nous y arriverons quand nous y arriverons. Bouge de là, Hamish, dit la blonde en se poussant sur le côté pour que l'imposant Écossais barbu puisse sortir du siège conducteur. Puis elle lança à l'ensemble des passagers :

— Le bus va stationner ici dix minutes pour régulation de cette ligne. Si vous êtes pressé, vous devriez sortir et prendre le suivant, qui arrivera dans sept minutes et demie.

Elle adressa un sourire crispé à Minnie en laissant voir une dent en or, puis prit place dans la cabine du conducteur. Les gens marmonnèrent et commencèrent à descendre.

— Oh non, ne pouvons-nous pas juste avoir un service non régulé ce soir ? supplia Minnie.

— Shaylene est à cheval sur le règlement, dit l'Écossais qui remplissait une sorte de registre sur le porte-bloc.

Minnie décida qu'il lui fallait solliciter la sensibilité romantique de Shaylene.

— Écoutez, Shaylene, je suis sûre que vous avez vu *Nuits blanches à Seattle* ? Vous vous rappelez ce moment où Meg Ryan est censée retrouver Tom Hanks en haut de l'Empire State Building le jour de la Saint-Valentin ? Eh bien, je suis un peu dans ce genre de situation, sauf qu'au lieu de l'Empire State Building, c'est une fête sur un bateau, et au lieu de Tom Hanks, c'est ce type que j'aime bien, mais il faut que je sois là-bas avant qu'il quitte le quai à 22 heures. Voilà pourquoi j'apprécierais vraiment si, pour cette seule fois, vous n'essayiez pas de réguler le service. C'est le Nouvel An, après tout, dit-elle à Shaylene en lui adressant son expression la plus implorante, les mains jointes en prière.

— Vous voyez les gens qui disent qu'ils attendent un bus des heures, et qu'ensuite il y en a deux qui arrivent en même temps ? Vous savez pourquoi ça se produit ? dit Shaylene en sortant un Snickers de son sac avant de l'ouvrir bruyamment. Parce que quelqu'un n'a pas régulé le service.

Puis elle ajouta, la bouche pleine de Snickers :

— Et je n'aime pas les comédies romantiques.

— J'adore *Nuits blanches à Seattle*, intervint Hamish en secouant la tête et souriant pour lui-même tandis qu'il rendait le porte-bloc à Shaylene.

— Oh, vous l'avez vu ? dit Minnie d'un ton haut perché. Alors vous voyez de quoi je parle. Oh Hamish, avez-vous déjà éprouvé ce sentiment pour quelqu'un – cette soudaine prise de conscience que quels que ce soient les risques d'être blessé, quelles que soient les chances que ça échoue, vous devez juste tenter le coup ? Avant de rencontrer cet homme, mes attentes sur ce que devait être l'amour s'élevaient, genre, à cinq. Cinq ! Mais avec lui, quand nous sommes ensemble, ça revient à un dix – *un dix* ! Et peut-être que j'ai peur d'avoir un dix pour ensuite le perdre et ne jamais plus être heureuse avec un cinq, mais s'il y a la probabilité d'un dix, il faut que je fonce, non ?

Hamish leva les yeux vers elle d'un air sérieux, les yeux embués de larmes.

— J'ai connu un dix autrefois, dit-il en reniflant. Il s'appelait Roger et il a déménagé à Amsterdam. Il disait que je devrais aller vivre avec lui, lâcher mon boulot de chauffeur de bus, apprendre le néerlandais. Je ne sais même pas rouler les *r*.

— Vous ne lui avez jamais dit ce que vous ressentiez ? demanda Minnie.

— Non, je l'ai laissé partir. Je n'ai jamais plus rencontré de dix.

Il regarda Minnie, se gratta la barbe avec une jointure, les yeux débordant d'une nouvelle détermination.

— Pousse-toi de là, Shaylene, je fais des heures sup' ce soir.

Il lui fit signe de dégager le passage, et elle se hissa, en compagnie de son Snickers à moitié mangé, hors du siège conducteur.

— Si tu veux prendre mon service, fais-toi plaisir, dit-elle en lui agitant une main à la figure.

Hamish appuya sur le bouton du haut-parleur.

— Il s'agit désormais d'un service direct et *non régulé* à destination de Westminster Pier. Je suggère à tous ceux qui ne vont pas dans cette direction de descendre immédiatement.

Minnie se retourna. Tout le monde était déjà descendu depuis longtemps. Il ne restait plus que le lutin qui tapait maintenant les pattes de son chien ensemble avec excitation.

— Amenons la jeune dame là où elle doit aller ! hurla-t-il.

Hamish éloigna le bus du trottoir, et ils se mirent en route en cahotant à une allure sautillante.

— Bouclez vos ceintures ! cria-t-il. Laissez passer le bus 10 de l'amour ! cria Hamish en prenant de la vitesse avant de dépasser la voiture de devant.

— Je ne crois pas que nous ayons de ceintures dans ces bus, dit Minnie en s'agrippant à la barre comme si sa vie en dépendait pendant qu'elle essayait de s'asseoir. Et ne sommes-nous pas dans le 18 ?

— Maintenant, c'est le 10. Nous allons vous faire décrocher votre dix, ma cocotte, quitte à ce que ce soit mon dernier service !

Tandis que le bus s'arrêtait en crissant au bord du trottoir à Westminster Pier, Minnie put voir que le bateau était toujours là ; elle y était arrivée avec une minute d'avance.

— Merci, merci infiniment, hurla-t-elle à Hamish et au lutin à chien en bondissant par les doubles portes.

— Allez le retrouver, ma grande ! cria Hamish.

— Appelez Roger à Amsterdam – dites-lui ce que vous ressentez ! Il n'est jamais trop tard ! lui hurla-t-elle tandis qu'elle traversait la route en courant vers le quai.

Il était 21 h 59. Elle sauta par-dessus le tourniquet et se rua sur la rampe d'accès au bateau. Il régnait un calme surprenant à bord – pas de musique, personne, d'ailleurs ; peut-être que la fête se déroulait sous le pont ? Elle fit le tour en courant vers l'avant, pour tenter de trouver un moyen d'aller en bas, où elle tomba sur une femme toute seule qui balayait tranquillement le pont.

— C'est bien le bateau où se tient la soirée ? demanda Minnie en essayant de reprendre son souffle.

— Non, dit la femme. Ce bateau n'est pas en service. Vous ne devriez pas être ici. Le bateau de fête est parti il y a cinq minutes.

Elle lui désigna un bateau au milieu de la Tamise. Il faisait quatre fois la taille de celui-ci. Des lumières clignotaient de l'intérieur et la musique résonnait sur l'eau. Des femmes vêtues de robes à paillettes et des hommes en cravate noire riaient et dansaient sur le pont, des verres à la main.

Elle avait manqué le bateau. Elle était arrivée trop tard.

Nouvel An 2020

MINNIE RENTRA CHEZ ELLE AVEC LE BUS DE NUIT. ELLE était assise, abattue, les yeux rivés à la vitre, regardant les Londoniens s'apprêter à faire la fête. Un groupe de filles affublées de serre-tête avec des pompons à paillettes titubaient dans la rue, et un couple vêtu de pulls identiques rouge et vert sortit en chancelant d'un pub en s'embrassant, tandis qu'un homme vacillant urinait contre une boîte aux lettres.

Elle pourrait appeler Quinn le lendemain, bien évidemment. En toute logique, elle le savait, mais elle gardait l'impression d'avoir manqué une chose importante ce soir. Elle avait manqué l'occasion de prouver qu'elle n'était pas la fille superstitieuse et fataliste qu'elle était un an plus tôt. Elle avait manqué l'occasion de se prouver que la malédiction n'était pas réelle.

Alors qu'elle descendait du bus près de chez elle, une voiture qui passait baissa une vitre et jeta une barquette en polystyrène. Elle rebondit sur le bord du trottoir et éclaboussa son pantacourt vert d'un magma chaud et jaune, qui sentait la sauce au curry.

Alors que Minnie tournait à l'angle de sa rue et se rapprochait de sa porte d'entrée, elle s'aperçut que celle-ci était ouverte. Oh génial, on l'avait cambriolée. La fin parfaite d'une soirée de rêve. Elle se dirigea avec précaution vers l'embrasure et entendit du bruit à l'intérieur ; celui ou celle qui s'était introduit était encore là. Oh Seigneur, où était Lucky ? S'était-il enfui par la porte ouverte ? Elle devait appeler la police ; elle ne devait pas tenter de se confronter seule à l'intrus. Elle marqua une pause, tiraillée. Sa parka à capuche bien chaude était juste là sur la patère, visible par la porte ouverte. Elle était frigorifiée ; elle pourrait s'en emparer, puis détaler et appeler la police. Elle tendit le bras pour la prendre, au moment même où une silhouette émergea de la cuisine. Minnie cria et jeta la parka qu'elle tenait sur la tête de l'inconnu.

— J'ai appelé la police ! hurla-t-elle en retournant à toute hâte dans la rue.

— Minnie ? entendit-elle une voix étouffée lancer derrière elle.

Comment le cambrioleur connaissait-il son prénom ? Elle ralentit et se retourna pour apercevoir Quinn, en costume-cravate, sa parka dans les bras.

— C'est toi ? Oh mon Dieu, je croyais que quelqu'un cambriolait mon appartement, dit-elle en s'agrippant la poitrine, le souffle coupé par l'adrénaline.

— La porte était grande ouverte, dit-il. J'avais peur qu'il soit arrivé quelque chose, alors je suis entré vérifier. Désolé de t'avoir effrayée.

Minnie le regarda en clignant les yeux, peinant à croire qu'il était là.

— Tu trembles, dit-il en lui enroulant son manteau autour des épaules avant de la conduire à l'intérieur.

Minnie inspecta rapidement l'appartement, mais rien ne semblait manquer. Lucky était assis béatement sur le canapé, en train se lécher les pattes, et elle se précipita pour le prendre et fourrer le visage dans sa fourrure.

— J'imagine que je n'ai peut-être pas bien fermé la porte en partant, dit-elle en sourcillant. Mon père m'a prévenue que la serrure était pourrie.

Quinn se tenait dans l'entrée, comme s'il attendait qu'on l'invite à pénétrer dans l'appartement.

— Où étais-tu ? demanda-t-il.

Minnie vint se poster face à lui, et il prit ses mains dans les siennes.

— Westminster Pier… J'ai manqué le bateau.

— Je n'étais pas dessus, dit-il, sa fossette prenant vie.

— Je vois ça, dit-elle en se mordant la lèvre. Tu as fait tout le trajet jusqu'ici, tu as raté ta soirée.

— Si tu veux rester chez toi et te cacher de la malédiction, je vais rester me cacher avec toi.

— Je croyais avoir peut-être raté le coche avec toi aussi… (Elle fit une pause gênée.) Je ne savais pas si tu éprouverais toujours la même chose.

— Minnie Cooper, je crois que c'est le moment de te montrer exactement ce que je ressens.

Il posa gentiment les mains sur son visage, et Minnie eut cette drôle d'impression qu'elle avait déjà eue si souvent, que Quinn Hamilton était peut-être sur le point de l'embrasser. Cette fois, elle avait raison. Il se pencha et posa délicatement les lèvres sur celles de Minnie. Il avait la bouche tendre mais ferme ; il lui caressa les cheveux d'une main qu'il fit descendre sur sa joue. Minnie en eut la peau crépitante d'électricité, et dut tendre les bras derrière elle, à la recherche d'un mur pour se soutenir.

Après quelques minutes de ravissement, Quinn se dégagea, renifla l'air, le nez plissé.

— Tu sens cette odeur de sauce au curry ?

— C'est moi. J'en ai partout sur mon pantalon – la soirée a été pleine de rebondissements.

Elle frissonna. Elle avait eu si froid que son corps avait du mal à se réchauffer. Quinn lui frotta les bras de haut en bas.

— Je vais peut-être juste prendre une petite douche pour me réchauffer et me décurryfier ? Je te rejoins tout de suite après. Garde tout ça en tête !

L'eau chaude lui brûla la peau, et elle regarda son ventre rosir sous le jet. La chaleur était divine. Quinn frappa à la porte de la salle de bains. Minnie se retourna en serrant nerveusement les mains autour de son corps. Est-ce qu'il entrait ? Aurait-il une telle audace ?

— Oh, je, hum, je voulais juste être sûr que tu n'avais pas réellement appelé la police, lança Quinn.

— Oh, non, répondit-elle. C'est simplement ce que je crie quand je pense qu'un cambrioleur me course dans la rue.

— OK cool, je vérifiais, juste. Désolé pour le dérangement.

Il avait la voix nerveuse. Minnie sourit pour elle-même.

Qu'allait-il se passer à présent ? Allait-elle le rejoindre là-bas, l'embrasser de nouveau et reprendre les choses où ils les avaient laissées la dernière fois ? Elle ferma les yeux sous l'eau. Elle le souhaitait, bien sûr, mais se sentait également nerveuse – pouvait-il se produire quoi que ce soit à la hauteur des attentes ?

Elle se sécha dans la douche et se faufila jusqu'à sa chambre. Elle voulait se changer plutôt que lui parler sans rien d'autre qu'une serviette entre eux. Elle enfila ses vêtements les plus chauds ; un col roulé vert et le jean de la veille, puis elle passa au salon. Quinn était assis sur le canapé avec Lucky sur les genoux.

Elle s'assit à côté de lui, soudain extrêmement consciente des paquets de Maltesers vides, et de la tête de Margaret Thatcher qui surgissait sur l'écran de sa télé où elle avait mis *La Dame de Fer* en pause.

— Minnie, je suis tellement content que tu m'aies appelé ce soir. Ces derniers mois sans te voir…

Il s'interrompit et porta une main au visage de Minnie, pour l'inciter à croiser son regard.

— Je te le promets, je ne t'empêcherai jamais de vivre ce moment Mustang quand tu en auras besoin. Et je suis désolé de t'avoir fait du mal, j'étais effrayé de me sentir ainsi – de perdre le contrôle. (Il prit une inspiration.) Il m'a fallu tous ces mois pour me rendre compte que ce qui me faisait peur, ce n'était pas que tu aies besoin de moi, mais à quel point moi, j'avais besoin de toi.

— Moi aussi, j'ai peur, dit-elle doucement. Ça chamboule.

Ils se regardèrent dans les yeux, et dans la quiétude du moment, au-delà des chouettes qui communiaient ensemble, un nouveau dialogue s'ouvrit entre eux. Ils se tinrent les mains dans la semi-pénombre. Soudain, Minnie sut ce qu'elle voulait faire.

— Quelle heure est-il ? demanda-t-elle.

— Presque 23 h 30, dit Quinn.

— Sortons. Emportons un pique-nique à Primrose Hill et regardons les feux d'artifice. J'ai toujours voulu faire ça.

— Sortir ? Et la malédiction ? demanda-t-il en haussant un sourcil vers elle.

— Quelle malédiction ? Je provoque ma propre chance ces temps-ci. (Elle inclina la tête vers lui.) Je veux juste passer un Nouvel An convenable, un Nouvel An où je ne suis pas coincée dans les toilettes ni dans un aéroport, ni aux urgences, ni en train de regarder la télé terrée chez moi. Je veux juste un minuit correct, pour bien commencer cette année.

Elle le dit avec hésitation, sans trop savoir s'il comprendrait. Quinn sourit, un éclat de compréhension dans le fond des yeux. Les chouettes de Minnie n'étaient pas contentes de ce qu'elle disait ; les chouettes voulaient qu'elle finisse nue avec Quinn le plus vite possible, mais elle ne tint pas compte de leur avis – les chouettes étaient des créatures court-termistes.

— Allons nous trouver un minuit, dit-il, se levant en tendant la main pour prendre celle de Minnie.

Elle fouilla dans ses placards de cuisine et en sortit une couverture de pique-nique. Elle mit en vitesse quelques provisions dans un sac en toile, avant qu'ils passent la porte pour ensuite s'engouffrer dans un Uber.

Primrose Hill était bondé. Ils ne pourraient pas monter en se frayant un chemin dans la foule pour avoir la meilleure vue depuis le sommet. On était à quatre minutes de minuit – ils étaient arrivés juste à temps. Minnie étendit la couverture sur le seul carré d'herbe encore libre. Il était situé près des poubelles au pied de la colline, à côté d'un groupe d'adolescents qui buvaient des bières et jouaient de la guitare. Quinn ouvrit le sac de provisions qu'elle avait apporté.

— Du lait ? s'esclaffa-t-il en sortant une brique.

— Je n'avais rien d'autre à boire dans mon frigo, dit-elle en riant.

— Des Weetabix et une banane, dit-il en sortant le reste de la nourriture.

— Ça va avec le lait, dit-elle en continuant de rire. Écoute, un pique-nique est un pique-nique. (Elle lui donna un gentil coup de coude.) On n'a pas le champagne et les canapés à volonté à Willesden.

Quinn prit une bouchée de Weetabix sec et une gorgée de lait à même la brique, puis afficha un air exagéré de

« Hmmm, délicieux ». Ils sourirent tous les deux. Tout autour d'eux, les gens se mirent à hurler le décompte.

— Dix, neuf, huit...

Il y eut quelques explosions précoces dans le ciel, la lumière y ruisselant dans des salves de couleur. Ils voyaient juste le sommet de la BT Tower, qui brillait intensément à l'horizon.

— Trois, deux, un, BONNE ANNÉE ! crièrent des voix tout autour d'eux.

— Bon anniversaire, ma merveilleuse, magnifique Minnie, chuchota Quinn en se penchant pour l'embrasser.

— Bon anniversaire à toi aussi.

L'adolescent à la guitare commença à jouer *Auld Lang Syne*, et les gens se mirent à chanter sur la musique. Alors que Quinn et Minnie s'embrassaient, le ciel explosa d'une éruption de feux d'artifice tirés des quatre coins de la ville. De la lumière flamboyante et éclatant haut dans les airs, retombant en flottant dans une canopée scintillante de pluie brunie.

Puis le téléphone de Minnie sonna. Elle se dégagea de Quinn, le sortit de son sac, et consulta l'écran.

— Numéro inconnu, dit-elle avec une moue perplexe. Allô ?

— Salut Minnie, c'est Tara. Est-ce que Quinn est avec vous ?

— C'est ta mère, dit-elle à Quinn en articulant silencieusement. Oui, il est là, répondit-elle à Tara. Je vais vous mettre sur...

Quinn ferma les yeux et tendit la main pour prendre le téléphone.

— Non, non, je n'ai pas besoin de lui parler, dit Tara. Je voulais juste m'assurer qu'il vous avait trouvée. Il m'a appelée tout à l'heure en cherchant votre numéro, et je suis parvenue à l'instant à avoir vos coordonnées par votre mère. Je suis contente que vous ayez pu vous trouver.

Quinn avait toujours la main tendue, le front plissé de confusion quant aux raisons pour lesquelles Minnie parlait toujours à sa mère.

— Nous sommes sur Primrose Hill, dit Minnie en se levant pour agiter la main vers la maison bleue de l'autre côté de la route. Je vous fais signe, là, je doute que vous puissiez me voir. Nous pourrions passer vous dire un petit bonjour d'ici peu ?

— Non, non. Allez vous amuser. Oh, et Minnie ?

— Oui.

— Joyeux anniversaire, ma chérie.

Minnie dit au revoir et raccrocha.

— C'était quoi, cette histoire ? demanda Quinn.

— Tu l'as appelée tout à l'heure en cherchant mon numéro, elle voulait juste être sûre que tu m'avais retrouvée.

Quinn acquiesça en roulant les yeux au ciel.

— Je l'ai appelée du portable d'un ami quand le mien était déchargé. J'espérais qu'elle aurait peut-être ton numéro.

— Eh bien, elle dit « Joyeux anniversaire », dit Minnie.

Elle se rappuya contre sa poitrine. Il passa les bras autour d'elle et lui embrassa le cou, déclenchant toute une nouvelle vague de feux d'artifice. Des jets de lumière crépitaient à l'horizon et Minnie lâcha un soupir satisfait. Alors qu'ils se balançaient doucement au rythme de la guitare, la tête de Minnie posée sur l'épaule de Quinn, il lui dit :

— Demain matin, pourquoi ne pas aller à la lande et regarder le soleil se lever depuis notre colline ?

— Notre colline ? J'aime bien, ça. (Puis, après une pause.) Quinn, est-ce que je peux te demander quelque chose ?

— Bien sûr, tout ce que tu veux.

— C'est une question idiote que Leila pose toujours au Nouvel An. C'est un genre de tradition – où voudrais-tu être à cette heure-ci dans un an ?

— Où est-ce que je veux être ? (Il réfléchit un instant.) Je veux être ici même, avec toi, sur Primrose Hill, et manger un pique-nique Weetabix.

Elle sourit, de ce genre de sourire où vous sentez que vos muscles pourraient finir par fatiguer de sourire autant. Elle tourna la tête pour l'embrasser sur la bouche. Pour Minnie, embrasser ne se faisait généralement pas sans un certain degré d'inhibition. Derrière la connexion physique planait toujours la conscience de ce que l'autre personne était peut-être en train de penser, de ce qui pourrait suivre, ou du fait qu'il vous faudrait peut-être bientôt partir prendre votre bus. C'était comme lire les sous-titres en regardant un film – votre attention n'était pas toujours concentrée au bon endroit. Avec ce baiser, il n'y avait pas de sous-titres. Son intellect cédait au plaisir du moment.

— Et toi ? finit-il par dire, son souffle chaud sur la joue de Minnie. Où voudrais-tu être ?

— Je me moque d'où je serai, dit-elle doucement. Tant que c'est toi que j'embrasse à l'heure des moutons.

Elle le vit écarquiller les yeux avant qu'il lui dise d'une voix étrange :

— L'heure des moutons ? Toi ? … Je savais que c'était toi…

Et le temps qu'elle comprenne ce qu'il voulait dire, elle se pencha pour l'embrasser de nouveau, et le monde entier se replia dans ce petit carré d'herbe sur Primrose Hill.

Remerciements

On dit qu'il faut un village pour élever un enfant. Eh bien, je pense qu'il faut une petite ville pour publier un livre. J'ai tant de gens à remercier d'avoir contribué à mettre ce livre entre vos mains. Tout d'abord, ma merveilleuse et talentueuse agente Clare Wallace chez Darley Anderson, pour m'avoir aidée à devenir l'autrice que j'ai toujours voulu être. Je ne pourrais rêver d'une co-pilote plus brillante et encourageante dans mon périple d'écriture. Ensuite, à mes relectrices Sonny Marr chez Arrow et Margo Lipschultz chez Putnam Books, dont la perspicacité et la participation ont élevé ce livre du niveau d'un sandwich au jambon de station-service à celui d'un jarret de porc lentement rôti et avec tous les accompagnements. Ç'a été un enchantement de travailler avec des gens aussi remarquables, qui portent autant d'intérêt à mes personnages que moi.

Je voudrais également remercier toute l'équipe chez Penguin Random House, en particulier celles des Droits et des RP et Marketing. Elles ont fait un travail fabuleux pour mettre ce livre au monde. Sans elles, vous ne seriez pas en train de me lire.

Plus personnellement, mon mari Tim qui, bien qu'il m'ait dit que ce livre n'était « pas vraiment son truc », l'a quand même lu (deux fois) et a tenu la boutique et son lot de

tâches domestiques pendant que je détalais à l'étage pour produire une nouvelle fournée de mille mots. Il n'est pas simple d'écrire un livre tout en ayant un métier et deux jeunes enfants – la vie en devient comprimée sur les bords, alors, pour ton soutien sans relâche, je te serai éternellement reconnaissante. À ArtHouse Jersey, pour m'avoir accordé des congés quand j'avais des modifications à rendre. (Si vous êtes artiste renseignez-vous sur eux, ils font des choses merveilleuses.) À Strawberry Laces, pour avoir alimenté la majorité de ce livre. À mes premiers lecteurs – Rids, Nat, Sarah et Traci –, votre contribution aux premiers jets a été grandement appréciée. Rids – tu seras *toujours* ma première lectrice. À toutes mes amies femmes – qui ont inspiré le personnage de Leila –, ce livre est autant une histoire d'amour sur l'amitié qu'une romance. AHAS, JANSS – *vous* me complétez. À mes parents, qui ont posé mes bases en me permettant de croire que dans la vie, je pourrais accomplir tout ce que je suis déterminée à faire.
Enfin, et le plus important, merci à vous d'avoir lu ce livre jusqu'au bout ! J'espère sincèrement que vous l'avez apprécié. Si c'est le cas, j'aimerais beaucoup que vous laissiez un avis en ligne – cela aide d'autres lecteurs à me découvrir. Et s'il vous plaît, rendez-moi visite sur les réseaux :
@sophie_cousens sur Instagram
@SophieCous sur Twitter
#ThisTimeNextYear
P.-S. : Ce livre a été écrit dans un monde pré-Covid. Le 2020 du monde de Minnie et Quinn n'existe maintenant

que dans un univers parallèle. Quoi que l'année qui se profile puisse nous apporter à tous, continuons de lire. Les livres nous libèrent de l'isolement. Les histoires nous unissent. Nous avons tous dû jouer en mode solo durant un temps – mais nous restons tous ensemble dans ce jeu.

Achevé d'imprimer en octobre 2022
Par CPI Brodard & Taupin à La Flèche
N° d'impression : 3049802
Dépôt légal : novembre 2022
Imprimé en France
38122411-1